금주령

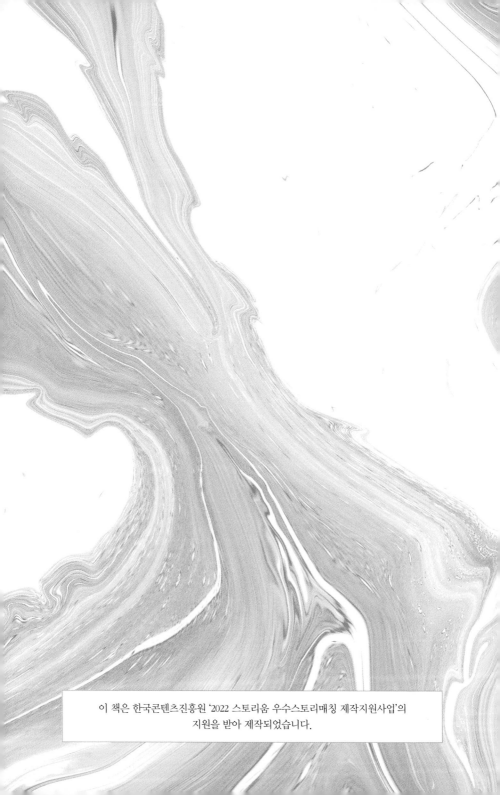

이 책은 한국콘텐츠진흥원 '2022 스토리움 우수스토리매칭 제작지원사업'의
지원을 받아 제작되었습니다.

금주령

1

전형진
장편소설

'좋아하는 일'과 '해야 하는 일' 그리고 '하고 싶은 일'…….

인생을 살아가면서 죽을 때까지 고민하게 되는 화두인 것 같다. 20년 넘게 미디어 콘텐츠 분야에 종사하며 지금 내가 하는 일이 좋아하는 일이고, 잘할 수 있는 일이라고 생각하면서도 좀 더 균형 있는 삶을 개척하기 위해 다양한 분야에 지속적으로 도전해왔다. 지금에 이르러 지난날을 돌아보면 '좋아하는 일'과 '해야 하는 일'에 대한 숙제는 어느 정도 끝낸 것 같다.

그렇다고 아쉬움이 없는 건 아니다. '해야 하는 일'과 '하고 싶은 일'이라는 현실과 이상 사이에서 선택을 강요받을 때마다 정해진 답을 좇듯 항상 '해야 하는 일'을 선택할 수밖에 없었다. 대중이 좋아하는 이야기로 세상에 울림을 주는 사람이 되기 위해 노력했지만, 오로지 작가의 몫인 스토리 원안에 최대한 보편적인 시각을 더해 내러티브를 만들어내는 내 역할에 한계를 느낄 때가 많았다. 재미있고 감동적인 이야기라는 것이 깻잎 한 장 차이 정도의 개인적 취향에 따라 호불호가 갈리는 탓에 좋지도 않고 나쁘지도 않은 평범한 이야기가 탄생할 때면 아쉬움이 컸다.

그러다가 더 늦기 전에 대중이 좋아할 만한 이야기가 아닌, 내가 좋아하는 이야기를 만들어 보고 싶다는 생각에 오랜 시간동안 영상화를 위해 기획하고 있던 조선시대 범죄조직 검계(劍契) 이야기의 원안을 직접 써보기로 했다. 한편으로는 과연 내가 잘할 수 있을까 하는 걱정도 많았지만, 걱정과 고민은 시간만 늦출 뿐이라고 생각해 이것저것 앞뒤 안 재고 호기롭게 집필을 시작한 지 3년 만에 첫 소설 『금주령(禁酒令)』의 집필을 마쳤다.

금주법 시대를 배경으로 한 이야기는 이미 미국 대중문화에서는 서부극 이후 가장 매력적인 영상화 소재로 활용되고 있다. 〈Once Upon a Time in America〉, 〈The Untouchables〉, 〈Board Walk Empire〉, 〈The Great Gatsby〉, 〈Lowless〉, 〈Live by Night〉 등 우리에게도 잘 알려진 이 작품들이 모두 미국 금주법 시대를 배경으로 하고 있다. 역사는 반복된다는 말처럼 1920년대 미국 금주법 시대 밀주 밀매 범죄조직과 공직자들의 부정부패 커넥션 그리고 그들을 좇는 밀주 단속반의 활약이 1733년, 영조가 금주령을 단행했던 조선에서도 실제로 있었다. 소설 『금주령(禁酒令)』은 임금이 금주령을 내렸음에도 이를 비웃기라도 하듯 밀주 이권을 장악한 범죄조직과 부패한 관리들로 인해 혼란에 빠진 조선을 구하기 위해 나선 의로운 이들의 대를 이은 색출과 검거, 복수와 응징의 대서사시다.

18세기 조선이나 21세기 대한민국이나 부패하고 부도덕한 관료 집단은 자신들에게 주어진 권한과 힘을 기득권을 강화하고 개인의 영달을 추구하는 데 써왔다. 오늘날 정치인과 고위 관료들이 보이는 정경유착과 엘리트 카르텔의 그릇된 행태는 조선의 문벌 귀족, 특히 노론에 그 뿌리를 두고 있다고 생각한다. 탕평과 금주령이라는 기치를 내걸고 노론 세력을 견제하려 했던 조선 21대 왕 영조 시대를 배경으로 관료 집단의 공고한 세력을 타파하려 애썼던 의로운 이들의 이야기를 통해 공직자의 올바른 모델을 제시하고 희망을 잃은 세대를 위로하고자 한다. 소설 『금주령(禁酒令)』 속 백선당, 금란방, 묘적의 이름 없는 영웅들을 통해 가장 낮은 곳에서 정의와 자유를 위해 싸우는 이들의 활약을 응원하고 우리 안에 내재해 있는 '민초의 힘'을 되살리는 계기가 되기를 바란다.

코로나로 인해 어려운 시기에 초보 작가를 위해 물심양면 도와주신 비욘드오리진 출판사 김성룡 대표님과 편집부 식구들, 부족한 후배에게 늘 조언과 격려를 아끼지 않으시는 이우혁 작가님, 기획·제작 중인 작품을 위해 오늘도 각자의 자리에서 고군분투 중인 우리 스태프들 그리고 이 책이 나오기까지 설마설마하면서도 자식과, 남편과, 아빠의 인생 터닝 포인트를 응원하며 지지해준 사랑하는 가족들에게 수줍은 사랑의 고백을 전합니다.

1. 장붕익 가문

장붕익 (1674~1735 / 남)

조선 숙종·경종·영조 시대를 거쳐 어영대장, 포도대장, 한성부 판윤, 훈련대장, 형조 판서 등의 주요 요직을 거친 무관이자, 조선 역사를 통틀어 몇 손가락 안에 드는 불세출의 무인이다. 훈련대장으로 재직하던 중 영조의 특명을 받아 금주령 단속 기관인 금란방을 이끈다. 성품이 온화하지만 흉악한 범죄자에게는 일말의 자비를 베풀지 않는다. 한양의 검계를 일망타진하여 백성들로부터 명망을 얻는다.

장기륭 (1733~ / 남)

장붕익의 손자. 3살 때 장붕익이 의문의 죽음을 맞자, 금란방 관원 이학송의 도움으로 부모와 함께 산중의 깊은 절 묘적사로 피신하여 그곳에서 자란다. 묘적사에서 이학송과 세자익위사의 절영으로부터 무예를 익힌 뒤 왕실 친위 부대인 용호영과 세자익위사 소속 무관으로 제수되는 한편 묘적의 비밀 관원이 된다. 의협심과 무예가 뛰어나 용호영의 서얼 부대인 우림위의 절대적인 지지를 얻고, 묘적사 승병의 지도자가 된다.

장치경 (1707~ / 남)

장붕익의 아들이자 장기륭의 아버지. 외탁을 하여 장붕익의 무관 기질을 이어받지 못했다. 홍문관 교리를 지내던 중 장붕익이 의문의 죽음을 맞으면서 처자(處子)와 함께 묘적사로 피신하여 불목하니의 삶을 살게 된다.

2. 백선당 가문

양일엽 (1680~1734 / 남)

젊은 시절 의적 장길산과 형제의 의를 맺고 의적으로 활동하며 새로운 세상을 꿈꾸었지만, 뜻이 꺾인 뒤 낙향하여 백선당에서 산곡주(散哭酒)를 주조하며 가업을 잇는다. 백선당이 위치한 울산도호부의 약사동 일대 부민들의 삶을 돌보고 자선을 베풀어 큰 존경을 얻고 있다. 금주령이 내려지자, 도호부의 악질 구실아치 김치태와 토호들이 산곡주 만들 것을 강요해도 끝내 산곡주를 만들지 않는다.

양숙영 (1735~ / 여)

양일엽의 손녀. 몸이 약했던 친모가 일찍 죽고, 심마니 천덕 내외와 친부 양상규 손에서 자란다. 산에서 나고 자란 탓에 몸이 다람쥐처럼 날래고 천방지축이다. 조부에 이어 아버지까지 검계에 의해 죽음을 맞자, 자신만의 방법으로 복수를 해나간다. 그러던 중 검계라는 같은 적을 둔 장기륭과 인연이 닿아 사도세자의 비밀 조직인 묘적에 합류한다.

양상규 (1709~1745 / 남)

양일엽의 아들이자 양숙영의 아버지. 백선당에서 아버지와 함께 평화롭게 산곡주를 만들며 백면서생으로 살았다. 금주령이 내려진 이후 백선당에 위기가 찾아오고 검계가 산곡주를 탐하자, 아내와 함께 천덕의 거처로 피신한다. 아내가 죽은 뒤 폐인으로 지냈으나, 이내 마음을 고쳐먹고 산곡주 만드는 일에 매진한다.

천덕 (1707~ / 남)

백선당에 몸을 의탁한 친모와 함께 갓난아기 때부터 백선
당에서 자랐다. 두 살 터울인 양상규와 벗으로 자랐지만,
양상규가 혼례를 치르자 스스로 심마니가 되어 산으로 향
한다. 보름마다 산곡주의 재료인 천남성을 가져다가 백선
당에 전한다. 양숙영을 피붙이 이상으로 끔찍이 아끼며 끝
까지 곁을 지킨다. 아내인 난지가 세상을 떠난 뒤 간도로
친부를 찾아 떠난다.

난지 (1713~1754 / 여)

천덕의 아내. 심마니인 홀아버지 손에서 자랐다. 천덕이
백선당 심마니 노릇을 하던 중에 인연이 닿았다. 산에서
자란 탓에 세상 물정에 어둡고 영악하지 못하지만, 다른
사람들이 미처 알지 못하고 깨닫지 못하는 것을 간파하는
능력을 갖고 있다.

3. 금란방

강찬룡 (1690~1735 / 남)

원래 문관이지만, 한때 포도청에서 장붕익 휘하에 있으며 무예를 전수받았다. 이후 예문관 직제학을 지낼 만큼 전도 유망한 관리였으나, 조정의 신료들에게 쓴소리를 마다하지 않은 탓에 미운 털이 박혀 울산도호부사로 좌천된다. 이때 백선당의 양일엽과 교유하고 그의 인품에 크게 감화된다. 장붕익의 천거로 훈련도감 우별장과 형조 참의로 부임하면서 금란방의 일원이 된다.

나경환 (1688~1735 / 남)

장붕익이 어영대장이던 시절 어영청에서 함께 근무한 무관. 덩치가 크고 힘이 장사다. 평소 과묵하고 잘 나서지 않지만, 장붕익과 마찬가지로 검계에 대해서는 일말의 자비를 베풀지 않는다. 금란방에 합류하면서 훈련도감 파총이 된다.

박영준 (1699~1734 / 남)

훈련대장 장붕익의 비장(비서 장수)으로, 조선에서 무술깨나 한다는 무인들 사이에서도 고수로 통한다. 금란방에 합류하며 훈련도감 좌별장에 제수된다. 원래 성격이 냉철하고 매사에 똑 부러지지만, 금란방에 합류하여 동지들과 교유하면서 성격이 많이 원만해진다. 특히 강찬룡과 우애가 각별하다.

이학송 (1708~1762 / 남)

왕의 어성(御聲)을 대신하고 왕을 호위하던 내반원의 중금(中禁)이었으나, 성대를 다친 뒤 포도청에서 포졸로 근무하다가 도승지 이제겸의 추천으로 금란방에 합류하여 종사관이 된다. 장봉익이 의문의 죽임을 당하자, 그의 아들 내외와 손자를 이끌고 묘적사로 피신한다. 장기룡의 무예 스승으로, 사도세자가 만든 묘적의 일원으로 은밀히 활동한다.

이규상 (1711~1799 / 남)

조선 후기의 문인. 사간원에서 왕명출납 업무를 담당하던 신참 문관 시절 도승지 이제겸의 천거로 금란방에 합류하여 훈련도감 종사관이 된다. 업무 능력이 뛰어나고 심지가 곧으며 관료 사회의 때를 덜 탄 덕에 순수하다. 후에 묘적의 일원이 된다. 이규상은 18세기에 실존한 인물로 원래는 1727년에 태어났으나, 이 소설에서는 역할을 부여하기 위해 1711년에 태어난 것으로 설정하였다.

4. 검계

표철주 (?~? / 남)

본명은 표희상으로, 쇠로 만든 지팡이를 들고 다닌다 하여 표철주란 별명으로 불렸다. 노론 탐관들의 사주로 영조가 세제(왕위를 이을 현왕의 동생)였던 연잉군 시절 동궁의 별감을 지내며 그의 마음을 얻었고, 후에 조선 최대의 검계 조직 칠선객의 일회주(두목)로서의 본색을 드러낸다. 장붕익이 포도대장이던 시절 그의 집을 급습했다가 얻어맞아 이마가 함몰되는 큰 상처를 입는다. 성격이 호방하고 무사 서넛은 단숨에 때려잡는 괴력의 소유자이지만, 일생 동안 장붕익이라는 존재에 대한 두려움에서 벗어나지 못한다.

이철경 (1711~1762 / 남)

양반 출신이지만, 장붕익에게 개인적인 원한을 품고 검계가 되었다. 표철주로부터 지위를 넘겨받아 칠선객의 일회주가 되지만, 합법적 지배를 꾀하는 노론 탐관들이 개성상인 차길현과 긴밀해지면서 차츰 세력을 잃는다. 비록 검계의 우두머리이기는 하지만, 민초를 괴롭히는 조직원을 가혹하게 다루는 등 칠선객이 범죄 집단이라는 명에서 벗어나기를 꿈꾼다.

계형 (1709~ / 남)

서얼 출신의 하급 무관이었으나, 신분의 한계를 깨닫고 검계로 변신한 무사다. 원래 표철주의 수하였지만, 이철경의 심복이 되어 의리를 다한다. 칠선객의 무사이면서도 무관 출신으로서의 도를 따르려 한다.

5. 묘적

연정흠 (1694~ / 남)
의금부 도사로, 검계와 조정 관리들이 결탁한 정황을 눈치 채고 홀로 조사를 진행하던 중 금란방을 은밀히 돕는 역할을 하게 된다. 나중에 묘적의 일원으로 합류하고, 의금부 동지사를 거쳐 의금부 으뜸 벼슬인 판의금부사에 오른다.

채제공 (1720~1799 / 남)
조선 후기의 문인. 주요 요직을 두루 거치며 훗날 정조 임금 시기에 영의정까지 오른다. 특히 사도세자와 정조를 향한 충정이 높았다. 사도세자의 명으로 백선당이 위치한 울산 도호부에 암행어사로 파견되어 탐관과 검계를 척결하는 등의 활약을 하고, 묘적의 일원으로서 두뇌 역할을 한다.

절영 (1715~1762 / 남)
세자를 호위하는 세자익위사의 으뜸 벼슬 중 한 명인 좌익위다. '조선 제일검'이라 불릴 만큼 검술이 출중하다. 사도세자를 도와 묘적의 일원이 되고 장기룡과 묘적사 승려들을 가르친다. 양반가 출신의 궁중 기병 부대인 겸사복이 사도세자를 습격할 때 장기룡과 함께 방어하다가 죽음을 맞는다.

윤필은 (1710~ / 남)
별군직청 소속의 무관. 무예는 보통이지만 무기를 개발하는 재주가 뛰어나다. 장봉익의 눈에 띄어 금란방과 짧게 인연을 맺은 뒤 훗날 묘적을 돕게 된다.

하도경 (1728~ / 남)

용호영 소속의 무관. 서얼 출신으로, 양반가 자제로 구성된 용호영 내의 기병 부대인 겸
사복과 대척점에 있는 우림위에 속한다. 의협심이 강하고 장기룡과의 의리로 인해 묘적
을 돕는다.

나성찬 (1736~1961 / 남)

용호영 소속의 무관. 하도경과 마찬가지로 우림위에 속한다. 장기룡과의 친분으로 묘적
을 돕다가 산곡주를 탈취하기 위한 김칠규의 간계로 차길현의 상단 무사들이 여의도 양
말산을 공격했을 때 죽음을 맞는다.

이지견 (1735~? / 남)

왕의 어성을 대신하는 승전중금. 사도세자와의 관계가 각별하여 그림자처럼 따른다. 무
예의 최고수로 통하는 장기룡과 쌍벽을 이룰 만큼 무예가 출중하다. 여러 가지 면에서
베일에 싸인 사내다.

6. 왕실과 조정

영조 (1694~1776 / 남)

조선의 21대 왕. 노론의 지지를 바탕으로 왕위에 올랐을 뿐 아니라 이복형이자 선대 임
금인 경종을 독살했다는 혐의에서 자유롭지 못하여 치세 초기부터 어려움을 겪는다. 탕
평을 기치로 내걸고 노론과 대결하는 등 왕권을 강화하고 선정을 베풀고자 하지만, 왕
위에 오르기 전 얽히고설킨 악연들이 발목을 잡는다. 노론과의 대결에서 고군분투하는
세자 이선(사도세자)에게도 도움을 주지 못한다. 결국 세자를 뒤주에 가두어 죽이는 패
륜을 저지르고 만다.

사도세자 이선 (1735~1762 / 남)

영조의 둘째 아들로, 영조의 첫째 아들 효장세자가 일찍 죽자, 태어나자마자 세자로 책봉된다. 부왕의 재가를 얻어 비밀 조직 묘적을 만들어 금주령과 관련된 비리 관료들을 색출하는 일을 한다.

이제겸 (1699~ / 남)

군주에 대한 신하의 의리와 유교 이념을 최고의 가치로 여기는 문신이다. 영조 치세 초기에 도승지를 맡으며 장붕익과 합심하여 검계와 표철주를 척결하는 일에 나선다. 장붕익의 갑작스러운 죽음의 비밀을 알고 있는 유일한 사람이다.

김판중 (1692~1762 / 남)

노론 대신들이 사주하는 더러운 일을 일삼던 정오품 교리였으나, 어떤 일을 계기로 관직에 날개를 달게 된다. 좌의정으로, 노론의 영수이며 실제적인 조선의 최고 권력가이자 악의 화신이다.

김규열 (1701~1762 / 남)

문무백관을 감찰하는 최고 권력 기관 사헌부의 으뜸 벼슬인 대사헌이자, 검계를 뒤에서 조종하는 실질적인 우두머리다. 사도세자와 묘적에 의해 궁지에 몰리자 김판중과 합심하여 어마어마한 일을 꾸민다.

7. 그 외

김치태 (1680~1754 / 남)

울산도호부 관아의 이방 아전. 조상 대대로 도호부의 구실아치를 지낸 집안에 태어나, 그 역시 이방으로 있던 아비가 죽자 자리를 물려받았다. 아비가 그랬던 것처럼 갖은 감언이설과 눈속임으로 부사의 눈을 가리고 아첨하면서 뒤로는 제 잇속을 챙기는 동시에 부민을 대상으로 폭정을 일삼아 부민의 원성이 자자하다. 산곡주를 유통해 큰돈을 벌려는 욕심에 사사건건 양일엽과 부딪친다.

일여 (1683~ / 남)

묘적사 주지. 장붕익이 경상좌도 병마절도사를 지내던 시절 휘하의 장수였으나, 장붕익이 조정으로 떠난 뒤 관직에 환멸을 느끼고 승려가 되었다. 승려이면서도 무관으로서의 정체성을 가지고 있어서 묘적사의 승려들이 승병이 되는 것에 찬성한다.

이사성 (?~1729 / 남)

병법에 능하고 어진 관리로 명망이 높았던 조선 후기의 무신. 함경북도 병마절도사, 평안도 관찰사 등을 역임했다. 소론 계열로, 영조 치세 초기에 이인좌가 난을 일으켰을 때 역모에 가담했다 하여 참형에 처해졌다. 이야기 속에 직접 등장하지는 않고 칠선객 일회주 이철경의 형이라는 사실만 드러날 뿐이지만, 장붕익과 이철경, 왕실의 긴장관계를 유지하는 인물로 중요한 역할을 한다.

최국영 (1733~ / 남)

함경북도 회령 국경수비대 평사. 호조 판서를 지낸 최기윤의 아들로 장기륭과 함께 무과에 응시해 장원으로 합격하였으나 장기륭이 탈락한 일을 두고 시험의 공정성에 이의를 제기하면서 기륭과 인연을 맺는다. 특유의 반골 기질로 옳지 않은 일은 그냥 넘기지 못한다. 결국 조선에서 가장 오지인 함경북도로 쫓겨난다. 이곳에서 친부를 찾아나선 천덕과 인연을 맺는다.

차례

제 1 장

어둠이 깊어지니,
북소리 요란하다

"산곡주는 우리 가문의 영혼이고,
나의 영혼이다. 그 영혼을 더럽힐 수는 없다."

양일엽

01
백선당주 양일엽
1733년 봄

짙은 구름에 가린 보름달이 얼핏 모습을 드러 냈다가 사라지기를 반복했다. 달의 위치로 보아 간시(艮時, 오전 2시 반에서 3시 반 사이)였다. 양일엽은 오늘도 문설주에 등 하나를 내걸고 대문 앞을 서성였다.

양일엽의 아들 상규가 대문을 열고 밖으로 나섰다.

"아버님, 천덕은 아직이옵니까?"

양일엽에게서 곧바로 답이 나오지 않았다. 그 짧은 순간에 상규는 자신의 잘못을 깨닫고 머리를 조아렸다.

"천덕을 형으로 대하라 말씀하셨는데, 제가 깜빡 잊었습니다."

양일엽은 묵묵히 상규의 다음 말을 기다렸다.

"다시 여쭙겠습니다, 아버님. 천덕 형님은 아직 당도하지 않았습니까?"

양일엽은 잠시 침묵을 지키다가 부드러운 목소리로 말했다.

"오랜 시간 반상(班常)과 귀천의 법도에 휘둘려왔으니, 쉽지 않을 것이다. 허나 사람이란 무릇 하늘 아래에 다 같은 처지이거늘 귀하고 천함이 따로 있을 수 없다. 더군다나 너와 천덕은 한 울타리에서 자란 오랜지기(知己)가 아니더냐? 내 오래전부터 너희 둘이 호형호제하기를 바랐으나 뜻을 미루다 어렵게 당부한 것이니, 꼭 그리해주기를 바란다."

"명심하겠습니다, 아버님."

그렇게 대답했지만 상규는 썩 내키지 않았다. 태어나서 지금까지 벌써 스물다섯 해 동안 상전으로서 하대해온 이를 갑자기 형으로 대접한다는 일이 쉽지만은 않았다. 상규가 호형(呼兄)을 하면 천덕도 질색할 것이 빤했다. 하지만 부친의 명을 거역할 수는 없었다. 상규에게 양일엽은 아버지 그 이상의 존재였다.

천덕이 나타날 방향을 눈으로 더듬고 있는 양일엽에게 상규가 물었다.

"아버님, 천덕 형님은 밤눈이 밝아 그믐밤에도 길을 잘못 짚지는 않을 것입니다. 그런데 매번 문설주에 등을 켜시는 뜻이 무엇입니까?"

천덕이 일부러 밤길을 밟아 양일엽의 집으로 오는 이유는 다른 이의 눈을 피하기 위해서였다. 양일엽 가문의 술도가인 백선당(伯仙黨)에서 대대로 만들어온 산곡주(散哭酒)의 제조법을 캐고자 혈안이 된 이가 한둘이 아니었다. 그러한 무리가 가장 궁금해하는 것이 산곡주의 주정(酒精)을 만드는 재료가 무엇인가 하는 점이었다. 대대로 술도가를 책임져

온 양씨 가문의 가장들은 그것을 비밀에 붙였고, 직계 혈연이라 할지라도 됨됨이가 되지 않은 자손에게는 알려주지 않았다. 양일엽의 외아들인 상규가 그 비법을 전수받기 시작한 것도 스물이 되어서였다.

백선당에는 오로지 산곡주 제조법을 전수받은 이들만이 드나드는 광이 따로 있었고, 주정을 만드는 동안 양일엽과 상규는 그곳에서 숙식하며 자리를 뜨지 않았다. 산곡주의 비법을 유출하지 않기 위해 양씨 가문의 전수자들이 대대로 지켜온 철칙이었으나, 거기에는 다른 뜻도 있었다. 산곡주의 주재료가 그만큼 위험한 물건이기 때문이었다. 그것이 무엇인지 아는 사람은 이 세상에 양일엽과 그의 아들 상규 그리고 양씨 가문에서 자라며 머슴으로 살다가 지금은 심마니가 된 천덕뿐이었다.

아들의 질문에 양일엽이 답했다.

"우리 가문의 술에 대해서 알고자 하는 이가 근방에 숨어 있다면, 오히려 이 불빛 때문에 접근하기 어려울 것이다. 그리고 천덕이 먼 길을 오지 않느냐? 원로(遠路)에는 목적지에 다다를수록 더욱 피곤한 법이다. 이 불빛이 천덕의 피로한 몸과 마음을 조금이나마 풀어줄 수 있기를 바라는 뜻이다."

부친이 천덕에게 각별하다는 사실을 상규는 어릴 때부터 느껴온 바였다. 특별히 다정다감하거나 자상한 태도를 보이지는 않았지만, 천덕을 바라보는 부친의 눈빛이나 말투에서 솟아나는 정은 감춰질 수 있는 것이 아니었다. 그래서 철이 든 뒤로 상규는 천덕이 부친의 씨가 아닌가 의심하고는 했다. 하지만 감히 입 밖에 낼 수 없는 의문이었고, 알아볼 방도도 없었다. 그런 의문이 여물기 전에 어머니는 일찍 세상을 떠났고,

천덕의 어미인 평안댁 역시 세상을 떠났다. 천덕이 무언가 알고 있다 한들 부친에 대한 충성심이 강하고 입이 무거운 그가 곧이곧대로 말해줄 것 같지도 않았다. 그러나 의구심은 지워지지 않는 얼룩처럼 상규의 마음 한구석에 똬리를 틀고 있었다. 그러던 중에 천덕을 형으로 대하라는 부친의 명이 의구심에 불을 지폈다.

상규에게 아버지 양일엽은 거대한 산과 같은 존재였다. 털어서 먼지 안 나는 사람이 이 세상에 있을까? 하지만 상규에게 양일엽은 그런 사람이었다. 상규는 아버지가 흔들리는 모습을 단 한 번도 본 적이 없었다. 급박한 상황이 일어나도 평정심을 잃지 않았고, 경사(慶事) 앞에서도 마음을 드러내는 법이 없었다. 잔잔한 호수처럼, 굳건한 바위처럼 늘 가라앉아 있으면서도 내면에 꿈틀거리는 따뜻한 감정과 기운이 저절로 뿜어져 나왔다. 때문에 산곡주를 청하는 양반이나 도호부(都護府)의 고위 관리들은 양일엽과 마주할 때면 하대를 하면서도 함부로 대하지 않았다.

양일엽은 표정에서 마음이 드러나지 않아 엄해 보였지만 아랫사람의 작은 실수나 잘못을 모른 척할 줄 아는 관대한 사람이기도 했다. 어디 그뿐이랴. 산곡주는 만들어놓기만 하면 이틀을 넘기지 못하고 모두 팔려나갔다. 만약 돈에 욕심을 부렸다면 이미 만석꾼이 되었을 것이다. 하지만 양일엽은 정해놓은 물량 이외에 욕심을 내는 법이 없었다. 그런데 그게 전부가 아니었다. 그 일을 겪지 않았다면 상규는 아버지를 성품이 대쪽 같고 고아(高雅)한 사람으로만 기억했을 것이다.

지난해 가을, 그러니까 다섯 달 전이었다. 도성(都城)에서 울산도호부(蔚山都護府)로 새로이 부임하는 도호부사(都護府使)를 맞이하는 잔치에 맞추어 산곡주 서른 병을 납품하라는 요청이 들어왔다. 잔치 하루 전 양일엽과 상규는 술도가의 일꾼들과 함께 산곡주 서른 병을 수레에 싣고 도호부 관아로 향했다. 백선당이 위치한 약수골을 빠져나와 한 식경(食頃) 정도 갔을 때였다. 길가의 논에서 일하던 농부들 사이에 소란이 일었다. 어른 중 한 명이 아이를 업고 급히 길가로 뛰어나왔다. 그 뒤를 농부 여럿이 뒤따랐다. 아비를 따라와 벼를 베던 아이가 자신이 휘두른 낫에 정강이를 베여 선혈이 낭자했다. 양일엽을 알아본 농부들이 매달렸다.

"당주 어른, 좀 살펴주십시오!"

양일엽이 아이의 상처를 살펴보았다. 아이는 피를 철철 흘리면서도 이를 악문 채 버티고 있었다. 양일엽은 아이가 대견한 듯 앞머리를 쓰다듬고는 돌아서서 수레에 실려 있던 산곡주 한 병의 뚜껑을 열었다. 상규와 술도가의 일꾼들은 깜짝 놀랐다. 여분의 술이 없었다. 다음 주조(酒造) 작업까지는 보름을 기다려야 했다.

"아버님, 양을 딱 맞추었습니다. 한 병이라도 비면 아전(衙前)이 난리를 칠 것입니다."

양일엽은 들은 체도 하지 않고 산곡주를 아이의 상처 부위에 뿌렸다. 고통스러운 듯 아이가 인상을 찌푸렸다.

"따갑더라도 조금만 참거라. 곧 통증이 멎을 것이다."

양일엽은 속적삼의 옷고름을 찢어 아이의 상처를 동여맸다. 그러고 나서 아이의 아비인 듯한 이에게 술병을 건네면서 말했다.

"상처가 깊지 않아 다행이오. 허나 상처가 덧날 수 있으니 하루에 두 번 이 술을 상처 부위에 붓고 깨끗한 천으로 감싸주시오."

농부가 난처한 기색으로 머리를 조아렸다.

"당주 어른, 저는 값을 치를 처지가 안 됩니다요."

백선당에서 내보내는 산곡주 한 병의 값이 두 냥이었다. 두 냥이면 쌀 너 말을 살 수 있는 큰돈이다. 거개가 소작농인 농부들 처지로 산곡주는 구경도 못할 물건이었다.

양일엽은 그대로 돌아서서 일꾼들에게 말했다.

"가자."

수레가 움직이기 시작했다. 일꾼 하나가 농부들에게 소리쳤다.

"어른들 욕심으로 덜렁 마시지 말고 꼭 저 아이에게 쓰시오!"

일꾼들이 일제히 소리 내어 웃었다. 어안이 벙벙한 농부들을 뒤로하고 수레가 멀어져갔다. 상규가 돌아보았을 때 농부들은 양일엽의 등에 대고 연신 허리를 숙여 보이고 있었다. 하지만 도호부의 아전이 어떤 작자인지 잘 아는 상규와 일꾼들로서는 내내 불안함을 감출 수 없었다.

아닌 게 아니라 그 일로 양일엽은 도호부의 외아전(外衙前) 가운데 우두머리 노릇을 하는 김치태에게 봉변과 굴욕을 당해야 했다. 김치태는 도호부의 실세(實勢)로, 도성에서 파견되어 현지 사정에 어두운 부사(府使)쯤은 가볍게 여기는 자였다. 갖은 감언이설과 눈속임으로 부사의 눈을 가리고 아첨하면서 뒤로는 제 잇속을 챙기는 동시에 부민(府民)을 대상으로 폭정(暴政)을 일삼는 모리배였다. 동헌(東軒)에서 산곡주를 기다리고 있던 김치태는 한 병이 모자라다는 전언을 듣고 얼굴이 붉으락푸르락해지더니 양일엽의 뺨을 후려쳤다.

"신임 부사를 모시는 잔치를 망칠 셈이냐? 납품을 어겼으니 값은 단한 푼도 쳐줄 수 없다!"

양일엽은 그대로 돌아섰다. 상규와 일꾼들은 속에서 치솟는 불길을 가까스로 참아냈다. 빈 수레를 몰고 약수골로 향하는 동안 아무도 입을 열지 않았다. 상규는 아버지의 뺨에 난 붉은 손자국을 곁눈질로 훔쳐보다가 기어이 눈물을 쏟고 말았다. 꽉 쥔 주먹이 부들부들 떨렸다. 일꾼 하나가 말했다.

"어차피 관아의 잔치에는 기껏해야 열 병 정도만 내놓고 나머지는 뒤로 빼돌릴 걸 우리가 모를 줄 알고."

그 말을 다른 일꾼이 받았다.

"그렇게 빼돌린 우리 술에 값을 몇 배 붙여서 양반네들한테 되판다는 소문이 파다하잖여. 언젠가 크게 경을 치를 것이여. 이런 육시랄 잡놈!"

양일엽이 걸음을 멈추고 일꾼들을 돌아보았다. 눈빛이 엄했다.

"인격이 말을 만드는 것이 아니라, 말이 인격을 만드는 것이네. 그렇게 험한 말을 입에 올리면 자네들의 성품만 다치는 꼴이야. 그러니 혀를 조심하시게."

상규가 참지 못하고 말했다.

"하지만 아버님, 저런 작자에게 아버님이 당하신 것을 생각하면 분노가 끓어올라 참을 수가 없습니다. 아까 도호부로 향하는 길에 그 아이만 돕지 않았어도……."

"상규야."

좀처럼 감정을 드러내지 않는 양일엽의 눈에 힘이 들어갔다. 상규는 감히 아버지의 눈빛을 마주하지 못하고 고개를 숙였다.

"수모를 당할 줄 왜 몰랐겠느냐? 그래도 우리는 그 아이의 다리를 구하지 않았느냐? 농자(農者)들이 낫을 청결하게 챙기지 않는 탓에 그 아이의 상처에 균이 퍼질 수도 있었다. 술 한 병으로 아이를 구했으니 이보다 더한 이익이 어디 있겠느냐? 오늘 내가 당한 수모는 그 일에 비하면 아무것도 아니다. 오늘 일은 수치스러워할 것이 아니라 뿌듯해해야 할 일이 아니더냐."

타인을 도운 일로 수모를 당했다면, 수모를 기억할 것이 아니라 베푼 일을 기억하라는 말이었다. 수모 당한 일로 원한을 새기기보다는 베푼 일을 떠올리며 덕을 쌓으라는 그 뜻은 어떤 경전의 구절도 담지 못한 큰 가르침이었다. 그날 상규는 가을 석양 속을 걸어가는 아버지의 뒷모습에서 거인(巨人)을 보았다. 실로 자신이 저 거인의 자식임이 자랑스러웠고, 아버지의 발뒤꿈치에도 따라가지 못하는 것이 부끄러웠다.

상규에게 양일엽은 큰 스승이었고, 글공부를 하며 접한 모든 경전이 가리키는 성현(聖賢)의 집합체였다. 그런 아버지에게 딱 하나 걸리는 것이 바로 천덕이라는 존재였다. 상규는 천덕을 신뢰하고 좋아했지만, 그가 아버지의 씨라면 상황이 달라질 수밖에 없었다. 첩을 두는 것이 부끄러운 일은 아니나, 따로 여자를 취하여 배다른 자식을 낳고 그 사실을 은밀히 감추어왔다는 정황은 도무지 아버지 양일엽에게 어울리지 않는 일이었다. 하여 상규는 천덕을 대할 때마다 완전무결해 보이는 아버지의 숨겨진 이면을 훔쳐보는 것 같은 불편함을 지울 수 없었다.

◇ ◆ ◇

"덕이가 왔나 보구나."

양일엽의 말에 상규는 어둠을 짚어보았으나 아무런 기척을 느낄 수 없었다.

양일엽의 집과 백선당이 자리 잡은 약수골은 이름 그대로 약수(藥水)가 흐르는 골짜기였다. 황방산과 함월산 정상에서 발원하여 두 산 사이의 계곡을 타고 흐르는 약사천(藥泗川)은 약사동과 반구정(伴鷗亭) 부근의 평원을 촉촉이 적시다가 동천과 합류한 뒤 태화강으로 흘러들었다. 맛이 좋을 뿐 아니라 피부의 염증에도 효험이 좋은 약사천의 물은 산수(山水)가 베푸는 커다란 선물이자 태곳적부터 이어져온 자연의 깊은 은혜였다.

양일엽의 집과 백선당은 약사천 상류, 황방산과 함월산 사이의 계곡 깊이 자리하고 있어 민가와 동떨어져 있었으나, 문 앞으로 나서면 약사동과 반구정의 민가와 평원이 한눈에 들어오고 멀리 태화강 물줄기의 부서지는 은결이 내다보여 방문하는 사람마다 넋을 놓게 만들 만큼 풍광이 아름다운 곳이었다.

천덕이 온다면 아마도 황방산을 넘어서 올 터였다. 상규는 황방산 기슭의 무성한 나무 사이에 짙게 드리운 어둠을 더듬었으나 천덕을 찾을 수 없었다. 상규는 천덕과 아버지 양일엽을 연결하는 무형의 기운이 있는 것은 아닌가 생각하다가 다시금 마음이 어두워졌다.

삼시 뒤 수풀을 쓸어내리는 바람 소리가 미세하게 들려오다 싶더니 천덕이 모습을 드러냈다. 그는 주변을 두리번거리며 곧장 양일엽과 상규에게로 다가왔다.

"당주 어르신, 그간 안녕하셨습니까?"

천덕은 양일엽에게 깊이 허리를 숙여 보이고 다시 상규에게도 허리를 숙였다.

"도련님도 별고 없으셨는지요?"

양일엽이 화답했다.

"그래, 나는 잘 있었다. 먼 길 오느라 고생했다."

천덕은 어깨에 건 바랑을 바닥에 내려놓은 뒤 허리를 굽혀 돌멩이 몇 개를 집어 들었다. 그러고는 약사동에서 백선당으로 향하는 오르막이 끝나는 길목을 향해 돌멩이를 던졌다. 날아간 돌이 어딘가에 부딪치는 둔탁한 소리가 났다. 그 지점에서 사람의 비명이 터져 나왔다.

"어이쿠!"

곧이어 어린아이의 청아한 목소리가 튀어나왔다.

"던지지 마십시오! 저희입니다, 당주 어른!"

풀숲에 웅크리고 있던 검은 형체가 몸을 일으켰다. 이어서 네 개의 인영(人影)이 모습을 드러냈다. 상규는 아이의 목소리를 알아듣고는 황급히 그쪽으로 달려갔다.

"동희 아니냐?"

상규는 어둠 속에 서 있는 이들을 둘러보며 말을 이었다.

"다치지들 않으셨습니까?"

어둠 속에서 '동희'라고 불린 아이의 옆에 선 남자가 가슴을 쓸어내리는 시늉을 하며 대답했다.

"대가리가 깨질 뻔했지 뭘가. 다행히 귓불을 스치고 지나갔네."

상규와 어둠 속의 인영들이 양일엽과 천덕에게로 다가갔다. 천덕이 여전히 경계를 늦추지 않자, 양일엽이 그에게 말했다.

"마을 사람들이다. 긴장을 풀거라."

그제야 천덕은 손에 쥐고 있던 돌을 바닥에 내려놓았다. 사람들이 다가오자 그는 바닥의 바랑을 집어 들고는 집 안으로 사라졌다.

아이가 뛰어와 양일엽 앞에서 머리를 조아렸다.

"당주 어른, 오해를 푸십시오. 도호부의 아전이라는 작자가 백선당의 비법을 알아내기 위해 사람을 풀었다는 소문이 있어 망을 보던 중입니다."

양일엽이 대답했다.

"오해하지 않았다. 낮 동안에 파종(播種)하느라 고단할 터인데, 이 야심한 시각까지 괜한 고생을 하는구나."

동희라는 사내아이는 다섯 달 전 도호부의 외아전 김치태에게 수모를 당한 그날 양일엽이 도왔던 그 아이였다. 다행히 낮에 베였던 자리는 상처조차 보이지 않을 정도로 말끔하게 나았다. 사건이 있은 이레 뒤 동희와 그의 아버지 갑술은 술병에 남은 술을 돌려주기 위해 양일엽을 찾았고, 이후로 두 사람은 농사일이 빌 때면 틈틈이 백선당을 찾아와 허드렛일이라도 돕기를 청했다. 그때마다 양일엽은 두 사람을 돌려보냈으나, 부자(父子)는 그냥 돌아가는 법이 없었다. 하다못해 동리와 백선당을 오가는 길의 돌이라도 몇 개 캐내야 직성이 풀리는 모양이었다. 고심

끝에 양일엽은 일정한 품삯을 주기로 하고 약사천의 물을 술도가의 항아리에 긷고 술병 굽는 가마에 흙을 옮기는 일을 갑술 부자에게 맡겼다. 갑술은 한사코 품삯 받기를 거절했으나, 양일엽 또한 고집이 쇠심줄이었다. 그리하여 갑술 부자는 백선당의 삯일꾼으로 한식구가 되었다.

김치태가 산곡주의 주조법을 탐낸다는 사실은 공공연한 비밀이었다. 그가 전국 이름난 술도가의 장인들을 고용해 산곡주와 같은 술을 만들도록 지시했으나 뜻을 이루지 못했다는 이야기는 양일엽과 상규도 익히 듣고 있던 중이었다. 하지만 이리 노골적으로 나오리라고는 미처 생각지 못했다.

상규가 동희에게 물었다.

"어디서 그런 이야기를 들었느냐?"

상규의 물음에 동희 대신 갑술이 대답했다.

"인척 하나가 동헌에서 잡일을 하는데, 이레 전부터 낯선 이들이 드나들며 김치태와 접촉하는 것을 보았다네. 하나같이 험상궂고 몸가짐이 거친 것이 아무래도 왈패 패거리인 것 같은데, 그놈들이 백선당의 위치를 묻기에 곧이곧대로 대답해주었다고 하더군. 그 일이 마음에 걸려서 몇 날 며칠 고민하다가 어젯밤에 우리 집으로 와서 알려주었어. 마침 백선당에 등이 내걸렸기에 동리 사람 몇을 깨워서 지켜보고 있던 중이네."

상규가 양일엽을 바라보았다. 양일엽은 늘 그렇듯이 무표정으로 일관했다.

양일엽이 동희의 머리를 쓰다듬고는 갑술과 동리 사람들을 돌아보며 말했다.

"고맙소이다. 이리 마음을 써주시니 참으로 든든하오. 하지만 험한 일에 휘말릴 수 있으니, 앞으로는 나서지 마시오. 백선당 식구들과 함께 잘 방비하도록 하겠소이다."

갑술이 다급하게 말했다.

"당주 어른, 김치태 그놈이 사악하기 짝이 없는 작자여서 걱정이 큽니다요."

"아직 아무런 일도 일어나지 않았으니, 미리 걱정을 키우지는 마시오. 이만 돌아들 가서 편히 쉬시오."

양일엽은 동희와 동리 사람들을 일별(一瞥)하고는 돌아섰다. 상규가 문설주에 내건 조족등을 걷어 동희에게 건네며 말했다.

"밤길이 어두우니 가지고 가거라."

그리고 나서 동리 사람들에게 고개를 숙여 보였다.

"살펴들 가십시오."

양일엽과 상규가 집 안으로 사라진 뒤 동희 일행도 자리를 떴다.

술도가의 주정을 만드는 광에서 천덕이 바랑을 멘 채 기다리고 있었다. 양일엽을 따라 들어온 상규가 문을 걸자, 그제야 천덕은 바랑을 내려놓았다. 바랑을 열자 한지에 곱게 싸인 약초가 등잔불 아래 모습을 드러냈다. 천남성(天南星)이었다.

천남성은 청(淸)과 조선, 왜국(倭國)에 넓게 분포하여 자라는 야생 식물로, 주로 그늘지고 습한 곳에서 자란다. 잘 다루면 중풍과 간질, 여러 가지 통증을 완화하는 약재로 쓰이지만, 잘못 다루면 구토와 심장마비를 일으킨다. 그래서 조정에서는 죄인에게 내리는 사약(死藥)을 만들 때 천남성을 썼다. 백선당이 주정 만드는 재료가 바깥에 알려지지 않도록 단속하는 이유가 여기에 있었다. 천남성으로 술을 빚을 때는 독성을 완전히 제거하고 좋은 기운만 남겨야 하는데, 그 과정이 여간 까다롭지 않았다. 혹시라도 산곡주의 맛과 향을 만드는 주재료가 천남성이라는 사실이 알려지는 날에는 산곡주를 흉내 내는 과정에서 술이 아니라 독이 만들어질 위험이 컸다. 상규는 나이 스물이 되어 산곡주의 주조법을 배우기 시작하면서 양일엽에게 이런 다짐을 받았다.

"우리 술을 만드는 데 있어 천남성이 쓰인다는 사실이 외부에 알려져서는 안 된다. 그랬다가는 큰 화를 불러올 것이다. 그러니 너는 목숨을 걸고 비밀을 지켜야 한다."

그 다짐은 양일엽이 자신의 부친으로부터 받은 것이었고, 산곡주 주조법을 이어받은 양씨 가문의 모든 전수자들이 가슴에 새기며 지켜온 수백 년 묵은 맹세였다.

천덕이 바짝 마른 천남성을 부뚜막에 고르게 펼쳐놓았다. 양일엽이 말했다.

"이번에는 다른 때보다 양이 많은 것 같구나."

천덕이 대답했다.

"관문산에서 새로운 서식지를 발견했습니다. 다른 곳보다 많이 자라 있기에 양을 좀 늘렸습니다."

"관문산까지 갔더냐?"

양일엽의 물음에 천덕은 머리를 조아릴 뿐 대꾸하지 않았다.

황방산에서 관문산까지는 오십 리 거리였다. 천남성의 서식 조건이 까다로운 탓에 일정한 양을 채취하면 다른 곳으로 옮겨야 했다. 때문에 천덕은 일정한 거처를 둘 수 없었고, 그것은 백선당의 심마니가 되기로 한 이의 운명이었다. 하지만 천덕이 움직이는 반경이 백선당에서 점점 멀어지는 것이 양일엽은 마음에 걸렸다.

천덕의 나이 벌써 스물일곱이었다. 진즉에 혼례를 올려야 했으나, 양일엽이 이야기를 꺼낼 때마다 천덕은 묵묵부답이었다. 천성이 자유분방한 천덕이 어디 한 곳에 매여서 살 위인이 아니라는 사실을 양일엽은 늘 염두에 두었으나, 해가 가고 계절이 바뀔 때마다 그가 자신으로부터 점점 멀어져가고 있다는 느낌이 짙어지는 것에 서운함을 지울 수 없었다. 산곡주의 가장 중요한 재료를 조달하는 심마니를 잃게 될 것이라는 걱정과는 아무런 상관이 없었다. 백선당 부근인 황방산과 함월산에서도 소량이나마 천남성을 구할 수 있었다. 양일엽에게 천덕은 곁에 두고 싶지만 언젠가는 놓아주어야 하는 손 안의 새였다. 천덕이 가정을 이루고 자식을 낳고 나이 들어가는 것을 곁에서 지켜보고 싶은 마음 간절했으나, 그것은 이룰 수 없는 꿈만 같았다.

천덕이 빈 바랑을 어깨에 걸었다. 양일엽은 밥이라도 한 끼 같이 먹고 싶었지만, 천덕은 항상 천남성을 전해주기 무섭게 왔던 길을 되짚었다. 집안의 식솔들이 미리 준비해놓은 주먹밥과 쌀 두 말, 산곡주 세 병을 상규가 바랑에 넣었다. 천덕은 상규를 일별한 뒤에 양일엽에게 허리를 숙였다.

"어르신, 보름 뒤에 뵙겠습니다."

양일엽은 부리나케 떠나는 천덕에게 서운한 마음을 내비치지 않으려고 입을 굳게 다문 채 고개를 끄덕였다. 천덕과 상규가 광을 나서자 뒤에서 문 걸어 잠그는 소리가 들렸다.

그사이 달이 많이 기울어 있었다. 문 밖까지 따라나선 상규를 돌아보며 천덕이 말했다.

"그만 들어가십시오, 도련님."

상규는 대꾸하지 않고 묵묵히 걸음을 옮겨 천덕을 앞서더니 걸음을 멈추고 달을 올려다보았다. 천덕이 상규의 뒷모습을 지켜보다가 물었다.

"도련님, 무슨 걱정이 있으십니까?"

상규는 여전히 달을 올려다보며 긴 한숨을 내쉰 뒤 입을 열었다.

"평안댁이 젖먹이인 너를 데리고 이 집에 들어온 것이 내가 태어나기 이태 전이라고 들었다. 그러니 천덕 네가 나보다 두 살 많은 거지."

천덕은 상규의 입에서 무슨 말이 나오려나 싶어 촉각을 곤두세웠다. 상규의 말이 이어졌다.

"아버님이 너에 대하여 각별한 애정이 있다는 사실은 너도 알 것이다."

잠시 어색한 침묵이 이어지고 천덕이 말했다.

"당주 어르신께서는 식솔들에게 하나같이 관대하고 친절하지 않으십니까, 도련님."

상규가 천덕을 돌아보았다. 상규가 달빛을 등지고 있어 표정을 볼 수 없었지만, 천덕은 상규의 마음이 편치 않다는 것을 숨소리를 통해 느꼈다.

"네가 그렇게 말한다면, 아버님께서 서운해하실 것이다."

천덕은 대꾸하지 않고 상규의 다음 말을 불안한 마음으로 기다렸다.

"아버님께서 너에게 호형을 하라 말씀하셨다."

천덕은 상규의 입에서 나온 말이 뜻하는 바를 얼른 알아듣지 못하고 잠시 어리둥절해 있다가 비명을 지르듯 소리쳤다.

"당치 않습니다, 도련님!"

하지만 개의치 않고 상규는 자신의 말을 이었다.

"아버님의 분부를 내가 어찌 꺾을 수 있겠느냐? 앞으로 호형할 것이니, 그리 알아라. 네가 나를 아우로 대할지 말지는 스스로 결정하여라."

그래놓고 상규는 잔인한 미소를 지어 보이며 천덕을 향해 허리를 숙이며 말했다.

"그럼 살펴 가십시오, 형님."

천덕은 날벼락을 맞은 것처럼 꼼짝하지 못했다. 우두망찰 서 있는 천덕을 내버려두고 상규는 그대로 돌아섰다.

집 안으로 들어선 상규는 대문을 걸어 잠그고 숨을 골랐다. 부끄러움이 몰려왔다. 천덕에게 보인 마지막 행동은 분명 조롱이었다. 천덕을 향한 시기심이 어리석은 짓을 부추겼다.

어릴 때가 떠올랐다. 천덕과 상규는 둘도 없는 벗이었다. 비록 상전과 하인이라는 신분의 간격이 둘 사이에 놓여 있었지만, 두 사람은 많은 시간을 함께하며 정을 쌓았다. 상규가 상투를 틀고, 심마니가 되기를 자처한 천덕이 백선당을 떠나면서 다소 서먹해지기는 했으나, 그래도 상규에게 천덕은 가장 믿을 수 있는 사람이었다. 노인이 되면 다시 어린이가 된다고 하지 않았던가. 언젠가 나이가 들어 둘 다 백발이 된다면, 그때는 다시 옛날의 벗으로 돌아갈 수 있으리라고 믿었다. 그런데 조금 전자신의 행동으로 인해 두 사람 사이에 건널 수 없는 강을 만들어버리고만 것이다.

불현듯 아버지 양일엽의 음성이 가슴을 쳤다.

"사람이란 무릇 하늘 아래에 다 같은 처지이거늘 귀하고 천함이 따로있을 수 없다."

그런 것일까? 그게 옳은 것일까? 상규는 앞으로 천덕을 어떻게 대해야 할지 마음이 어두웠다. 황망한 걸음걸이로 어두운 산을 오르고 있을천덕을 생각하자 마음이 더욱 무거워 상규는 그만 주저앉고 말았다.

02

도호부사 강찬룡

1733년 봄

의관을 정제한 양일엽이 술도가의 마당으로 들어섰다. 마당 한가운데에 고사상이 차려져 있고, 그 주위에 백선당의 일꾼들이 둘러섰으며, 젯밥을 얻어먹으려고 온 동리 주민들도 마당 구석을 차지하고 있었다. 고사상 앞에 양일엽과 상규가 무릎을 꿇자 병술이 축문(祝文)을 읽었다. 백선당에서 산곡주 주조에 들어갈 때면 어김없이 행하는 제례(祭禮)였다. 허나 백선당의 제례는 백선당만의 행사가 아니었다. 양일엽은 일 년이 가도록 고기 먹을 일이 거의 없는 동리 주민들을 위해 고사를 지낼 때마다 항상 돼지 한 마리를 잡도록 일렀고 잡채와 떡, 고깃국 등의 음식을 과할 만큼 풍성하게 차리게 했다. 제례가 끝나면 백선당 식솔들은 물론 동리 주민들도 좋은 음식으루 배를 채웠다.

백선당의 제례는 계곡 아래 약사동의 작은 축제였다.

병술이 읽는 축문은 여느 제례의 축문과는 내용이 달랐다. 축문은 아마도 양씨 가문의 가장 중 한 사람이 지은 것으로 추정되는데, 부디 좋은 술이 세상에 나와 사람들의 흥을 돋우고 시름은 잊게 해주며, 약사천의 약수가 길이길이 논밭을 적시어 풍요를 가져다주고, 주민들을 평안하게 하는 데 백선당이 작은 역할이나마 하기를 바란다는 내용을 담고 있었다. 그것은 백선당의 운영 철학이자 앞으로 산곡주 주조를 책임질 후대를 향한 당부이기도 했다.

병술이 축문 읽는 것을 마치자 양일엽과 상규는 세 번 절을 올리고 음복(飮福)을 했다. 뒤를 이어 일꾼들도 두 사람씩 짝을 지어 절을 올렸다. 그때부터 내내 엄숙한 침묵에 싸여 있던 술도가의 마당이 조금씩 술렁이기 시작했다. 이제 주정을 만드는 광으로 양일엽과 상규가 들어가 문을 걸어 잠그고, 그곳 아궁이에서 연기가 피어오르면 백선당의 모든 일꾼은 각자 역할을 맡은 대로 바삐 움직여야 했다.

분주해지는 것은 술도가만이 아니었다. 술도가 바로 옆에는 산곡주를 담는 술병을 굽는 가마가 마련되어 있는데, 도공들도 때를 맞추어 일을 서둘렀다. 짧게는 이레, 길게는 열흘 동안 술도가와 가마의 일꾼들은 산곡주가 태어나는 과정의 마디마디에서 저마다 땀을 보탰다.

술도가 마당의 소란스러움을 뒤로하고 양일엽과 상규는 주정 만드는 광으로 걸음을 옮겼다. 상규의 안사람인 견정과 청지기 역할을 하는 병술이 두 사람을 뒤따랐다. 양일엽과 상규는 앞으로 사나흘 동안 광에서 두문불출할 터였다. 양일엽이 광으로 들어서기 전 병술에게 일렀다.

"이번에는 술의 양이 조금 많아질 터이니 도공들에게 술병 오백 개를 준비하라 이르게."

병술이 대답했다.

"알겠습니다. 그러면 어르신……."

양일엽이 말꼬리를 흐린 병술을 쳐다보았다.

"이번에는 선주문을 조금 넉넉하게 받아도 되겠습니까요?"

양일엽이 고개를 저었다.

"상인들에게 돌아가는 몫은 달라질 것이 없네. 한 번 양을 늘리면 앞으로 점점 더 많은 것을 요구할 걸세. 주문 받는 양은 그대로 하고, 초과한 부분을 처분하는 것은 그때그때 사정에 따라 움직임세."

"네, 어르신."

양일엽이 견정을 돌아보며 말했다.

"우리가 광에 있는 동안 탈 없이 잘 지내도록 하여라."

"염려 놓으십시오, 아버님."

올해 스물다섯인 상규는 세 해 전인 스물둘에 상투를 틀었다. 울산도호부와 인접한 서생이라는 고을의 장터에서 건어물을 중계하는 거간꾼의 여식(女息)을 아내로 맞았다. 혼사가 오가는 동안 상규는 규수의 얼굴이 궁금하였으나 내내 참다가 혼례를 치르던 날 맞절을 할 때에야 처음 색시의 얼굴을 보았다. 활옷의 소매 뒤로 자신을 슬쩍 훔쳐보는 눈빛과 마주했을 때 상규는 가슴이 뛰었다. 크고 맑은 눈망울이 가슴에 박혔다. 상규는 고운 사람을 자신의 안사람으로 맞게 되었음에 감사하고 또 감사했다.

천덕이 천남성 캐는 심마니로 변신한 것이 그 무렵이었다. 새 사람이 들어오자, 천덕은 오래전부터 품어왔던 속내를 양일엽에게 밝혔다. 양일엽은 천덕에게 씨를 튼 마음의 근본이 그의 친부(親父)가 뿌리내린 것임을 그제야 알아차렸다. 천덕의 마음이 더 넓은 세상으로 향하고 있음을 알게 된 양일엽으로서는 그를 말릴 수 없었다.

광으로 들어서기 전에 상규가 아내와 눈을 맞추었다. 견정이 수줍은 듯 미간 사이를 찡그려 보였다. 그 모습이 어여뻐서 상규는 저도 모르게 웃음을 지었다.

양일엽과 상규가 광으로 들어서고 안에서 문을 걸어 잠그는 소리가 들렸다. 병술은 늘 그랬듯 출입문에 큼지막한 자물쇠를 채웠다.

병술이 마당으로 나서자 서생댁이 다가왔다. 서생댁은 견정이 백선당으로 시집 올 때 딸려온 하녀로, 견정이 아기 때부터 돌보아온 유모이기도 했다. 그녀는 성격이 대범하고 품이 넓을 뿐 아니라 일손이 야무져서 백선당에 온 지 삼 년 만에 안살림을 도맡게 되었다.

"당주 어른께서는 벌써 광으로 드셨는가?"

병술이 고개를 끄덕이고 서생댁을 한쪽으로 끌었다. 그리고 낮은 소리로 말했다.

"이번에는 산곡주 양이 조금 많아질 것 같으니까, 누룩과 고드밥 양을 잘 좀 조절해주시오. 그리고 주인 양반들 지치지 않도록 음식 좀 넉넉히 챙겨주시고요."

"웬일이래? 특별히 다른 데 쓸 데가 있으신가?"

"낸들 어찌 알겠소. 암튼 부탁하오."

서생댁과 헤어진 병술은 마당을 두리번거리다가 갑술을 발견하고는 다가갔다.

"형님, 나 좀 보시오."

갑술과 병술은 형제지간으로, 삼 형제의 첫째와 셋째였다. 원래 중간에 을술이 있었으나, 어릴 때 병으로 죽고 남은 두 형제가 한 마을에 살면서 서로 기대고 있었다.

"무슨 일이냐?"

갑술의 물음에 병술이 서생댁에게 하던 것처럼 목소리를 낮추어 말했다.

"이번에는 술병을 오백 개 만들어야 합니다. 그래서 가마에 흙을 더 넣어야 할 겁니다."

"전에는 삼백 개를 만들었는데, 어째 이번에는 양이 많이 늘었구나. 그래, 알았다. 차질 없도록 준비하마."

병술이 주변을 둘러보고는 다시 목소리를 낮추어 말했다.

"이번에 산곡주가 많이 나오는 것을 상인들이 알면 난리가 날 것이니, 바깥에 말이 안 나가도록 주의해주십시오, 형님."

"척하면 착이다. 내가 그걸 모르겠느냐?"

흡족한 듯 병술이 미소를 지었다. 갑술이 병술의 어깨를 툭툭 치고는 자리를 옮겼다.

곧 견정과 서생댁의 주도로 음식을 나누기 시작했다. 주민들은 받아든 음식을 그 자리에서 먹기도 하고 짚으로 만든 바랑에 담기도 했다. 백선당이 음식을 나누는 것은 제례 때만이 아니었다. 설과 추석, 한시,

단오가 되면 양일엽은 고기와 떡을 풀었다. 약사동의 평원에는 백선당의 논이 제법 있는데, 소작을 하는 농부들에게만 베푸는 것이 아니라 온 동네 주민에게 음식을 돌렸다. 그래서 양일엽은 일대 주민으로부터 명망(名望)이 높았다. 양일엽에 대한 소문은 울산도호부뿐 아니라 경주와 양산, 기장까지 자자했다.

"연기가 올랐습니다!"

내내 주정 만드는 광의 굴뚝을 올려다보고 있던 갑술의 어린 아들 동희가 소리쳤다. 그와 동시에 마당에 모여 있던 술도가와 가마의 일꾼들이 뿔뿔이 흩어졌다. 갑술과 동희를 비롯한 일행도 수레 쪽으로 걸음을 옮겼다. 산곡주를 만드는 여정의 깃발이 오른 것이었다.

술도가 한편에서 누룩과 고드밥 만드는 작업이 시작되었다. 밀과 조, 고구마를 으깨어 반죽하는 일과 찹쌀을 맑은 물에 씻어 불리는 일은 아낙들이 도맡았다. 남정네들은 곁을 지키고 있다가 무거운 것을 옮길 일이 있으면 나섰다. 반죽을 틀에 넣고 찰밥을 쪄서 고드밥 만드는 일까지 하면 첫날 하루가 지났다. 서생댁은 병술이 이른 대로 반죽과 고드밥의 양을 늘렸다. 티 나지 않게 하려고 했으나, 눈썰미 좋은 아낙들을 속일 수는 없었다.

"이번에는 어째 양이 좀 많은갑소?"

아낙 한 사람이 물었다. 서생댁은 대뜸 손사래를 쳤다.

"많기는 뭐가 많아? 늘 하던 대로구먼!"

하지만 아낙들은 물러서지 않았다.

"형님, 당주 어른께서 버려지는 곡식이 없도록 각별히 당부하시는데, 이러다 야단맞는 것 아니오?"

일꾼들의 눈을 속일 수 없다고 판단한 서생댁이 검지를 세워 입술에 빗장을 걸었다. 그러자 아낙들이 일제히 입을 다물었다.

산곡주는 워낙 인기가 좋아서 상인들이 한 병이라도 더 챙기려고 득달같이 달려들었다. 양일엽이 단호하고 공정하게 정리하지 않았다면 매번 난리가 났을 것이다. 그런데 이번에 산곡주가 평소보다 많이 나온다는 소식이 알려지면 그동안 애써 다잡아놓은 유통 질서가 깨질 염려가 있었다. 그런 사정을 알기에 백선당의 식솔들은 양일엽과 한마음이 되어 입단속을 하기로 암묵적으로 합의한 것이었다.

광에서는 양일엽과 상규가 천남성 찌는 작업을 했다. 먼저 말린 천남성을 조심스럽게 돌로 찧어 잎과 줄기가 실처럼 가늘어지도록 했다. 실타래처럼 천남성이 풀어지고 나면 단단히 밀봉된 나무통에 천남성 스무 뿌리를 넣고 열을 가했다. 나무통 윗부분에는 위로 올라온 수증기를 잡아두기 위해 깔때기를 엎어놓은 모양의 뚜껑이 대나무로 된 관과 연결되어 있는데, 비스듬한 관을 타고 나오면서 응결된 수증기가 한 방울씩 그릇 속으로 떨어졌다. 아침에 시작된 그 일은 밤까지 이어졌다. 아궁이의 불이 저절로 사그라질 때까지 기다린 끝에 얻어내는 주정은 작은 종지 한 그릇 양이었다.

그렇게 한 번 천남성을 찌는 데 쓴 나무통은 부수어서 아궁이의 장작으로 썼다. 말린 천남성을 새로 찔 때면 새로운 나무통을 썼다. 그러니까 종지 한 그릇 양의 주정을 얻는 데 말린 천남성 스무 뿌리와 나무통 하나가 소요되었다. 광 안에는 미리 만들어놓은 나무통이 여러 개 비치되어 있는데, 이 나무통은 증기가 일절 새어나가는 일이 없도록 해야 하기 때문에 양일엽이 직접 만들었다. 상규가 기술을 전수받고는 있으나, 아직은 갈 길이 멀었다. 나무통을 꼼꼼하게 밀봉하는 이유는 주정이 허비되지 않도록 하기 위해서이기도 하지만, 혹여 천남성 찌는 냄새가 퍼지는 것을 막기 위한 목적이 더욱 컸다.

주정 한 사발로 산곡주 백 병을 만들 수 있다. 산곡주 한 병의 크기가 성인 한 사람의 손아귀에 잡힐 만한 둘레에 작은 붓 한 자루 높이여서 양이 그리 많지 않았다. 때문에 백선당에서 나가는 한 병의 값인 두 냥이 그리 만만치 않았으나, 이를 두고 비싸다고 불만을 표하는 상인은 없었다. 세 배, 네 배를 붙여서 팔아도 사겠다는 사람이 줄을 섰으니 상인들로서는 감지덕지였다. 생산량이 많지 않아서 울산도호부의 경계를 넘는 일이 드물었으나, 어떤 상인들은 일부러 묵혀두었다가 경주나 양산 등지로 넘긴다고도 했다. 그럴 때는 울산도호부에서 유통되는 가격보다 훨씬 비쌀 수밖에 없었다.

사흘째 된 밤에 네 번째 나무통을 준비하던 양일엽은 갑자기 동작을 멈추고 생각에 잠겼다. 상규가 그 모습을 보고 물었다.

"아버님, 무엇이 잘못되었습니까?"

양일엽이 고개를 끄덕였다.

"잘못되었다."

"무엇이옵니까?"

"천덕이 채집해온 양이 많은 것을 보고 내가 길을 잃었다. 절대 일정한 양이 아니면 만들지 않겠다고 다짐했거늘 하마터면 그 원칙을 깨뜨릴 뻔했구나. 주정 만드는 일은 여기서 그친다."

"남은 천남성은 어찌하면 좋겠습니까? 이대로 태우면 향이 퍼질 것입니다."

"몸에 지니고 나가자. 기회를 보아 약사천 물길에 흘려보내자꾸나."

그러고 나서 출입문 가까이서 낮게 말했다.

"게 누구 있는가?"

금세 바깥에서 답이 돌아왔다.

"병술과 갑술입니다요, 어르신."

양일엽과 상규가 광에서 주정을 만드는 동안 혹시 일어날지 모를 불상사에 대비해서 두 사람씩 당번을 섰다. 그날 밤이 두 사람의 차례였다. 양일엽이 말했다.

"누룩을 들여보내게."

병술이 물었다.

"평소보다 많이 넣을깝쇼?"

"아니네. 평소와 똑같이 들이게."

"예, 어르신."

병술과 갑술이 달려가는 소리가 들렸다. 오래지 않아 출입문 아래쪽에 난 작은 미닫이 구멍을 통해 병술이 누룩을 들였다. 그것은 광에서 양일엽과 상규가 주성을 만드는 동안 음식과 요깅을 들이고 내는 구멍이었다.

"내일 모레 아침에 나갈 것이니, 그리 알게나."

"예, 어르신. 차질 없도록 준비해놓겠습니다."

병술이 대답하고 멀어져갔다.

양일엽이 지켜보는 가운데 상규가 사흘 동안 추출한 주정과 누룩을 나무통에 넣고 섞었다. 고르게 잘 섞은 다음 상규가 부친을 바라보았다. 양일엽은 흡족한 듯 크게 고개를 끄덕였다. 다음은 물을 섞는 단계였다. 약사천의 효험 좋은 물은 산곡주를 만드는 데 있어 없어서는 안 될 재료였다. 그것도 반드시 계곡 상류의 물이어야 했다. 황방산과 함월산에 자라는 온갖 나무와 풀과 약초의 뿌리와 돌과 흙을 씻고 내려온 물이 아니면 산곡주는 탄생할 수 없었다. 이 세상천지에 맑고 효험 좋은 물이 약수골에만 흐르라는 법은 없겠지만, 양씨 가문이 대대로 이곳에 터를 잡고 산곡주를 만들어온 데에는 분명 이유가 있을 터였다.

천남성은 원래 맛이 쓰고 혀끝을 맵게 했다. 말린 천남성을 쪄서 얻은 주정에서도 쓰고 매운 기운이 여전했다. 그러나 누룩과 함께 끓여서 얻는 두 번째 주정에서는 쓰고 매운 향이 제거되고 시면서도 단 맛이 살아났다. 이렇게 해서 사약으로 쓰이는 천남성이 산곡주의 재료가 된다는 사실이 감쪽같이 감추어졌다. 양일엽으로서는 이 놀라운 자연의 조화가 어떻게 일어나는지 알 수 없었다. 다만 정성과 마음을 기울이고 수백 년을 이어온 원칙을 지키면 주어지는 선물이라고만 받아들였다.

◇　◈　◇

주정이 만들어지기를 기다리는 동안 잠시 정적에 싸였던 술도가에 활기가 돌았다. 양일엽과 상규가 광에서 두문불출하며 나흘하고도 반나절 동안 추출한 주정을 누룩, 고드밥과 섞어 다시 발효하는 과정에 들어갔다. 큰 나무통 세 개에 가득 찬 술이 익어가면서 거품이 끓어오르면 일꾼들이 거품을 걷어내는 일을 반복했다.

가마에서는 고운 흙으로 잘 빚은 술병에 유약을 바르고 말린 다음 거기에 양일엽이 직접 '散哭酒(산곡주)'라고 써넣었다. 흩어질 산(散)에 울음 곡(哭), '슬픔을 흩어버린다'는 의미다. 양일엽이 직접 글씨를 새겨 넣는 이유가 있었다. 청주에 향료를 첨가한 가짜 산곡주가 더러 유통되기 때문이었다. 그러니까 양일엽이 직접 글씨를 새기는 것은 정품(正品)임을 입증하는 낙관(落款)을 찍는 일이었다. 이렇게 글씨가 새겨진 술병은 가마에서 구워져 단단한 도자기 병으로 변모했다. 산곡주 술병은 그것대로 이용 가치가 컸다.

발효를 시작하고 나흘을 기다린 끝에 드디어 술통을 개봉했다. 대개 술을 만들 때는 윗부분에 뜬 맑은 부분은 청주로 쓰고 탁한 아랫부분은 탁주(막걸리)로 쓰지만, 산곡주는 오로지 위에 맑게 뜬 부분만을 썼다. 맑게 뜬 술을 떠내 채에 걸러서 불순물을 제거한 뒤에 다시 증류 작업을 했다. 이 과정에서 수분이 달아나서 술기운이 강한 소주(燒酒)가 만들어지는데, 이것이 바로 산곡주다. 가마에서 구워진 술병을 깨끗이 씻어 말린 후 여기에 술을 담고 봉하면 드디어 상품으로 개탄생했다. 탁주가 남아 있는 술항아리에는 짚을 섞어 며칠 두는데, 그러면 가축들이 먹기 좋은 사료가 되거나 논밭에 뿌리기 좋은 거름으로 쓰였다.

술도가 마당에는 마음 급한 상인들이 벌써부터 일꾼을 대동한 채 진을 치고 기다리고 있었다. 그들의 얼굴을 하나하나 살피던 중 상규의 눈썹이 꿈틀거렸다. 도호부에서 김치태의 마름 노릇을 하는 형방아전(刑房衙前)이 섞여 있었다. 아전은 상규와 눈이 마주치자 슬그머니 다가와서는 낮은 목소리로 말했다.

"부사께서 산곡주 서른 병을 필요로 하시네. 그리 알고 준비하게나."

김치태의 작태(作態)가 분명했다. 부사와 도호부 핑계를 대고 산곡주 유통에 끼어들려는 속셈이었다. 김치태가 이런 식으로 빼돌린 산곡주에 몇 배 값을 붙여서 이윤을 남기고 있다는 사실은 웬만한 울산도호부 사람이라면 다 알고 있었다.

"그럴 수 없습니다."

상규가 단호하게 나오자 아전은 적잖이 당황했다. 상인들이 가득한 곳에서 괜히 이목을 끌어 좋을 일이 없었다. 아전은 이를 악문 채 목소리를 깔았다.

"부사의 명을 거절할 셈인가? 그랬다가 무슨 꼴을 당하려고!"

"그렇다면 미리 주문을 하셨어야지요. 여기 모인 상인들도 산곡주가 나오기를 학수고대하며 보름을 기다렸습니다."

"아, 여유분이 있을 것 아닌가?"

"없습니다. 한 번에 삼백 병, 그 이상은 만들지 않습니다."

"아니, 이 사람이……!"

분위기가 험악해지는 것을 본 양일엽이 다가왔다. 아전이 양일엽을 발견하고는 그를 한쪽으로 끌었다.

"이보시오, 당주. 부사께서 산곡주 서른 병을 필요로 하시네."

양일엽이 평온한 표정으로 대답했다.

"그러십니까? 그러면 갖다 드려야지요."

"허허, 이제 좀 말이 통하는구먼."

"오늘 당장 부사를 찾아뵙고 물건을 직접 전해드리겠습니다."

아전의 표정이 얼어붙었다. 김치태의 수작임을 꿰뚫고서 그를 곤경에 빠뜨릴 요량임이 분명했다. 아전이 말이 없자, 양일엽이 말했다.

"염려 놓으시고 돌아가십시오. 오늘 제가 부사를 찾아뵙겠습니다."

아전의 얼굴이 붉으락푸르락했다.

"김치태를 모르는 거요? 이렇게 나오다가 경을 치를 것이외다."

"그만 돌아가십시오."

아전은 양일엽을 무섭게 노려보다가 돌아섰다. 돌아가는 상황을 지켜보던 상인들이 형방아전의 뒤통수에 대고 욕지거리를 퍼부었다.

상규가 양일엽에게 말했다.

"이대로 물러날 작자가 아닙니다, 아버님."

"그렇겠지. 탐욕의 맛을 본 사람은 거기에서 헤어 나올 수 없는 법이니까. 당분간 산곡주의 주정을 만들 때 당번을 네 사람으로 늘려야겠구나."

"네, 아버님. 병술 아저씨와 의논하여 그리 조치하겠습니다."

고개를 끄덕이며 돌아서는 양일엽의 표정이 어두웠다.

◇ ◆ ◇

　우려하던 일이 터지고 말았다. 상인들에게 나누어주고 남은 산곡주를 보관하던 창고가 털린 것이었다. 산곡주 스물두 병을 잃은 것은 양일엽에게 대수롭지 않은 일이었다. 창고를 지키던 술도가의 일꾼이 도적의 칼에 옆구리를 찔린 것이 큰일이었다.

　일이 일어난 시각은 축시(丑時, 오전 1시 반부터 2시 반 사이)였다. 며칠 전 도호부의 아전과 실랑이가 있은 뒤 청지기 병술은 술도가와 가마의 일꾼들로 하여금 불침번을 서게 했다. 그런데 괴한 여럿이 숨어들어 일꾼을 칼로 위협해서 산곡주 보관하는 곳을 알아내고는 훔쳐 달아난 것이었다. 그 과정에서 일꾼이 소리를 지르자, 괴한 하나가 칼을 휘둘렀다.

　비명을 듣고 깨어난 상규와 병술을 비롯한 일꾼들이 도적 무리를 좇아가려 했으나, 양일엽이 말렸다. 더 큰 불상사가 일어날지도 몰랐다.

　의술에 일가견이 있는 양일엽이 일꾼의 상처를 살폈다. 목숨이 위험한 지경은 아니었으나 상처가 꽤 깊었다. 집 안에 보관하고 있던 산곡주로 상처를 씻고 급한 대로 양일엽이 직접 상처를 꿰맸다. 날이 밝자마자 환자는 의원에게 보내고, 양일엽은 상규와 함께 도호부로 향했다.

　양일엽이 올 것을 알았던 듯 이른 시각부터 김치태가 나졸(羅卒) 다섯을 대동하고 동헌을 지키고 있었다. 양일엽이 동헌 입구를 지나치려 하자 김치태가 막아섰다.

　"백선당주 양일엽, 오랜만일세. 이른 아침부터 관아에는 무슨 일이

신가?"

양일엽이 평소와 달리 김치태를 매섭게 노려보며 대답했다.

"간밤에 술도가에 강도가 들어 부사 나리께 고변(告變)하러 왔소이다."

"그런 일이 있었던가? 평온하기 그지없는 약수골에 변고가 닥치다니 참으로 안타깝구려. 나한테 얘기해보시게. 내가 부사께 잘 전해주겠네."

양일엽과 김치태는 나이가 같았다. 어릴 때 같은 훈장 아래에서 글공부를 한 동기이기도 했다. 김치태는 어릴 때부터 행실이 방정맞아 주변의 걱정을 샀다. 상투를 틀고도 모리배들과 어울려 다니며 투전판이나 기웃거리던 위인이었다. 하지만 믿는 구석이 있었다.

김치태의 조상은 대대로 도호부의 구실아치를 지냈다. 그도 이방(吏房)으로 있던 아비가 죽자, 그 자리를 물려받았다. 아비가 그랬던 것처럼 김치태 역시 갖가지 횡포와 착취를 일삼아 부민의 원성이 자자했다. 허나 지역 양반과 토호들에게 일정한 뇌물을 바치고 뒷배로 활용하기 때문에 조정에서 파견된 도호부사나 울산에 위치한 경상좌도 병영의 장수조차 김치태의 치부(恥部)를 알면서도 건드리기 꺼려했다.

"직접 고변하겠소이다."

"도호부의 수장이 너 같은 술도가 패거리나 만나고 다닐 만큼 한가한 줄 알았더냐? 나한테 고변하든지 그게 싫다면 썩 물러가라!"

상규가 두 주먹을 불끈 쥐었다. 하지만 감히 김치태와 눈을 맞추지는 못하고 부들부들 몸을 떨었다.

양일엽은 잠시 눈을 감았다가 떴다. 그러고는 배에 힘을 단단히 주고 소리쳤다.

"부사 나리, 고변 드릴 일이 있어 찾아왔나이다! 가엾은 백성의 사연에 귀 기울여주소서!"

김치태의 눈이 커졌다. 점잖은 양일엽이 이렇게 나오리라고는 상상조차 못한 일이었다. 김치태가 말릴 새도 없이 양일엽의 두 번째 포효(咆哮)가 터져 나왔다.

"부사 나리, 가엾은 백성의 고변을 들어주소서!"

김치태가 달려들어 양일엽의 멱살을 잡았다.

"이놈이 죽으려고 환장을 했구나! 내가 누군 줄 알고……!"

그러고 나서 뒤에 선 나졸들에게 일렀다.

"말로 해서는 안 될 놈들이다. 당장 포박하여 압송(押送)하라. 내가 직접 취조(取調)하겠다."

하지만 도호부에 속한 나졸들이란 관복을 벗고 육모 방망이를 내려놓으면 여느 부민과 같은 처지였다. 약사동과 반구정 일대에 사는 그들의 일가친척 중에 백선당주 양일엽의 은혜를 입지 않은 사람이 드물었고, 익히 양일엽의 인품을 알기에 선뜻 나서지 못했다. 그러자 김치태가 나졸들을 향해 눈을 부라리며 악을 썼다.

"이놈들이 치도곤을 당해봐야 정신을 차릴 것이냐? 압송하라는 말이 들리지 않느냐?"

그제야 어쩔 수 없다는 듯 나졸들이 엉거주춤 다가가 양일엽과 상규의 팔을 뒤로 꺾었다. 상규가 눈을 부라리며 반항하려 했으나, 양일엽이 눈짓으로 말렸다. 두 사람이 옥사(獄舍)로 이동하려는 그때 동헌 안쪽에서 큰 기침 소리가 들려왔다.

"무슨 일인가?"

양일엽은 도호부사를 대면한 적이 없으나, 관복의 차림새와 풍채로 그가 부사임을 알아보았다.

부사가 김치태에게 다가가 물었다.

"무슨 일이기에 아침부터 이리 소란인가?"

김치태는 필요 이상으로 넙죽거리며 간사한 목소리로 말했다.

"나리께서 염려하실 일이 아닙니다. 부민 하나가 객쩍은 청을 넣으려고 행패를 부리기에 포박하는 중입니다."

부사가 양일엽과 상규를 위아래로 훑어보았다. 둘 다 중인(中人) 차림이었지만, 표정이나 몸가짐이 예사롭지 않았다. 아전의 말대로 관청에서 생떼를 쓸 사람으로 보이지는 않았다. 부사는 이방아전이 꿍꿍이가 깊은 작자임을 진즉에 알아보았기에 그에 맞서는 자의 사연이 궁금했다.

"내가 직접 문초(問招)하겠다. 옥사 곁의 광으로 데리고 가라."

그렇게 말하고 부사는 김치태가 뭐라 핑계를 댈 틈을 주지 않고 돌아섰다. 곤경에 빠진 김치태는 황망한 눈길로 부사의 등을 바라볼 뿐이었다. 나졸들은 김치태가 트집을 잡기 전에 얼른 양일엽 부자를 끌고 부사의 뒤를 따랐다.

◇ ◈ ◇

옥사 곁의 광으로 들어서서 자리를 잡은 뒤 나졸 셋이 양일엽과 상규를 지켰다. 나졸들은 아무 말 없었지만, 그들의 눈빛에서는 죄인을 대하는 기색이 전혀 없었다. 오히려 돌아가는 사정을 다 안다는 듯 측은한 눈길을 언뜻언뜻 보냈다.

부사가 광으로 들어서서 탁자 맞은편에 앉았다. 전립을 쓰고 지휘봉을 든 모습에서 공무(公務)를 보는 관리로서의 직책에 충실하겠다는 태도가 엿보였다. 나이는 마흔 중반쯤 되었을까, 얼굴이 갸름해서 문약(文弱)해 보였으나, 한편으로는 눈매가 깊고 날카로워서 만만히 볼 사람이 아니라는 인상을 주었다.

"나졸들은 나가보아라."

"예, 나리."

나졸들이 나가자, 부사는 지휘봉을 탁자에 내려놓고 전립을 벗어 지휘봉 옆에 두었다.

양일엽 부자를 지그시 바라보던 부사가 무언가를 알아차렸다는 듯 고개를 끄덕이고는 입을 열었다.

"내가 이곳으로 부임해오던 날 조금 전의 이방아전 김치태와 지역 유지들이 잔치를 열어주었네. 그때 그들이 아주 자랑스러워하면서 꺼낸 술이 있었지. 이름은 산곡주. 내가 술을 즐기는 편은 아니나, 그 술이 혀에 닿는 순간 여느 술과는 다르다는 사실을 알 수 있었네. 도성의 궁에 진상(進上)해도 손색이 없을 만큼 훌륭한 술이었네. 술을 만드는 장인이 누군지 궁금하여 물었더니 백선당이라는 술도가의 양일엽이라고 알려주더군. 내가 술을 탐하는 위인이었다면, 도호부에 공납(貢納)을 하라 명을 내렸을 것이네. 극히 적은 양을 만든다는 사실을 알고도 욕심을 부렸을 걸세. 어떤가? 고을 관아의 수장이 주당(酒黨)이 아닌 것이 백선당에는 잘된 일이지 않은가?"

양일엽이 고개를 숙여 보이며 대답했다.

"송구하옵니다, 나리."

부사가 멋쩍은 웃음을 지어 보이고는 말을 이었다.

"나중에 잔칫날에 쓰인 경비를 알아보기 위해 장부를 가져오라 일러 살펴보았더니 술값으로 백이십 냥이나 썼더군. 그중에서 산곡주의 값으로 백 냥을 치렀더라고. 내 기억으로 잔칫상에 오른 산곡주가 열 병 남짓이었는데 말이야. 그러면 한 병에 열 냥이지 않은가? 물론 산곡주의 맛과 향은 값을 붙이기 힘들 만큼 기가 막혔네. 허나 지방의 술도가에서 나오는 술의 값으로는 조금 과하다 싶어 내 나름 알아보았더니, 적게는 넉 냥에서 많게는 여덟 냥까지도 거래가 된다더군. 이방아전이 중간에 착복했더라도 그리 많이 해먹지는 않았구나 생각했네. 그래서 묻겠네. 잔칫날 도호부에 산곡주를 얼마에 넘겼는가?"

양일엽이 대답했다.

"한 병에 두 냥이었습니다."

상규는 그날 도호부에 납품한 산곡주는 열 병이 아니라 스물아홉 병이었으며, 대금은 단 한 푼도 받지 못했다고 고변하고 싶었으나, 목구멍까지 띠고 올라온 울분을 가끼스로 삼켰다.

"스무 냥이 백 냥으로 둔갑했군."

그렇게 말하고 부사는 씁쓸한 표정으로 웃었다. 잠시 굳게 침묵을 지키고 있던 부사가 입을 열었다.

"내가 울산도호부의 수령으로 앉아 있으나, 사실 내게는 아무런 힘이 없네. 조정의 관직을 꿰차고 있다가 지방으로 좌천된 관리에게 무슨 권한이 있고, 무슨 의욕이 있겠는가? 그저 무탈하게 조용히 지내면서 주상 전하의 부름을 받기를 기다릴 뿐이지. 괜히 질서를 바로잡겠다고 들쑤셨다가 조정의 먹물들에게 미운 털이 박혀서 나락으로 떨어진 이를 여럿 보았네. 지방의 토호를 가벼이 보아서는 안 되지. 그들이 무얼 믿고 그리 날뛰겠는가. 악(惡)은 더 큰 악에 붙어 기생하면서 생명을 유지하는 법일세. 그래서 나는 그대에게 부끄럽네. 약수골 백선당 양일엽의 선행이 파다하더군. 내가 만난 양반네들 몇도 당주의 인품을 매우 높이 사고 칭찬을 아끼지 않았네. 세상에서 가장 무서운 도적이 관복 입은 도적이라 하지 않는가. 곳곳에 관복 입은 도적떼가 우글거리는 와중에도 당주 같은 이들이 있어 백성이 희망을 잃지 않는 것이겠지. 부디 내가 못하는 일을 그대가 대신해주시게."

부사는 전립을 쓰고 자리에서 일어섰다. 그러고는 일별도 없이 그대로 광을 나섰다. 밖에서 나졸들에게 이르는 부사의 음성이 들려왔다.

"풀어주어라."

관아에서 나와 약수골로 돌아가는 길이 참으로 멀게 느껴졌다. 양일엽은 부사의 표정과 넋두리를 되씹으면서 서럽고 허망했다. 분명 젊은 날의 그는, 이제 막 관직에 진출했을 때의 그 관리는 나라의 기강을 바로잡고 백성의 안위를 위해 몸을 바치겠다는 의기로 충만했을 것이다. 하지만 조정의 이전투구(泥田鬪狗)에 막히고 먹히고 상처 입으면서 의기는 희미해지고 당장의 안위만 바라는 관리로 전락하고 말았을 것이다. 저처럼 총명한 관리가 저렇게 꺾였다면, 이 나라의 얼마나 많은 인재들이 그런 식으로 꺾였을 것인가. 양일엽은 눈앞이 아찔했다. 좋은 세상이 올 것인가? 민초들이 용기를 가져도 되는 세상은 과연 올 것인가?

"부사가 나쁜 사람 같지는 않은데…… 결국 고변은 듣지도 않았습니다."

상규가 혼잣말을 하듯 내뱉었다. 그 역시 허탈한 듯 어깨가 축 처져 있었다.

그런데 다음날 정오 무렵에 뜻밖에도 아전 김치태가 병방아전과 나졸들을 거느리고 백선당을 찾았다. 상규는 그를 보자마자 또 무슨 해코지를 할까 잔뜩 긴장했지만, 그것이 아니었다. 그는 지난밤에 도둑맞은 산곡주의 개수를 조사하고, 사건이 일어날 당시의 정황을 알아보러 온 것이었다.

청지기 병술이 안면이 있는 나졸에게 나직이 물었다.

"우리 주인 양반들은 사건을 고하지도 못하고 돌아왔다 하던데, 어찌 조사에 나선 거요?"

나졸이 대답했다.

"당주께서 돌아간 뒤 부사 나리가 이방을 불러 경위를 물었소. 내가 든기로는 이방이 대수롭지 않은 일이라고 둘러댔지만, 부사께서 식섭 동헌의 심부름꾼들을 시켜 알아본 것 같소이다. 백선당에 강도가 들었다는 사실이 이미 파다하게 퍼졌으니, 부사의 귀에 들어간 것은 당연한 일이지요. 하여 부사 나리가 이방에게 직접 경위를 조사하고 보고하라 일렀다고 합디다. 여기서 피해 물품을 알아보고 강도에게 당한 환자가 있는 의원에 들를 예정이오. 시장에서 유통되는 산곡주의 수량도 알아보라 명을 내렸다고 하더이다. 아무튼 당분간 귀찮게 되었수다."

병술이 들은 것을 상규에게 전했다. 이야기를 듣는 상규의 얼굴에 화색이 돌았다.

지난밤의 변고는 누가 보아도 김치태가 교사(敎唆)하여 일어난 일이었다. 그러니까 지금 김치태는 자신의 범죄를 스스로 조사하고 다니는 꼴이었다. 양일엽과 상규는 이방이 사건의 실마리를 풀 것이라고는 기대하지 않았다. 그것은 부사도 마찬가지일 것이다. 하지만 부사의 하명(下命)은 매우 뛰어난 묘수였다. 이방아전 김치태에게 스스로 죄를 덮을 기회를 제공하여 갈등을 일으키지 않으면서도 당분간 그를 꼼짝 못하게 옭아맨 것이었다.

김치태가 돌아간 뒤 전말(顚末)을 전해 들은 양일엽이 상규에게 물었다.

"부사의 성함이 어찌되는지 아느냐?"

상규는 반갑고 고마운 마음에 나졸을 통해 알아두었던 부사의 이름을 양일엽에게 알려주었다.

"강자, 찬자, 룡자를 쓰신다고 들었습니다."

양일엽은 입술 사이에 '강찬룡'이라는 이름을 머금었다.

"세상에서 가장 사악한 도적이
　관복 입은 도적이라 하지 않던가."

강찬룡

03

금주령 그리고 장붕익

1733년 여름

동희는 사월부터 서당에 다니기 시작했다. 열세 살이 되도록 서책은 구경조차 해보지 못한 까막눈 동희는 글공부하는 동안 시간을 잊은 채 빠져들었다.

동희가 서당에 다니게 된 것은 양일엽 덕이었다. 땅 파먹고 사는 처지에 글자는 배워서 무엇 하느냐는 갑술을 설득한 사람이 양일엽이었고, 서책을 준비하고 훈장에게 낼 비용의 일부를 마련해준 사람도 양일엽이었다. 동희는 하늘과 땅을 종이로 삼아 틈틈이 글자를 익혔고, 칠월이 되자 제법 아는 티가 나기 시작했다.

서당을 마친 동희가 장터를 지날 때였다. 상인들과 물건 구경하러 나온 사람들이 한 곳에 몰려 있었다. 풍물패가 왔나? 하지만 풍악 소리가 들려오지 않았다. 동희는 사람들 틈을 비집고 들어갔다.

사람들이 보고 있는 것은 벽에 붙은 방(榜)이었다. 방에 적힌 글씨 가운데 동희가 알아볼 만한 것은 금할 금(禁)과 술 주(酒), 나라 국(國), 법 법(法) 정도였다. 방을 붙인 나졸에게 사람들이 물었다.

"저기에 뭐라고 쓴 거요?"

나졸이 헛기침을 한 뒤에 젠체했다.

"아, 이 사람들! 글을 보고도 뜻을 몰라?"

그러고는 육모 방망이로 글자를 하나하나 짚으며 읽었다.

"금, 주, 령. 이렇게 적혀 있잖소."

하지만 동희가 보기에 나졸은 엉뚱한 글자를 짚었다.

"나졸 어른, 그건 '금주'가 아니라, 다른 글자인뎁쇼."

나졸의 얼굴이 붉어졌다. 까막눈이기는 나졸도 매한가지였다. 방에 적힌 내용을 들어 미리 알고 있던 차에 아는 체를 하려다가 동희 때문에 망신을 당한 것이었다.

헛기침을 한 나졸이 소리쳤다.

"그러니까 앞으로 술을 만들어서도 안 되고, 술을 팔아서도 안 되고, 술을 마셔서도 안 된다 이 말이여. 이를 어기면 국법에 따라 엄히 다스린다, 뭐 그런 내용이오."

술을 만들어서도 안 되고 팔아서도 안 된다? 동희는 사람들 틈을 빠져나와 약수골을 향해 냅다 뛰었다. 나졸의 말에 의하면 백선당의 일꾼들이 모두 일을 잃을 수도 있었다. 술도가에 약사천의 물을 길어 나르고 동천의 흙을 퍼서 가마에 나르는 덕에 서당에 다닐 수 있게 된 동희로서는 청천벽력 같은 소식이었다.

약사동의 너른 논에서 아버지가 김을 매고 있었다. 동희가 입가에 손을 모으고 소리쳤다.

"아부지, 큰일 났어요! 나라에서 술을 만들지도 못하게 하고 팔지도 못하게 한대요!"

갑술과 동리 사람들이 논에서 나왔다. 동희는 날벼락 같은 소식에 애가 타서 발을 동동 굴렸다.

"나라님이 또 금주령을 내린 모양이네."

"하이고, 금주령을 내리면 백성들 살림이 더 어려워진다는 걸 왜 나라님만 모르실까?"

"뭐, 그리 오래가겠는가? 몇 달 끌다가 그치겠지."

"아, 금주령을 빌미로 관아의 구실아치들이 설치고 다닐 걸 생각하니까 벌써 화병이 올라오는구먼."

동희는 어른들 이야기를 제대로 알아들을 수 없었다. 그러나 금주령이라는 것이 민초들을 힘들게 만든다는 사실은 어렴풋이 알 것 같았다. 동희가 걱정스러운 표정으로 아버지에게 물었다.

"이제 어떻게 해요, 아부지? 백선당에서 일 못하면 어떻게 해요?"

갑술이 대답했다.

"어쩌긴 뭘 어째? 이제 서당엔 다 다닌 거지."

"싫어요!"

그렇게 빽 소리를 지르고 동희는 단숨에 백선당으로 가서 작은아버지인 병술에게 보고 들은 것을 전했다. 병술의 표정이 어두워졌다. 소작

일을 겸하는 갑술과 달리 병술은 오로지 술도가에서 나오는 새경에 기대어 살았다. 자신뿐만 아니라 백선당의 식솔 대부분이 그랬다. 병술은 수심이 가득한 얼굴로 양일엽이 머무는 안채로 향했다.

임금이 금주령을 내리는 것이 흔한 일은 아니지만, 아주 없는 것은 아니었다. 선왕(先王)인 경종이 왕위에 오른 이듬해인 신축년(辛丑年, 1721년)에도 흉년이 들어 한시적으로 금주령을 내린 적이 있었다. 하지만 당시 폐해가 이만저만이 아니었다. 술을 빚는 데 들어가는 쌀을 줄여 곡식으로 활용하자는 것이 금주령의 의도였지만, 밀주(密酒)를 유통하는 검계(劍契)가 활개를 치고 풍기(風紀)를 단속한다는 구실로 관리들이 설치고 다니는 통에 민초들의 고통이 컸다. 술을 유통하는 상인들은 으레 관리들에게 상납(上納)을 하기 마련인데, 상인들의 수입이 막혀 상납이 줄어들자, 관리들이 술과는 상관도 없는 여염(閭閻)집을 쥐어짜서 부족한 부분을 채우려 했기 때문이다. 이런 일을 경험했기에 금주령을 반기는 민초는 아무도 없었다.

"곧 영(令)을 거두시겠지요?"

아들 치경이 장붕익에게 물었다. 장붕익은 고개를 저었다. 현왕(現王)이 내린 금주령은 예년의 금주령과는 성격이 달랐다. 지방 관아에서 올라오는 소식을 종합해보면, 흉년이 들 조짐이 없었고 사회 기강이 급격히 문란해진 것도 아니었다. 아무래두 왕과 조정 신료들 사이에 섬섬 깊어지고 있는 알력이 원인인 듯했다.

선왕인 경종에 이어 연잉군이 왕위에 오른 지 구 년째였다. 현왕이 왕위에 오르고 사 년째를 맞이했던 무신년(戊申年, 1728년)에 권력에서 배제된 소론과 남인들이 이인좌를 중심으로 국가를 전복하려 했던 난리가 일어난 뒤로 오 년 동안 왕실은 조정과 균형을 유지하는 듯 보였다. 하지만 연잉군은 왕위에 오를 때부터 노론 대신들의 꼭두각시가 될 수밖에 없는 운명이었다. 경종 임금의 갑작스러운 죽음에 연잉군이 개입했다는 의혹이 제기될 때마다 이를 막아준 세력이 노론이었고, 그런 식으로 노론은 새 왕을 손아귀에 쥘 수 있었다. 하지만 노론이 생각하듯 연잉군은 호락호락한 사람이 아니었다. 소론과 노론 사이에서 줄타기를 하며 조금씩 조정 대신들의 세력권에서 벗어나려는 움직임을 보였다. 왕의 권위가 확대되자 노론 대신들도 가만히 있지 않았다. 어전 회의에서 왕을 농락하고 그에게 수모를 주는 발언을 서슴지 않았다. 노론 대신들은 '네가 누구 덕에 어좌(御座)에 앉아 있느냐?'는 뜻을 노골적으로 비치기까지 했다. 소론은 소론대로 그런 왕의 권위를 부정하려 했다. 이런 식으로 왕과 조정 대신들 사이에 골이 깊어지는 가운데 갑자기 왕이 금주령이라는 패를 꺼내 들었다. 금주령을 빌미로 국가 기강을 바로잡겠다는 구실을 내세워 조정 대신들에게 압력을 가하고자 하는 왕의 의도가 읽혔다. 그렇다면 왕이 금주령을 거두는 일이 아주 훗날의 일이 될지도 몰랐다. 하지만 장붕익은 속내를 아들에게 내비칠 수 없었다.

"모르겠구나. 사태를 지켜볼 수밖에."

장붕익은 오랜만에 군영의 장수로 돌아와 있었다. 기유년(己酉年,

1729년)에 한성부 판윤(漢城府判尹, 오늘날의 서울시장)에 발탁되어 정치인들 틈에서 지내다가 이제야 무관으로서의 본령을 다하나 싶었는데, 마침 금주령이 내려진 것이다. 장붕익은 자신이 훈련대장(訓鍊大將)으로서 무관에 복직한 것과 임금의 금주령 사이에 어떤 연관성이 있는 것은 아닌지 의심스러웠다.

장붕익은 신축년(辛丑年, 1721년)에 아주 혹독하게 금주령을 치른 경험이 있었다. 당시의 금주령은 불과 반년짜리였으나, 그 짧은 기간에 도성의 밀주 시장을 장악하려는 검계들 틈바구니에서 피비린내 나는 싸움을 치러야 했다. 당시 포도대장(捕盜大將)이었던 그는 도성의 검계 일파를 소탕하는 과정에서 수차례 목숨을 잃을 위기에 처했다. 심지어 야밤에 칼을 든 자객들이 집에 습격해 와서 칼부림을 하기까지 했다. 그때를 떠올리자 오소소 소름이 돋았다.

장붕익의 나이 이미 예순이었다. 타고난 기골이 장대해서 어느 모로 보나 노인의 행색은 엿보이지 않았으나, 그는 알고 있었다. 육신의 기운이 점점 쇠퇴하고 있다는 사실을. 노구(老軀)에 이르러 훈련도감(訓鍊都監)에서 군사들을 키우고 나라의 군사 체계를 다듬는 일에 매진할 수 있게 된 것을 복으로 여겼는데, 임금은 다시금 그를 그 험한 싸움판으로 끌어들이고 있었다.

'전하, 신은 이제 기력이 쇠하였나이다.'

장붕익은 속으로 길게 탄식했다. 눈에 넣어도 아프지 않을 손자의 재롱을 보면서 편안하게 여생을 보내는 꿈을 꾸었으나 일장춘몽이었다

"안색이 어두우십니다, 아버님."

아들 치경의 말에 장붕익은 현실로 돌아왔다.

"우리 기룡이가 눈에 밟히는구나."

"내당으로 드시겠습니까?"

"그러자."

치경이 청지기를 불렀다.

"아버님께서 내당으로 가신다. 안주인에게 여쭈어라."

청지기가 달려가고, 장붕익과 치경이 천천히 걸음을 옮겼다.

장붕익의 며느리 창해가 태기(胎氣)를 보인 때는 지난겨울이었다. 손(孫)이 귀한 집안이어서 장붕익은 세상을 다 얻은 듯했다. 아들 치경만 해도 그의 나이 서른넷에 얻은 귀한 자식이었다. 손자가 태어나 첫 울음을 터뜨린 그날 장붕익은 채신머리사납게 하인들 앞에서 덩실덩실 춤을 추었다. 그는 손자에게 '기룡'이라는 이름을 지어주었다. 말똥말똥한 눈으로 자신을 바라보며 혀를 내미는 기룡을 볼 때마다 장붕익은 한 나라의 군사를 호령하는 장수가 아니라 여지없이 여염집의 할아비가 되어버렸다. 그랬다. 기룡은 장붕익이 할아버지가 될 수 있게 해준 귀한 존재였다.

"아버님 오시었소."

치경이 기별하자, 며느리 창해가 문을 열고 밖으로 나섰다. 아기는 유모에게 안겨 있었다. 장붕익이 들어서자 유모가 아기를 건넸다. 장붕익은 신주단지 모시듯 조심스럽게 손자를 안았다. 마음의 근심이 일순간에 허물어지는 동시에 새로운 걱정이 자랐다. 이 아이가 자라는 것을 지켜보며 오래오래 살고 싶다는 바람이 간절했다.

청지기가 내당 앞에 이르러 삼부자(三父子)의 평화로운 시간을 깼다.

"대감, 훈련도감의 비장(裨將)께서 당도했습니다."

"비장이?"

순간 장붕익의 눈썹이 꿈틀거렸다. 여름의 긴 해가 저물었으니, 해시 (亥時, 오후 9시 반부터 10시 반 사이)일 터였다. 곧 자정(子正)을 알리는 인경(人定)이 울릴 늦은 시각에 비장이 찾아왔다는 것은 궁의 호출이 있음을 의미했다.

장붕익은 끌끌 혀를 차고는 유모에게 아기를 넘겼다.

"사랑(舍廊)에서 기다리라고 전하라."

청지기에게 이른 뒤 장붕익은 걸음을 옮겼다.

비장 박영준은 혼자가 아니었다. 도승지(都承旨) 이제겸과 함께였다. 처음에 장붕익은 비장도 이제겸도 알아보지 못했다. 둘 다 평상복 차림이었기 때문이다. 더군다나 이제겸은 중인 행색에 패랭이까지 쓰고 있었다. 사람의 눈을 피하려는 의도가 역력했다.

"비장은 잠시 자리를 피해주게."

장붕익의 말에 박영준이 일어섰다. 그는 바깥으로 나선 뒤 말소리가 들리지 않는 곳에 서서 주변을 경계했다.

장붕익이 이제겸에게 말했다.

"도승지께서도 이렇게 차려입으시니 여염집 사내와 진배없습니다."

이제겸이 그 말을 받았다.

"대장께서도 검을 곁에 두지 않으시니 서당의 훈장 같습니다."

두 사람은 스스럼없이 농을 주고받는 사이였다. 이십오 년 나이 차이가 나는 데다 굳이 따지자면 도승지는 소속이 애매했고 장붕익은 노론 사람이었으나, 서로 진술하고 소탈한 면이 맞닿아 격의 없이 지냈다. 야심한 시각에 모종의 전갈을 갖고 이제겸이 장붕익의 집을 찾은 것도 두 사람 사이에 신의가 두터운 까닭이었다.

"주상께서 보내셨습니까?"

장붕익의 물음에 이제겸은 아리송하게 답했다.

"그럴 수도 있고, 아닐 수도 있지요."

그 말은 임금이 직접 명을 내린 것이 아니라, 임금의 의중(意中)을 읽고 도승지가 스스로 움직였다는 뜻이었다. 실로 위험한 만남이었다.

이번에는 이제겸이 물었다.

"대장께서는 앞으로 일이 어떻게 될지 짐작이 가십니까?"

장붕익은 곧바로 대답하지 않고 과거의 기억을 더듬었다. 아니, 그때의 기억은 일부러 떠올릴 필요가 없을 정도로 선명했다.

십이 년 전 밀주를 유통하는 검계 무리를 뒤쫓다가 장붕익은 실체가 드러나지 않은 거대한 악의 발톱을 보았다. 검계는 단순히 무(武)를 숭상하고 힘으로 타인을 윽박지르며 온갖 범죄로 먹고사는 조무래기들이 아니었다. 검계의 뒷배에 감히 상상조차 하기 싫은 거대한 힘이 도사리고 있음을 느꼈다. 그래서 장붕익은 더욱 잔혹하게 검계의 뒤를 캤다.

임금 경종이 급작스럽게 금주령을 해제하고 검계의 우두머리와 잔당들이 자취를 감추면서 당시의 수사는 미완으로 종결되었다. 그때 마무리 짓지 못한 과업(課業)이 십이 년의 시간을 건너뛰어 다시 그 앞에 놓여 있었다. 그리고 이번에 자신이 싸우게 될 대상은 검계 무리만은 아닐 것이라고 직감했다.

갑자기 눈앞에 조금 전 내당에 두고 온 손자 기륭이 떠올랐다. 조금 전에 보고 왔건만 보송보송한 살결과 달큼한 젖내와 말똥말똥한 눈빛이 아득한 곳에 있는 듯 멀게 느껴졌다. 맥이 풀렸다. 장붕익은 손자와 함께할 시간이 그리 많이 남지 않은 것 같은 불길한 예감이 제발 틀리기를 바랐다.

비로소 장붕익이 입을 열었다.

"십이 년 전 그때의 일이 되풀이되겠지요. 아니, 어쩌면 그때보다 더 큰 싸움을 해야 할지도 모릅니다. 그런데 누가 그 일을 해내겠습니까?"

도승지가 뚫어지듯 장붕익의 눈을 바라보았다. 그 눈길은 지금 무슨 소리를 하느냐는 의미로 다가왔다.

"민가(民家)를 단속하는 포도청(捕盜廳)의 실력과 인력만으로는 부족할 터이니, 주상께서는 군대를 동원할 것입니다. 포도청을 훈련도감 아래에 임시적으로 두거나, 두 기관이 서로 협력하는 모양새를 취하도록 명을 내리시겠지요. 이러나저러나 대장께서 이 일의 핵심입니다. 주상께서 대감을 군영으로 돌려보내신 뜻이 거기에 있지 않겠습니까?"

주상의 명을 거역할 수는 없었다. 그리고 십이 년 전에 매듭짓지 못한 일을 완결해야 한다는 숙제가 늘 머릿속을 무겁게 했다. 다시 기회가 온 것이다. 하지만 장붕익은 할 수만 있다면 그 잔을 피하고 싶었다.

이제겸이 말을 이었다.

"이 일을 하는 데 있어서는 수족(手足)의 신의가 최우선입니다, 믿을 만한 사람들이 있습니까?"

장붕익은 몇 사람의 얼굴을 떠올렸다. 하지만 어느 누구보다도 가장 필요한 단 한 사람이 있었다. 장붕익이 이제겸에게 물었다.

"혹시 예문관(藝文館) 직제학(直提學)을 지낸 강찬룡이 지금 어디에 있는지 알아봐주실 수 있겠소이까?"

이제겸이 고개를 끄덕였다.

양일엽과 상규는 관아의 호출을 받고 도호부에 들렀다가 약수골로 돌아가는 길이었다. 관아에는 울산도호부 내에서 술을 빚는 술도가의 주인들과 술을 유통하고 다루는 상인들이 죄다 모여 있었다. 형방아전은 그들 앞에서 금주령에 따른 세부 규약을 설명하고, 국법을 어길 시에는 엄벌에 처해질 것이라고 엄포를 놓았다. 술도가의 장인들과 상인들은 벼락을 맞은 표정이었으나, 어느 누구도 형방아전 앞에서 불만을 토하지는 못했다.

양일엽이 공기를 깊이 들이쉬고는 내뱉었다.

"공기가 참으로 맛이 있구나."

상규가 물었다.

"제 눈에는 아버님의 기분이 좋아 보이십니다. 제가 틀렸습니까?"

양일엽은 전에 없이 눈웃음을 지은 뒤 말했다.

"제대로 보았다. 지금 아주 홀가분하다."

상규는 더 이상 말을 붙이지 않고 부친의 다음 말을 기다렸다.

"열심히 달려왔지 않느냐? 최근에 도호부의 아전 무리와 불상사도 있었고 말이다. 쉬어가라는 뜻으로 받아들이자꾸나. 주상의 금주령이 언제 해제될지는 모르나, 논에서 나는 곡식이 있고, 그동안 모아놓은 돈도 제법 있으니 글공부와 자연 공부를 하면서 편안하게 지내는 것도 복이지 않겠느냐?"

백선당에 도착한 뒤 양일엽은 식솔들을 마당으로 불러 모았다. 모두들 금주령이 내려 술도가가 멈춘 것에 우려가 컸다. 양일엽은 수심에 찬 그들의 얼굴을 부드러운 눈길로 하나하나 일별한 뒤에 입을 열었다.

"한동안 술도가가 문을 닫게 되어 염려가 많으실 거외다. 하지만 궁리를 하면 살아갈 길은 얼마든지 있는 법이니 너무 걱정들 마시기 바라오. 금주령이 해제될 때까지 가마의 규모를 키워서 옹기 등을 구워 팔면 조금이나마 보전이 될 것이오. 그리고 반구정 부근의 논 열 마지기와 밭 다섯 마지기를 웃돈을 얹어 사들였으니, 가마에서 일하지 않는 이들은 거기서 농사를 지어 먹으면 굶지 않을 것입니다. 아이들은 상규와 내가 훈장 노릇을 하며 가르칠 테니, 빠짐없이 학당에 보내시오. 힘든 시기입니다. 모두가 힘을 합쳐 이겨내야지요."

젊은 일꾼 중 하나가 더듬더듬 물었다.

"그, 그럼 배, 백선당을 떠나지 않아도 되는 겁니까요?"

양일엽이 대답했다.

"여기가 우리 집인데, 어딜 간단 말이냐?"

여기저기서 안도의 한숨이 터져 나왔다. 동희는 계속 글공부를 할 수 있다는 사실이 기뻐 손뼉을 쳤다.

"당주 어르신, 새로 사들인 논이 어디입니까요? 당장 가보고 싶구먼요."

양일엽이 병술을 향해 고개를 끄덕였다. 병술이 앞으로 나섰다.

"자, 따라들 오시게."

양일엽은 재잘거리며 마당을 빠져나가는 식솔들을 흐뭇한 표정으로 바라보았다.

상규가 양일엽에게 말했다.

"아버님, 오늘 천덕 형님이 오는 날입니다. 형님은 어떻게 하는 것이 좋겠습니까?"

양일엽이 답했다.

"천덕에게 달렸다. 당분간 풀을 캘 일이 없으니, 백선당에 머물러도 좋고, 천하를 주유해도 말리지 않으련다."

보름달이 뜬 그날 밤 어김없이 천덕이 찾아왔다. 그의 바랑에는 천남성 대신 갖은 약초와 삼, 칡 따위가 가득했다. 금주령이 내렸다는 소식을 익히 듣고 천남성 대신 보신(保身)에 좋은 풀들을 캐온 것이었다. 당분간 산곡주 만들 일이 없으니 비밀스러울 것이 없었다. 천덕은 동녘에 태양의 기운이 스며들 때까지 백선당에 머무르다가 새벽밥을 먹고 여명을 틈타 길을 나섰다.

헤어지기 전에 양일엽이 물었다.

"앞으로 어떻게 지낼 셈이냐?"

"심마니가 딱 제게 맞는 것 같습니다, 어르신. 계속 산에 머무르겠습니다."

"요즘에는 어디에서 지내느냐?"

"토함산입니다. 불국사라는 큰 절이 있는데, 약초를 캐서 그곳 승려들과 신도들을 상대로 거래를 하고 있습니다."

"그래, 부디 다치지 말고 성히 지내다가 가끔 들르거라."

"소식 전하러 보름달이 뜨면 어김없이 찾아뵙겠습니다요."

천덕이 허리를 깊이 숙여 보이고는 산을 오르기 시작했다. 양일엽은 천덕이 숲의 어둠에 완전히 묻힐 때까지 지켜보다가 돌아섰다.

천덕이 다녀간 이레 뒤였다. 백선당이 있는 약수골 계곡을 오르는 초입에 도호부의 가마가 멈추었다. 가마에서 내린 사람은 도호부사 강찬룡이었다. 그는 관복 차림에 전립을 쓰고 지휘봉을 든 채 홀로 오르막길에 올랐다. 가마 근처에서 뛰어놀던 아이들이 부사를 앞질러 백선당으로 뛰어들어 소리쳤다.

"장군이 옵니다! 장군이 와요!"

도호부사를 본 적이 없는 아이들은 강찬룡의 구군복(具軍服) 차림새를 보고 무작정 인근 경상좌도 병영의 장수로 여긴 듯했다. 아이들이 무슨 소리를 하는가 싶어 바깥을 내다본 식솔들이 계곡 길을 오르는 이가 관아의 관리인 것을 알아차리고는 화들짝 놀라 병술에게 알렸다. 병술이 내다보니, 부사였다. 그는 당주에게 부사가 찾아왔다는 사실을 알리도록 식솔들에게 이르고, 부사를 맞이하러 뛰어 내려갔다.

부사 앞에서 병술이 허리를 꺾었다.

"부사 나리, 이 누추한 곳에 어인 일이십니까요?"

병술이 허리를 굽힌 채 눈알을 굴려 주변을 살펴보았으나 수행하는 아전이나 나졸은 보이지 않았다.

부사가 답했다.

"누추하다니. 이곳에 부임한 뒤로 절경(絶景)을 돌아보지 못해 아쉬웠는데, 이곳에 와서야 비로소 눈이 호강을 하는구나."

잠시 사이를 두고 부사가 병술에게 물었다.

"당주는 있는가?"

"예, 지금 아이들 글을 가르치고 있습니다요."

"어허, 당주가 훈장 노릇까지?"

"금주령이 내린 이후로 백선당 식솔들의 아이들을 가르치고 있습니다요."

부사와 병술이 백선당 대문에 당도할 즈음 양일엽이 바깥으로 나섰다.

"어서 오십시오, 부사 나리."

"아이들 글공부를 방해해서 미안하네만, 시간이 급박해 실례를 좀 해야겠네."

"당치 않습니다, 나리."

대문 안쪽에서는 백선당 식솔들이 눈알만 내놓고 부사를 훔쳐보고 있었다. 그 모습을 본 병술이 그들을 눈짓으로 내쫓았다. 그리고 나서 병술이 부사에게 말했다.

"부사 나리, 안으로 드십시오."

"아니네. 당주와 함께 조금 걷다가 돌아갈 것이네."

부사는 병술에게 이른 뒤 양일엽과 눈을 맞추었다.

"조금 걸을 수 있겠는가?"

"예, 나리."

부사는 그렇게 말하고 나서 멀리 햇빛에 부서지는 태화강의 은결에 시선을 놓았다.

"참으로 아름다운 곳이구먼."

"조상님께서 터를 잘 잡으신 덕분에 후손이 덕을 보고 있습니다."

"자네의 덕(德)이 높아 백선당의 명망이 높으니, 조상들도 자네의 덕을 보는 것이지."

그렇게 말하고 나서 강찬룡은 올라왔던 아래쪽을 향해 천천히 걸음을 옮겼다.

"이곳을 떠나게 되었네."

"새로운 임지로 부임하십니까?"

"그렇네. 도성의 훈련도감으로 부임하라는 명이 내려와 오늘 급히 떠나게 되었네. 내 당주에게 해줄 이야기가 있고 해서 이렇게 찾아온 것이네."

"송구합니다, 나리. 부르시면 제가 관아로 찾아뵈었을 것입니다."

"떠나기 전에 고을을 둘러보고 싶어 나선 것이니, 개의치 말게나."

그대로 몇 걸음 옮긴 뒤 부사 강찬룡이 말을 이었다.

"이번에 훈련도감의 별장(別將)으로 나를 부르신 분은 옛 상관이자 스승인 장붕익이라는 분이시네. 들어본 적 있는가?"

양일엽은 세상 소식과 조정 돌아가는 사정에 어두웠으나, 장붕익이라는 이름만큼은 분명히 기억하고 있었다. 아니, 조선 팔도에 그의 이름을 모르는 이가 없을 정도로 명성이 자자한 인물이었다.

"예, 알고 있습니다."

"그럴 테지. 한때 아이들 사이에 그분의 공을 기리는 노래가 유행하기도 했으니. 그런데 말이네, 이번에 그분이 나를 도성으로 부른 이유가 아무래도 금주령과 관련이 있는 것 같으이."

"장붕익 대장 나리께서 신축년에 금주령이 내려진 시기에 엄청난 활약을 펼치신 것은 저도 잘 알고 있습니다."

"장 대장께서 훈련도감으로 복귀하고 오래지 않아 금주령이 내려졌다는 사실로 보아 주상 전하께서 큰 뜻을 품은 것이 아닐까 생각되네."

양일엽은 대꾸하지 않았다. 부사의 말이 이어졌다.

"그 말인즉 금주령이 꽤 오래갈 수도 있다는 뜻이네."

두 사람 사이에 침묵이 흘렀다. 침묵을 깬 사람은 강찬룡이었다.

"내가 걱정하는 것은 자네와 백선당일세. 금주령이 내려졌으니 밀주 시장을 장악하려는 모리배들이 들고 일어날 것이야. 허나 장 대장의 포악하고 치밀한 일처리 솜씨를 생각할 때 그놈들이 도성에 발붙이기는 힘들 것이네. 그러면 놈들이 어디로 가겠는가?"

양일엽의 얼굴에 그늘이 드리워졌다.

"산곡주를 탐내는 김치태 같은 작자가 검계와 결탁하지 않겠는가? 내내 산곡주를 탐했으니 검계 무리가 이곳까지 닥치면, 필경 백선당에 힘든 일이 생길 것이네. 그래서 미리 경고하려 이곳까지 찾아온 것일세."

용무를 끝낸 강찬룡의 발걸음이 빨라졌다. 양일엽은 강찬룡의 속도에 맞추어 걸음을 재게 놀렸다. 가마에 오르기 전 부사가 양일엽을 돌아보았다.

"아들 이름이 상규라 했는가?"

"그렇습니다, 나리."

"기억해두겠네."

부사 강찬룡이 가마 속으로 사라지고 가마가 움직이기 시작했다. 양일엽은 가마가 멀어질 때까지 허리를 숙였다. 논에서 일하는 농부들이 멀리서 그 모습을 지켜보았다.

04

훈련도감 금란방

1733년 가을

도승지 이제겸에게 넘길 명단을 작성하면서 장붕익은 실로 허무했다. 정녕 믿고 일을 맡길 수하가 열 손가락에 꼽을 정도에 불과했다. 처음에는 수십 명의 이름을 종이에 나열했지만, 출신 가문과 그들이 처한 연줄을 감안하여 하나하나 지우고 나니, 남은 이름이 채 열 개가 되지 않았다. 남은 사람들 중에서도 확신이 가지 않는 인물이 더러 있었다.

'인원이 많음이 중요한 것이 아니다. 단 한 명이라도 확실한 사람이어야 한다.'

그렇게 해서 다시 네 명의 이름을 지웠다. 남은 사람은 다섯이었다.

과거에 포도청 관리로 있다가 예문관 직제학으로 자리를 옮긴 뒤 조정 대신들을 향해 입바른 소리를 하는 통에 울산도호부사로 쫓겨 간 강찬룡이 첫째였다. 강찬룡은 문과 출신이지만 검을 잘 다루고 무엇보다도 상황의 앞뒤를 파악하는 추리력이 뛰어났다. 장봉익과 개인적으로는 포도청에 함께 있을 때 무예를 전수한 사제지간으로 교분을 나눈 가까운 인물이었다.

장봉익이 어영대장(御營大將)으로 있을 때 생사고락을 같이했던 무관 나경환이 둘째였다. 나경환은 기골이 장대하고 두상이 호랑이를 닮은 장사로, 풍채만큼이나 언행이 무겁고 진중한 사람이었다. 어영청(御營廳)에 있을 때도 바깥에 새나가지 않아야 할 일들은 모두 나경환에게 맡겼다.

셋째는 박영준이었다. 그는 현재 훈련도감에서 장봉익의 비장 역할을 하는 무관으로, 몸놀림이 가볍고 무예 실력이 각별하여 조선에서 무술깨나 한다는 무인들 사이에서도 고수로 통했다. 퇴락한 양반가 출신으로 관가(官家)와 연줄이 약하다는 것 또한 장점이었다. 전날 도승지와 동행하여 장봉익을 찾아왔던 바로 그 인물이었다.

넷째는 도승지 이제겸이 천거(薦擧)한 이규상으로, 현재 사간원(司諫院)에서 왕명 출납 업무를 담당하고 있는 신참 문관이었다. 갓 약관의 나이를 넘긴 핏덩어리이지만, 업무 능력이 뛰어나고 심지(心地)가 곧다는 것이 이제겸의 천거 이유였다. 장봉익과는 인연이 없었지만, 각종 잡무를 처리할 막내 관원으로 적당하다 싶어 이제겸의 제안을 받아들였다.

포도청의 포졸(捕卒) 이학송이 마지막이었다. 그는 한갓 포졸이라는 낮은 직책에 속해 있지만, 이 년 전까지만 해도 왕을 지근거리에서 호위하던 내반원(內班院)의 중금(中禁)이었다. 중금은 왕의 음성(音聲)을 대신하는 업무도 했는데, 성대를 다치는 바람에 중금으로서의 소임을 다할 수 없게 되어 포도청으로 자리를 옮긴 처지였다. 이학송 역시 이제 겸이 천거한 인물이었다.

명단을 작성하고 나니 오합지졸이 따로 없었다. 십이 년 전에 포도대장으로 도성을 누빌 때만 해도 마음껏 부릴 수 있는 군사가 수백이었으나, 그때 함께 활약했던 무장(武將)들은 이제 모두 은퇴했거나 출세를 거듭한 끝에 무감각한 관리로 전락해 있었다. 비장 박영준을 통해 명단을 도승지에게 넘기면서 장붕익은 과연 검계 무리와의 싸움에서 이길 수 있을지 낙관할 수가 없었다. 나머지는 하늘에 맡길 뿐이었다.

명단을 넘기고 시간이 꽤 흘렀지만, 도승지는 이렇다 할 움직임을 보이지 않았다. 훈련대장인 장붕익의 본령은 도성을 방위하는 군사를 육성하는 것이기에 금주 단속에 나설 실질적인 명분이 없었다. 그래서 장붕익은 애가 탔다. 불법으로 술을 만들어 유통하는 바침술집(술을 만들어 술을 거래하는 장사꾼들에게 공급하는 가게)이 도성 부근의 농가에 성행하고, 사대문 바깥의 민가에서는 선술집(술청에서 간단하게 술을 마실 수 있는 술집)이 문전성시를 이루며, 금주령과 함께 폐쇄된 색주가(色酒家, 술과 매춘 행위를 함께 하는 집)와 내외술집(대체로 과부가 손님에게 술상을 차려주기만 하는 술집)들이 하나둘 비밀스럽게 영업을 재개했다는 소식이 들려오고 있었다. 이를 단속해야 할 포도청은 아예 손을 놓은 듯했다. 국법을 제대로 숙지하지 못한 탓에 제사에 올릴 막걸리를 소량으로 만들다 붙잡혀 온 애먼 민초들의 주리를 틀면서 포도청은 제 할 일을 다 하고 있다는 생색을 내고 있을 뿐이었다.

그런 가운데 한 가지 반가운 일이라면 장붕익이 천거한 강찬룡이 훈련도감의 별장(別將)으로 부임해온 것이었다. 그는 성격이 냉정하고 까칠한 편이어서 남 듣기 좋아하는 소리를 할 줄 모르는 위인이었다. 이러한 그의 성정(性情)은 관가에서의 출셋길을 가로막는 가장 큰 단점이었으나, 바로 그러하기에 장붕익이 신임했다.

"대감, 또 무슨 큰일을 내시려고 풀숲에 웅크리고 있는 맹수를 깨우셨습니까?"

장붕익과 오랜만에 만난 자리에서 강찬룡은 대뜸 그렇게 말했다. 그의 말은 스스로를 맹수로 드높이는 자화자찬이라기보다는 지방 관가에서 지내는 동안 몸이 근질근질했다는 뜻이었다.

비장 박영준 역시 왕의 재가(裁可)를 얻어 별장에 임명했다. 훈련도감 내에서는 강찬룡이 우별장(右別將)을 맡고 박영준이 좌별장(左別將)을 맡았으나, 두 사람이 맡은 직책은 큰 의미가 없었다. 어차피 군영의 군사를 이끄는 역할보다는 검계를 소탕하는 일에 치우칠 것이기 때문이었다.

왕실을 수호하는 금군(禁軍)의 교관으로 있다가 소집된 나경환은 파견 근무 형식으로 훈련도감의 파총(把摠)을 맡게 되었고, 이제 갓 문과에 급제하여 관직에 오른 이규상은 종사관(從事官)으로서 훈련도감에 소속되었으나, 이 둘에게도 관직이나 직책은 의미가 없었다.

장붕익이 보기에 가장 흥미로운 인물은 준근과 표졸을 지낸 이획승이었다. 깎아놓은 듯 수려한 외모에 몸가짐이 단정한 것이 왕을 보필하던 자리에 참으로 어울리는 자였다. 성대를 다쳐 중금의 길을 완수하지 못한 것이 한으로 남은 듯 표정이 어둡고 말이 없었으나, 내면에 끓어오르는 열의가 눈빛을 통해 훤히 드러났다. 이제겸에 따르면 무예도 수준급이라 하니, 여러 가지로 쓸모가 많은 인물이었다.

사실 훈련도감의 지휘관들 사이에는 급작스럽게 단행된 인사(人事)를 두고 말이 많았다. 훈련대장 장붕익이 무관들 사이에 워낙 명망이 높기에 다들 불만을 삼키고 있을 뿐이었다. 특히나 강찬룡과 이규상, 이학송의 문약해 보이는 외모는 군영의 군사들 사이에 조롱거리가 되었다. 그중에서도 특히 이규상은 딱 보아도 숙맥인 데다 정칠품 문관이 정육품 무관의 보직을 맡은 것을 두고 무관을 무시하는 처사라며 그를 두고 볼멘소리가 자주 터져 나왔다. 이학송 역시 곱상해 보이는 외모에 이전의 벼슬이 포도청의 포졸이었던 것을 두고 이야기가 많이 나왔다. 그가 훈련도감에서 맡은 직책은 종육품 별군관(別軍官)이었다. 품계를 따질 수 없는 포도청의 포졸 나부랭이가 벼락출세를 했으니 군사들 사이에 불만이 생기는 것이 당연했다. 하지만 이학송이 왕을 보필하던 중금 소속이었다는 사실을 공공연하게 알릴 수는 없는 일이었다. 박영준 역시 갑작스럽고도 파격적인 승진으로 인해 군영의 병사들 사이에 미운 털이 박혔다. 허나 박영준의 무예가 워낙 출중한 탓에 그 앞에서 대놓고 불만을 표하는 이는 단 한 명도 없었다.

◇　◆　◇

군영에서는 포수(砲手, 포병)와 살수(殺手, 창과 검으로 싸우는 군인), 사수(射手, 총포나 화살을 쏘는 군인)들이 훈련 중이었다. 병과(兵科)마다 군복을 달리해서 구별했는데, 전장(戰場)에서는 포수와 사수의 효용이 컸으나 군영에서는 검을 휘두르는 살수들이 실세 노릇을 했고 무관으로서의 자부심이 높았다. 일대일로 맞닥뜨렸을 때는 아무래도 살수의 무술 실력이 포수나 사수보다 뛰어나기 때문이었고, 자고로 창검(槍劍)을 제대로 다루어야 진정한 무사라는 인식이 뿌리 깊기 때문이기도 했다.

막사의 의자에 앉아 군사들이 훈련하는 것을 지켜보던 이학송이 군영으로 나섰다. 몸이 찌뿌드드한 듯 기지개를 켜고는 목검을 쥐었다. 평소 이학송을 아니꼽게 여기는 군사들이 그를 주시했다.

이학송이 검을 머리 위로 높이 쳐들더니 사선으로 그어 내렸다. 이어서 몸을 회전하여 검을 크게 휘두른 뒤 한껏 웅크렸다가 발을 뻗는 것과 동시에 검을 앞으로 내질렀다. 살수들이 그 모습을 보며 킥킥거렸다. 힘을 실어 검을 휘두르는 훈련도감 군영의 검술과 달리 이학송의 움직임은 섬세하고 부드러웠다.

군영 한쪽에서 군사들의 창술(槍術)을 지휘하던 파총 나경환이 이학송이 검술을 펼치는 것을 보고는 눈이 커졌다. 궁중 무예였다. 궁을 방비하는 금군 소속이었던 나경환은 일찍이 왕실 친위대인 세자익위사(世子翊衛司)와 중금군(中禁軍)의 무술을 접한 적이 있었다. 지금 저 호리호리한 사내가 선보이는 검술은 세자익위사보다는 중금에 가까웠다. 나경환은 호기심이 생겨 그를 계속 지켜보았다.

검세(劍勢)를 끝낸 이학송이 호흡을 가다듬었다. 내내 그를 지켜보고 있던 살수들이 그에게 다가갔다. 그중 하나가 이죽거렸다.

"별군관 나리, 지금 검을 휘두른 거요, 춤을 춘 거요? 금주령이 내리기 전에 색주가에서 품었던 기생년이 꼭 그런 춤을 추더이다."

그의 말에 동행한 무리가 크게 웃음을 터뜨렸다. 이학송은 개의치 않고 목검을 제자리에 놓고 돌아섰다.

"이보시오, 별군관 나리. 그 춤이 우리 군영에 얼마나 도움이 될지 궁금해서 그러하오만, 나와 몇 합 겨루어볼 수 있겠소?"

이학송을 조롱하는 살수 패거리는 마병(馬兵)으로 구성된 별기대(別騎隊)를 이끄는 초관(哨官)들로 품계는 종팔품에 해당했다. 별군관 품계가 종육품이니 그들의 행동은 분명한 하극상이었다. 이학송이 포도청 포졸로 있다가 별정직(別定職)으로 임명되어 별군관 계급을 단 것을 알고 배알이 꼬여 도발한 것이었다. 하지만 이학송은 상대하지 않았다. 그게 초관의 심기를 더욱 불편하게 만들었다.

"포도청 포졸 따위가 훈련도감의 지휘관으로 오다니, 말세는 말세일세. 남색(男色)을 하는 관리에게 잘 보이면 벼락출세도 어렵지 않다던데, 자네도 엉덩이를 까면 종육품 별군관쯤은 쉽게 되지 않겠는가?"

초관이 옆에 선 무리에게 건네듯 조롱했다. 도발이 지나치다는 것을 알고 무리 중 하나가 시비를 건 초관을 눈짓으로 말렸다. 시비를 건 초관도 자신의 실수를 깨닫고 돌아서려 했으나, 이번에는 이학송이 놓아주지 않았다.

"검을 드시게."

초관이 기다렸다는 듯 응수했다.

"진즉 그렇게 나왔어야지. 어디 그 춤이 내 검을 견딜 수 있는지 없는지 한번 봅세다."

이학송이 한 손으로 목검을 들고 초관을 겨누었다. 검을 양손으로 바짝 쥔 초관이 이학송의 머리를 향해 검을 휘둘렀다.

'딱!'

이학송의 검이 초관의 검을 가볍게 쳐냈다. 초관의 두 번째 검이 날아들었다. 이번에 노린 곳은 몸통이었다. 그 역시 이학송은 선 자세 그대로 가볍게 막아냈다.

"한 번 더 기회를 주겠네."

이학송이 초관을 도발했다. 두 번의 공격을 가볍게 막아낸 것을 보고 초관은 이학송이 보통내기가 아님을 알아차렸다. 게다가 상대는 몸집이 호리호리하고 한 손으로 검을 쥐고 있는데도 양손으로 검을 휘두른 자신의 손바닥이 저려왔다. 초관은 나름 필살기로 연마해온 변칙 공격을 시도했다. 다리를 노릴 것처럼 자세를 취하다가 그대로 검을 위로 솟구쳐 목젖을 바로 찔러 들어가는 공격이었다. 초관은 다리 쪽으로 향할 것처럼 휘둘러 들어가던 검을 손목을 살짝 비틀어 상대의 얼굴 쪽으로 돌렸다. 초관이 찔러 들어가는 목검의 끝이 곧장 별군관의 목젖을 향했다.

'이겼다.'

하지만 초관의 기대와 달리 그의 팔은 별군관의 어깨에 걸쳐져 있고 검 끝은 저만치 멀어져 있었다. 무언가 잘못되었다는 생각이 든 그 순간

명치에 엄청난 통증이 느껴졌다. 구토가 치솟고 눈이 튀어나올 것만 같았다. 초관이 달려드는 것과 동시에 순간적으로 거리를 좁힌 이학송이 목검의 자루 부분을 초관의 명치에 찔러 넣은 것이었다. 초관은 그대로 바닥에 나뒹굴었다. 패거리들이 다가와 어쩔 줄 몰라 했다. 이학송이 나지막하게 읊조렸다.

"급소에 충격이 간 것뿐이니 내일이면 움직일 수 있을 것이다."

이학송은 목검을 제자리에 놓고 막사를 향해 걸어갔다. 군영의 군사들이 그의 뒷모습을 보며 넋을 놓았다

나경환은 별군관 사내가 중금임을 확신했다.

'훈련도감에 왜 중금이 있는가?'

재미있는 일이 벌어지고 있다는 생각이 들었다. 나경환은 저도 모르게 미소를 지었다.

장붕익과 이제겸이 천거한 다섯 명의 관리는 서로의 존재를 몰랐다. 아직 정식 왕명이 떨어지지 않아서 장붕익은 다섯 사람을 한자리에 모으지 않았던 것이다. 그런데도 그들은 훈련도감이라는 조직에 어울리지 못하고 별종(別種)으로 떠도는 서로의 존재를 어렴풋하게나마 감지하고 있었다.

강찬룡이 딱히 처리할 업무도 없이 무료하게 시간을 보내던 중에 군영을 돌아다니다가 이규상을 보았을 때가 그랬다. 구군복을 차려입고

검을 차고 있었으나 도무지 체형과 행색이 훈련도감의 지휘관으로 어울리지 않았다. 저도 모르게 비웃음이 새어나오려는 걸 참다가 문득 다른 군사가 보기에 자신도 그런 꼴로 비칠 것이 떠올랐다.

이학송을 보았을 때도 마찬가지였다. 검을 휘두르는 솜씨가 예사롭지 않았으나, 그것은 무예라기보다는 검무(劍舞)에 가까웠다. 전장에서 적을 향해 휘두를 검술이 아니었고, 다른 군사와 검을 다루는 솜씨를 비교해보아도 확연하게 차이가 났다.

나경환은 어땠는가? 그는 체질과 기질이 천부적으로 타고난 무인이었으나, 그 역시 군영의 군사들과 섞여 있을 때면 꿰다놓은 보릿자루마냥 어색했다. 다른 지휘관들과 이야기를 나누거나 어울리는 모습을 본 적이 없기에 더욱 그랬다.

이런 식으로 좌별장 박영준을 제외한 네 사람은 이가 들어맞지 않는 톱니처럼 삐걱거리고 두드러지는 서로의 존재에 호기심을 갖기 시작했고, 그것은 차츰 관심으로 자랐다. 그렇게 하여 장붕익이 집무실로 다섯 사람을 따로 불렀을 때 다들 그럴 줄 알았다는 듯 묘한 표정을 지었다.

금란방(禁亂房). 훈련대장 장붕익과 도승지 이제겸이 천거하여 구성한 별정 조직의 이름이자, 금주령을 단속하기 위해 각 기관과 지방의 관아에 신설될 조직의 명칭이었다. 금란방의 공식적인 수장은 훈련도감 제조를 겸하고 있는 우의정(右議政) 이영효가 맡고, 실질적인 수장은 훈련대장 장붕익이 맡았다. 도성 내 각 기관과 지방 관아의 금란방은 기존의 관원 서너 명을 차출하여 조직하며, 독립적인 권한으로 관할 지역의 단속을 단행할 수 있으나, 필요할 시에는 훈련대장 장붕익의 명에 따라 동원되도록 하였다. 그러니까 장붕익과 다섯 명의 관원이 소속된 훈련도감의 금란방이 일종의 중앙 조직으로서 예하의 금란방을 지휘하는 모양새를 취한 것이었다.

그런데 금란방은 단순히 금주령을 어기는 자를 단속하고 벌하는 것이 주된 목적이 아니었다. 금주령을 어겼을 시에 이를 단속하고 벌하는 일은 기존 관청으로도 충분한 일이었다. 금란방은 명칭 그대로 난(亂)을 금(禁)하는 기구로, 금주령을 시행함으로써 벌어질 수 있는 갖가지 폐단을 단속하고 바로잡는 것이 목적이었다.

대대로 금주령이 시행된 때에는 부패 관리들의 탐욕이 기승을 부렸다. 관리들이 뒷돈을 받고 단속을 하지 않거나, 단속에 걸린 죄인들로부터 뇌물을 받고 풀어주거나, 잘못이 없는 이에게 금주령의 올가미를 씌우고는 속전(贖錢, 죄를 면하기 위해 바치는 돈)을 뜯어내는 일이 비일비재했다. 더 심한 경우에는 관리들이 직접 바침술집이나 내외술집을 운영하면서 폭리를 취하는 일까지 있었다. 따라서 금란방은 금주 자체를 단속하는 기구가 아니라, 금주령의 허점을 노리고 잇속을 챙기거나 민초들에게 고통을 안기는 관리를 색출하는 기구였던 것이다.

장붕익이 금란방 중앙 조직의 관원들을 소집했을 때 훈련도감 제조인 우의정 이영효도 참석했다. 제조(提調)는 임시 기구의 상징적인 우두머리에게 붙이는 직책이다. 아무래도 임시 기구는 공직 사회에서 권위가 약할 수밖에 없기 때문에 최고 품계의 벼슬아치를 상석(上席)에 앉힘으로써 조직의 위계(位階)와 권위를 세우고자 했는데, 훈련도감에서 이 역할을 맡은 이가 우의정 이영효였다.

이영효는 자신의 역할이 무엇인지 정확히 알고 있었다. 관원들의 인사를 받은 그는 곧 자리를 피하면서 장붕익에게 상석을 내주었다. 우의정의 품계가 정일품으로 종이품인 훈련대장보다 위였으나, 공직 사회에서 장붕익은 품계에 걸리지 않는 독보적인 인물이었다.

우의정이 자리를 떠난 뒤 장붕익이 입을 열었다.

"좌별장 박영준과 우별장 강찬룡, 파총 나경환은 과거부터 나와 인연이 있으나, 종사관 이규상과 별군관 이학송은 초면일 것이네. 두 사람이 왜 훈련도감의 지휘관으로 자리를 옮기게 되었는지 궁금할 것일세. 허나 그것은 차차 알아가도록 함세."

"대감, 도성으로 불러올리시기에 대단한 일을 할 것이라고 기대했거늘, 여기 모인 사람이 전부이옵니까?"

강찬룡의 퉁명한 말투에 좌별장 박영준의 눈매가 날카로워졌다. 강찬룡은 박영준의 심기가 불편한 것을 눈치 채고도 짐짓 모른 체 말을 이었다.

"무관이 둘, 무관인지 문관인지 애매한 이가 둘, 아직 머리에 피도 안 마른 문관 하나까지 겨우 다섯으로 무엇을 하실 생각이십니까?"

'무관인지 문관인지 애매한 둘'이란 강찬룡 자신과 이학송을 이르는 말이었다.

강찬룡의 말투가 직선적이라는 사실은 익히 경험해왔던 바이기에 장붕익은 개의치 않았다. 경연(經筵)이나 어전 회의에서도 노론, 소론 가리지 않고 직위고하를 막론하여 대신들을 공격하던 그였다. 그처럼 당차고 거침없는 언행이 여러 사람을 불편하게 만들기는 했으나, 장붕이은 오히려 강찬룡의 그러한 점을 높이 샀다.

장붕익이 강찬룡의 푸념을 어루만졌다.

"앞으로 우리가 해나갈 일은 권신(權臣)의 지배에서 자유롭고 당파에 사사로이 얽매이지 않는 자만이 할 수 있는 것이다. 도승지와 함께 이 조건에 부합할 만한 여러 인재를 두루 살폈으나, 마땅한 관리를 찾지 못했네. 이는 내가 부덕한 탓이요, 또한 공직이 여러 갈래로 찢어진 탓이 겠지. 앞으로 일을 해나감에 있어 믿을 만한 인물이 곁에 있거나 눈에 띌 때는 나와 도승지에게 천거하게나."

강찬룡은 뭐라고 덧붙일까 하다가 맞은편에서 자신을 쏘아보고 있는 박영준의 기세에 눌려 입을 다물었다.

박영준에게 장붕익은 단순한 일개 상사(上司)가 아니었다. 장붕익은 박영준이 아는 가장 무관다운 무관이었고, 자신이 지향해야 할 최상의 목표점이었다. 퇴락한 양반가에서 자라며 무관의 꿈을 키우게 해준 장본인이기도 했다. 어릴 때부터 들어온 장붕익의 화려한 무용담이 그에게 무관의 꿈을 심어준 것이었다. 그처럼 자신이 우러러보는 이에게 무례한 태도를 보이는 강찬룡이 박영준에게 곱게 보일 리 없었다.

좌별장과 우별장 사이에 흐르는 팽팽한 기운으로 인해 나머지 세 사람은 가시방석에 앉은 것만 같았다. 하지만 장붕익은 개의치 않았다. 지금 이곳에 모인 사람들은 앞으로 서로의 목숨을 의지하며 함께 싸워나갈 동지였고, 시간이 흐르는 동안 신의가 두터워질 것이라고 확신했다.

장붕익이 말을 이었다.

"십이 년 전 선왕께서 금주령을 내렸을 당시 최전선에서 뛰는 동안 몇 가지 배운 것이 있네. 이 일을 할 때 가장 큰 적은 어쩌면 밀주를 불법으로 유통하는 검계 패거리가 아닐 수도 있다는 점일세. 이번 금주령으로 인해 각 기관과 지방의 관아에 조직된 금란방은 새로운 인물로 구성된 것이 아니라, 각 관아의 관원이 자리만 옮겼을 뿐이네. 그들 중에는 평소 민초의 고혈(膏血)을 빨던 작자가 적지 않을 것이야. 그들은 금주를 단속한다는 새로운 권한을 앞세워 더욱 가혹하게 굴지도 모르네. 그들을 색출하는 것만으로도 벅찰 것이네."

강찬룡이 한숨을 쉰 뒤에 말했다.

"대감, 전국 각지의 관원들을 이 인원으로 어떻게 단속할 수 있겠습니까?"

장붕익이 단호한 어조로 응했다.

"본보기를 보여야지. 백성을 대상으로 파렴치한 짓을 일삼는 관리의 최후가 어떤 것인지 똑똑히 보여주고, 두려움을 갖게 해야지!"

강찬룡은 잠시 잊었던 장붕익의 진면목(眞面目)을 새삼 떠올렸다. 십이 년 전 검계와 싸울 때에도 그는 잔혹하다 싶을 정도로 죄인들을 혹독하게 다루었다. 당시 검계 사이에서 장붕익이라는 이름은 저승사자와 이음동의어(異音同義語)였다.

"또 있네."

장붕익의 말이 이어졌다.

"밀주를 유통하는 자들에게는 뒷배가 있기 마련일세. 그 뒷배란 자네들이 생각하는 영역의 범위를 벗어날 수도 있네. 그들이 조직력이 워낙 탄탄하여 나도 아직 실제를 확인하지는 못했지만, 검계를 쫓아 들어간 그 끄트머리에 과연 무엇이 있을지 단단히 마음을 먹어야 할 것일세."

이규상은 저도 모르게 꿀꺽 침을 삼켰다. 도무지 자신이 왜 여기에 있는지 알 수 없었고, 이곳에서 무엇을 할 수 있을지도 자신할 수 없었다.

"그리고 제군들에게 마지막으로 당부할 것이 있네. 우리는 각자의 분야와 기관에 흩어져 있다가 한 가지 소임을 다하기 위해 이곳에 모였네. 그 소임이란 목숨을 걸어야 하는 것일세. 이 말은 우리가 서로의 목숨을 지켜주어야 한다는 뜻일세. 각자 관리로서의 품계가 다르고, 나이가 다르고, 신분에도 차이가 있으나, 지금부터 그런 껍데기는 모두 벗어던지고 형제와 같은 우애를 나누어야 하네. 여기 있는 한 사람 한 사람을 내 형제로 여기지 않는다면 우리는 가장 비참한 최후를 맞이하게 될 것이네."

장붕익의 비장한 표정과 말투에 모두 숙연해졌다. 그런 중에도 박영준과 눈이 마주친 강찬룡은 씩 웃어 보였다. 박영준은 어쩐지 강찬룡의 그 눈빛이 싫지만은 않았다. 박영준은 입술을 굳게 다문 채 강찬룡을 마주 보며 고개를 끄덕였다.

회합을 마친 뒤 훈련대장의 집무실을 걸어 나오면서 강찬룡은 따져 보았다.

'형제처럼 지내라…….'

강찬룡 자신의 나이가 마흔네 살이었다. 좌별장은 많아야 서른 후반일 테고, 곱상한 별군관과 숙맥 종사관은 아직 서른에 이르지 못해 보였다. 파총이 문제였다. 흡사 중원(中原)의 고사(古事)에 등장하는 장

비(張飛)를 연상시키는 그는 얼굴과 몸가짐에서 제법 연륜이 묻어났지만 나이를 가늠하기 힘들었다.

"이보시게, 파총."

강찬롱의 부름에 나경환이 걸음을 멈추었다.

"파총은 올해 어떻게 되는가?"

나경환이 대답했다.

"무진년(戊辰年, 1688년) 출생입니다."

"무진년이라……."

강찬롱이 따져보니, 경오년(庚午年, 1690년)에 태어난 자신보다 나경환이 두 살 위였다. 나이를 앞세울 수 없으니 신분으로 누를 수밖에 없었다. 강찬롱은 양반 출신이고, 나경환은 중인 출신이었다.

"알았네."

별일 아니라는 듯 강찬롱은 걸음을 옮겼다.

05

난국

1734년 봄

훈련도감 종사관 이규상은 금주령을 어겨서 포도청과 한성부(漢城府), 형조(刑曹) 등의 옥사와 전옥서(典獄署)에 잡혀 들어온 죄인들의 명부(名簿)를 작성하는 일을 맡았다. 그는 훈련원(訓鍊院) 소속의 봉사(奉事) 두 사람을 수하로 거느렸는데, 이들이 각 관아를 돌아다니며 죄인들의 신상을 수집했다. 훈련원 봉사들은 종팔품의 하급 문관이기는 하나 무관을 평가하고 병법(兵法)을 가르치는 군사 기관의 관리답게 무예를 익혀 체격이 다부지고 몸놀림이 가벼웠다. 한마디로 문무(文武)를 겸비한 인재들이었다.

하지만 이들이 금란방 업무를 위해 관련 기관에 출입할 때면 홀대를 당하기 일쑤였다. 품계가 낮기 때문만은 아니었다. 포도청과 한성부, 형조 등의 관리들은 장봉익이 이끄는 금란방 소속 봉사들이 자기네 관아에 와서 조사를 하고 다니는 것을 탐탁지 않게 여겼고, 때로는 창피를 주어 내쫓기까지 했다. 이런 모습을 본 해당 관아의 군졸과 관노(官奴)들까지 금란방 봉사들을 무시하는 태도를 보였다. 다행히 두 봉사는 심지가 굳은 사람들이어서 홀대와 무시를 당하면서도 맡은 바 책임을 다했다.

이규상은 죄인의 명부를 작성하다가 허탈한 마음에 붓을 놓았다. 금주령을 위반하여 각 관아에 잡혀 들어온 죄인들은 하나같이 잡범들뿐이었다. 제사상에 올릴 술을 빚다가 잡혀온 도성 부근 민가의 민초들이 대부분이었고, 개중에는 죄목이 분명치 않은 죄인들도 있었다. 훈련대장 장봉익은 금주령이 내린 때에 이익을 취하는 무리의 뒷배와 뿌리에 만만치 않은 세력이 도사리고 있을 것이라고 했으나, 이런 잡범들을 취조한들 그 근처에도 가지 못할 것이 빤했다. 금주령 단속에 나선 관리들이 일부러 죄질이 그리 나쁘지 않은 이들만 골라서 잡아들이고 있는 것은 아닌가 하는 의구심이 점점 깊어졌다.

나경환과 이학송이 암행(暗行)과 잠복(潛伏)을 통해 조사한 바에 의하면, 바침술집으로 추정되는 돈의문(敦義門) 바깥의 한 민가 주변에서는 술 익는 냄새가 진동하는데도 포도청과 형조 소속의 관복 입은 금란방 관리들이 그냥 지나치더라고 했다. 흥인문(興仁門)과 숭례문(崇禮門) 바깥에는 내외술집과 선술집이 즐비하여 지나가는 행인들을 상대로 잔술을 파는데, 이 역시 관리들이 보고도 지나칠 뿐만 아니라 공술을 얻어마시는 장면까지 목격했다고 했다. 목멱산 자락의, 여자들이 객을 접대하는 색주가인 홍화정(紅花庭)에는 낮밤을 가리지 않고 손님이 드나들었고, 낙산 너머의 고택(古宅)을 개조한 기화루(妓花樓)라는 기방(妓房) 또한 문전성시를 이루고 있다고 했다. 홍화정과 기화루를 찾는 대부분의 주객(酒客)은 조정과 도성 관아의 관료로 파악되었다. 특히나 낙산이라면 임금이 머무는 궁에서 지척이었다. 그런 곳에서 버젓이 주색(酒色)을 매매한다는 건 조정에서 힘깨나 쓰는 자의 비호 없이는 불가능한 일이었다. 임금이 내린 금주령을 고관(高官)들이 앞장서서 어기는 형국이었다.

이규상은 원래 술을 즐기지 않았다. 금주령이 내리기 전 상관들에게 억지로 끌려간 자리에서 술 몇 잔을 거푸 들이켜고는 그대로 실신했을 만큼 술이 약했다. 이후로도 타의에 의해 술자리에 참석하고는 했으나 일절 술을 입에 대지 않았고, 상관들도 그의 처지를 아는지라 술을 권하지 않았다. 하지만 그럴 때마다 맹숭맹숭한 정신으로 흥청거리는 무리의 비위를 맞추는 일이 여간 고역스럽지 않았다. 때문에 금주령이 내려진 것은 이규상으로서는 다행스러운 일이었다.

그렇다고 해서 이규상이 금주령에 무조건 동의하는 것은 아니었다. 찍어 누르면 어딘가에서 터지는 것이 세상 이치다. 일상에 스며들어 이제는 생사고락을 같이하는 동반자가 된 술을 인위적으로 금할 때에는 불법과 편법이 판을 치는 등의 부작용이 따를 수밖에 없다. 그리고 아무도 입 밖에 내지는 않지만, 임금의 금주령이 조정 대신들과의 세력 다툼에서 빚어진 것임을 웬만한 관리들은 눈치 채고 있었다. 왕과 조정의 이전투구에 애꿎은 민초들이 희생양이 된 것이다. 하지만 이규상은 나라의 녹을 먹는 자, 국법을 지키고 계도(啓導)하는 것이 그의 일이었다. 더군다나 금주령 하에서 검은 무리와 결탁하고 민초들의 고혈을 빨아먹는 관리를 응징하는 일 앞에서 하등 갈등할 이유가 없었다.

이규상은 다시 붓을 들어 명단을 써 내려갔다. 그때 이규상의 집무실에 봉사들이 들어섰다.

"간밤에 들어온 죄인들의 명단입니다."

이규상이 보니, 두 사람의 표정이 좋지 않았다. 봉사들이 각 관아에서 제대로 대접을 받지 못한다는 사실은 익히 알고 있었지만, 그런 일을 당하면서도 봉사들이 불편한 심기를 겉으로 드러낸 적은 없었다. 의아한 생각이 들어 이규상이 물었다.

"또 무슨 수모를 당하였소?"

이규상은 양반이고 봉사들은 중인 출신이었다. 그런데도 이규상은 다른 시선이 없는 자리에서는 봉사들에게 말을 조심했다. 그래서인지 비록 이규상의 나이가 어리고 경험이 일천하나 두 사람의 봉사들도 그를 상관으로 인정하고 따랐다.

서로 마주 보며 눈치를 살피다가 봉사 손명회가 입을 열었다.

"오늘 이른 아침 저자 거리에서 버젓이 술통을 지고 가던 이가 붙잡혀 전옥서에 들어간 듯한데, 그곳 옥사를 지키는 참군(參軍)이 하도 호통을 치는 바람에 도저히 접근할 수 없었습니다. 계속 취조를 청하다가 발길질을 당했습니다."

이규상이 벌떡 일어섰다.

"발길질을 당했다? 훈련도감의 금란방 소속 관원임을 밝혔는데도?"

손명회가 기어드는 목소리로 답했다.

"그러합니다."

이규상의 표정이 일그러졌다. 그는 봉사들을 훑어보며 물었다.

"다치진 않았소?"

봉사들은 침울한 표정으로 고개를 저었다. 봉사 주성철이 말했다.

"지금까지 보아온 죄인들과는 급이 다른 듯합니다. 하지만 물러나올 수밖에 없었습니다."

훈련도감의 금란방은 왕명으로 조직된 금주령 단속의 최상위 기관이다. 그래서 각 관아에 속한 금란방 관리들은 훈련도감의 금란방을 '중란방(中亂房)'이라는 별칭으로 부르기도 했다. '중앙에 있는 금란방'이라는 뜻이다. 훈련도감 금란방의 관원들도 스스로를 중란방이라 불러 다른 기관에 속한 금란방과 차별됨을 드러내기도 했다. 이처럼 중요한 기관의 업무를 가로막는 것은 왕명을 어기는 일이다. 이규상은 그동안 자신의 봉사들이 어려움을 겪는 것을 알면서도 참아왔다. 훈련대장과 별장들에게 사실을 알리면 관청들 사이에 불화가 일어날 것을 염려하여 쉬쉬해왔던 것이다. 하지만 봉사들이 발길질을 당하고 제법 덩치가 커 보이는 죄인을 조사하는 일을 가로막는 상황 앞에서는 분노하지 않을 수 없었다.

이규상은 곧장 좌별장과 우별장의 집무실로 향했으나, 두 사람 다 자리에 없었다. 군영에서도 보이지 않았다. 대신 막 군영으로 들어서는 이학송이 눈에 띄었다. 도성 부근의 순라를 돌고 오는 듯했다. 반가운 마음에 이규상은 저도 모르게 이학송에게 다가갔다. 하지만 그는 얼른 용건을 꺼내지 못하고 이학송의 눈치를 살폈다. 이규상의 표정을 살핀 이학송이 물었다.

"종사관, 무슨 일 있으십니까?"

우물쭈물하던 이규상이 풀 죽은 목소리로 말했다.

"우리 봉사들이 전옥서에 붙잡혀온 죄인을 취조하려 했으나……."

평소에 말이 거의 없고 중란방 내에서도 외톨이로 지내는 이학송을 이규상은 어려워했다. 그와 이처럼 마주 보며 이야기를 주고받는 것도 사실상 처음이었다. 그러나 아무리 생각해도 전옥서의 참군을 혼자 당해낼 자신이 없었다. 이규상은 이학송의 도움이 절실했다. 그는 용기를 내어 입을 열었다.

"……전옥서의 관리에게 발길질을 당하고 쫓겨났다 합니다."

이학송의 눈썹이 꿈틀거렸다.

"어떤 작자가 그리했다 합니까?"

"옥사를 지키는 참군이라 하오."

이학송이 생각에 잠겨 있다가 말했다.

"종사관께서 앞장서시지요. 그 무례한 참군은 이 별군관이 상대해주겠습니다."

순간, 이규상의 표정이 환하게 밝아졌다. 천군만마가 따로 없었다.

이규상이 앞장서고, 이학송과 봉사 두 사람이 뒤를 따랐다 전옥서

입구에 나장(羅將) 둘이 창을 쥔 채 서 있었다. 이규상은 용기를 끌어올리려는 듯 옆에 선 이학송을 힐끗 쳐다보았다. 이학송이 약간의 미소를 머금은 채 고개를 끄덕였다. 이규상은 심호흡을 한 뒤에 입을 열었다.

"오늘 당번을 서는 참군은 어디 있는가?"

나장 중 하나가 이규상의 뒤에 선 봉사들을 힐끔거렸다. 조금 전에 있었던 소동을 따지러 온 것이 분명해 보였다. 눈치 빠른 나장은 당사자들에게 공을 넘기는 것이 상책이라 판단하고는 재빨리 대답했다.

"옥사 안에 계십니다. 불러드릴깝쇼?"

"그리하라."

나장 한 사람이 건물 안으로 들어가고 오래지 않아 덩치가 커다랗고 눈매가 부리부리한 무관이 밖으로 나섰다. 봉사들이 말한 그 참군인 듯했다.

덩치 큰 참군은 먼저 뒤에 물러나 있는 봉사들을 노려본 뒤 앞에 선 종사관과 별군관을 내려다보았다. 왜소하고 문약해 보이는 사내 둘을 보고는 피식 웃음을 지었다. 구군복을 통해 상대가 종사관과 별군관으로, 품계가 자신보다 한 계단 높다는 사실을 알고도 그는 굳이 예를 갖추려 하지 않았다.

"무슨 일이시오?"

이규상은 쉽게 입을 떼지 못하고 머뭇거렸다. 우락부락한 참군 앞에서 주눅이 든 듯했다. 내내 침묵을 지키고 있던 이학송이 대신 나섰다.

"자네가 훈련도감 금란방의 봉사들에게 발길질을 하고 죄인을 취조하는 것을 막은 장본인인가?"

참군의 매서운 눈길이 이학송에게로 향했다. 뒤 마려운 똥개처럼 잔뜩 움츠린 종사관과 달리 별군관은 전혀 동요하는 기색을 보이지 않았다. 참군은 '이놈 봐라.'라는 표정으로 이학송을 내려다보고 있다가 마지못해 입을 열었다.

"봉사 따위가 우리 관아를 제 집 드나들듯 하며 들쑤시려 하기에 따끔하게 군기 좀 잡았수다."

이학송이 차가운 음성으로 응했다.

"봉사 따위라니. 어명을 받들어 죄인을 취조하는 것이 이들의 임무이거늘 어찌 그걸 막았는가? 어명을 어길 셈인가? 당장 죄인에게로 인도하라!"

'어명'이라는 단어 앞에서 참군의 기세가 수그러들었다. 그는 나장들 앞에서 약한 모습을 보이기는 싫고, 그렇다고 금란방 조직의 최상부라 할 수 있는 훈련도감의 관리들에게 맞설 수도 없어 난처한 기색을 보이다가 다소 기어드는 목소리로 말했다.

"내가 결정할 수 있는 일이 아닙니다. 종사관과 별군관께서는 이 몸의 사정을 좀 봐주시오."

그때였다. 뒤쪽에서 굵고 낮은 음성이 들려왔다.

"무슨 일인가?"

전옥서 입구에서 옥신각신하던 중란방 관원들이 일제히 뒤를 돌아보았다. 구군복 차림에 전립을 쓴 의금부도사(義禁府都事) 한 사람이 서 있었다. 그를 보자 참군이 원군(援軍)을 만난 듯 반갑게 맞이했다. 참군은 두사에게 얼른 다가가 일러바치듯 말했다.

"훈련도감의 금란방 관원들입니다. 도사께서 붙들어온 죄인을 추궁하겠다고 하여…….."

도사(都事)라면 이규상과 이학송보다 품계가 두 단계 위인 종오품 무관이다. 의금부(義禁府)는 왕명을 거역한 자나 역모를 꾀한 자, 패륜을 저지른 자 등을 단속하는 기관으로 금주령을 단속하는 업무와는 거리가 있었다. 그런데 의금부도사가 금주령을 어긴 죄인을 직접 붙잡아 왔다니, 이규상과 이학송으로서는 의아하지 않을 수 없었다.

전옥서 입구에 서 있는 이규상 무리를 일별한 도사가 나직하게 말했다.

"죄인을 취조하겠다 했는가?"

이규상은 침을 꿀꺽 삼켰다. 봉사들이 능멸을 당했다는 사실에 분을 참지 못한 자신의 처신이 자칫 불편한 일을 만드는 것은 아닌지 적이 걱정되었다. 하지만 그는 마음을 굳게 다졌다. 금주령을 단속하다 보면 고위 관리들과의 마찰은 피할 수 없을 것이다. 훈련도감의 집무실에서 곱게 지내기만 해서는 어명을 제대로 받들 수 없다. 이규상은 배에 단단히 힘을 주고 입을 열었다.

"그러합니다. 오늘 붙잡혀온 죄인의 신상을 파악하려 합니다."

"그럴 순 없다!"

"이유가 무엇입니까?"

"아직 죄목이 파악되지 않아 취조가 불가능하다."

"몇 가지 물어보기만 하면 됩니다. 도사께서 직접 붙잡아왔다고 했는데, 그렇다면 현행범이 아니겠습니까?"

이학송은 이규상이 대차게 나오는 것이 흥미로웠다. 조금 전까지만해도 비루먹은 개처럼 움츠렸던 그가 어디에서 용기를 얻었는지 궁금했다.

"어허, 의금부의 수장이 판사(判事) 대감이시거늘 지금 종사관 따위가 벼슬을 믿고 이리 소란이더냐?"

도사가 윽박질렀으나 이규상은 지지 않았다.

"그러면 왕명을 받들어 금란방을 지휘하는 장붕익 대장께서 직접 오시면 그때는 옥사의 문을 열어주시겠느냐고 판사 대감께 여쭈어주십시오."

도사는 말문이 막혔다. 문약해 보이는 종사관 정도는 겁을 주고 으르면 쉽게 물러설 줄 알았다. 그런데 보통내기가 아니었다. 앞뒤가 꽉 막힌 인간이거나 겉보기와 달리 속이 굳은 작자였다. 도사는 자신이 그를 얕보았음을 시인하지 않을 수 없었다. 장붕익 휘하의 관리였다. 훈련대장 장붕익이 아무나 직속(直屬)으로 들이지는 않았을 것이라는 깨달음이 뒤늦게 찾아왔다. 그러면서 한편으로는 일이 이렇게 풀린 것이 오히려 잘된 것이 아닐까 하고 생각했다.

그날 새벽, 등청(登廳)하는 길이었다. 의금부와 전옥서가 있는 견평방(堅平坊) 거리는 종루(鐘樓)를 중심으로 도성에서 가장 큰 장시(場市)가 형성된 곳이어서 동이 완전히 트기도 전에 장사를 준비하는 상인과 일꾼들로 붐볐다. 의금부가 가까웠을 때 물지게꾼 한 명이 도사를 지나쳤다. 순간, 그는 시큼한 냄새가 코끝을 스치는 것을 느꼈다. 술 냄새가 분명했다. 도사가 급히 물지게꾼을 불러 세웠다.

"이보시게."

물지게꾼이 돌아서서 도사를 바라보았다. 눈매가 날카로웠다. 양민의 옷차림을 하고 있었으나, 삼베의 질이 고급인 것으로 보아 장시에서 흔히 볼 수 있는 일꾼이 아니었다.

'검계의 끄나풀이다!'

직감이 왔으나, 도사는 짐짓 모른 체하며 물지게꾼에게 물었다.

"통에 든 것이 무엇인가?"

물지게꾼은 눈알을 이리저리 굴리다가 도사를 쏘아보며 말했다.

"댁이 무슨 상관이오?"

비록 사복 차림이어서 의금부 관리라는 사실은 알 수 없다 할지라도 나이나 의복, 갓의 모양으로 함부로 대할 신분이 아님을 알아차렸을 텐데 물지게꾼은 대뜸 쏘아붙였다. 역시 예사 인물이 아니었다.

"통에 무엇이 들었는지 좀 보자."

도사가 다가서자, 물지게꾼은 작대기를 휘두르며 소리쳤다.

"몸 성하고 싶거든 당장 물러나라!"

도사는 잠시 물러서는 척하다가 재빨리 달려들어 놈의 멱살을 잡고 발을 걸어 넘어뜨렸다. 나무로 만든 통이 엎어지면서 안에 들었던 술이 땅바닥에 쏟아졌다. 금세 술 냄새가 사방에 진동했다.

"금부도사(禁府都事)다. 네놈을 금주령을 어긴 현행범으로 체포한다."

물지게꾼은 도사에 의해 팔이 뒤로 꺾인 채 끌려가면서도 바락바락 악을 썼다. 견평방의 평온한 아침이 소란으로 뒤덮였다.

도사는 죄인을 전옥서에 넘기고 의금부에 등청하여 상관인 경력(經

歷) 서윤효에게 아침의 일을 보고했다. 경력은 대수롭지 않다는 듯 고개를 끄덕일 뿐이었다. 금주령 단속이 의금부의 소관이 아니니, 경력의 반응은 당연한 것인지도 몰랐다. 아니나 다를까, 점심을 먹고 관아로 들어선 도사를 서윤효가 불렀다.

"아침에 자네가 붙들어온 죄인 말일세. 형조의 옥사로 이감할 것이니, 그리 알게나."

도사는 자신도 모르게 미간을 찌푸렸다.

"의금부가 체포한 자를 왜 형조에 넘깁니까?"

도사의 반응을 예상했다는 듯 서윤효는 고개를 절레절레 흔들고는 그를 똑바로 마주 보며 답했다.

"낸들 어쩌겠는가. 형조에서 죄인을 직접 추궁하겠다고 공문(公文)이 들어온 걸."

경력 서윤효의 말이 틀린 것은 아니었다. 나라의 관리로서 금주령을 단속하는 일에 이쪽저쪽을 논할 수는 없었으나, 엄밀히 말해서 여염에서 일어난 일은 의금부가 처리할 사안이 아니었던 것이다. 하지만 의금부는 왕의 직속 기관으로, 금주령이 왕명으로 하달된 데다 의금부도사가 현행범으로 붙잡은 만큼 다른 관아에 넘길 일이 아니라는 것이 도사의 판단이었다. 도사는 상관의 지시에 토를 다는 성정이 아니었으나, 이번만큼은 그대로 받아들이기 힘들었다.

"재고해주십시오. 검계 무리가 확실합니다. 제가 직접 죄인을 문초하여 연결 고리를 캐겠습니다."

"부진무(副鎭撫) 나리 편으로 들어온 공문일세. 협조 공문에 인가가 떨어지면 우리는 거기에 따르기만 하면 되는 것일세."

"언제부터 우리 의금부가 형조의 지시에 순응하는 조직이 되었습니까?"

"어허, 이 사람!"

두 사람의 언성이 높아지자, 부진무 이경로가 끼어들었다. 부진무는 종삼품 문관으로, 품계를 따지자면 의금부에서 셋째 가는 직책이었다. 이경로는 평소 도사의 됨됨이를 잘 알기에 하극상의 태도를 보인 그를 나무라지는 않았으나, 엄한 목소리로 일렀다.

"이 일로 관아의 우열을 따지는 것은 어리석은 일이네. 경력의 말대로 우리는 공문의 절차를 따르면 되는 것일세. 도사의 마음은 이해하나, 따르기 바라네."

형조가 왜 죄인을 탐하는지 알 길이 없어 찜찜했으나, 도사는 물러설 수밖에 없었다. 그가 말했다.

"나리의 명을 따르겠습니다. 단, 형조에서 온 공문을 확인하게 해주십시오."

곁에 선 경력 서윤효가 혀를 찼다.

"어허, 이 사람이 그래도……."

부진무가 손을 들어 경력을 저지했다. 그러고는 고개를 끄덕였다. 서윤효는 공문첩(公文帖)을 뒤져 형조에서 온 문서를 도사 앞에 내밀었다. 도사는 재빨리 내용을 확인했다. 문서에 '형조 참의(參議) 양세광'이라는 서명(署名)이 적혀 있었다.

"이제 되었는가?"

경력의 물음에 도사가 고개를 끄덕였다.

"되었습니다. 전옥서의 죄인은 제가 직접 형조로 인계하겠습니다."

그렇게 해서 도사는 전옥서로 향한 길이었고, 마침 죄인을 취조하겠다고 나선 이규상 무리와 마주친 것이었다. 도사는 이 우연한 만남이 어쩌면 의문을 해결하는 데 조금이나마 도움이 될지도 모른다는 생각이 들었다.

도사가 참군을 돌아보며 말했다.

"죄인이 안에 있느냐?"

참군이 크게 당황하며 대답했다.

"예? 예, 아직 있습니다."

"여기 이 종사관과 별군관을 안내하라."

참군은 도사와 이규상을 번갈아 보다가 마지못해 길을 내주었다.

이규상과 이학송이 옥사로 먼저 들어서고, 도사와 참군이 뒤를 따랐다. 이규상과 이학송은 옥에 갇힌 죄인들의 얼굴을 하나하나 살폈다. 대부분이 무지렁이 촌로이거나 민가의 아낙으로 보였다. 노인 한 명이 옥 앞에 선 이규상을 보고는 창살에 매달려 애원했다.

"나리, 저는 몰랐습니다요. 도성 바깥의 선술집에서 술을 파는데도 관리들이 그냥 지나치기에 술을 만들어도 되는 줄 알았습니다요. 나리, 살려주십시오."

노인이 애원하는 것과 동시에 옥에 갇힌 사람들이 일제히 이규상을 향해 사정을 했다. 갑자기 옥사가 소란스러워지자, 참군이 방망이로 창살을 후려치며 빽 소리를 질렀다.

"다치지 못할까!"

사정하고 애원하는 음성은 멈추었으나 옥 안의 사람들은 여전히 이규상을 향해 애처로운 눈길을 던졌다. 이규상은 그들의 눈길을 애써 외면한 채 다시 죄인들의 얼굴을 하나하나 살폈다. 이학송이 이규상에게 말했다.

"저자인 듯합니다."

추레한 차림의 다른 이들과는 달리 제법 반듯하게 차려입고 정좌를 하고 앉은 젊은이가 눈에 들어왔다. 그는 이규상과 이학송을 훔쳐보다가 눈이 마주치자 얼른 눈길을 피했다.

"저자를 보게 해주십시오."

이규상의 말에 도사가 고개를 끄덕였다. 그러자 참군이 난처한 기색을 보였다.

"도사 나리……."

도사의 눈썹이 꿈틀거렸다. 도사가 보기에 참군은 금란방 관원들과 자신이 붙잡은 죄인을 떨어뜨려놓으려 애를 쓰고 있었다. 석연찮았던 마음이 점점 더 꼬여갔다.

"문을 열어라."

참군이 머뭇거리자 도사가 소리쳤다.

"어서 열지 못할까!"

참군이 느릿느릿 옥에 채운 자물쇠를 풀었다. 이규상과 이학송이 옥으로 들어서고 도사는 눈을 부릅뜬 채 그들을 지켜보았다.

"이름이 무엇이냐?"

이학송이 물었으나, 죄인은 대꾸하지 않았다. 이학송은 쪼그려 앉은 자세로 죄인의 면상에 얼굴을 바짝 갖다 대었다.

"이름이 무엇이냐고 물었다."

죄인은 이학송과 눈이 마주치자 히죽 웃어 보이고는 그대로 고개를 돌렸다. 한동안 죄인의 얼굴을 빤히 보고 있던 이학송이 몸을 일으켰다.

이규상이 도사에게 말했다.

"이자를 훈련도감으로 압송하여 취조하겠습니다."

참군이 급하게 끼어들었다.

"아니 되오! 이자는 곧 형조로 인계될 것이니, 정 원한다면 나중에 형조에 공식적으로 요청하시오."

순간, 의금부도사의 눈썹이 꿈틀거렸다. 의금부에 형조의 공문이 도착한 것을 참군이 먼저 알 수는 없었다. 분명 공문을 작성한 형조의 관리와 전옥서의 참군 사이에 무언가가 있었다. 하지만 더 큰 물고기를 잡기 위해서는 일단 마음을 가라앉혀야 했다. 의문을 캐는 일은 뒤로 미루었다.

도사가 말했다.

"참군의 말이 옳다. 죄인에 관한 소관이 형조로 넘어갔으니, 정 취조를 원한다면 형조에 정식으로 요청하라."

이규상과 이학송은 옥사를 나서기 전에 다시 한 번 젊은 죄인의 얼굴을 확인했다. 죄인은 이죽거리는 표정으로 두 사람을 올려다보고 있었다.

금란방 관원들이 옥사를 나간 뒤에 지나가듯 도사가 참군에게 물었다.

"형조로부터 미리 언질을 받았는가?"

참군이 고개를 끄덕이며 음성을 낮추어 말했다.

"네, 참의께서 사람을 보내셨습니다."

도사는 형조에서 보낸 공문에 적혀 있던 이름을 떠올렸다.

'형조 참의 양세광!'

도사가 참군에게 말했다.

"죄인을 형조로 이감할 터이니, 차꼬를 풀라."

참군이 도사의 말을 따랐다. 도사는 죄인의 목덜미를 붙잡아 일으켜 세웠다.

이규상과 이학송은 전옥서를 나와 훈련도감으로 향했다. 이규상이 낮게 말했다.

"형님 덕분에 죄인의 얼굴이나마 확인할 수 있었소."

이학송이 걸음을 멈추었다. 이규상은 이학송보다 어렸으나, 그는 양반가 출신으로 엄밀히 따져서 중인인 이학송보다 신분이 높았다. 게다가 종육품으로 품계가 같기는 하나, 문관을 우대하는 사정상 이규상이 직책으로도 이학송보다 위라고 할 수 있었다. 이학송은 이규상의 입에서 나온 '형님'이라는 소리가 낯설고 불편했으나 그리 싫지만은 않았다.

이규상이 앞서 걷다가 뒤를 돌아보았다. 이학송의 놀란 표정을 보고 이규상이 말했다.

"아, 우리 대장께서 형제처럼 지내라 하지 않았습니까. 내가 한참 어리니, 형님이라 부르는 게 옳지요."

그렇게 말하고 이규상이 걸음을 옮겼다. 이학송은 그의 뒷모습을 보고 있다가 멀어진 거리를 좁히기 위해 걸음을 재게 놀렸다.

◇ ◈ ◇

우별장 강찬룡은 이규상의 보고를 받는 동안 눈을 반짝였다. 그러고
는 보고를 끝마치기도 전에 말했다.

"봉사들을 불러라."

이학송이 부리나케 달려 나갔다. 봉사 손명회와 주성철이 집무실로
들어서자, 강찬룡이 곧장 지시를 내렸다.

"봉사들은 지금 당장 평복으로 갈아입고 형조 앞을 지켜라. 어쩌면
종사관과 별군관이 확인한 죄인을 풀어줄지도 모른다. 그러면 그를 미
행하라."

강찬룡의 의도가 무엇인지 금란방 관원들은 곧바로 알아차렸다. 이
학송이 나섰다.

"제가 동행하겠습니다."

파총 나경환도 지지 않았다.

"저도 가겠습니다."

강찬룡이 고개를 끄덕였다.

"별군관과 파총이 나서준다면 더욱 믿음직하다."

그리하여 이학송과 나경환, 봉사 두 사람은 평복 차림을 하고 곧장
형조로 향했다. 이학송은 작은 단도를 허리춤에 챙겼다.

어둠이 내리자 근방 육의전(六矣廛) 거리와 겸평방의 장시에서 철시

한 상인들이 육조 거리를 피해서 돈의문으로 향했다. 행인이 점차 뜸해지자, 이학송과 파총, 봉사들은 몸을 숨길 곳이 마땅치 않아 난감했다. 형조 관아는 육조 거리의 서쪽 중앙에 위치했는데, 하필 각 관아의 대문을 지키는 군졸들의 시선이 잘 닿는 곳이어서 더욱 어려움이 컸다. 괜히 주변을 어슬렁거리다가 군졸들의 검문에 걸리기라도 하면 일을 망칠 수 있었다. 그래서 네 사람은 멀찍이 떨어져서 형조 관아를 지켜볼 수밖에 없었다. 봉사 두 사람은 육조 거리 뒷길로 해서 경덕궁(慶德宮)으로 빠지는 길목을 지켰고, 이학송과 나경환은 육의전 거리와 육조 거리가 맞닿는 모퉁이에서 몸을 숨긴 채 형조 관아의 대문을 바라보았다.

해가 완전히 기울고 나자 육조 거리는 이제 순찰을 도는 군졸들과 늦은 퇴청을 서두르는 관리들만이 간간이 지나다녔다. 우별장의 예견대로 형조 옥사에서 죄인이 풀려난다 해도 미행하기가 쉽지 않을 듯했다.

건시(乾時, 오후 8시 반에서 9시 반)에 이르러 행인의 발길이 완전히 끊긴 뒤에 형조의 대문이 열리고 한 사내가 밖으로 나섰다. 사내는 대문 앞에 밝혀놓은 불길 곁에서 길게 기지개를 켰다. 이학송이 그의 얼굴을 확인했다. 과연 우별장의 예측이 맞았다. 낮에 전옥서에서 본 그 젊은 사내였다. 그는 마치 형조 관아에서 공무라도 보고 나오는 듯 전혀 거리낄 것 없이 육조 거리를 당당히 걸었다. 사내의 걸음이 곧장 이학송과 나경환에게로 향했다. 호조(戶曹) 관아의 담벼락에 바짝 붙어 있던 두 사람은 사내가 숭례문 쪽으로 가닥을 잡자 비로소 담벼락에서 떨어졌다.

"파총께서는 봉사들에게 알리십시오."

이학송의 말에 나경환이 고개를 저었다.

"내가 뒤를 밟겠네. 별군관이 봉사들과 뒤따라오게."

"파총은 덩치가 커서 눈에 띄기 쉽소이다. 그 둔중한 몸으로 누굴 미행한단 말입니까?"

이학송이 핀잔을 주었으나 나경환은 듣기 싫지 않았다. 나경환은 미소를 짓고 나서 말했다.

"그럼 조심하게. 곧 따라붙겠네."

이학송은 어둠 속에서 아스라이 멀어져가는 사내의 뒤를 밟기 시작했다. 다행히 달빛이 그리 밝지도 않고 어둡지도 않았다. 사물을 분간할 정도로 적당했다. 사내는 자신을 따라붙은 이가 있을 것이라고는 꿈에도 생각지 못했는지 꽤 여유를 부리며 걸었다.

숭례문을 지나 성벽을 따라 걷다 보니 목멱산에 이르렀다. 드문드문 민가들이 보이다가 뚝 끊겼다. 마을과 거리를 둔 큰 저택 앞에 이르러 사내가 주변을 살피더니 대문을 조심스럽게 두드렸다. 문이 열리고 사내가 안으로 사라졌다.

그 집은 이학송도 아는 곳이었다. 전에 암행을 하며 도성과 부근을 살펴보던 중에 알아낸 곳으로, 주로 도성의 관리들이 드나드는 홍화정이라는 색주가였다. 이학송은 가까이 다가갔다. 분주히 오가는 사람들의 발소리와 말소리가 담을 넘어왔다. 안에서 적지 않은 사람들이 흥청망청하고 있는 모양이었다. 이학송은 불빛이 닿지 않는 곳의 담에 올라 바짝 엎드렸다. 달큼하고 시큼한 술 냄새와 미각을 자극하는 음식 냄새가 코끝에 와 닿았다. 마음 같아서는 혼자서라도 당장 뛰어들고 싶었으나 장붕익의 말을 거스를 수는 없었다

"당장은 불법을 저지르는 곳의 위치만 파악하라."

장붕익은 도성 부근에서 온갖 술집이 횡행하는 것을 알면서도 당장 나서지 않고 기다렸다. 이학송은 그에게 어떤 복안(腹案)이 있을 것이라고 짐작할 뿐이었다.

그때 옷자락이 풀잎을 스치는 미세한 소리가 들려왔다. 투명한 공기를 타고 온 그 소리는 이학송의 유난히 발달한 감각이 아니라면 놓칠 만큼 조심스럽고 낮았다. 이학송은 귀를 세웠다. 소리는 더 이상 들려오지 않았다. 그렇다면 이쪽을 경계하고 있는 것! 파총과 봉사들은 아니었다. 그들이 입고 있는 삼베옷의 거칠고 투박한 마찰음이 아니라 비단에 쓸리는 부드러운 소리였다.

'내가 오히려 미행을 당했는가.'

이학송은 티 나지 않게 고개를 돌려 뒤쪽을 보았다. 소리가 들려온 정도로 가늠해보건대 상대는 백 척(尺, 100척은 약 30미터) 이내의 거리에 있었다. 형조에서 풀려난 사내의 거처를 알아냈으니, 이후의 일은 장붕익 대장과 별장들에게 맡기면 되었다. 당장은 자신을 미행한 작자의 정체를 알아내는 것이 급선무였다.

이학송은 담에서 내려와 소리가 들려온 쪽을 보고 섰다. 근처에 있는 걸 알고 있으니 그만 모습을 드러내라는 몸짓이었다. 하지만 상대는 여전히 어둠에 몸을 가린 채였다. 몸놀림이 정제된 자로, 필시 무사였다. 비단옷을 입은 무사라면, 둘 중 하나였다. 검계의 간부이거나 고급 무관!

이학송은 허리춤에 찬 단도의 손잡이를 쥐었다. 그렇게 멈춘 채 앞을 응시했다. 바람 한 줄기가 불어왔다. 풀잎이 서로 몸을 비비며 서걱거리는 소리가 나는 가운데 비단결을 스치는 풀잎 소리가 섞여 있었다. 이학송은 지체 없이 소리가 들려온 쪽으로 달려들며 단도를 뽑았다. 곧바로 수풀 뒤의 그림자를 향해 찌르고 들어가는 순간, 거센 완력이 그의 손목을 잡았다. 상대에게는 무기가 없는 듯했다. 이학송과 정체 모를 남자는 그 상태로 대치했다. 구름 속에 숨어 있던 뽀얀 달이 모습을 드러냈다.

"낮에 본 훈련도감의 별군관인가?"

이학송은 그 목소리를 기억하고 있었다. 낮에 전옥서에서 실랑이를 벌인 의금부도사였다.

"도사께선 이곳에 웬일이십니까?"

말을 주고받으면서도 두 사람은 몸에서 힘을 풀지 않았다. 여차하면 단도가 목을 찌를 기세였다.

"장붕익 대감의 수하이니, 만만히 보아서는 안 되겠지?"

도사는 그렇게 말하고 나서 서서히 손에 힘을 풀었다. 이학송도 상대에게 살기가 없다는 것을 알아차리고 힘을 풀었다. 이학송이 다시 물었다.

"도사께선 이곳에 웬일이십니까?"

도사가 대꾸했다.

"그건 내가 물어볼 말이네만, 물어볼 필요도 없겠군. 나와 자네의 목적이 같은 것 같으니."

이학송이 물었다.

"의금부와 형조가 야합하여 풀어준 죄인을 금부도사께서 미행하시다니요?"

도사는 답하지 않았다. 그는 이학송과 죄인이 들어간 집을 번갈아 보고는 먼저 멀어져갔다. 잠시 시간 간격을 두고 이학송도 숭례문을 향해 걸었다.

"스승님, 기체후일향만강(氣體候一向萬康)하십시오!"

아이들의 청아한 목소리가 울려 퍼졌다.

"그래, 너희도 조심히 살펴가거라."

아이들이 제비처럼 재잘거리며 마당을 빠져 나갔다. 아이들의 뒷모습을 보며 양일엽은 부드러운 미소를 지었다.

양일엽과 상규가 가르치는 서당의 학생은 세 무리로 나뉘었다. 일곱 살부터 열한 살까지 아이들은 상규가 맡았고, 열두 살부터 열다섯 살까지는 양일엽이 가르쳤다. 이 외에 양일엽은 성인을 대상으로도 가르쳤는데, 이는 순전히 약사동 주민들의 요청에 따른 것이었다. 자기 아이들이 글자를 하나둘 깨우쳐가는 것을 지켜본 부모들은 뒤늦게 배움을 향한 열망을 살렸고, 이에 양일엽이 부응한 것이었다. 다만 어른들이 배우는 서당은 오 일에 한 번 저녁상을 물린 뒤에 열렸다. 처음에는 일곱 명이었던 것이 지금은 열네 사람으로 늘어나 있었다. 여기에는 아녀자도 넷이나 섞여 있었다.

아이들이 물러간 뒤 동희가 남은 것을 보고 양일엽이 의아해하며 물었다.

"동희 너는 왜 안 가느냐?"

동희는 서책을 싼 헝겊 보자기를 몸에 두르다가 양일엽의 물음에 답했다.

"작은아버지가 장작 패는 일을 도우라 하셔서 남았습니다."

"그랬느냐?"

동희는 올해 열다섯 살로 서당에서 가장 나이가 많았다. 머리가 영민하여 배우는 속도가 빨랐다. 논에서 낫질을 하다가 정강이를 베여 처음 양일엽과 인연을 맺었을 때만 해도 어린아이였는데, 지금은 제법 장정(壯丁) 티가 엿보였다. 아닌 게 아니라 동희는 백선당 소유의 가마와 논밭에서 없어서는 안 될 일꾼이 되어 있었다.

"기구를 다룰 때는 항상 조심하여야 한다."

양일엽의 말에 동희가 머리를 조아렸다.

"예, 어르신. 명심하겠습니다."

양일엽이 돌아서려는데 대문 쪽에서 헛기침 소리가 들려왔다.

"에헴!"

객이 찾아온 모양이었다.

"당주 계시는가?"

동희가 대문 쪽으로 달려갔다. 양일엽이 보니, 도호부의 형방아전이 문 밖에 서 있었다. 반갑지 않은 객이었으나 내칠 수는 없었다. 동희가 양일엽 쪽으로 고개를 돌렸다.

"모시어라."

형방아전이 주위를 살피며 마당으로 들어섰다.

"당주께 좋은 소식이 있어 찾아왔소이다."

"안으로 드시지요."

양일엽과 형방아전이 방 안에 마주 앉았다. 그는 도호부의 이방인 김치태의 오른팔 노릇을 하는 이였다. 김치태만큼 표독스러운 인물은 아니었으나 부사의 눈을 가리고 부민을 쥐어짜기는 마찬가지였다. 형방아전은 음흉한 미소를 머금은 채 양일엽을 지그시 바라보다가 입을 열었다.

"금주령이 내린 뒤로 백선당의 살림이 힘들진 않으시오?"

양일엽이 대답했다.

"그럭저럭 잘 버티고 있습니다."

"당주와 백선당에게 희소식이 있어 기쁜 마음으로 달려왔소이다."

양일엽은 그저 형방아전의 눈을 똑바로 쳐다볼 뿐이었다.

"백선당에서 산곡주를 주조하면 이방께서 유통을 시켜주겠다고 하더이다."

양일엽의 눈이 커졌다. 금주령이 내린 때에 술을 만들라니! 그것도 나라의 녹을 먹는 자가 불법을 종용하다니!

하지만 형방은 정말로 희소식을 물어온 것처럼 양일엽의 표정이 밝아지기를 기대하며 음흉한 미소를 지었다.

"고을 내에 술도가 여러 곳이 이미 이방의 지휘 아래 주조를 하고 있소이다. 밀주는 부르는 게 값이니 이보다 좋은 장사가 어디 있겠소? 이방이 말하기를, 백선당에서 산곡주를 가져다주면 한 병에 두 냥 반을 쳐주겠다 하더이다."

양일엽은 속에서 치솟는 분노와 당혹감을 가까스로 가라앉히고 물었다.

"신임 부사께선 이 일을 아시오?"

"매일 밤마다 동헌에서 관기(官妓)를 끼고 잔을 기울이는데, 왜 모르겠소?"

양일엽은 참담한 마음에 눈을 감아버렸다. 술을 만드는 사람으로서 금주령이 달갑지 않은 것은 당연한 일이었다. 하지만 엄연히 국법으로 정한 일을 관리라는 자들이 앞장서서 어기고 있다는 사실은 도저히 받아들이기 힘들었다.

양일엽에게서 반응이 없자, 다급한 목소리로 형방이 말했다.

"아, 두 냥 반을 쳐준다 하지 않소?"

그는 잠시 사이를 두고 덧붙였다.

"혹시 나중에 책(責)이라도 잡힐까 그러시오? 그렇다면 마음 놓으시오. 금주를 단속하는 울산도호부 금란방의 우두머리가 이방 김치태요. 자기가 하는 일을 자기가 단속하겠소? 금주를 단속하는 관리가 판을 깔아주겠다는데, 이보다 안전한 장사가 어디 있겠소?"

양일엽이 눈을 뜨고 입을 열었다.

"그만 돌아가십시오."

위엄이 서린 양일엽의 음성에 형방이 흠칫했다.

"백선당은 나라에서 금하는 일은 할 수 없다 전하시오."

어안이 벙벙한 형방은 두 눈을 크게 뜨고 한참 동안 양일엽을 바라보다가 가까스로 입을 열었다.

"이보시오, 당주. 두 냥 반이 적어서 그러시오? 내 이방에게 조금 더 붙여달라고 말을 꺼내드리리까?"

"네 이놈!"

갑작스러운 양일엽의 일갈(一喝)에 형방은 뒤로 후다닥 물러났다.

"나라의 녹을 먹는 자가 불법을 종용하면서 부끄럽지 않느냐? 나는 목에 칼이 들어와도 술을 만들 마음이 추호도 없으니, 다시는 얼씬거리지 말라 전하라!"

형방은 양일엽의 기세에 눌려 바짝 움츠렸다. 양일엽의 포효에 놀란 병술이 바깥에서 물었다.

"당주 어른, 무슨 일 있으십니까?"

형방은 옷매무새를 가다듬고 자리에서 일어서서 양일엽을 일별하고는 바깥으로 나갔다.

마당으로 몰려든 백선당의 식솔들이 걱정스러운 표정으로 대문을 나서는 형방과 방 안의 양일엽을 번갈아 쳐다보았다.

06

저승사자

1734년 봄

　　"당주 어르시인! 작은아부지이!"

　계곡 아래쪽에서 다급한 목소리가 들려왔다. 백선당 식솔들과 함께 밥을 먹던 병술이 물었다.

　　"이게 뭔 소린가?"

　일꾼 한 명이 대답했다.

　　"동희 아니여?"

　듣고 보니 그랬다. 조카의 음성이었다. 병술은 숟가락을 내려놓고 벌떡 일어섰다. 대문 쪽에 나갔을 때는 동희가 이미 당도해 있었다.

　　"작은아부지, 큰일 났어요! 아버지, 어머니가 도호부 나졸들한테 잡혀가어요!"

"형님하고 형수님이 왜?"

"다짜고짜 금주령을 어겼다며 매를 때리고 잡아갔어요!"

병술이 주위에 둘러선 식솔들에게 말했다.

"나 먼저 갈 테니, 당주 어르신께 말 좀 전해주소."

병술이 동희와 함께 동리로 달려 내려갔다.

일꾼들이 양일엽에게 상황을 알렸다. 그의 표정이 굳어졌다. 며칠 전 형방아전의 제안을 거절한 것에 대한 김치태의 앙갚음임이 분명했다.

상규가 말했다.

"제가 동헌에 다녀오겠습니다."

양일엽은 고개를 저었다.

"내가 풀어야 할 일이다."

양일엽은 그대로 일어나 의관을 갖추고 바깥으로 나섰다.

먼저 동희의 집으로 향했다. 병술은 도호부로 가고 없었고, 동희가 이웃들과 집을 지키고 있었다.

상규가 동리 사람들에게 물었다.

"어떻게 된 일인지 아시오?"

"아, 논일 나가려고 농기를 챙기는데, 형방하고 나졸 다섯이 살기등등하게 마을로 들어서잖여. 그러고는 곧장 동희네로 향하더이다. 나라에서 금한 술을 만들었대나 어쨌대나."

"갑술 아재가 술을 만들었소?"

아낙 한 사람이 가슴을 치며 소리쳤다.

"당치도 않소. 술은 무슨 술이오."

"그런데?"

울먹이던 동희가 상규의 말을 받았다.

"나졸들이 우리 집 장독대를 뒤지더니 술이 든 독을 찾았어요. 하지만 아버지는 술 안 만들었어요. 그 독도 우리 것이 아니에요!"

그러고 나서 동희는 크게 울음을 터뜨렸다.

양일엽은 돌아가는 꼴을 단박에 파악할 수 있었다. 술이 든 독은 김치태 패거리가 가져다놓았을 것이다. 간밤에 몰래 숨어들어 술독을 장독대 사이에 놓고는 아침 일찍 득달같이 급습했을 것이다. 밀주를 만들라는 김치태의 부당한 제안을 물리친 대가를 애꿎은 갑술이 대신 치르고 있었다.

양일엽과 상규는 도호부로 향했다. 동헌 앞에 이르자 갑술의 비명이 터져 나오고 있었다. 양일엽 부자가 안으로 들어서려 하자 아전과 나졸들이 막았다. 병술은 나졸들 앞에 무릎을 꿇은 채 "우리 형님 좀 살려주시오."라고 빌며 눈물을 흘리고 있었다. 부사는 김치태의 작당을 알아챌 것인가? 부사가 갑술의 억울함을 풀어줄까? 기대할 수 없었다. 금주령이 내린 시기에 동헌에서 관기를 끼고 술을 즐기는 자였다. 그런 작자에게 올바른 판결을 기대하기란 애초에 글러먹은 일이었다.

양일엽은 나졸들을 밀치고 동헌 마당으로 들어섰다. 엉겁결에 당한 나졸들이 곧 뒤따라와 양일엽의 손을 뒤로 꺾고 곤봉으로 무릎을 세게 후려쳤다. 뼈 부러지는 소리가 났다. 양일엽은 그대로 주저앉고 말았다. 하지만 그는 신음하지 않았다. 양일엽의 돌발적인 행동에 깜짝 놀란 신임 부사 홍영찬과 김치태가 대청에서 놀란 눈으로 그를 내려다보았다.

양일엽이 보니, 갑술과 그의 아내는 이미 망신창이가 되어 있었다. 죄목의 앞뒤도 따져보지 않고 무조건 매질부터 가한 모양이었다. 양일엽은 끓어오르는 분노를 가까스로 참아내고 부사를 향해 말했다.

"부사 나리, 저이는 술을 만들지 않았습니다. 국법을 어기고 술을 만들 사람이 아닙니다."

김치태가 쏘아붙였다.

"저놈 장독대에서 술독이 발견되었다. 빤히 물증이 있는데도 발뺌을 할 셈이냐?"

양일엽이 소리쳤다.

"아전은 어디서 그런 소식을 듣고 아침 댓바람부터 죄인을 포박하러 가시었소?"

김치태가 잠시 머뭇거리다가 지지 않겠다는 듯 악을 썼다.

"고변이 있었다!"

"누군지 대시오."

"이놈이 어느 안전이라고!"

"고변을 한 사람이 누군지 대시오. 응당 죄인과 고변한 자를 대질하여 잘잘못을 가려야 하지 않소이까."

그렇게 말하고 나서 양일엽의 시선이 부사 홍영찬에게로 향했다.

"부사 나리, 저이의 자식이 한 말에 의하면 술이 든 독은 저이의 것이 아니라 합니다. 혹여 악의를 품고 저이를 음해할 의도로 벌어진 일이라면 바로잡아야 하지 않겠습니까? 부디 아전에게 고변한 자를 대령하라 명하시어 죄인과 대질할 수 있도록 선처해주십시오."

부사의 눈길이 김치태에게 향했다.

"고변한 자를 데려올 수 있는가?"

김치태가 부사의 눈길을 피하며 대답했다.

"그러하오나 고변을 한 이가 드러나면 나중에 보복을 당하지 않는다고 어찌 장담할 수 있겠습니까? 그러면 앞으로 국법을 어긴 자를 고변하려는 자가 더는 나오지 않을까 우려됩니다."

부사가 바보는 아니어서 대충 상황을 짐작하는 듯했다. 그는 지휘봉으로 자신의 손바닥을 가볍게 내려치며 생각에 잠겨 있다가 비로소 입을 열었다.

"저자의 죄가 무거우나 이번에는 아량을 베풀어 가볍게 처리하겠다. 그리고 양일엽."

양일엽은 신임 부사를 만난 적이 없었으나, 부사는 그를 정확히 알고 있었다. 양일엽이 부사를 바라보았다.

"감히 관청에 뛰어들어 소란을 일으킨 너의 죄가 크지만, 역시 아량을 베풀겠다. 앞으로 다시는 이런 일이 없도록 하라."

부사가 일어서며 말했다.

"저 세 연놈을 장형(杖刑) 열 대에 처한다!"

곤장으로 열 대를 맞으면 골반이 으스러질 수도 있었다. 아량을 베풀겠다던 부사의 조금 전 말은 양일엽과 갑술 부부를 농락한 것이었다. 부사는 음흉한 미소를 지은 채 양일엽을 바라보다가 그대로 돌아섰다.

김치태의 명이 떨어졌다.

"당장 형을 집행하라!"

약수골과 약사동은 완전히 가라앉았다. 얼마 전 백선당에 찾아왔던 형방아전이 양일엽에게 무안을 당하고 돌아간 일과 갑술이 죄인으로 몰린 일이 서로 관련되어 있음을 동리 사람들은 빤히 꿰뚫고 있었다. 그리고 형방아전이 양일엽을 찾아온 용건이 무엇인지에 대해서도 사람들 사이에 이야기가 나돌았다. 약사동 부민들은 그에 대해서 조심스럽게 말을 꺼내고는 했다.

"아, 여기 다른 술도가들이 죄다 술을 만들고 장터에 버젓이 술이 도는 걸 삼척동자도 아는데, 왜 당주만 고집을 부리실까?"

"그러게 말이여. 김치태 지가 하는 일을 지가 단속하겠어? 그냥 눈 딱 감고 산곡주를 만들면 동리가 조용할 텐데."

부민들의 두려움이 컸다. 김치태는 원하는 것은 반드시 손에 넣고야 마는 작자였다. 양일엽이 산곡주 만드는 것을 계속 거부하면 그만큼 부민들의 고통이 커질 수밖에 없었다.

분위기가 가라앉기는 백선당이 더했다. 산곡주를 만들어야 한다는 패와 만들지 말아야 한다는 패가 나뉘었다. 식솔들은 논일을 하거나 가마에서 일하면서 그 일에 대해 의견을 주고받다가 다툼을 벌이기도 했다. 그럴 때면 서생댁이 나서서 식솔들을 단속했다.

"이 은혜도 모르는 버러지 같은 것들아, 너희가 그러고도 사람이냐? 먹여주고 재워주고 새경까지 쳐서 주는 어르신을 감싸지 못할망정 원망들을 하고 있어?"

그럴 때마다 백선당 식솔들은 입을 다물었으나, 불안과 걱정은 쉽사리 가라앉지 않았다.

동헌에서 험한 일을 당한 뒤로 양일엽은 좀처럼 몸을 회복하지 못했다. 갑인년(甲寅年, 1734년)에 쉰다섯이 된 그는 마흔이라 해도 믿을 만큼 건장했으나, 병석에 있는 동안 그의 육신은 빠르게 시간에 잠식당하고 있었다. 나날이 쇠약해지는 부친을 보며 상규는 피눈물을 삼켰다.

병석에 누운 지 열흘이 지났을 때 양일엽이 상규를 불렀다.

"아버님, 부르셨습니까?"

양일엽은 자리에 누운 채로 힘겹게 말했다.

"보름이 언제이냐?"

"내일입니다."

"천덕이 이 일을 알면 안 된다. 찾아오거든 잘 둘러대서 돌려보내어라. 식솔들과 마주치면 필시 이번 일을 알게 될 터이니 각별히 주의하여라."

상규도 그게 걱정이었다. 천덕은 천성적으로 몸가짐이 무거웠지만, 만약 부친이 당한 일을 안다면 그냥 넘어가지 않을 것이 분명했다. 낫을 들고 김치태 집의 담장을 넘지 말라는 법이 없었다. 상규는 천덕의 손을 빌려서라도 복수를 하고 싶은 마음이 굴뚝같았지만, 정말로 그런 일이 벌어진다면 백선당은 그대로 파국을 맞게 될 것이었다.

"명심하겠습니다, 아버님."

상규의 대답을 듣고 나서 양일엽은 잠에 빠져들었다.

보름달이 뜬 이튿날 새벽, 상규는 대문 앞에서 천덕을 기다렸다. 달의 기울기로 보아 간시(艮時, 오전 2시 반에서 3시 반 사이)였다. 상규는 천덕과 자신의 처지가 바뀌었으면 좋겠다고 생각했다. 얽매이는 데 없이 제 마음껏 산야(山野)를 돌아다니는 천덕이 부러웠다.

상규의 아내 견정이 대문 밖으로 나섰다.

"아직이옵니까?"

견정의 물음에 상규가 대답했다.

"달이 저만큼 기울었으니, 곧 올 것이오. 바람이 찬데 들어가시오."

"어릴 때 같이 자랐다 하셨지요?"

"형제나 진배없었소. 조무래기일 때는 같이 주먹 다툼도 하고 그랬소."

"누가 이겼습니까?"

그렇게 말하고 견정은 웃음 지었다. 하지만 상규는 웃지 않았다. 아득한 옛날의 일이 어제 일처럼 떠올랐다. 주로 시비를 거는 쪽은 상규였고, 때리는 쪽도 상규였다. 천덕은 상규의 주먹이 아프지도 않은지 그저 맞기만 했다. 하지만 딱 한 번 상규가 천덕에게 혼쭐이 난 적이 있었다. 둘이 놀다가 무슨 일로 바짝 약이 올라 상규가 '애비 없는 자식'이라고 모진 소리를 했을 때였다. 순간, 눈앞이 번쩍했다. 천덕이 상규의 따귀를 후려친 것이었다. 너무 놀란 나머지 상규는 울지도 못했다. 운 쪽은 천덕이었다. 천덕은 눈물을 훔치며 산으로 뛰어 올라갔다. 상규는 혹시라도 그 일로 천덕이 혼이 날까 봐 약수골 차가운 물로 한참 동안 뺨을 식혔다. 하지만 손자국을 지울 수는 없었다. 양일엽과 상규의 어머니는 그 일을 모른 체했으나, 천덕은 자기 어머니인 평안댁에게 회초리를 맞았다. 상규는 평안댁이 내려치는 회초리 소리를 세며 가슴 졸였다. 이상하게도 그때의 기억은 시간이 지날수록 더욱 선명해졌다.

"이만 들어가시오, 부인."

"같이 있겠습니다. 고요한 보름달 아래에 이렇게 오붓하게 있으니 마음이 평안하고 즐겁습니다."

상규는 자신을 올려다보는 견정의 눈을 들여다보았다. 혼인식에 맞절을 할 때 호기심 어린 눈길로 소매 너머의 신랑을 훔쳐보던 그 맑은 눈동자 속에 보름달이 떠 있었다. 고운 사람을 자신의 처로 점지해준 하늘에 다시 한 번 감사하고 또 감사했다. 상규도 아내와 단둘이 이렇게 호젓한 시간을 보내는 게 가슴 벅찼으나, 새벽 기운이 찼다. 몸이 약한 견정이 덜컥 고뿔에라도 걸리면 어떡하나 걱정이었다.

"들어가서 요를 준비해주시오. 나도 곧 들어가겠소."

그제야 견정은 코끝을 찡그려 보이더니, 나직하게 말했다.

"예, 먼저 들어가겠습니다."

견정이 대문 안으로 사라지고 오래지 않아 황방산 숲에서 천덕이 나타났다. 진즉에 와 있었으면서 상규의 아내가 있는 것을 보고 모습을 드러내지 않은 모양이었다.

"도련님, 그동안 별고 없으셨습니까?"

상규는 '형님' 소리가 입 밖에 나오지 않았다. 호형호제를 하라는 부친의 명을 전하면서 필요 이상으로 예를 갖추어 천덕을 조롱했던 일이 떠올라 부끄러웠다.

"잘 있었습니다."

"말씀 낮추십시오, 도련님."

"아버님의 명을 내가 어찌 어기겠습니까?"

어색한 침묵이 감돌았다.

천덕은 주변을 두리번거렸다. 양일엽을 찾는 듯했다. 상규가 말했다.

"아버님은 미열이 있어서 찬 공기를 쐬지 않는 게 좋을 듯하여 쉬고 계십니다."

천덕이 놀란 표정으로 물었다.

"많이 편찮으신 것은 아닙니까?"

"걱정할 정도는 아니니 염려 마십시오."

그래도 마음이 놓이지 않는지 천덕은 보이지도 않는 담벼락 너머를 기웃거렸다. 걱정과 실망이 교차하는 천덕의 얼굴을 보며 상규는 부친과 그 사이에 놓인 진한 애정을 다시 한 번 목격해야 했다.

천덕이 바랑에서 한지에 곱게 싼 약재 등을 꺼냈다.

상규가 물었다.

"요즘에도 토함산에 있습니까?"

"예, 올봄까지만 토함산에서 지내고 여름이 시작되기 전에 북쪽으로 더 올라가볼까 합니다."

상규가 고개를 끄덕였다. 천덕도 더는 할 말이 없어 침묵을 지키다가 입을 열었다.

"그럼 이만 돌아가겠습니다, 도련님. 당주 어르신께 안부 여쭈어주십시오."

이번에도 상규는 말없이 고개만 끄덕였다. 천덕이 허리를 숙여 보이고는 숲의 어둠 속으로 걸음을 옮겼다. 상규는 달빛을 받은 천덕의 뒷모습을 보며 정녕 그가 이 세상에 존재하는가, 하는 의문이 들었다. 보름에 한 번 정령(精靈)처럼 찾아와 잠시 머물다 가는 그가 신기루인 것만 같았다. 그런 느낌이 들자, 어릴 때 함께한 모든 추억이 가물가물하게 멀어졌다.

이학송과 나경환, 봉사 두 사람은 숭례문에서 목멱산 아래의 홍화정으로 향하는 길가에 잠복하고 있었다. 얼마 전 전옥서에서 형조로 이감되었다가 풀려난 사내를 검거하기 위해서였다. 그 사내가 검계이든 아니든 상관없었다. 반드시 포박하여 죄를 물어야 할 흉악범이었다.

전옥서에서 사내의 얼굴을 확인한 이규상은 봉사들과 함께 포도청과 한성부를 돌아다니며 수배 중인 범죄자의 초상(肖像)을 일일이 확인했다. 이틀을 고생한 끝에 이규상은 드디어 사내의 인상착의와 흡사한 초상을 찾아냈다. 죄명은 아녀자 겁탈이었다. 사내의 패거리는 벌건 대낮에 도성 밖 민가에 침입하여 아이들과 함께 있던 아낙을 여러 차례 윤간(輪姦)했다. 짐승보다 못한 자이니, 드러나지 않은 죄가 더 있을 것이었다.

수풀 뒤에 몸을 숨긴 이학송은 전에 사내를 미행하다가 부딪쳤던 의금부도사를 떠올렸다. 분명 그 도사도 무언가 찜찜한 구석이 있어 사내의 뒤를 밟았을 것이다. 그렇다면 사내를 무죄로 방면한 의금부나 형조의 다른 세력과는 섞이지 않았다고 보는 것이 옳았다. 이학송은 도사에

대해 보고를 해야 하나 말아야 하나 고민이 깊었다. 그를 포섭한다면 의
금부에 밀정(密偵)을 심어두는 효과가 있었다. 하지만 도사의 입장에서
는 무거운 짐 하나를 지는 셈이었다. 이학송은 다른 이에게 그런 짐을
지우는 것이 옳은 일인가에 대해서 갈등하지 않을 수 없었다.

"저치들 중에는 없는가?"

나경환이 지게에 물동이를 지고 가는 사내 셋을 가리켰다. 이학송이
정신을 차리고 그들 하나하나를 살펴보다가 낯익은 얼굴을 찾아냈다.
전옥서에서 보았을 때보다 동안이었다. 이제 갓 스물을 넘겼을까? 밀주
를 유통하는 무리에서 술을 배달하는 역할을 맡은 모양이었다.

"갑시다."

네 사람이 수풀 속에서 튀어 올랐다. 느닷없이 네 명의 남자가 앞을
가로막자 무리는 놀란 표정으로 걸음을 멈추었다. 이학송이 삿갓의 챙
을 올려 전옥서의 사내를 바라보며 말했다.

"나를 알아보겠는가?"

사내의 눈이 커졌다. 곧바로 지게 작대기가 이학송의 머리를 향해 날
아들었다. 이학송은 그럴 줄 알았다는 듯 몸을 숙여 공격을 피하고는 사
내의 가슴을 발길질로 내질렀다. 사내가 뒤로 나자빠지면서 와장창 물
동이가 깨지고 술 냄새가 진동했다.

"순순히 오라를 받아라!"

나경환의 굵은 음성을 뒤로하고 이학송은 달아나는 사내를 뒤쫓
았다.

상당히 날랜 자였다. 뜀박질이라면 누구한테도 밀리지 않는 이학송

이었건만 좀처럼 거리가 좁혀지지 않았다. 그는 품에서 작은 쇠구슬을 꺼냈다. 사내의 머리통을 향해 집어던졌지만 첫 번째 쇠구슬은 빗나 갔다. 두 번째 구슬을 던졌다. 뒤통수에 그대로 적중했다. 사내는 충격 이나 통증 때문이 아니라 놀란 나머지 걸음을 멈추었다. 이윽고 멈추어 서더니 이학송을 향해 돌아섰다. 일전(一戰)을 불사하겠다는 뜻이었다. 이학송은 달리던 속력 그대로 공중으로 뛰어올라 날아 차기로 사내의 가슴팍을 한 번 더 내질렀다. 사내가 뒤로 나뒹굴었다. 이학송이 재빨리 사내의 뒷목을 무릎으로 짓누르고 팔을 뒤로 꺾었다. 그러자 사내가 악 을 썼다.

"후회할 짓을 말라! 내가 다치면 너는 멸문(滅門)을 당한다!"

섬뜩한 협박이었다. 무엇이 이토록 사내를 표독스럽게 만들었는지 궁금했다. 이제 천천히 알아볼 참이었다.

이학송은 사내의 입에 재갈을 물리고 머리에 두건을 씌웠다. 팔을 꺾 은 상태에서 일으켜 세우고는 나경환과 봉사들이 있는 곳으로 향했다. 사내와 함께 있던 나머지 두 사람이 바닥에 엎어져 있고, 봉사들이 그들 의 팔을 뒤로 돌려 손을 묶고 있었다. 그동안 일당은 아무런 반항도 하 지 않았다. 이학송이 다가가 나경환에게 물었다.

"죽은 것이오?"

"혼절했네. 한 방씩 후려쳤더니 그대로 뻗어버렸어."

이학송이 고개를 절레절레 흔들었다. 비옥(秘獄)까지 거리가 이십오 리였다. 사람들의 눈에 띄지 않기 위해서는 둔지산 자락을 타야 하는데, 정신을 잃은 장정 둘을 어떻게 옮긴단 말인가.

이학송이 난감해하는 것을 눈치 챈 나경환이 정신을 잃고 쓰러져 있는 사내 한 명을 번쩍 들어 올려서는 어깨에 메었다.

"나머지 한 명은 봉사 둘이 번갈아가면서 맡고, 별군관은 그놈을 책임지게."

그러고 나서 나경환은 성큼성큼 앞서 걷기 시작했다.

그때 이학송에게 붙잡힌 사내가 소리를 내었다. 재갈을 물린 탓에 알아들을 수 없었으나, 비옥까지 몰래 이동하는 데 방해가 될 수밖에 없었다. 이학송이 사내의 어깻죽지와 목이 이어지는 부분을 손가락으로 눌렀다. 사내는 신음을 내뱉으며 그대로 주저앉았다.

"계속 반항해보아라. 고통만 심해질 것이다. 그도 아니면 실신을 시켜서 끌고 갈 수도 있다."

봉사 한 사람이 혼절한 사내를 들쳐 업고 걸음을 옮겼다. 이학송 역시 사내의 뒷덜미를 낚아채 그들의 뒤를 따랐다.

밀주를 지고 가던 무리를 끌고 비옥에 도착한 때는 자시(子時, 오후 11시 반부터 0시 반 사이) 직전이었다. 장붕익을 비롯하여 강찬룡, 박영준, 이규상이 그들을 기다리고 있었다. 이학송은 죄인들을 옥사에 가두고 취조를 하는 별도의 공간으로 향했다. 강찬룡이 물었다.

"따라붙는 자는 없었는가?"

이학송이 대답했다.

"본 자도 없고 따라붙은 자도 없습니다."

"고생했다."

장붕익의 치하에 이학송이 고개를 숙여 보였다.

"옥사에 있느냐?"

"그렇습니다."

"누가 지키고 있는가?"

"파총과 봉사 두 사람이 자리를 지키고 있습니다."

장붕익이 고개를 끄덕이고는 말했다.

"그럼 시작하자."

비옥은 말 그대로 장붕익이 은밀히 마련한 비밀 옥사였다. 훈련도감 군영에도 군법을 어기거나 항명한 군사를 가두는 옥사가 있으나, 검계를 잡아두기에 적절한 장소가 아니었다. 그래서 장붕익은 도성에서 멀지 않으면서도 인적이 드문 지역에 따로 옥사를 마련한 것이었다. 비옥은 자칫 훈련도감에 있을지도 모를 밀정의 눈을 피하기 위한 장소이기는 했으나, 그 외에도 한 가지 이유가 더 있었다. 죄인을 혹독하게 다루는 장붕익의 처사 때문이었다.

잡혀온 무리 중에 두 사람은 겁에 질려 있었으나, 젊은 사내는 예전에 전옥서의 옥사에 있을 때처럼 정좌(正坐)한 채 무겁게 가라앉아 있었다. 잘 훈련된 자라고 이학송은 생각했다.

먼저 겁에 질린 무리 중 한 명을 취조실로 데리고 갔다. 이학송과 나경환이 죄인을 호송하여 취조실 안으로 들어서자, 장붕익이 가운데 의자에 앉아 있고 별장 두 사람이 각각 좌편과 우편에 자리를 잡고 있었다. 그리고 장붕익 바로 곁에는 이규상이 종이를 펼쳐놓은 채 붓을 들고 있었다. 죄인들에게서 나오는 말을 적기 위함이었다. 주변에 횃불 여러 개를 세워놓았는데, 타오르는 불빛이 을씨년스러운 분위기를 연출했다.

장붕익이 죄인의 얼굴을 유심히 살폈다. 실내를 살피느라 눈알을 이리저리 굴리는 죄인의 얼굴에는 공포가 서려 있었다. 장붕익이 물었다.

"이자의 죄는 무엇인가?"

이학송이 답했다.

"목멱산 아래 색주가와 바침술집으로 짐작되는 택사(宅舍)에서 술을 지고 나와 숭례문 쪽으로 이동하던 중에 저희 관원들에게 발각되어 포박하였습니다."

장붕익이 말했다.

"국법을 어기고 술을 다루었으니, 중죄로다."

그러자 죄인이 손바닥을 싹싹 빌며 간하였다.

"저는 심부름꾼일 뿐입니다요. 경기에서 농사를 짓던 촌로인데, 삯을 많이 쳐준다기에 혹하여 지난겨울부터 술심부름을 하고 있을 뿐입니다요."

딱 보아도 조무래기였다. 하지만 그렇다고 해서 그냥 넘길 수는 없는 일이었다.

이번에는 강찬룡이 말했다.

"너의 죄는 찬찬히 따져보고 정할 것이다. 말하라. 술을 어디로 가져가는 중이었더냐?"

"흥인문 바깥에 선술집과 내외술집이 더러 있습니다요. 그리로 운반하던 중이었습니다."

"흥인지문(興仁之門)으로 가려거든 목멱산을 따라 동쪽으로 가다가 북쪽으로 길을 잡으면 관아의 눈에 띄지 않을 터인데, 어찌하여 숭례문을 통과하려 했더냐? 그러면 도성을 통과해야 해서 관원들의 단속을 피하기 어려울 터인데?"

박영준의 물음에 죄인이 대답했다.

"산을 따라 가면 길이 험하여 힘들다고 해서 편한 길을 택한 것뿐입니다. 항상 그리로 다녔고 관리들의 검문을 받은 적은 없습니다요."

이학송이 물었다.

"그 경로는 누가 결정했는가?"

"박 도령입니다요."

"박 도령이라……. 함께 잡혀온 젊은 작자를 말하는 것이겠지?"

곧잘 대답하던 죄인이 갑자기 말문을 닫았다. 박 도령이라는 자가 나머지 두 사람과는 급이 다른 존재임을 그의 침묵이 말해주고 있었다.

이후의 취조를 통해 목멱산 아래의 집이 색주가이자 바침술집임을 재차 확인하게 되었고, 도성과 도성 부근에서 밀주를 거래하는 술집에 술을 공급하는 여러 곳의 바침술집 중 하나라는 사실도 알아냈다.

박 도령이라는 자의 차례였다. 취조실로 옮겨 훈련대장과 별장들 앞에 무릎을 꿇린 뒤 앞선 두 사람과는 달리 나경환은 그의 발목에 차꼬를 채웠다. 나경환이 물러나자 박 도령은 기다렸다는 듯이 목소리를 높였다.

"이곳이 어디요? 나에게 죄가 있다면 전옥서로 보낼 것이지, 왜 이곳으로 끌고 왔소? 엄연히 불법이오!"

강찬룡이 가소롭다는 듯 차가운 미소를 짓고는 말했다.

"우리의 심문을 견뎌낸다면 그렇게 될지도 모르지. 혹시 나중에 전옥서로 옮겨진다면, 너는 그곳을 낙원으로 여기게 될 것이다."

때를 맞추어 나경환이 대장간에서 쇠를 담금질할 때 쓰는 커다란 쇠망치를 땅바닥에 끌면서 죄인에게 다가갔다. 스르렁거리는 쇳소리가 섬뜩했다. 이규상 역시 모골이 송연해졌다. 죄인을 대하는 중란방의 '형님'들이 낯설어 보였다.

잠시 의자 깊숙이 몸을 묻고 있던 장붕익이 상체를 앞으로 기울였다. 횃불에 그의 얼굴이 드러났다. 부리부리한 눈과 안광(眼光)을 발하는 듯한 형안(形顔)이 꼭 호랑이의 그것을 연상시켰다.

"장붕익이라는 이름을 들어본 적 있느냐?"

박 도령은 검계의 간부들로부터 그 이름을 귀가 닳도록 들었다. 십삼년 전 경종이 금주령을 내렸을 때 한탕 하려던 밀주업자들이 당시 포도대장이던 그 작자에게 크게 혼쭐이 나고 도성을 등질 수밖에 없었다는 이야기였다. 그때 포도대장에게 붙잡힌 검계와 밀주업자들은 죄다 불구가 되었다고도 했다. 검계들에게 장붕익이라는 이름은 저승사자와 마찬가지였다.

하지만 그것은 십삼 년 전의 일이었다. 천하의 장붕익이라고 해서 어찌 세월을 피할 수 있겠는가. 게다가 무(武)와 관련된 무용담이란 시간이 흐르면서 부풀려지기 마련이다. 비록 장붕익이라는 존재가 적이라고는 하나, 무를 숭상하는 무리들 사이에서 그는 무사의 이상(理想)이었고, 그렇기에 그에 대한 이야기에 과장이 섞일 수밖에 없었을 것이라고 여겨왔다.

박 도령은 입을 꾹 다문 채 물음을 던진 노장(老將)의 눈빛에 맞섰다. 불길한 기운이 온몸을 훑고 지나갔다. 기가 꺾이지 않으려 안간힘을 다했으나 자꾸만 몸에서 힘이 빠지는 것을 어쩔 수가 없었다.

"내가 바로 장붕익이다!"

착각일 테지……. 느닷없이 호랑이의 포효가 귓가를 때렸다. 정신이 아득해졌다. 박 도령은 자신이 호랑이굴에 던져진 토끼나 마찬가지라는 생각이 들었다.

그때 횃불 곁에 서 있던 무관이 다가와 종이를 내밀었다. 거기에는 한 남자의 얼굴이 그려져 있었다. 자꾸만 흐릿해지는 눈으로 박 도령은 그 얼굴을 자세히 들여다보았다. 그러다가 깜짝 놀랐다. 바로 자신의 얼굴이었다.

무관이 말했다.

"본명은 조충일. '박 도령'이라는 별명은 박처럼 생긴 여인의 둔부에 사족을 못 써서 붙은 것이라지? 우리가 너를 포박하여 이곳으로 끌고 온 것이 금주령을 어겼기 때문만이라고 생각하느냐?"

조충일이라는 본명이 드러난 사내는 두려움에 질린 채 무관을 올려다보았다. 초상이 그려진 종이를 바닥에 던진 좌별장 박영준이 증오심 가득한 눈으로 말을 이었다.

"도성에서 십오 리 떨어진 민가에 침입해 아이들이 보는 앞에서 아낙을 욕보인 일을 기억할 것이다. 그때 그 아낙은 스스로 포도청에 출두하여 너의 인상착의를 고했고, 이렇게 네 얼굴을 초상으로 남겼다. 하지만 화냥년이라는 주변의 손가락질을 견디지 못하고 결국 자결했다. 너는 오늘 죗값을 단단히 치를 뿐 아니라 네가 알고 있는 모든 것을 말하게 될 것이다."

박영준이 말을 마치자마자 나경환이 쥐고 있던 쇠망치를 공중으로 들어 올렸다가 조충일의 오른쪽 발목을 내리쳤다. 조충일의 발목은 차고 있던 차꼬와 함께 박살나고 말았다.

비옥 바깥의 어둠 속으로 날카로운 비명이 길게 이어졌다. 눈앞에서 갑자기 벌어진 참상(慘狀)에 이규상은 몸이 얼어붙은 나머지 눈길조차 피하지 못했다. 나경환이 왼쪽 발목마저 박살내기 위해 쇠망치를 들어 올리는 순간, 퍼뜩 정신을 차린 이규상이 나경환에게 달려들며 소리쳤다.

"안 됩니다. 안 됩니다! 국법이 있습니다! 죄인을 문초할 때는 신체를 상할 만큼 가혹하게 하지 말라는 주상 전하의 명이 있었습니다! 멈추십시오. 멈추십시오!"

이규상의 절규에 나경환이 동작을 멈추었다. 나경환이 장붕익을 바라보았다. 그의 눈길을 따라간 이규상이 장붕익을 향해 엎드렸다.

"대감, 멈추어주십시오. 죄인에게도 인권이 있고, 죄인을 문초하는 관리에게도 도리가 있습니다. 저자의 죄는 국법에 따라 처리해야 합니다. 이토록 무참하게 죄인을 다스린다면, 우리가 저자들과 무엇이 다르옵니까?"

장붕익이 생각에 잠겨 있다가 말했다.

"규상아, 너는 아직 모른다. 저런 자들이 얼마나 잔인하게 민초들을 괴롭혀왔는지. 나는 괴물들과 싸우기 위해 나 자신을 괴물로 만들 수밖에 없었다."

"대감⋯⋯."

이규상의 애처로운 눈길을 피한 장붕익이 나경환을 향해 고개를 끄덕였다. 나경환이 기다렸다는 듯이 쇠망치를 내리쳤다.

"끄아아아악!"

비명이 잦아들 즈음 박영준이 조충일에게 물었다.

"네놈이 속한 무리의 맨 꼭대기에 누가 있는지, 들은 것이 있다면 말하라. 그렇지 않으면 이제부터는 무릎을 하나씩 박살낼 것이다."

쉴 새 없이 신음을 내뱉는 조충일이 마치 술에 취해 주정을 하듯 입을 열었다.

"나나는 모르오⋯⋯. 쇠쇠로 만든 지지팡이를⋯⋯ 들고 다녀서 처철주라고 불린다는 것밖에⋯⋯. 그분이 나나나타날 때면 쇠 지팡이로 바닥을 내려치는 소리가 들려오고⋯⋯."

거기까지 말하고 조충일은 혼절한 채 앞으로 꺼꾸러지고 말았다. 듣고 있던 강찬룡이 달려들어 그의 상체를 일으키며 물었다.

"지금 철주라고 했느냐? 표철주를 말하는 것이냐?"

하지만 조충일에게서는 더 이상 대답이 나오지 않았다. 강찬룡이 장붕익을 바라보았다. 장붕익은 심중을 알 수 없는 눈길로 허공의 어둠을 응시하고 있었다.

"너는 검계의 주인이 누구라 생각하느냐?"

표철두

07

표철주

1734년 늦봄

이철경과 그를 호위하는 무사 셋이 낙산의 기화루에 이르렀다. 장대비가 쏟아지고 사방은 칠흑같이 어두웠다. 무사 중 하나가 대문을 세 번 두드렸다. 안에서 낮은 음성이 흘러나왔다.

"뉘시오?"

무사가 대답했다.

"삼회주(三會主)시다."

대문이 육중한 소리를 내며 열렸다. 대문을 철로 두른 탓에 비가 내리거나 습한 날에는 그 소리가 더욱 크게 울렸다. 이철경은 항상 그 소리가 귀에 거슬리면서도 한편으로는 금단(禁斷)의 구역에 들어서고 있다는 긴장감을 일으키는 효과를 내는 것이 흥미로웠다. 만약 지옥에도 문이 있다면 이런 소리를 내지 않을까?

이철경이 늙은 청지기에게 물었다.

"모두 모였는가?"

청지기가 대답했다.

"큰 회주님 외에 다섯 분이 오셔서 기다리는 중이십니다."

"회주는?"

"그야 알 수 없지요. 워낙 신출귀몰한 분이시니……."

평소 기생들과 주객들이 흥청거리던 기화루는 짙은 침묵에 싸여 있었다. 최근 연속해서 일어난 불미스러운 일로 당분간 기화루는 폐쇄하기로 했다. 흉흉한 소문이 돌자 도성의 부자들과 관리들도 발길을 끊은 터라 일부러 위험을 감수하면서까지 기방을 운영할 필요는 없었다.

도성과 그 일대를 장악한 검계 조직 칠선객(七仙客)의 두목들이 한자리에 모인 것은 임금이 금주령을 내리기 직전이었던 지난해 봄 이후 처음이었다. 그사이 일 년이 훌쩍 지나 있었다.

검계와 밀주업자들에게 금주령은 다시없는 기회였다. 밀주 유통을 독점하고 술값을 올릴 수 있으니, 황금 알을 낳는 거위가 따로 없었다. 밀주를 유통하는 일은 민초들을 약탈하고 청부업(請負業)을 하면서 푼돈을 만지는 것보다 훨씬 수지가 맞을 뿐만 아니라 책략가(策略家) 기질을 타고난 이철경의 취향에도 잘 맞았다.

모든 것이 순조로웠다. 관리들의 비호 아래 도성 부근의 모든 술도가를 장악했고, 유통도 원활했다. 괜한 객기를 부리는 하급 관리들의 단속에 재수 없게 걸린 수하와 끄나풀들은 몇 푼 쥐어주면 곧바로 방면되었다. 경기도를 무대로 활동하는 조무래기 검계 조직들도 하나둘 칠선 객에 합병되는 중이었다. 전국의 모든 검계를 장악하는 일이 멀지 않은 것 같았다. 고위 관료들과의 공생관계도 이가 딱딱 맞는 톱니바퀴처럼 잘 맞아 들어갔다.

그랬는데, 지난달부터 조직원이 행방불명되는 일이 빈번하게 일어 났다. 처음에는 미처 매수하지 못했거나 윗선의 힘이 닿지 않은 관리의 실수라고 생각했다. 하지만 포도청과 한성부, 형조, 전옥서 어디에서도 검계의 조직원들은 발견되지 않았다. 의금부와 사헌부(司憲府) 역시 마 찬가지였다. 그렇다면 의심할 곳은 딱 하나밖에 없었다. 훈련대장 장봉 익의 훈련도감! 장봉익이 은밀하게 움직이고 있다는 첩보(諜報)가 들어 온 지 오래였다. 가장 두려운 상황이었다. 회주가 모습을 감춘 것도 필 시 장봉익의 출현과 무관하지 않을 것이었다.

칠선객의 침울한 분위기는 두목들이 모여 있는 방의 불빛에서도 그 대로 드러났다. 손님도 맞지 않는 기방에 누가 들이닥칠 것이라고 저토 록 조도(照度)를 낮추었단 말인가. 장대비가 퍼붓는 칠흑같이 어두운 밤 에 어떤 군사가 움직일 것이라고 저리도 움츠리고 있단 말인가. 하나같 이 한심하기 짝이 없는 작자들이었다. 저런 자들이 윗대가리 노릇을 하 고 있는 한 큰 뜻을 이루기는 글러먹은 일이었다.

이철경이 방으로 들어섰다. 방에 모인 소회주(小會主)들의 표정이 좋 지 않았다. 대뜸 지청구가 날아들었다.

"가장 어리고 경력도 일천한 자가 칠선객의 주장(主將)들을 기다리게 하는 것은 그나쁜 무례다."

기방의 한 구석에 겨우 호롱불 하나 켜놓고 움츠린 자들이 장수 운운하는 것이 이철경은 가소로웠다. 하지만 그는 속내를 감추고 예를 다했다.

"제 수하 중 하나가 소식이 끊긴 지 오래라 여기저기 알아보느라 늦었습니다. 사죄드립니다."

"회주의 비호로 단시일에 삼회주까지 오르더니 눈에 뵈는 것이 없는가? 앞으로 주의하게."

"예, 명심하겠습니다."

칠선객의 간부는 으뜸인 회주를 중심으로 버금 위치인 부회주 두 명과 세 번째 위치인 삼회주 넷으로 구성되었다. 부회주와 삼회주까지 여섯 명은 보통 소회주로 통했다. 칠선객이라는 명칭은 두목급인 이 일곱 명을 이르는 말이었다. 회주의 명에는 절대 복종하는 것이 규율이었으나, 부회주와 삼회주 사이에 군율이 엄격한 것은 아니었다. 이들 사이에 위계가 전혀 없는 것은 아니지만, 엄밀히 말해서 그들 각자는 칠선객의 하부 조직을 독립적으로 관리하며 운영했고, 오로지 회주의 말에만 순명했다.

"술과 음식을 들이겠습니다."

청지기가 바깥에서 말했다.

"들라."

부회주 차상준이 말하자 방문이 열리고 하인 둘이 상을 들고 들어섰다. 기녀들이 따라 들어와 소회주들의 잔에 술을 따랐다. 이철경이 기녀들에게 말했다.

"한 잔씩들 따랐으면 너희는 가서 볼일 보아라."

그의 말에 기녀들이 일제히 방에서 나갔다. 이철경의 처사가 마음에 들지 않는 듯 나머지 소회주들은 괜한 헛기침을 하고 자세를 고쳐 잡았다. 비밀스러운 일을 다루는 자리에서는 보안이 생명이었으나, 소회주들은 최근 몸을 사리고 죽어지내느라 여인의 살 냄새를 맡지 못했다. 만약 주색을 탐하고 즐기는 으뜸 회주가 동석(同席)했다면 질펀한 술판이 벌어졌을 것이다. 그렇다고 기녀를 물리친 이철경을 대놓고 타박할 수는 없었다. 원칙적으로는 그가 옳았다. 하지만 사사건건 원칙을 내세워 자신들의 체면을 깎아내리는 이철경이 다른 소회주들에게 곱게 보일 리 없었다.

이철경이 입을 열었다.

"열흘 전에 저희 쪽에서는 목멱산의 홍화정에서 술을 운반하던 박 도령이라는 조직원 하나와 심부름꾼 둘의 소식이 끊겼습니다. 그리고 어제는 도성 밖의 술집을 돌며 수금을 하던 제 수하 하나가 다시 감쪽같이 사라졌습니다. 다른 소회주님들은 어떠신지요?"

부회주 차상준이 말했다.

"사정은 우리도 다르지 않다. 우리의 비호 아래 술을 거래하는 집들에 관리들이 닥치는 일은 없었으나, 일꾼들 몇이 감쪽같이 사라지는 통에 운신의 폭이 급격히 줄어들었다. 여러 관아에 알아보았으나, 도통 찾을 수가 없더군. 이미 짐작들을 하겠지만, 훈련도감의 장 대장이 움직이기 시작한 것 아니겠는가?"

모두들 고개를 끄덕였다. 다른 소회주 한 명이 차상준의 말을 받았다.

"훈련도감은 군영인 데다 대부분의 관리가 무관이어서 줄을 대기가 쉽지 않을 텐데, 어떻게 하는 것이 좋겠소?"

"사람 매수하는 일쯤이야 어렵지 않지. 허나 우리가 매수한 자가 사정을 알아보다가 장붕익의 덫에 걸리는 날에는 줄줄이 엮일 위험이 높지 않겠소? 그자가 어떤 작자인가? 간악하고 잔인하고 무도(無道)하기가 우리 검계 뺨치고 찜 쪄 먹는 자가 아닌가? 잘못 건드렸다가 역공을 당할까 두렵소이다. 십삼 년 전에도 그와 맞붙으려 했다가 대가 끊길 뻔하지 않았던가. 더군다나 그자가 훈련도감의 군사라도 동원하는 날에는 그야말로 쑥대밭이 될 테지."

이철경은 약한 소리만 해대는 소회주들에게 분노가 일었다. 그는 순간 평정심을 잃고 음성에 힘을 싣고 말았다.

"철선객의 두목이라는 분들이 그리 약한 소리들만 하십니까? 그깟 무관 하나가 무어 대수라고 그리들 겁을 먹으십니까? 자객들을 시켜 척살해버리면 간단한 일 아닙니까?"

그때 기화루의 철문이 열리는 둔중한 소리가 빗소리에 섞여 들려왔다. 그리고 이어서 쇠로 돌을 내리치는 소리가 이어졌다. 일부러 자신의 출현을 알리려는 듯 마당에 깔린 박석(薄石)을 하나하나 지팡이로 내리치며 다가오는 이가 있었다. 항상 쇠로 된 지팡이를 들고 다녀서 '철주(鐵柱)'라고 불리는 사내, 바로 칠선객의 으뜸 회주 표철주였다.

방 안의 소회주들이 약속이라도 한 듯 자리에서 일어섰다. 방문이 열리자 소회주들은 허리를 굽혔다. 기골이 장대하고 두상이 항아리만큼이나 큼지막하며 왼쪽 이마가 함몰되어 기괴한 인상을 풍기는 표철주가 방 안으로 들어섰다.

"회주를 뵙습니다."

부회주들과 삼회주들은 한 목소리로 표철주에게 인사를 올렸다. 표철주는 고개를 까딱해 보이고는 방의 가장 안쪽으로 가서 앉았다. 그는 자리에 앉자마자 술병을 들어 벌컥벌컥 술을 들이켰다.

소회주들이 자리에 앉자 표철주가 입을 열었다.

"이보게, 철경이."

"예, 회주님."

"장봉익을 상대해본 적 있는가?"

이철경은 놀라지 않을 수 없었다. 조금 전 자신의 목소리가 컸다고는 하나 장대비가 쏟아지는 상황에서 음성이 담을 넘지는 못했을 것이다. 그런데 회주는 곧바로 이철경의 말에 꼬리표를 붙였다.

이철경이 대답했다.

"아직 본 적이 없습니다."

표철주가 파전 하나를 통째로 집어 입에 넣고는 질겅질겅 씹으며 말했다.

"나는 상대해보았다."

잠시 사이를 두고 그의 말이 이어졌다.

"그때 달아나지 않았다면 나는 지금 이 자리에 없을 것이다."

이철경은 표철주와 다른 소회주들이 장봉익이라는 존재에게 왜 이토록 두려움을 갖는지 이해할 수 없었다.

"세 아무리 무예가 뛰어난들 암수(暗手)를 이겨낼 재간이 있겠습니까?"

호위하는 무사가 백이라 한들 어찌 빈틈이 없겠습니까?"

"흐흐흐흐……."

음흉한 웃음소리가 흘렀다. 표철주의 입은 웃고 있었으나 눈은 웃지 않았다. 그 상태로 한참 동안 이철경을 바라보았다. 이철경은 회주의 눈길을 받아내다가 이내 거두었다.

"십삼 년 전에 내가 딱 그랬다. 그랬다가 불귀의 객이 될 뻔했지."

잠시 사이를 두고 표철주가 말을 이었다.

"그래도 우리 회주들 중에 기백을 가진 자는 철경뿐이로다. 이보게, 철경."

"예, 회주!"

"마음대로 해보아라. 앞으로 큰 인물이 되겠다면 장붕익 같은 산은 반드시 넘어야 할 터."

그렇게 말하고 표철주는 껄껄 큰소리로 웃다가 소리쳤다.

"기녀들은 다 어디 있느냐? 오랜만에 살풀이라도 해야겠구나!"

기다렸다는 듯 기녀들이 방 안으로 들어섰다. 이철경은 두 주먹을 불끈 쥐었다.

장붕익은 십삼 년 전 그날 밤을 떠올렸다. 잠이 들었다가 무언가 마당의 진흙탕을 스치는 가벼운 소리에 깼다. 장대비가 쏟아졌고, 달이 먹구름에 숨은 탓에 한 치 앞도 분간하기 힘든 밤이었다. 검계와의 일전

152

을 치르던 때여서 그 무렵 그는 잠에 들 때도 칼을 곁에 두었다. 누군가 침입했다는 직감이 스치는 동시에 본능적으로 오른팔을 뻗어 검을 집었다.

'하나, 둘, 셋, 넷, 다섯, 여섯, 일곱……'

발소리를 통해 장붕익이 파악할 수 있는 자객의 숫자는 거기까지였다. 어쩌면 더 있는지도 몰랐다. 그는 옆에 잠들어 있는 부인의 몸을 흔들었다.

"병풍 뒤에 몸을 숨기시오."

장붕익의 아내는 잘 훈련된 병사처럼 그의 말을 곧바로 알아듣고는 소리 나지 않게 움직여 병풍 쪽으로 향했다.

방에서 싸운다면 수적으로 열세인 자신이 불리할 수밖에 없었다. 그는 검을 뽑아 들고는 한쪽 무릎을 구부린 채 자객들이 다가오기를 기다렸다. 이윽고 물에 젖은 솜으로 대청마루를 훔치는 듯한 소리가 가까워졌다. 오른쪽에 하나, 왼쪽에 하나, 나머지는 아직 마당이다. 그는 판단이 선 동시에 지체 없이 문으로 돌진했다. 장붕익은 문 앞에서 검을 휘둘렀다. 창호문을 관통한 검이 왼쪽 자객의 목을 긋고 그대로 동선을 유지한 채 오른쪽 자객의 머리통을 날렸다. 불시의 공격으로 대청마루의 동료 둘이 맥없이 쓰러지는 모습을 본 마당의 자객들이 동요했다. 장붕익은 그 틈을 놓치지 않았다. 창호문이 박살나는 소리와 함께 대청마루에서 몸을 날려 마당으로 내려서는 동시에 장붕익은 자객 하나의 몸을 반으로 갈랐다.

'쉬이익!'

검이 왼쪽 귓가로 날아들었다.

'챙!'

장붕익의 검이 날아든 검날을 가까스로 막아냈다. 장붕익은 그대로 몸을 돌려 칼자루 끄트머리로 상대의 관자놀이를 치고는 쓰러진 상대의 목젖에 칼날을 박아 넣었다.

'부우웅!'

바람을 가르는 소리가 머리 쪽으로 향했다. 장붕익은 허리를 숙여 공격을 피하고, 두 번째 공격은 검으로 막았다. 그런데 엄청난 충격이 검을 통해 전해진 것과 동시에 검이 두 동강 나고 말았다. 상대의 무기는 칼이 아니었다. 그때 따끔한 통증이 스며들었다. 검끝이 옆구리를 파고든 것이었다. 장붕익은 자신의 옆구리를 찌른 자객의 손목을 잡고 뒤로 밀쳤다. 다시금 둔중한 바람 소리가 뒤통수 쪽으로 날아들었다. 장붕익은 자신에게 손목을 잡힌 자객과 자신의 위치를 순식간에 바꾸었다. 육중한 둔기가 자객의 머리통을 날렸다. 박 터지는 소리가 나고 옆구리를 찌른 검을 쥐고 있던 자객의 손아귀에서 힘이 빠져나갔다. 동료를 후려친 자의 둔기가 다시 머리 쪽으로 날아들었다. 피할 틈이 없었다. 팔뚝으로 막아내야 했다. 쇠와 바위가 부딪치는 소리와 함께 뼈 부러지는 소리가 들렸다. 자객과 몸이 엉킨 틈에 장붕익은 부상을 입지 않은 오른손을 뻗어 상대의 목젖을 잡았다. 그대로 손아귀에 힘을 주면 쇠몽둥이를 휘두르는 자객은 절명(絕命)할 것이다. 하지만 뒤에서 다른 자객의 검이 날아들어 장붕익의 어깻죽지를 베었다. 순간적으로 힘이 풀리며 자객의 목젖을 놓치고 말았다. 하지만 끝내야 했다. 쇠몽둥이를 휘두르는 자가 우두머리다! 이자만 없애면 어떻게든 위기에서 벗어날 수 있다! 장붕익은 자신의 몸을 던져 쇠몽둥이를 휘두르는 자객을 넘어뜨렸다. 그리고 넘어지는 힘을 이용하여 상대의 얼굴에 주먹으로 일격을 가했다. 우지끈! 무언가 깨지는 소리가 들렸다. 다시 한 번 주먹을 내지르려는 순간, 뒤에서 칼날이 등으로 파고들었다. 눈앞이 아찔했다. 장붕익은 마침 먹구름 사이로 얼굴을 내민 달빛에 반짝이는 검을 주웠다. 자객 중 하나의 것이었다. 옆구리에 하나, 등에 하나. 몸에 두 개의 칼이 박혀 있는데도 몸을 일으키는 장붕익을 보고 그의 등에 검을 찔러 넣은 자객은 아연실색한 채 주춤주춤 뒷걸음질을 쳤다. 장붕익은 틈을 주지 않고 자객의 몸을 사선으로 갈랐다.

장붕익은 자신이 주먹으로 내려친 쇠몽둥이 자객 쪽으로 몸을 돌렸다. 빗물이 흥건한 마당을 힘겹게 기어가고 있었다. 자신의 주먹을 맞고도 도망을 치다니! 엄청난 놈이었다. 조금 전만 해도 사방을 구분할 수 없을 정도로 어두웠건만 어둠이 눈에 익은 덕분인지 꿈틀거리며 바닥을 기고 있는 자객의 커다란 체구가 눈에 들어왔다. 장붕익은 검을 거꾸로 세웠다. 그의 몸에 검을 박아 넣으려는 순간, 또 다시 날카로운 통증이 정신을 아찔하게 만들었다.

'쉬이익!'

여러 발의 화살이 날아들었다. 담벼락을 넘어온 여러 명의 사수가 바닥에 기고 있는 쇠몽둥이 자객을 끌고 갔다. 더 이상 쫓는 것은 무리였다. 장붕익은 우두커니 서서 멀어지는 사수들과 쇠몽둥이 자객을 지켜볼 수밖에 없었다.

그 모든 일들이 어찌나 순식간에 벌어졌던지, 그제야 집 안의 식솔들이 현장으로 달려왔다. 식솔들의 부축을 받아 대청마루에 앉은 채 숨을 가눌 때 아들 치경의 울음소리가 들려왔다.

"어머니가, 어머니가……."

하녀들의 울음소리가 이어졌다.

"아이고, 이를 어째! 마님, 마님, 마님……."

쇠몽둥이에 조각난 칼날이 안방으로 날아들어 병풍 뒤에 숨어 있던 아내의 목을 관통한 것이었다. 아내는 그 자리에서 즉사하고 말았다.

"대감, 안색이 안 좋으십니다."

강찬룡의 말에 생각에 잠겨 있던 장붕익이 눈을 떴다. 이학송과 나경환이 포박해온 조충일이라는 자에게서 그 이름을 들은 뒤로 장붕익은 상념에 젖는 때가 잦아졌다.

'지지팡이를…… 들고 다녀서 처철주라고 불린다는 것밖에…….'

나경환의 심문을 이기지 못한 조충일의 입에서 나온 말이었다.

'철주…… 쇠 지팡이!'

십삼 년 전 자신의 집에 자객들과 침입하여 아내를 죽음으로 내몬 그 자가 다시 나타난 것이었다.

표철주가 주는 대로 술을 넙죽넙죽 받아 마신 다른 소회주들은 기방의 하인들에게 하나둘 업혀 나가고 방에 남은 사람은 표철주와 이철경뿐이었다. 표철주는 술을 한 잔 들이켠 뒤에 이철경을 바라보았다. 지금까지 자신과 술로 대적하여 버틴 자가 없었는데, 대단한 체력과 정신력이었다.

표철주는 함몰된 자신의 이마를 습관적으로 문지르다가 장붕익에게로 생각이 옮아갔다. 십삼 년 전 그날 장붕익의 집을 습격한 일은 사자의 코털을 건드린 셈이었다. 사수들의 도움이 없었다면 그의 머리통은 수박 깨지듯 박살이 나고 말았을 것이다. 하지만 진짜 두려운 일은 그다음에 일어났다. 이레 동안 사경을 헤매다가 정신을 차렸을 때는 포도청 군졸들의 대대적인 색출 작업에 의해 조직이 궤멸 직전에 이르러 있었다.

그런데 그 일을 진두지휘한 자가 놀랍게도 포도대장 장붕익이라고 했다. 사수들의 증언에 의하면 칼에 몸이 꿰뚫리고 여러 발의 화살을 맞았건만 그는 표철주가 사경을 헤맨 그 시간 동안에도 최일선에서 검계 조직을 소탕하고 있었던 것이다. 그야말로 괴물이었다. 표철주의 가장 큰 불행은 하필 당시의 포도대장이 장붕익이었다는 사실이었다.

그는 똑똑히 보았다. 자신이 은신하며 상처를 치료하고 있던 북한산 초막으로 군사들을 앞세우고 올라오던 장붕익을. 조직의 최정예 살수들과 사수들을 동원했건만, 백 근이 넘는 무쇠로 만든 쇠지팡이로 팔뚝을 부러뜨리고 두 개의 검으로 몸을 꿰뚫었으며 네 발의 화살을 가슴팍에 명중시켰건만 장붕익은 언제 그런 일이 있었냐는 듯 살기등등한 모습으로 앞장서서 산을 오르고 있었다.

"국기를 걸고 최후의 일진을 벌이지!"

그렇게 수하들을 사지로 몰아넣고 표철주 자신은 그대로 뒤돌아서 달아났다. 장봉익에게 맞선다는 건 운명을 거스르는 것만큼이나 어리석은 짓이라는 사실을 깨달아버렸던 것이다. 그리고 그 깨달음은 십삼 년이 지난 지금도 흔들림이 없었다.

표철주는 술을 한 잔 더 들이켠 뒤에 말했다.

"이보게, 철경이. 자네가 장봉익을 처단할 수 있겠는가?"

이철경이 대답했다.

"그를 넘어서지 않고서 천하를 얻을 수 없다면, 반드시 넘어서서 천하를 얻겠습니다."

표철주는 벽에 기대어놓은 자신의 쇠 지팡이를 집어 이철경의 술상 쪽으로 던졌다. 날아간 지팡이에 의해 술상이 와장창 반쪽으로 쪼개졌다. 이철경은 깜짝 놀라 뒤로 물러났다. 쇠 지팡이가 회주의 호신용 무기라는 점은 예상하고 있었으나 이처럼 무거운 둔기일 줄은 미처 생각지 못했다.

"철 백 근을 녹여서 만든 것이다. 웬만한 장정의 몸무게와 비슷하지. 그것과 똑같은 것으로 있는 힘을 다해 장봉익에게 휘둘렀다. 그랬는데 어떻게 된 줄 아느냐? 그 작자가 맨손으로 그걸 막아냈다. 잘 자란 소나무도 쓰러뜨리는 쇠 지팡이의 위력을 맨몸으로 버틴 것이다. 그러고는 맨주먹으로 내 면상을 후려쳤지. 그때 얻은 훈장이야."

그러면서 표철주는 자신의 함몰된 이마를 가리켰다.

이철경은 지금껏 자신이 상대하고자 하는 적의 실체를 제대로 몰랐다. 장정 한 사람의 몸무게와 비슷한 쇠 지팡이를 한 손으로 집어던지는 표철주도 괴물이었지만, 그 같은 장사가 휘두르는 철 백 근의 둔기를 맨몸으로 막아낸 것도 모자라 맨주먹으로 사람의 안면을 함몰시키는 장붕익의 괴력은 가히 상상하기 힘든 것이었다. 이철경은 조금 전 자신이 소회주들 앞에서 큰소리쳤던 것이 몹시 부끄러웠다. 회주는 그런 자신을 얼마나 가소롭게 생각했을 것인가.

표철주가 이철경을 묘한 눈길로 바라보며 물었다.

"혹시 장붕익에게 개인적인 원한이 있는 것이냐?"

이철경은 놀란 나머지 눈을 크게 뜨고 표철주를 바라보았으나 속내를 드러내지 않기 위해 재빨리 눈길을 거두었다. 표철주가 말을 이었다.

"사사로운 마음으로 움직였다가는 일을 그르칠 수 있다. 하지만 세월에는 장사가 없는 법이지. 장붕익도 이제 예순을 넘겼다. 거목(巨木)이 쓰러지는 장엄한 광경을 구경하고 싶구먼."

그렇게 말하고 나서 표철주는 이철경을 쏘아보았다. 이철경은 그에게 넙죽 절을 하고 자리에서 일어섰다.

"우별장 나리, 드릴 말씀이 있습니다."

좀처럼 먼저 말을 걸어오는 법이 없는 이학송의 행동에 강찬룡은 의아하면서도 한편으로는 반가운 마음이 들어 눈을 위로 치떴다.

"별일이 다 있군. 별군관이 나에게 용건이 있다니 말이야."

하지만 이학송은 쉽게 입을 떼지 않았다. 강찬룡은 자신이 괜한 눈을 부려 그의 말문을 막아버린 것이 아닌가 싶어 조바심이 났다.

"말해보게, 별군관."

강찬룡의 재촉에 이학송은 잠시 머뭇거리다가 마음을 정했다는 듯 미간을 모으고 입을 열었다.

"전에 조충일이 형조에서 풀려난 걸 미행하던 날, 뜻밖의 사람과 맞닥뜨렸습니다."

"무엇이라? 검계에게 발각이 된 건가?"

"그게 아니옵고……."

성격이 급한 강찬룡은 기다리지 못하고 다시 재촉했다.

"어허, 운을 뗐으면 끝을 보아야지."

이학송이 말을 이었다.

"저 말고 조충일을 미행하던 사람이 또 있었습니다."

"아니, 그걸 눈치 채지 못했단 말인가? 별군관답지 않구먼."

그렇게 말하고 나서 강찬룡은 이상한 생각이 들어 혼잣말을 했다.

"조충일 그자가 형조에서 풀려날 걸 예상하고 미행한 다른 이가 있었다?"

이학송이 고개를 끄덕였다.

"의금부의 도사였습니다. 조충일을 직접 붙잡아 전옥서에 넘긴 사람입니다."

표정이 굳은 강찬룡이 이학송의 다음 말을 기다렸다.

"정황으로 보아 그 도사도 조충일이 형조로 이감된 것을 미심쩍게 여긴 듯합니다."

강찬룡이 이학송의 말을 받았다.

"그래서 밀주업자 패거리의 소굴을 알아내려 혼자서 뒤를 따라붙었던 것이군. 그러다 자네와 맞닥뜨렸고?"

"그렇습니다."

"그처럼 중요한 일을 왜 이제야 말하는가?"

강찬룡의 물음에 이학송은 입을 다물었다. 이학송의 됨됨이를 아는 강찬룡은 더 이상 다그치지 않았다. 자신이나 훈련대장 장붕익이 이 사실을 알면 검계와 고급 관리 사이의 연결 고리를 푸는 열쇠로 그 도사를 활용할 것을 미리 짐작하고 제 나름 의리를 지킨 것이라고 짐작했다.

"그냥 넘길 일이 아니네. 우리로서는 큰 호재를 맞은 것이야. 지금 당장 대감께 보고하고 지시를 받겠네. 자네도 마음의 준비를 하게."

그날 저녁 이학송은 평복 차림으로 견평방 거리를 서성였다. 관리들이 퇴청하는 때에 맞추어 의금부 관아 맞은편에 있는 종루 뒤에 몸을 숨긴 채 도사가 나오기를 기다렸다. 이윽고 퇴청하는 관리들 틈바구니에서 도사를 발견하고 이학송은 뒤를 밟았다.

미리 알아본 바에 의하면 도사의 이름은 연정흠이었다. 계묘년(癸卯年, 1723년) 스물일곱의 나이에 무과에 급제한 늦깎이 무관으로 금위영(禁衛營) 참군으로 관직을 시작하여 십 년 사이에 정오품 의금부도사에 이르렀다. 특별한 공과(功過) 없이 차근차근 품계를 밟아왔다는 사실은 그가 조정의 대신이나 일정한 정치 세력과 거리를 두고 있음을 말해주었다. 딱히 그를 당겨주거나 밀어줄 연줄이 없다는 뜻이었다. 훈련도감 금란방으로서는 아주 적절한 인물이었다. 특히나 위험을 무릅쓰고 부당하게 방면된 조충일의 뒤를 미행했다면, 관리로서의 정의감이 가볍지 않다는 것을 의미했다. 또 한 가지 반가운 일은 그가 이학송과 함께 조충일을 미행하면서도 목적지에 이를 때까지 이학송에게 들키지 않았다는 사실이었다. 그만큼 무예가 높고 몸놀림이 가볍다는 뜻이었다.

행인들 사이를 비집고 다니며 일정한 거리를 두고 연정흠의 뒤를 따르던 이학송은 틈틈이 뒤를 돌아보았다. 역시 거리를 두고 평복 차림의 우별장 강찬룡이 뒤를 따르고 있었다.

연정흠은 육의전 대로를 가로질러 흥인문 쪽으로 향하다가 청계천을 건넜다. 거기서부터 목멱산 북녘 자락까지 민가들이 옹기종기 모여 있는 남부 명철방(明哲坊)이었다. 도성의 사소문(四小門) 중 하나인 광희문(光熙門)이 지척이었다.

민가로 접어든 뒤 행인이 뜸해졌다. 하지만 거기에서부터 이학송은 굳이 몸을 숨기지 않았다. 그가 피해야 할 것은 연정흠의 눈이 아니라 다른 관리들의 눈이었다. 훈련도감 금란방 소속 관원과 의금부도사 연정흠이 사사로이 만나는 것이 다른 이의 눈에 띄어 좋을 것은 없었다.

연정흠은 무언가 수상한 낌새를 차렸는지 우뚝 걸음을 멈추었다. 이학송도 걸음을 멈추었다가 그를 향해 다시 걸음을 옮겼다. 연정흠은 고개를 자신의 오른쪽 어깻죽지 쪽으로 돌려 뒤에서 다가오는 사람을 확인했다. 자신의 뒤를 밟던 이가 스스럼없이 다가오자 연정흠은 아예 몸을 이학송 쪽으로 돌렸다. 자신에게로 다가오는 이의 정체를 확인한 그는 주변에 눈이 없는지 확인하고는 나지막이 말했다.

"별군관, 미행 실력이 형편없구먼."

이학송이 보일 듯 말 듯 미소를 지었다.

연정흠은 이학송의 어깨 너머로 자기 쪽을 향해 다가오는 또 다른 사람을 발견하고는 눈짓으로 이학송에게 물었다.

"저는 훈련도감의 별군관 이학송이고, 뒤에 오시는 분은 강찬룡 우별장이십니다."

연정흠은 드디어 올 것이 오고야 말았다는 심정이었다. 그 역시 밀주업자들과 고위 관리들 사이에 어떤 고리가 형성되어 있다는 사실을 직감하고 있었다. 하지만 의금부의 정오품 무관 혼자서 무엇을 할 수 있단 말인가! 그래서 그는 형조 참의 양세광이 방면한 죄인의 실체를 확인하고 난 뒤로 무력감에 빠져 지냈다. 때문에 훈련도감 금란방의 이인자인 우별장 강찬룡의 등장이 한편으로는 반갑기도 했다.

하지만 또한 그것은 두려운 일이었다. 시작을 하면 끝을 볼 수밖에 없는 싸움에 뛰어드는 것이다. 둘 중 하나가 완전히 궤멸되어야만 종식(終熄)되는 목숨을 건 대결이었다. 자신의 목숨만 달려 있다면 열 번, 백 번이라도 걸 수 있었다. 국가를 보위(保衛)하고 백성의 안위를 살피는 관리로서 정의의 기를 세우는 데 무엇이 아까울 것인가. 하지만 이 싸움에서 패배한다면, 자신의 목숨만으로는 그 대가를 치를 수 없을 것이었다. 가문의 미래가 그의 결정에 달려 있었다.

우별장이 합세한 뒤 연정흠은 그들을 빤히 쳐다보고 있다가 말했다.

"어려운 결정입니다. 시간을 주십시오."

강찬룡이 고개를 끄덕였다. 연정흠은 강찬룡에게 가볍게 고개를 숙여 보이고는 그대로 돌아섰다.

제 2 장 ◈

모든 것이 무르익으니
겨울이 멀지 않다

"나, 아재 처가 되어도 괜찮소?"

난지

08

천하에 봄기운이 완연하다

1734년 늦봄

불가(佛家)가 제대로 대접받지 못하는 시대라고는 하나, 천년 고찰 불국사(佛國寺)는 불자(佛子)들의 발길이 끊이지 않았다. 옛 신라의 수도였던 경주부(慶州府)의 토착민 대다수가 스스로를 신라 유민(遺民)의 후손이라 여기고 있었기에 그들 중에는 불교를 억압하고 유교를 드높이는 조정과 왕실의 정책 기조에 반감을 가진 이들이 많았다. 더군다나 불국사는 인근 동리의 부민들이 생계를 기대어 살아가는 밥줄이기도 했다. 절의 승려들을 먹이고 입히는 재화의 대부분이 부민의 일손을 통해 공급되는 까닭이었다.

사월초파일을 맞아 불국사는 더욱 붐볐다. 평소에는 얼굴 보기가 힘들었던 경주부 양반가의 인물들도 절을 찾았다. 부민들이 숙덕이는 수리에 의하면 안동의 자존심 강한 가문의 자제들도 행장을 꾸려 오랜만에 나들이를 왔다고 했다. 상황이 이러하니 관아에서도 나졸들을 파견하지 않을 수 없었다. 경내(境內)가 발 디딜 틈 없이 사람들로 빼곡했다.

신이 난 이들은 일주문(一柱門) 앞에 늘어선 상인들이었다. 평소에도 산과 들에서 캔 나물이나 약재를 바닥에 부려놓고 객을 기다리는 행상들이 간간이 진을 치기는 했지만, 초파일을 맞아 불국사 부근은 장터를 방불케 할 만큼 큰 상권이 형성되었다. 일 년이 가도록 보기 드문 풍물패와 남사당패도 찾아와 사람들의 흥을 돋우었다.

이렇게 붐비는 임시 장터의 인파 속에 천덕도 섞여 있었다. 토함산에서 채취하여 내놓은 약초 몇 뿌리는 진즉에 팔려나가고 그는 하릴없이 장터를 어슬렁거렸다. 사람이 붐비는 곳은 질색이었으나, 그는 쉽사리 장터를 떠나지 못했다. 장터의 맨 끄트머리에서 난지를 발견했기 때문이다. 심마니 불영 영감은 보이지 않았다. 난지의 주위를 살피고 장터 이곳저곳을 찾아보았으나 끝내 불영 영감을 찾을 수는 없었다. 불영 영감이 없으니 난지에게 말을 걸 핑계거리가 없었다. 그렇게 쓸데없이 장터 이곳저곳을 오가다가 비로소 용기를 내었다.

"아재는 왜 안 보이오?"

천덕의 물음에 난지가 올려다보았다. 난지 앞에는 고사리와 민들레순, 억세어져서 먹기 사납게 되어버린 쑥만 놓여 있었다. 한 며칠 불영 영감이 안 보인다 싶더니, 또 병이 난 모양이었다.

"앓아누웠소?"

난지가 고개를 끄덕였다.

불영 영감은 토함산에서 만난 늙은 심마니였다. 백발을 허리까지 늘어뜨린 모양새가 흡사 도인을 연상케 했다. 나이가 일흔을 넘겨 이가 듬성듬성했다. 허리가 굽은 탓에 지팡이를 짚어야만 겨우 걸음을 옮길 수 있는데도 산 타는 일을 그만두지 못했다. 땅 한 평 갖지 못한 서러운 인생, 먹고살 길은 산밖에 없었다.

난지는 불영 영감의 딸이었다. 두 사람의 관계를 알고 천덕은 깜짝 놀랐다. 쉰에 자식을 갖는 것이 불가능한 일은 아니나, 육신이 무너질 대로 무너진 불영 영감에게서 그와 같은 생식력을 기대하기가 어려웠기 때문이다. 참으로 모를 일이었다. 난지의 나이가 스물한 살이었다. 도대체 그 이십 년 동안 무슨 일이 있었기에 불영 영감의 육신은 저토록 퇴락하고 말았는가.

난지는 명석한 처녀는 아니었다. 아니, 여느 처녀에 비해 모자라는 면이 많았다. 노산(老産)이었던 탓에 날 때부터 건강하지 못했노라고 불영 영감이 탄식하고는 했다. 눈을 감기 전에 딸년을 치우고 싶지만 저 어리석은 것을 누가 데려가겠느냐고 탄식을 더하고는 했다.

천덕은 난지 앞의 좌판에 놓여 있는 나물을 밀어내고 자신의 바랑에서 꺼낸 약초 몇 뿌리를 내려놓았다. 처음부터 불영 영감의 좌판에 얹어줄 생각으로 아껴둔 것이었다. 하지만 난지는 천덕의 약초를 다시 밀어내고 자기가 가져온 나물을 가지런히 챙겼다.

"고집은……."

난지가 아주 잠깐 천덕을 흘겨보고는 눈길을 피했다. 천덕은 자신을 흘겨보는 난지가 귀여웠다.

"내 것 쓰슈. 아재한테 약이라도 한 첩 지어줘야 할 것 아뇨?"

그러고 나서 천덕은 난지의 나물 옆에 다시 약초들을 가지런히 놓았다. 난지는 무릎에 턱을 괸 채 천덕을 외면했다. 딱히 잘못한 것도 없는데, 난지가 왜 이렇게 쌀쌀맞게 구는지 천덕은 알 수가 없었다.

며칠 뒤 약초를 찾아 산을 헤집고 다니던 중에 멀리서 불영 영감을 발견했다. 그는 한달음에 영감에게 다가갔다.

"좀 나으셨소?"

불영 영감은 아직 초췌해 보였다. 완전히 회복되지 않았는데 어쩔 수 없이 산을 오른 모양이었다.

"난지한테 들었구먼. 고맙네."

불영 영감이 고목나무 껍질 같은 손으로 천덕의 손을 톡톡 두드리며 말을 이었다.

"자네 덕분에 오랜만에 쌀밥을 지었어. 그렇지 않아도 한 끼 대접할까 하던 참이었네. 이따 나랑 같이 집에 갈 텐가?"

불영 영감과 난지는 토함산 기슭의 흙집에서 지냈다. 겉보기에는 다 쓰러져가는 형편없는 집이었으나, 구들장도 없고 아궁이도 없는 천덕의 초막에 비하면 대궐이었다. 산을 타다가 체력이 다해 꼼짝 못하게 된 불영 영감을 업고 그 집에 몇 번 가보기는 했으나, 정식으로 초대를 받기는 처음이었다.

"그래도 되겠소?"

"안 될 게 뭔감?"

"따님이 싫어하지 않겠소?"

170

천덕의 말에 불영 영감은 씁쓸한 웃음을 지었다.

"난지가 왜 자네를 싫어하겠는가? 자네의 처지가 싫은 거지. 같이 간다고 했으니 쌀밥 한 끼 하고 가."

불영 영감의 입에서 나온 '처지'라는 말이 마음에 걸렸다. 하긴 집도 없이 떠돌며 심마니로 살아가는 더벅머리 사내를 어떤 처녀가 좋아하겠는가. 천덕은 조금 전 불영 영감이 보인 것처럼 씁쓸한 미소를 지으며 고개를 끄덕였다.

불영 영감의 집이 가까워지자 구수한 밥 냄새가 코끝을 간질였다. 사방이 초목으로 뒤덮인 숲 속에 가지런히 앉은 흙집이 정겨웠다. 마흔을 넘겨 맞이한 아내와 산에 든 뒤로 불영 영감이 정성을 기울이고 또 기울여 지은 집이라고 했다. 집 부근에 있는 커다란 바위에 오르면 불국사 경내가 훤히 내려다보였다. 절에서도 공양을 준비하는 듯 공양간 굴뚝에서 연기가 피어오르고 있었다.

울타리도 없는 마당으로 불영 영감과 함께 천덕이 들어섰다. 천덕은 마루에 앉아 바랑을 풀고 심호흡을 했다. 파란 하늘과 푸른 초목을 눈에 담다 보니 가슴이 뻥 뚫렸다. 따라야 할 법 없이, 순종해야 할 상전도 없이, 지켜야 할 나라도 없이, 어느 누구의 백성도 아닌 채로 살고 싶었다. 그것은 얼굴도 본 적 없는 생부(生父)가 꿈꾸던 세상이었다. 살아생전에 어머니 평안댁은 천덕의 생부에 대해서 그다지 입 밖에 내지 않았다. 이름 석 자도 몰랐다. 그러다가 평안댁은 눈을 감는 순간에야 비로소 이름을 알려주었다. 그 이름 석 자만으로도 충분했다. 꿈꿀 수 없는 것을 꿈꾸었던 한 사람의 커다란 포부가 유산처럼 천덕의 가슴에 박혔다.

정주간에서 나오던 난지가 천덕을 발견하고는 걸음을 멈추었다. 그녀는 꾸벅 고개를 숙여 보이고는 휑하니 지나쳐서 장독대로 향했다. 성한 것이 별로 없는 항아리 몇 개가 전부였지만, 옹기종기 모여 있는 장독대의 항아리를 보면서 천덕은 마음이 푸근해졌다. 난지는 항아리를 열어 재빨리 장을 퍼서는 다시 정주간으로 쏙 들어가버렸다.

장독대 부근에 어린 묘목이 하나 자라고 있었다. 원래 그곳에 있던 것이 아니라 일부러 가져다가 심어놓은 것 같았다. 천덕이 그것을 보고 말했다.

"온 산에 나무 천지인데, 무얼 갖다 심어놓았소?"

그 물음에 불영 영감이 묘목을 슬쩍 쳐다보고는 답했다.

"목련이여. 난지가 심어놓은 것이제."

천덕이 말했다.

"난 목련 싫더만요. 보기는 좋지만 꼭 죽은 짐승 썩어가는 것처럼 시커멓게 타들어가는 것이."

그 소리를 들었는지 난지가 정주간에서 소리쳤다.

"살았을 적에 예쁘면 되는 것이제 죽은 것까지 걱정해요!"

때 아닌 호통에 천덕과 불영 영감이 서로 얼굴을 마주 보았다.

마루 위에 밥상이 차려졌다. 백김치와 무친 나물이 전부였지만 꿀맛이었다. 난지는 천덕과 마주 앉아 밥을 먹는 게 불편한지 내내 모로 앉아서 그릇을 비웠다.

불영 영감이 물었다.

"그런데 자네는 왜 상투를 안 트는가?"

천덕은 영감이 무슨 소리를 하나 싶어 골똘히 생각에 잠겼다가 비로소 알아듣고 대답했다.

"귀찮기도 하고, 아직 생각 없수다."

"그래도 어른이 되었으면 응당 상투를 틀어야지. 산이나 타는 천한 인생이라고 그렇게 막 살면 안 되는겨."

"막 살긴 누가 막 살아요? 내가 계집질을 하오, 투전판을 기웃거리오? 조용히 혼자 잘살고 있는 사람한테 왜 시비요?"

"그래도 집에 있는 사람 생각해서 예는 갖추고 살아야지."

그제야 천덕은 불영 영감과 자신 사이의 대화가 아귀는 맞으나 뜻이 어긋나고 있다는 걸 알아차렸다.

"집에 있는 사람? 그것이 무슨 소리요?"

그 물음에 불영 영감과 난지의 시선이 천덕의 얼굴에 모였다. 영감이 말했다.

"아, 보름마다 며칠씩 어디 다니러 가는 그거, 집에 가는 것 아니었어?"

천덕은 그동안 왜 난지가 그토록 자신한테 내외(內外)를 했는지 알아차리고는 웃음이 나오는 걸 참을 수가 없었다. 입에 든 밥알이 튀도록 크게 웃어젖히는 동안 불영 영감과 난지는 멀뚱멀뚱 그를 쳐다볼 뿐이었다. 비로소 웃음을 그친 천덕이 여전히 비실비실 새어나오는 웃음을 참으며 말했다.

"아재, 나 아직 총각이오."

불영 영감이 놀라 소리쳤다.

"뭐여, 사네 총각이녀!"

"그뿐인 줄 아쇼? 아직 때도 안 탄 깨끗한 동정(童貞)이오."

난지가 탁 소리가 나게 숟가락을 밥상 위에 놓았다. 천덕을 바라보는 그녀의 눈에 눈물이 그렁그렁했다. 난지는 더는 울음을 참지 못하고 그대로 집 밖으로 달아나버렸다. 천덕은 여전히 비실비실 새어나오는 웃음을 참을 수가 없었다. 아까운 밥알이 튀어나갈까 봐 이를 악물었으나, 웃음이 멈추지를 않았다.

양일엽은 울산도호부의 동헌에서 갑술의 무고함을 항변하다가 봉변을 당하여 자리에 누운 지 한 달이 지나서야 몸을 일으켰다. 장형으로 다친 골반 부위는 어느 정도 나았으나, 육모 방망이에 으스러진 무릎은 좀처럼 회복될 기미를 보이지 않았다. 양일엽은 지팡이를 짚어야만 겨우 걸음을 옮길 수 있었다.

약사동 부민들은 자신들에게 불똥이 튈까 봐 백선당과 거리를 두었다. 오로지 갑술의 아들 동희만이 상규에게 글을 배우고 틈틈이 허드렛일을 돕고 있었다. 백선당이 아니면 끼니를 해결할 길이 없는 식솔들은 여전히 백선당에서 생활하고 그곳에 딸린 논밭과 가마에서 일을 했지만, 양일엽을 대하는 태도가 예전 같지 않았다. 양일엽은 양일엽대로 식솔들을 가까이하지 않았다. 그래도 걱정이 되었던지 하루는 마당을 지나는 동희를 불러 물었다.

"아버지와 어머니는 좀 어떠시냐?"

"두 분은 진즉에 쾌차하셨습니다. 저희 걱정은 마시고 당주 어르신부터 챙기십시오."

양일엽은 엷은 미소를 띠며 고개를 끄덕였다. 그만하길 참 다행이라고 생각했다. 김치태가 도호부의 이방아전으로 있는 한 산곡주에 대한 미련을 버리지는 못할 것이다. 언제고 다시 탐욕의 이빨을 드러낼 것이 빤했다. 약사동이 한동안 평화로울 수 있었던 것은 자신이 몸져누운 덕분이었다.

대문 밖에 나서서 멀리 태화강과 그 아래로 펼쳐진 논에서 일하는 농자들의 바지런한 모습을 지켜보다가 양일엽은 저도 모르게 길게 탄식하고 혼잣말을 했다.

"좋은 시절은 다 갔구나. 아니, 좋은 시절이 있었는지 모르겠구나."

그 모습을 본 상규가 다가왔다.

"아버님, 곧 괜찮아질 것입니다."

양일엽이 고개를 끄덕였다.

"그래, 그래야지. 그런 꿈마저 없으면 무슨 낙으로 이 세상을 버티겠느냐."

상규는 천남성을 쪄서 주정을 만드는 과정에서 없어서는 안 될 찜통 만드는 작업에 매진했다. 단 한 오라기의 증기도 빠져나가지 않도록 하는 것이 핵심이었다. 그렇게 해야만 천남성의 진액을 얻을 수 있고, 또 천남성 찌는 냄새가 바깥에 퍼지는 것을 막을 수 있었다. 하지만 상규는 반복하고 또 반복했건만 좀처럼 부친의 솜씨를 따라갈 수 없었다. 나무를 아귀가 꼭 맞도록 까서 이어붙이고 그 사이를 밥풀로 메우는 것이 관건인데, 부친이 하는 대로 똑같이 따라 해도 시험을 하면 증기가 새어나왔다. 백선당이 어수선해지고 딱히 할 일이 없어진 상규는 이때를 기회로 삼아 수련을 거듭했으나 같은 결과가 되풀이될 뿐이었다.

낙담해하는 상규를 보고 양일엽이 말했다.

"나는 열일곱에 주정 만드는 일을 시작하여 스물아홉이 되어서야 찜통 만드는 일에 숙달할 수 있었다. 꼬박 십이 년이 걸렸지. 너는 이제 겨우 육 년이 지났을 뿐이니, 너무 조급해하지 말아라. 정성을 다하면 꼭 뜻을 이룰 것이다."

동헌에서 매를 맞고 자리에 누운 뒤로 양일엽의 유일한 낙은 아들 상규를 가르치는 것이었다. 그는 산곡주 만드는 비법을 상규에게 고스란히 전수하는 것이 자신에게 남은 마지막 소임이라고 여겼다.

봄이 막바지에 이르러 조금씩 기온이 오를 즈음의 오후에 도포 차림의 한 노인이 약사동에서 백선당으로 향하는 오르막길을 올랐다. 그는 울산의 명문가로 통하는 오씨 가문의 종손인 오윤학이었다. 오윤학은 제주 목사(牧使)를 마지막으로 관직에서 물러난 뒤 벌써 십 년째 종가(宗家)에서 머물며 양반가의 자제를 가르치는 일을 하고 있었다. 딱히 주당이라고 할 수는 없으나 산곡주만큼은 틈틈이 즐기는 인연으로 양일엽과 교분을 쌓은 인물이었다. 하지만 그가 직접 백선당을 방문한 것은 처음이었다.

백선당 대문 앞에 이르러 온몸이 땀에 흠뻑 젖은 그가 음성을 높였다.

"이리 오너라."

병술이 손님을 맞았다.

"대감, 예까지 어인 일이십니까?"

오윤학은 품이 넓은 사람으로 신분이 낮거나 나이가 어린 사람을 대할 때도 크게 격식을 따지지 않았다.

"오랜만일세. 그래, 당주는 있는가?"

"예, 대감. 안으로 드시지요."

오윤학이 마당으로 들어서자 양일엽이 불편한 몸을 이끌고 방을 나서는 중이었다. 구부정한 자세로 다리를 절룩이는 그를 보고 오윤학은 인상을 찌푸리며 혀를 찼다. 도호부사를 향한 원망이 가득한 눈치였으나, 내색하지는 않았다.

"대감, 오셨습니까? 몸이 불편하여 맞이하지 못하는 점 사죄드립니다."

양일엽의 말에 오윤학은 손을 내저었다. 양일엽이 옆으로 길을 내주며 말했다.

"안으로 드십시오."

오윤학은 마루에 올라 곧장 방으로 향했다. 양일엽이 뒤따랐다.

방에 마주 앉은 뒤에도 오윤학은 다친 무릎 때문에 불편한 자세를 취하고 있는 양일엽을 보며 한동안 혀를 찼다. 양일엽은 그저 엷은 미소를 띤 채 오윤학의 말을 기다렸다.

"내 사정은 다 들었네. 그렇게 왜 남의 일에 나서서 그런 일을 당하는가?"

양일엽이 답했다.

"남의 일이 아니라, 저 때문에 벌어진 일이었습니다. 모른 척한다는 건 사람의 도리가 아니지요."

"어허, 이렇게 고지식해서야…… 쯧쯧."

오윤학이 술도가 주인의 안부나 묻자고 계곡을 오른 것은 아닐 것이었다. 양일엽은 본론이 나오기까지 끈기 있게 기다렸다. 오윤학은 바람결에 들려온 도성의 소식과 나라 돌아가는 꼴에 대해서 한참 동안 장황설을 늘어놓다가 비로소 양일엽의 눈치를 살피며 입을 열었다.

"김치태가 나를 찾아왔었네."

양일엽은 그럴 것이라고 짐작은 했지만, 아니기를 바랐다. 그 바람이 허무하게 무너졌다.

"부사도 같은 뜻이라고 하더군."

양일엽은 대꾸하지 않고 다음 말을 기다렸다.

"산곡주가 참 물건은 물건일세. 단 한 번이라도 산곡주로 혀를 적신 사람으로서는 주상이 내린 금주령이 재앙일 수밖에 없지 않겠는가. 사실은 김치태보다 도호부사가 더욱 채근하는 것 같으이."

"국법이 엄연한데, 어찌 술을 빚겠습니까?"

"그래, 당주 말이 맞네. 허나 사람의 기호(嗜好)라는 게 그리 쉽게 단속될 수 있는 것인가? 당주처럼 심지가 굳은 사람은 그게 가능할지 모르나, 대개의 범인(凡人)들은 그 유혹을 떨치기 힘들 것일세. 국법이 엄연하기는 하나, 자연의 이치, 그러니까 오래토록 몸으로 익히고 마음으로 익힌 자연의 법도 있는 것이 아닌가? 어찌 그 법을 하루아침에 끊을 수 있겠는가? 게다가 주상이 내린 왕명이라고는 하나, 임금이라고 해서 어찌 항상 올바른 판단을 한단 말인가. 그도 한 명의 사람일 뿐일 텐데."

양일엽은 왕도 한 명의 사람일 뿐이라는 오윤학의 말을 굳이 반박할 생각이 없었다. 천자(天子)는 하늘이 내린다는 가르침은 힘을 가진 자가 민중을 굴복시키기 위한 허울 좋은 구실일 뿐이었다. 양반도 중인도 상놈도 백정도 다 같은 사람이라고 여기는 양일엽의 믿음 안에서는 왕이라고 해서 특별한 존재일 수는 없었다. 그렇게 생각했기에 열넷 나이에 백선당을 떠난 것이었고, 그렇게 믿었기에 함경도와 평안도 일대에서 일어난 봉기(蜂起)에 참여했던 것이다. 물론 새로운 세상을 만들고자 했던 그의 뜻은 한때의 치기(稚氣)로 막을 내렸으나, 그는 여전히 지금과는 다른 세상을 꿈꾸고 있었다. 백선당에 돌아온 뒤로 지금껏 백선당 식솔들과 약사동 부민들에게 보인 그의 행동은 그 꿈을 이루어가는 과정의 하나였던 것이다.

또한 술 만드는 장인으로서 금주령을 반길 이유가 양일엽에게는 단 하나도 없었다. 술이 사람을 망치기도 하나, 한편으로는 벗이 되어준다고 믿고 있었다. 산곡주는 취기를 부르는 것이 아니라 흥을 돋우고 슬픔을 위로하며 시름을 이겨내도록 돕는 술이었다. 그런 술을 세상에 내놓지 못하게 된 작금(昨今)의 상황이 어찌 안타깝지 않을 수 있겠는가.

하지만 그는 단 한 번도 본 적 없고 앞으로도 대할 일이 없을 주상의 뜻을 헤아렸다. 노론이고 소론이고 할 것 없이 제 명줄을 연명하고 권력을 유지하는 데 급급한 관리들을 혁파하려는 숨은 뜻이 있다고 생각하기에 양일엽은 금주령을 따라야만 했고, 민초들의 고혈을 빨아먹는 탐관들과 결탁하는 일은 더더욱 할 수 없었다.

오윤학은 양일엽에게서 대꾸가 없자, 길게 한숨을 내쉰 뒤 말을 이었다.

"당주 자네는 이 백선당에서 학처럼 고고하게 사느라 세상 물정을 모를 테지만, 사실 김치태 같은 작자나 도호부사는 지금 아주 큰 곤란을 겪고 있네."

양일엽은 그저 오윤학의 다음 말을 기다렸다.

"김치태의 아비가 도호부에서 구실아치를 하고 그 아들이 대를 이어 이방아전으로 행세할 수 있는 것이 다 무엇 때문이겠는가?"

오윤학은 대단히 은밀한 것을 발설한다는 듯 눈을 가늘게 떴다.

"바로 재물일세. 김치태뿐만이 아니지. 지금의 부사도 대도호부사(大都護府使)나 병마절제사(兵馬節制使), 참의한테 성의를 보여야 직을 유지하고 아랫것들을 거느릴 수 있는 것일세. 대도호부사나 참의는 또 어떨까? 참판이나 판서한테 기대야 하지 않겠는가? 그게 아니라면 힘깨나 쓰는 학맥(學脈)의 영수(領袖)들에게 연줄이 닿아야만 하겠지. 그들의 인맥을 연결하는 각 단계마다 결국에는 재물이라는 고리가 있는 것일세. 그 고리가 끊어지면 영락없이 나락으로 떨어질 수밖에 없지 않겠는가?"

양일엽으로서도 모르는 세상이 아니었다. 그 모든 부패와 비리와 착취와 폭정이 위에서부터 내려온 연결 고리를 잇고 유지하기 위한 오랜 사슬에서 비롯되었다고 생각하니, 눈앞이 아찔했다.

"김치태는 그동안 백선당에서 나온 산곡주로 짭짤하게 이윤을 남겼는데, 그게 끊겼으니 죽을 맛일 걸세. 전임 부사인 강찬룡이 연줄이나 인맥에서 자유로운 사람이었던 덕분에 김치태로서도 좀 편했는데, 얼마

180

전 부임한 부사는 아주 대놓고 상납을 요구하는 모양일세. 그러니까 김치태의 명줄이 산곡주에 달린 셈이지."

양일엽은 묵묵부답이었다. 그 모습을 보고 오윤학은 또 길게 한숨을 내쉬었다.

"김치태가 자네를 설득해달라고 청을 넣기는 했으나, 꼭 그것 때문에 당주를 찾은 것은 아니네. 김치태의 사정이 그토록 급박하니, 앞으로도 괴롭힘이 멈추지 않을 것이라고 경고하러 온 것일세. 그래, 산곡주를 만들지 않겠다는 자네의 결심은 여전한가?"

양일엽은 일말의 망설임도 없이 고개를 끄덕였다. 오윤학은 낙담한 표정으로 고개를 절레절레 흔들었다. 그는 자리에서 일어선 뒤 말했다.

"자네처럼 절개가 굳은 사람을 여럿 보았네. 참 훌륭한 이들이었으나 하나같이 제명에 죽지 못했지. 참 야속한 세상일세. 나오지 말게나."

오윤학이 일어섰다. 양일엽은 굳은 표정으로 자리를 지키다가 눈을 감았다.

훈련도감 군영 입구에서 일고여덟 살 먹었음직한 웬 아이 하나가 기웃거렸다. 입구를 지키는 수문장과 군졸들은 아이가 하는 짓을 지켜보고 있다가 좀처럼 떠날 기미를 보이지 않자 물었다.

"누굴 찾아왔느냐?"

아이가 대답했다.

"별군관을 뵈러 왔습니다."

"별군관이 한둘이 아니다. 이름은 모르느냐?"

아이는 그새 이름을 까먹었는지 허공을 쳐다보며 골똘히 생각에 잠 겼다가 스스로 깜짝 놀라며 말했다.

"학송이라 했습니다. 이학송!"

이학송이라면, 곱상하고 호리호리한 외모와 달리 무예가 출중한 금 란방 소속의 무관이었다. 처음에 훈련도감의 군사와 무관들은 이학송을 홀대했으나, 이제는 그를 대하는 태도와 눈빛이 달라져 있었다. 중인 출 신의 하급 무관들 중에는 그를 우러러보는 이들도 있었다. 일반 군졸과 하급 무관을 학대하고 괴롭히는 장교들이 어느 군영에나 있기 마련인 데, 별군관 이학송은 그런 꼴을 보고 지나치는 법이 없었다. 하여 돼먹 지 못한 장교들은 이학송의 눈치를 보느라 수하의 군사들을 함부로 대 하지 못했다. 예를 다하면서도 상대를 압도하는 그의 기운과 몸가짐이 군사들 사이에 호감을 불러일으켰다. 수문장과 군졸들도 그런 무리에 속했다.

군졸이 물었다.

"별군관과 아는 사이냐?"

아이가 고개를 저었다.

"왜 별군관을 뵈러 왔느냐?"

"전해드릴 것이 있습니다."

"너를 군영에 들일 수는 없으니 내가 전해드리마."

그러자 아이는 옷 속에 숨긴 물건을 군졸이 빼앗기라도 하는 것처럼 몸을 움츠리며 두 손으로 자신의 가슴팍을 가렸다.

"안 됩니다. 꼭 직접 전해드려야 합니다."

아이의 하는 짓이 귀여운 듯 미소를 띠고 있던 수문장이 말했다.

"그놈 참 똘똘하구나. 자네가 별군관에게 데리고 가게."

아이는 군졸을 따라 군영으로 들어섰다. 훈련을 하고 있는 군사들에게 넋을 빼앗긴 아이는 제 할 일을 잊어먹고 우두커니 서서 구경을 했다. 앞서가던 군졸이 소리쳤다.

"안 따라오고 뭐 하느냐?"

퍼뜩 정신을 차린 아이가 쪼르르 군졸을 따라붙었다.

막사 안을 살핀 뒤 이학송이 있는 것을 확인하고 군졸이 아이를 데리고 다가갔다.

"별군관 나리, 이 아이가 볼일이 있다 합니다."

이학송이 아이를 내려다보았다. 처음 보는 아이였다.

"너는 누구냐?"

그 물음에 아이는 손가락을 세워 제 입술을 가로질렀다. 비밀이라는 뜻이었다. 군졸이 "허허." 웃음을 짓고는 막사 밖으로 나갔다.

막사 안에 둘만 남게 되자, 이학송이 다시 물었다.

"무슨 볼일이냐?"

"저는 도사 나리의 집에서 머슴 일을 하는 춘삼의 장남 바우입니다."

"도사?"

연정흠이었다. 기다리던 소식이 온 것이다. 우별장과 함께 만난 뒤로 열흘이 지나 있었다. 그동안 도사의 고민이 깊었을 것이다.

아이는 품에서 서찰을 꺼냈다. 서찰에는 그날 해시(亥時, 오후 9시 반에서 10시 반)에 남부 명철방에서 목멱산으로 오르는 길목에서 만나자는 내용이 적혀 있었다.

이학송이 서찰을 품에 숨기고는 아이에게 말했다.

"도사께 알았다고 전하여라."

아이가 힘차게 고개를 끄덕였다.

이학송은 아이를 데리고 군영 입구로 향했다. 아이는 조금 전처럼 훈련하는 병사들에게 넋을 놓았다. 아이가 이학송에게 물었다.

"나리, 저도 군사가 될 수 있습니까요?"

이학송은 선뜻 대답하지 못했다. 이름을 밝힐 때 성을 말하지 않은 것으로 보아 아이의 아비는 외거노비인 듯했다. 노비의 자식은 노비일 수밖에 없었다. 노비에게는 군역(軍役)의 의무마저 주어지지 않았다. 하지만 그는 아이에게 사실대로 말할 수 없었다.

"언젠가 기회가 오면 써먹을 수 있도록 틈틈이 체력을 단련하면서 준비하여라. 밥도 잘 챙겨먹고."

아이가 밝은 표정으로 고개를 끄덕였다. 이학송은 아이의 해맑은 미소를 외면했다. 마음이 어두웠다.

같은 날 해시에 도사 연정흠은 집을 나서서 서찰에 지정한 곳으로 향했다. 원래 인적이 드문 데다가 밤에는 사람의 발길이 뚝 끊어져 밀회(密會)를 하기에 안성맞춤인 곳이었다.

약속 장소에서 이학송이 기다리고 있었다. 도사를 보자 이학송이 말을 건넸다.

"서찰을 전해주러 온 아이가 참 똑똑했습니다."

도사가 보일 듯 말 듯 고개를 끄덕였다.

"착하고 영리한 아이네."

연정흠의 음성에서 쓸쓸함이 묻어났다. 어쩌면 낮에 아이의 물음에 답하면서 이학송이 느꼈던 감정을 도사 역시 느끼고 있는지도 몰랐다.

"마음을 정하셨습니까?"

도사는 말없이 고개를 끄덕였다.

"어려운 결정을 하셨습니다."

"집안과 식솔들을 생각하면 하지 말아야 할 결정이겠지. 하지만 부당한 일들을 회피하면서 어찌 백성 앞에서 당당할 수 있겠는가."

그때 목멱산 초입 나무 그늘의 어둠 속에서 두 사람의 인영이 다가왔다. 연정흠은 순간적으로 태세를 취했다가 이학송이 여유를 부리는 것을 보고 자세를 풀었다.

"도사의 뜻이 참으로 의롭다."

우별장 강찬룡의 목소리가 아니었다. 연정흠은 상대가 누군지 직감하고 한쪽 무릎을 꿇었다. 무관으로서 오랫동안 멀리서 흠모해온 바로 그 인물이었다.

"대감, 도사 연정흠이 인사 올립니다."

장붕익이 도사에게 다가가 그를 일으켜 세웠다.

09
제자리로 돌아가는 것들
1734년 초여름

도사 연정흠을 통해 조충일이라는 자의 방면
을 꾸민 일에 형조 참의 양세광이 가담했다는 사실을 접하고 좌별장 박
영준과 파총 나경환, 종사관 이규상, 별군관 이학송은 아연실색했다. 그
들은 기껏해야 정랑(正郞) 정도가 연루되었을 것으로 예상하고 있었던
것이다. 검계와의 연결 고리가 당상(當相)에까지 뻗어 있으리라고는 생
각지도 못한 터였다. 다른 관원들이 입을 다물지 못하고 있는 것과는 달
리 장붕익과 강찬룡은 표정이 담담했다.

강찬룡이 이규상에게 물었다.

"이보게 규상이, 자네는 검계가 어떤 놈들이라고 생각하나?"

훈련도감 금란방 관원들은 저희들끼리 있을 때면 굳이 직책으로 부르지 않았다. 시간이 지나면서 그들 사이에는 처음 장붕익이 요구했던 '형제애'가 쌓여가는 중이었다.

이규상이 대답했다.

"중인 이하의 신분을 가진 이들 중에 지방 벼슬이 막혔거나 범죄를 저질러 쫓기게 된 자, 역적 집안과 몰락한 양반가의 자제가 무(武)를 숭상하는 조직을 형성한 것이 범죄 단체로 변질되어 오늘에 이르렀다고 알고 있습니다."

강찬룡이 이규상의 말을 받았다.

"일부는 맞고 일부는 틀렸다. 무를 숭상하는 범죄 조직이라는 말은 맞으나, 조직을 세운 주체가 틀렸어. 검계를 처음 조직한 자들은 역적이나 몰락한 양반가의 자제가 아니라 세도를 누리는 권세가의 수장과 그 자제들이었네. 대체로 힘을 가진 문반 가문의 자식들이 왈짜들을 거느리고 다니면서 양민을 상대로 힘을 과시한 데서 출발했고, 그런 작자의 아비들은 뒤를 봐주었지. 그러다가 차츰 세력이 강해지자 독립적인 범죄 조직으로 발전한 것이 검계라고 할 수 있어. 무를 숭상한다는 것도 사실은 허울 좋은 핑계일 뿐이네. 그렇다면 무관이 되었어야지 않겠나? 그동안 그놈들이 저질러온 죄상은 일일이 입에 올리기 두려울 정도로 잔악하기 짝이 없네. 돈을 받고 살인을 하며, 양민의 재물을 탐하고, 노상에서 행인들의 물건을 빼앗으며, 장사꾼들에게서 뜯어낸 돈을 흥청망청 투전판과 기방에서 탕진하네. 어디 그뿐인가? 여염집에 침입하여 아낙들을 욕보이고, 흥분을 높이기 위해 심지어 자식들이 빤히 보게 하고는 그 짓을 저지르기도 하네. 심한 경우에는 그렇게 욕보인 아낙과 규수

들을 인신매매의 대상으로 삼기도 하지. 놈들에게서는 권세 없는 양반
가도 자유롭지 못하네. 규방(閨房)에 쳐들어가 규수와 부인을 욕보이는
일이 비일비재하고, 방중술(房中術)을 가르친다면서 혼례를 앞둔 신부
를 겁탈하고 소문을 내어 혼사를 망치기도 하네. 그렇게 자신들로 인해
몸을 더럽힌 탓에 오갈 데 없어진 처자(處子)들을 기방에 팔아넘기기도
하지."

종사관 이규상이 탁자를 주먹으로 내리쳤다.

"아니, 그런 놈들을 왜 진즉에 잡아다 족치지 않은 겁니까?"

강찬룡이 답했다.

"내가 말했지 않았는가? 검계의 출발점에 권세가의 한량들이 있
었다고. 검계가 독자적인 세력을 키운 지금도 그 연결 고리는 여전하네.
정적(政敵)을 제거할 때도 관료들은 검계의 힘을 빌리고는 하지. 그렇게
관료들이 뒤를 봐주기 때문에 피해를 당한 이들이 관청에 고발해도 사
건은 흐지부지되기 일쑤이고, 심지어는 오히려 무고(誣告)의 죄를 뒤집
어쓰기도 하네. 이보게, 규상이. 자네가 알고 있는 세상은 아직 손톱만
큼도 되지 않네. 그러니 죄인의 권리 운운하는 짓거리는 앞으로 그만두
게. 다른 사람은 몰라도 대감과 나, 파총은 검계를 대상으로 자비를 베
풀 생각이 없으니까."

이규상의 얼굴이 붉어졌다. 금란방에 들어온 이후로 오랫동안
옳다고 믿어왔던 가치관이 흔들린 적이 한두 번이 아니었다. 그는 원칙
과 이상, 현실 사이에서 아직도 갈피를 잡을 수가 없었다.

이야기를 듣고 있던 좌별장 박영준이 말했다.

"밀주를 유통하던 죄인을 방면하라는 하명을 내렸다고 해서 형조 참의를 검계에 동조한 자로 규정하고 포박할 수는 없지 않습니까? 더구나 상대는 법률과 형옥(刑獄)을 다루는 기관인 형조의 고관입니다. 물증을 확보하거나 검계와 거래하는 현장을 덮치지 않는 한 불가합니다."

박영준의 말이 옳았다. 심증이나 정황 증거만으로 형조 고관의 인신을 확보할 수는 없었다. 그랬다가 도리어 역풍을 맞을 수 있었다. 모두들 생각에 잠겨 있는 동안 집무실의 침묵이 점점 두터워졌다. 그 무거운 침묵을 깬 사람은 장붕익이었다.

"나한테 아주 좋은 물건이 있네."

관원들의 눈길이 장붕익에게 모였다.

"오늘 밤 해시에 우리 집으로 다들 모이게나."

대장에게 묘안이 있는 것 같았지만, 그의 얼굴이 그리 밝지만은 않았다. 장붕익이 먼저 자리를 뜨고 남은 관원들은 무슨 일이냐는 표정으로 강찬룡을 바라보았다. 하지만 영문을 모르는 강찬룡은 그저 어깨를 으쓱해 보일 뿐이었다.

이규상은 퇴청한 뒤 숙소에 들러서 일부러 기다렸다가 해시에 이르러 장붕익의 집으로 향했다. 청지기가 사랑으로 안내했다. 사랑에서는 강찬룡과 박영준이 장기를 두고, 이학송과 나경환이 장기판을 구경하고 있었다. 벗어놓은 겉옷과 갓이 방바닥에 너저분하게 흩어져 있는 걸로 보아 진즉부터 자리를 잡은 모양이었다.

이규상이 물었다.

"아니, 언제부터들 여기 계셨습니까?"

강찬롱이 마루에 서 있는 이규상에게 답했다.

"퇴청하고 바로 왔네. 예서 밥까지 얻어먹고 자네를 기다리는 중일세."

그때 박영준이 진지한 표정으로 말했다.

"형님, 한 수 물려주시오."

강찬롱이 대답했다.

"어허, 꼭 아쉬운 소리 할 때만 형님, 형님 하는군. 하지만 어림도 없지. 모레 비옥을 지키는 일은 영준이 자네 몫이야."

박영준이 쩝 소리를 내고는 장기말을 내려놓았다. 강찬롱이 히죽거리며 장기말을 정리하고 장기판을 한쪽 구석으로 밀었다. 일부러 박영준의 심기를 건드리려는 의도가 다분했다. 이규상이 그 모습을 보면서 웃음을 지으며 사랑으로 들어섰다.

이규상이 듣기에 강찬롱은 예문관 직제학을 지냈다고 했다. 사명(辭命, 임금의 말이나 명령을 정리한 문서)을 짓는 주요한 직책을 저처럼 장난기 많은 인물이 맡았다는 사실이 쉬 믿기지 않았다. 처음 만났을 때 강찬롱 스스로 말했듯, 그는 '무관인지 문관인지 애매한' 사람이었지만 굳이 구분을 하자면 문관보다는 무관에 가까워 보였다. 물론 좋은 뜻에서 그렇게 보였다는 것이다. 조정의 문반(文班)들이 하나같이 뻣뻣하게 나오는 데 비해 강찬롱은 소탈하고 진솔했다. 이규상은 그런 강찬롱이 점점 좋아졌다.

이규상이 강찬롱에게 물었다.

"형님께서는 사표(師表)로 삼으시는 관리가 있습니까?"

강찬룡이 별 고민도 없이 답했다.

"있지."

"누구입니까?"

이규상의 거듭된 질문에 그제야 골똘히 생각에 잠겼다가 강찬룡이 말했다.

"음, 말해놓고 보니 딱히 떠오르는 인물이 없구면. 하지만 이런 사람이 관리를 했으면 백성이 참으로 평안했을 거라고 생각하는 사람은 있네."

이규상이 호기심이 생겨 다시 물었다.

"형님께서 이처럼 칭찬하시는 사람이 누군지 궁금합니다."

강찬룡은 그 사람을 머릿속에 떠올리는 듯 한쪽 입술을 위로 치켜 올렸다가 입을 열었다.

"대장의 부름을 받아 도감으로 오기 전에 나는 울산도호부의 수령으로 있었네. 거기 약사동이라는 동리에 백선당이라는 술도가가 있는데, 거기서 만드는 산곡주라는 술이 아주 기가 막혔지. 모든 물건에는 만드는 사람의 인품이 담긴다는 말이 있지 않은가? 산곡주와 백선당의 주인을 보면 그 말이 틀린 말이 아니라는 생각이 드네. 백선당의 주인은 재물에 욕심이 없을 뿐만 아니라 더불어 살아가는 이치를 통달한 사람이었어. 조정의 직제학으로 있다가 지방의 관리로 쫓겨가 푸념이나 일삼던 나에게 그는 살아가는 모습 그 자체로 큰 가르침을 주었어. 술 만드는 일을 비하하는 것은 아니네만, 만약 그가 술도가의 주인이 아니라 도호부의 수령이었다면, 아니 주상을 도와 국정을 돌보는 관리였다면 이

나라 백성의 삶이 지금보다는 조금 더 나아지지 않았을까 그런 생각을 하고는 했네. 경전을 공부하고 과거를 통과하는 것이 과연 관리가 되는 올바른 길일까, 하는 의구심도 들었지. 지금 높은 자리에 올라 떵떵거리는 고관대작들 중에 배움이 짧은 이가 어디 있는가. 하나같이 학식을 풍부하게 갖추고도 당장의 이익과 권세만 좇느라 선한 진실을 외면하는 그들을 보노라면 과연 배움이란 무엇이고 그것을 증명하는 일은 또 무엇인지 허탈하기만 하네. 신분과 출신을 막론하여 백선당 주인처럼 인품이 고매하고 지혜로운 이를 관리로 발탁할 방법은 없을까? 인품과 지혜를 재물과 가문과 학식이 짓누르는 이 시대를 돌파할 길은 없을까? 그 사람을 생각하면 고민이 깊어지네."

금란방 관원들이 일제히 고개를 끄덕였다. 특히 이학송의 마음에 강찬룡의 이야기가 크게 와닿았다. 그는 관리로 성공하고 싶다거나 출세를 하고 싶다는 욕심을 가져본 적이 없었다. 어차피 양반가에서 태어나지 못한 그에게 그것은 이룰 수 없는 꿈이었다. 다만 한 가지 소원이 있다면, 이 세상에 억울한 일을 당하는 사람이 없기를, 부당한 힘과 폭력 앞에 무너지는 삶이 없기를, 체제의 벽에 막혀 꿈조차 꾸지 못하는 이가 없기를 바라는 것이었다. 하지만 그런 세상은 너무나 멀었다. 이상하게도 그 순간 이학송은 연정흠의 심부름으로 군영을 찾아왔던 노비 아이, 바우의 얼굴이 떠올랐다. 군영의 군사가 되고 싶다는 그 아이의 꿈이 꼭 이루어지기를 이학송은 간절히 바라고 바랐다.

이학송이 강찬룡에게 물었다.

"혹시 그 백선당이라는 술도가의 주인 이름을 물어도 되겠습니까?"

"양일엽. 그리고 아들 이름은 양상규였지 아마. 그 부모에 그 자식이라고, 아들도 인품이 훌륭했어. 하지만 걱정일세. 금주령이 내려진 이때에 어려움을 겪지나 않을지."

그렇게 말해놓고 나서 강찬룡은 관원들을 둘러보며 말을 이었다.

"혹시 여기 있는 사람 중에 나중에 힘을 갖게 된다면 울산도호부 백선당의 양일엽과 양상규를 기억해주길 바라네."

나경환이 대꾸했다.

"이번에 검계 놈들 싹 정리하고 나면 우별장께서 직접 챙기시지요?"

그 말에 강찬룡은 다소 우울한 미소를 지어 보이며 고개를 끄덕였다.

바깥에서 헛기침 소리가 들려왔다. 장붕익이었다. 그는 흰 천으로 감싼 긴 작대기 같은 것을 들고 사랑으로 들어섰는데, 길이는 오 척(1미터 50센티미터) 정도였다. 관원들이 좌정하자, 장붕익은 손에 들고 있던 것을 방바닥에 떨어뜨렸다.

'철커덩!'

바닥에 닿는 둔중한 쇳소리로 보아 철로 만든 물건임이 분명했다.

강찬룡이 물었다.

"대장, 이것이 무엇입니까?"

"풀어보게."

이규상이 달려들어 물건을 들어 올리려 했으나 꿈쩍도 하지 않았다. 파총 나경환이 나섰다. 장사인 그 역시 제법 힘을 쓰는 듯 "끙." 하고 소리를 내었다. 그는 물건을 세운 뒤 줄을 풀고 천을 걷었다. 드러난 물건은 막대 모양의 쇠붙이였다.

강찬룡과 박영준이 동시에 낮게 소리 질렀다.

"철주!"

장붕익이 고개를 끄덕이고 말했다.

"십삼 년 전 검계의 살수와 사수들이 한밤중 이 집을 습격했네. 다행히 기척을 느끼고 깨어나 그들에 맞설 수 있었지. 자객들 중에 한 놈이 이 쇠 지팡이를 휘둘렀는데, 나는 그놈이 자객들의 우두머리임을 직감하고 처단하려 했으나 사수의 화살이 가로막아 뜻을 이루지 못했네. 이 쇠 지팡이는 그때 그놈이 버려두고 간 것이네."

이학송이 말했다.

"조충일이라는 자가 말했던 검계의 우두머리……. 그때 그자가 바로 지금의 '철주'라는 자이군요."

장붕익이 고개를 끄덕이고는 나경환에게서 쇠 지팡이를 건네받았다. 그러고는 지팡이를 들어 구들장을 계속해서 내리쳤다. 쇠뭉치가 방바닥에 부딪치는 둔중한 쇳소리가 방 안을 채웠다. 계속해서 같은 소리가 울리는 가운데 장붕익은 관원들의 얼굴을 하나하나 살펴보았다. 무언가 알아차렸다는 듯 이규상이 소리쳤다.

"철주! 바닥을 내리치는 쇳소리! 그 쇠 지팡이를 가지고 우리 중 한 명이 철주 행세를 하는 것입니까?"

장붕익이 흡족한 듯 웃음을 머금고 크게 고개를 끄덕였다. 그러자 관원들의 시선이 일제히 나경환에게로 향했다.

◇ ◆ ◇

이틀 뒤면 보름달이 뜨는 날이었다. 천덕은 그동안 준비해둔 약초 말린 것들을 바랑에 담았다. 그러고 나서 초막에서 나와 바닥의 흙을 걷어내고 삼을 꺼내었다. 산삼(山蔘)이었다. 심마니 생활 사 년 만에 처음 맞이한 횡재였다.

산삼을 캤을 때 제일 먼저 떠오른 얼굴이 양일엽이었다. 벌써 두 번이나 얼굴을 보지 못하고 돌아섰다. 그렇게 길게 앓아누울 분이 아닌데, 이상했다. 저간의 사정을 양상규에게 묻고 싶었지만 그러지 못했다. 하지만 이번 보름에도 당주를 보지 못한다면 꼭 사정을 알아볼 참이었다.

길을 나서기 전에 초막을 바라보았다. 한 군데에서 이렇게 오래 머무를 생각이 없었는데, 벌써 일 년 가까이 떠나지 못하고 있었다. 난지 때문이었다. 불국사 일주문 앞에 좌판을 깐 부민들 틈에서 난지를 처음 본 순간이 떠올랐다. 다 큰 처녀가 어찌 저토록 해맑단 말인가! 나중에야 난지가 좀 모자라다는 걸 알았지만, 처음 가졌던 인상은 조금도 변하지 않았다. 밥을 먹다가 울음을 터뜨리며 달아나던 난지를 떠올리자 또 웃음이 흘렀다. 그 뒤로 좌판은 불영 영감 혼자 지켰다. 벌써 여러 날 얼굴을 보지 못했다.

발걸음을 돌리려는데, 아스라이 여자의 음성이 들려왔다. 천덕은 시선을 아래로 깔고 귀를 세웠다. 무언가에 집중할 때면 나오는 버릇이었다. 난지였다.

"이보시오! 거기 계시오?"

목소리가 떨리고 다급했다. 무슨 일이 생긴 것이 분명했다.

천덕은 난지의 음성이 들려오는 쪽으로 냅다 내달렸다. 일 년 가까이 토함산과 친하게 지낸 덕분에 천덕은 평지를 달리듯 속도를 올렸다.

"여기 있소!"

이윽고 난지가 보였다. 천덕이 어디 있는지도 모른 채 무작정 산을 헤맨 모양이었다. 천덕을 보자, 난지는 울음 가득한 눈길로 매달렸다.

"아부지가, 아부지가……."

"아재는 집에 있소?"

난지가 말을 잇지 못하고 고개만 끄덕였다.

"조심해서 오시오!"

천덕은 영감의 집을 향해 다시 내달렸다. 그리 멀지 않은 곳이었다. 마당에 들어서자, 적막이 무겁게 가라앉아 있었다. 새들도 울지 않고 바람도 멈추었다. 천덕은 방문을 벌컥 열고 안으로 들어섰다. 불영 영감이 누운 채 가쁜 숨을 몰아쉬고 있었다.

"아재, 왜 이러시오? 많이 편찮으시오? 어서 일어나 나한테 업히시오. 의원까지 모시겠소."

하지만 불영 영감은 천덕의 옷소매를 꼭 붙잡을 뿐이었다. 눈이 마주친 영감의 눈에서 급속도로 생기가 빠져나가는 것이 느껴졌다. 천덕은 메고 있던 바랑을 벗고 거꾸로 뒤집어 안에 든 것을 쏟아냈다.

"아재, 이것 보시오. 내가 엊그제 산삼을 캤소. 내가 얼른 이거 다려 드릴 테니까, 잡숫고 일어나시오."

하지만 불영 영감의 눈동자가 까마득하게 흐려졌다. 산삼을 다릴 시간이 없었다. 천덕은 흙이 묻은 산삼을 입으로 빨아서 흙을 벗기고는 조금 잘라내 영감의 입에 억지로 밀어넣었다.

"이것 좀 드셔보시오. 이게 죽은 사람도 살린다는 산삼이라니까."

불영 영감이 다시 한 번 천덕의 옷소매를 끌어당겼다. 죽어가는 사람의 힘이라고는 믿기지 않을 정도로 억셌다.

영감이 입술을 달싹거렸다. 천덕은 귀를 가까이 대었다.

"난지가 자네를 좋아혀……."

천덕은 영감에게서 물러나 그의 얼굴을 바라보았다. 그러고는 영감을 향해 고개를 끄덕였다. 두 번, 세 번 크게 끄덕였다. 영감의 입가에 안도의 미소가 잡혔다. 천덕의 옷소매를 쥐고 있던 영감의 손에서 힘이 풀렸다.

이틀 뒤 새벽, 양일엽과 상규는 대문 앞에 조족등을 걸어두었다. 양일엽은 지팡이를 짚은 모습을 천덕에게 보이기 싫었으나, 못 본 지 한 달이 넘어 새벽바람을 쐬지 않을 수 없었다. 천덕이 물으면 마루에서 마당으로 내려서다가 넘어졌다고 둘러댈 셈이었고, 상규와도 그렇게 입을 맞추었다.

유난히 달이 밝았다. 멀리 태화강의 물결에 달빛이 수천 개의 조각으로 부서지고 있었다.

이십칠 년 전 그날 밤도 이렇게 달이 밝았다. 이상하리만치 잠이 오지 않아 마당을 서성이다가 지금처럼 이렇게 태화강에서 노니는 달빛을 바라보고 있었다. 그때 아래쪽에서 누군가가 올라오고 있었다. 여인이었다. 여인이 포대기를 품에 안고 힘겹게 오르막길을 오르고 있었다.

'이 새벽에 웬 여인이……!'

술도가의 식솔들 중 한 명이 씨를 뿌리고 다닌 것인가! 생각에 잠겨 있는 사이 여인이 바짝 다가와 있었다. 그러고는 대뜸 물었다.

"이곳이 백선당입니까?"

양일엽은 여인의 기개(氣槪)에 눌려 고개만 끄덕였다. 여인의 두 번째 물음이 날아들었다.

"여기에 양일엽이라는 이가 있습니까?"

놀라지 않을 수 없었다. 새벽에 갓난아기를 안고 계곡을 오른 여인이 자신을 찾고 있었다. 처 말고는 다른 여인을 품어본 적이 없었다. 누군가 양일엽이라는 이름을 판 것인가!

"나요. 내가 양일엽이오."

그제야 여인이 안도하는 기색을 보였다. 여인은 양일엽의 얼굴과 품에 감싼 아기를 번갈아 보았다.

"울산에 있는 백선당의 양일엽을 찾아가라 했습니다."

그 말을 듣는 양일엽의 가슴에서 여러 가지 감정이 교차했다. 반가움과 두려움, 서글픔, 아련한 추억이 스멀스멀 가슴을 채우고 있었다.

양일엽이 대꾸를 하지 않자, 여인이 말을 이었다.

"길산의 자식입니다."

길산…… 장길산! 갑자기 우렁찬 음성이 귓가를 때렸다.

"일엽아! 우리도 한번 자유로운 세상에서 살아봐야 하지 않겠느냐!"

정축년(丁丑年, 1697년) 눈발이 휘몰아치던 함령의 겨울 산에서 헤어진 뒤 처음 접하는 반가운 이름이었다. 그때 관군의 추격을 피해 산 속

깊이 숨어들기 전에 길산은 일엽을 밀어냈다.

"이제 되었다. 너는 이만 돌아가라. 우리의 꿈은 꺾였다. 하지만 언젠가 새로운 세상이 올 것이다. 너는 돌아가서 네가 있는 그 자리에서 새 세상을 만들어."

결국 길산은 자신을 따르던 무리를 남겨두고 혼자 관군을 따돌리기 위해 눈밭을 헤치며 멀어졌다. 그게 마지막이었다. 다행히 천하의 도적 장길산이 관군에게 붙잡혔다는 소식은 들려오지 않았다. 그런데 십 년 만에 그의 처와 핏덩이 자식이 그 앞에 나타난 것이다.

"형님은 어찌 되었습니까?"

여인은 말하지 않았다. 양일엽은 포대기에 싸인 아기를 건네받았다. 그렇게 천덕과 양일엽은 2대에 걸친 인연을 맺게 되었다.

"아버님, 형님이 오늘은 오지 않으려나 봅니다."

달이 많이 기울어 있었다. 인시(寅時, 오전 3시 반부터 4시 반 사이)의 끝물인 듯했다. 두 번의 보름 동안 모습을 보이지 않아 서운했던 것인가. 하지만 더욱 서운한 쪽은 양일엽이었다. 언젠가 백선당에 더 얽매이지 않도록 훨훨 놓아주겠다고 마음먹고 있었지만, 막상 천덕을 보지 못할 것을 생각하니 가슴이 저렸다. 천덕은 제 아버지를 쏙 빼닮은 탓에 양일엽은 그를 볼 때마다 길산을 대하는 듯했다.

"아버님, 그만 안으로 드십시오."

양일엽은 고개를 끄덕였다. 그리고 덧붙였다.

"등불은 거두지 말고 거기 그대로 두어라."

상규는 미련을 버리지 못하는 부친의 마음을 이해했다. 아닌 게 아니

라 상규 역시 보름달 아래에서 천덕을 보지 못하자 가슴이 텅 빈 듯
했다.

형조 참의 양세광은 인경이 울리고 한참이 지난 뒤에야 투전판에서
일어섰다. 오늘도 운이 좋지 않았다. 잃은 돈이 족히 마흔 냥은 되었다.
수중에 돈이 더 있었다면 날이 샐 때까지 머물렀을 것이다.

노름을 하면서 들이켠 술로 머리가 어질어질했다. 금주령이 내린 뒤
로 제대로 된 술을 마시지 못했다. 밀주업자들이 유통하는 술은 제대로
숙성하지 않았거나 이것저것 아무거나 섞어 넣어 조잡하게 만든 것들뿐
이었다. 투전판으로 향하지 않았다면 낙산의 기방에 들러 질 좋은 술과
어여쁜 계집을 즐길 수 있었을 텐데. 상납받은 돈을 이틀 만에 다 날려
서 한동안 투전판도 기방도 기웃거릴 수 없게 되었다. 정랑 나윤선을
다그쳐 몇 냥이라도 더 뜯어낼까 궁리하다가 고개를 저었다.

이미 한 번 경고를 받았다. 자신의 몫으로 떨어진 돈을 흥청망청 써
버렸다는 사실이 정랑을 통해 위로 흘러가면 두 번째 경고가 날아들지
도 몰랐다.

순찰을 도는 군졸 두 사람이 비틀거리며 걸어가는 양세광을 쳐다보
았다.

"뭘 쳐다보느냐!"

양세광을 알아본 것인지, 아니면 이 시간에 이렇게 대놓고 술 냄새를

풍기며 활보하는 이를 건드려 좋을 것이 없다고 판단한 것인지 순라군(巡邏軍)들은 멀찍이 피했다.

양세광은 집에 이르러 소리쳤다.

"이리 오너라!"

청지기가 대문을 열어주었다. 이틀 연속으로 새벽 귀가를 했다. 처의 표독스러운 눈길을 마주할 자신이 없었다. 양세광은 곧장 사랑으로 직행했다.

"나리, 세숫물을 들일깝쇼?"

다 귀찮았다. 그는 대꾸도 하지 않고 도포를 벗었다. 그때 바닥에 무언가가 툭 떨어졌다. 곱게 접은 작은 쪽지였다. 양세광은 쪽지를 집어 펼쳐 보았다.

긴히 만날 일이 있소.

해시에 숭례문에서 홍화정 가는 중간 지점에서 보겠소.

鐵柱

철주? 검계의 우두머리 노릇을 한다는 자의 별명이었다.

"이자가 왜 나를⋯⋯?"

형조의 한통속인 정랑과 참판도 표철주를 본 적은 없다고 했다. 워낙 신출귀몰하고 변장에 능해서 그의 본모습을 아는 이가 거의 없다는 이야기가 전설처럼 떠돌았다. 그런 자가 별 비중도 없는 자신에게 비밀스럽게 접근한 것이 수상쩍기 그지없었다. 검계의 그 직원 중 일부가 쥐도

새도 모르게 행방불명되었으니 각별히 몸조심하라는 주의도 있었다.

'그나저나 어떤 놈이 내 몸에다 이런 걸 숨겼는가.'

투전판에서 같이 노름하던 자들의 얼굴을 하나하나 떠올려보았다. 노름에 혈안이 되어 있던 그들 중에 이처럼 날래게 행동할 이가 있으리라고는 생각할 수 없었다. 가끔 와서 술병에 술을 채워주던 계집아이도 의심스러웠다. 아무튼 검계는 자신이 생각하는 것보다 훨씬 치밀하고 무서운 조직임이 분명했다.

자리에 누웠다. 투전판의 엽전 짤랑거리는 소리가 귓가에서 떠나지 않았다. 검계로부터 다음번 상납이 들어오려면 여드레를 기다려야 했다. 양세광은 머릿속에서 상념이 떠나질 않아 잠을 이루지 못했다.

다음 날 저녁 양세광은 밤늦도록 퇴청하지 못했다. 낮 동안 내내 그는 정랑과 참판의 눈치를 살폈다. 그들도 자신처럼 철주의 서찰을 받았다면 분명 티가 날 것이라고 생각했다. 하지만 정랑과 참판은 여느 날과 다름없었다.

관리들이 퇴청할 무렵 정랑 나윤선이 집무실로 들어섰다.

"참의께서는 퇴청하지 않으십니까?"

품계가 정오품인 정랑 나윤선은 언제부터인가 '나리'라는 꼬리표를 뚝 떼었다. 하지만 양세광은 거기에 토를 달지 못했다. 자신이 모르는 사이 검계와 연결된 무리 내에서 무언가 서열이 정리되지 않았다면 정랑이 저처럼 시건방지게 나올 리가 없었다. 어쩌면 얼마 전 전옥서에 붙들려 왔다가 자신의 입김으로 풀려난 조충일이라는 조무래기가 감쪽같이 사라진 책임을 자신에게 묻는 것인지도 몰랐다.

그리고 보니 검계의 회주라는 자가 은밀하게 연락해온 것도 검계 내에서의 자기 위치와 관련이 있을 것만 같았다. 나가자니 덫에 걸릴까 두렵고, 무시하자니 조직의 명을 어기는 꼴이었다. 늘상 이런 식으로 연락을 취하니, 어느 장단에 춤을 추어야 할지 헷갈렸다.

형조의 관리들이 모두 퇴청한 뒤 양세광은 길을 나섰다. 사실 그는 은근히 기대를 품고 있기도 했다. 검계의 우두머리 노릇을 하는 철주라는 자로부터 새로운 경로의 일거리가 주어질지도 몰랐다. 그렇다면 그것을 빌미로 조금 두둑하게 얻어낼 수 있을 것이다.

숭례문을 지나 목멱산의 홍화정 가는 길목으로 접어들었다. 잘하면 오랜만에 홍화정에서 질펀하게 공술을 얻어먹을 수도 있었다.

아직 해시가 되기에는 많이 일렀다. 그는 이쯤이면 되겠다 싶은 지점에 이르러 주변을 살핀 뒤 아무도 없는 것을 확인하고는 길가에 자란 수풀 뒤로 몸을 숨겼다. 다리가 저려왔지만 참았다. 홍화정으로 향하는 듯한 낯익은 관리들이 수시로 지나갔다. 검계 조직원이 하나둘 행방불명되어 한동안 문을 닫았던 홍화정은 다시 문전성시를 이루었다. 철주라는 자에게서 새로운 일거리를 얻어 대가를 받는다면 오늘은 홍화정으로 가서 몸을 풀리라 생각했다.

이윽고 완전히 해가 저물었다. 컴컴한 어둠이 짙게 깔려 있었다. 얼큰하게 취한 관리들이 조족등을 앞세우고 돌아가는 모습도 보였다. 하지만 해시에 이르러 발길이 뚝 끊겼다. 지금 이 시각까지도 홍화정에 머무르는 이들은 기녀들과 질펀하게 즐기다가 새벽길을 밟을 것이었다.

'철커덩! 철커덩! 철커덩!'

어둠 속에서 땅을 쇠로 내려치는 소리가 들려왔다. 소문으로만 듣던 쇠 지팡이였다. 백 근이 넘는 쇠 지팡이를 들고 다니는 사내. 종이품 참판조차도 대면한 적 없는 귀신같은 존재를 만나게 된 것이다. 영광이라면 영광이었다.

양세광은 숨소리마저 죽였다. 벌레들이 얼굴에 달라붙어도 그대로 있었다. 철커덩 소리가 가까워질수록 심장이 요동쳤다. 진짜 저 사내가 표철주인가? 함정은 아닌가? 허나 백 근이 넘는 쇠 지팡이를 나무작대 기처럼 놀릴 수 있는 장사가 조선 팔도에 몇이나 있겠는가?

이윽고 철주의 흐릿한 모습이 철커덩거리는 쇳소리와 함께 양세광 바로 앞을 지나갔다. 그는 꼼짝하지 않았다. 괜히 지금 나섰다가 인기척에 놀란 철주가 철주(쇠 지팡이)를 휘두르기라도 한다면 제 대갈통은 형체도 없이 뭉개지고 말 것이었다. 소리가 오른쪽으로 멀어진 뒤에야 양세광은 비로소 몸을 일으켰다. 다시 한 번 뒤를 살펴 사람이 없는지 확인한 뒤에 쇳소리 쪽으로 따라붙었다. 쇳소리가 조금 가까워졌을 때 그가 낮게 불렀다.

"이보시게, 회주."

쇳소리가 멈추었다.

"참의이시오?"

"그렇소. 그대가 부른 사람이오."

쇳소리가 점점 가까워진다 싶더니 둔중한 충격이 뒤통수에 가해졌다. 형조 참의 양세광은 덩치 큰 사내가 삿갓을 쓴 채 쇠 지팡이를 짚고 선 모습을 기울어지는 시선으로 따라가다가 정신을 잃었다.

10

태풍 속의 고요

1734년 초여름

관도 없었고 딱히 장례라 할 만한 것도 없었다. 마른 풀잎을 태워 향을 대신했다. 천덕이 평소 안면을 트고 지낸 불국사의 승려 한 명을 불러와 염불을 하고 간 것이 그나마 위안이 되었다.

유일한 피붙이를 잃은 난지는 멍하니 불영 영감의 시신을 덮어놓은 풀 더미에 넋을 놓았다. 더는 나올 눈물이 없다. 한마디 말도 없었다. 천덕이 끼니를 챙겼으나, 난지는 먹지 않았다. 그렇게 이틀을 지낸 뒤 흙집에서 조금 떨어진 곳의 커다란 소나무 아래에 시신을 묻었다. 영감에게 부어줄 술 한 잔 없는 것이 아쉬웠다.

천덕과 난지는 마루에 나란히 앉았다. 사흘 만에 비로소 난지가 입을 열었다.

"집에 왔을 때 방바닥에 약재랑 삼이 흩어져 있던데 우리 아부지 살리려 그런 것이오?"

천덕이 고개를 끄덕였다.

"우리 아부지 마지막 모습 보았소?"

역시 천덕이 고개를 끄덕였다.

"편히 가셨소?"

또 고개를 끄덕였다.

"무슨 말씀은 없으셨소?"

잠시 망설인 뒤에 천덕이 입을 열었다.

"난지가 자네를 좋아해."

한동안 두 사람 다 말이 없었다. 무엇이 그리 좋은지 작은 새들이 쉴 새 없이 지저귀고, 까치가 울면서 지나갔다. 바람이 쓸고 지나가자 푸른 녹음이 춤을 추었다. 구름은 높고 하늘은 맑았다. 불국사에서 목탁 두드리는 소리가 청아하게 산을 탔다.

"아재는 나 좋아혀요?"

천덕이 고개를 끄덕였다.

"나, 아재 처가 되어도 괜찮소?"

천덕이 난지를 보았다. 난지는 천덕의 눈을 피하지 않았다. 맑고 커다란 눈망울이 천덕의 가슴에 날아와 박혔다. 불국사 일주문 앞에서 처음 보았을 때 천덕을 사로잡은 그 눈망울이었다.

천덕이 하늘을 올려다보며 말했다.

"우리, 내려가 살까?"

난지가 고개를 저으며 말했다.

"여기가 좋은디 왜 내려가요?"

그날 저녁 천덕은 계곡에서 멱을 감았다. 흙집으로 향하는 길에 이제
막 조성한 불영 영감의 무덤에 들렀다. 천덕이 무덤을 향해 말했다.

"아재, 세상이 참 험하요. 어찌 살아야 할지 나도 잘 모르겠소. 그냥
이렇게 살면 되는 건지 어떤 건지. 하지만 하나만 약속하겠소. 난지 마
음 아프게 하지는 않을 거구먼. 그것만 약속하겠소. 다른 건 해줄 것도
없고……. 딱 그것만 하겠소."

천덕은 무덤에 절을 두 번 올리고 돌아섰다.

흙집에 돌아와보니 난지가 아궁이에 불을 지피고 있었다. 초여름에
접어들었지만 산은 밤공기가 차가웠다. 난지는 말끔해진 천덕을 보고도
별 반응을 보이지 않았다.

저녁을 지어 먹는 사이에 어둠이 내렸다. 밥을 먹는 동안 두 사람은
한마디도 나누지 않았다. 상을 치운 뒤 마루에 앉아 있는데 설거지를 끝
낸 난지가 다가와 옆에 앉았다.

"할 줄 아시오?"

"뭘?"

"짐승들도 하잖여."

천덕은 얼굴이 화끈거렸다. 낮 동안 내내 생각해온 일이었으나 난지
의 입에서 그런 말을 들으니 몸 둘 바를 몰랐다.

"우리가 짐승이여?"

괜히 무안해서 그렇게 소리를 빽 질렀으나, 난지는 여전히 해맑은 얼

굴로 천덕을 똑바로 쳐다보았다. 천덕은 저도 모르게 웃음을 지었다.

다음 날 새벽, 창호에 희끄무레한 여명이 깃든 것을 보고 천덕은 잠에서 깨었다. 옆에 누웠던 난지는 자리에 없었다. 천덕이 문을 열고 마루로 나섰다. 정주간에서 밥을 짓던 난지가 문 열리는 소리를 듣고 뛰쳐나왔다.

"일어나셨소?"

난지의 모습이 어딘가 낯설었다. 무엇이 달라졌는지 유심히 살펴보다가 난지의 쪽진 머리에 꽂힌 비녀가 눈에 띄었다.

밤새 난지는 처녀에서 여인으로 새롭게 태어나 있었다. 이슬을 머금은 꽃봉오리가 햇살을 마주하기 위해 꽃잎을 열고 새 모습으로 단장하듯 난지는 하룻밤 새에 화사한 꽃으로 피어나 있었다. 천덕이 어리둥절한 표정으로 넋을 놓고 있자 난지가 다가왔다. 천덕은 손을 뻗어 비녀를 만졌다.

"어머니가 하던 거여요."

새벽같이 일어나 혼자 머리를 올리고 비녀를 꽂았을 그녀의 모습을 떠올리자 가슴이 뭉클했다. 천덕은 난지의 허리를 손으로 감고 그녀의 가슴에 얼굴을 묻었다. 난지가 아이를 달래듯 천덕의 머리칼을 쓰다듬었다.

형조 참의 양세광은 면상을 후려치는 차가운 기운에 번쩍 정신이 들었다. 사방이 캄캄한 가운데 횃불이 하나 켜져 있고 그 곁에 삿갓 쓴 사내가 의자에 앉은 채 쇠 지팡이를 주장자(拄杖子)처럼 짚고 있었다. 불빛이 닿지 않는 어둠 속에서 인기척이 느껴졌으나, 몇 사람이 더 있는지는 알 수가 없었다.

"정신이 들었는가?"

쇠 지팡이를 짚은 사내, 철주! 양세광은 자신이 그동안 몸담고 있었던 어두운 조직의 실체와 마주하면서 비로소 공포에 사로잡혔다. 분명 이곳은 의금부의 옥사나 전옥서와는 다를 것이다. 여기서 목숨을 잃어도 알아주는 이 하나 없을 것이다.

사실 그곳은 비옥의 취조실이었다. 훈련도감의 금란방 관원들은 그곳을 '파골당(破骨堂)'이라고 불렀는데, 지금 철주 행세를 하는 나경환이 검계 조직원을 심문하면서 그들의 발목과 무릎을 아작 낸 데서 그런 이름을 붙였다.

"이보시오, 회주. 여기가 어디요? 나한테 왜 이러시오?"

나경환은 양세광의 물음에는 아랑곳없이 섬뜩한 음성으로 물었다.

"묻겠다. 몇 달 전 전옥서에 갇혔던 검계 조직원 조충일을 훈련도감 금란방에 넘겼는가?"

양세광은 펄쩍 뛰었다.

"박 도령이라는 자 말이요? 아니오, 아니오. 내가 왜 그런 짓을 하겠소. 그때 방면하도록 의금부에 공문을 보낸 이가 나였소. 왜 내가 그자를 금란방에 넘긴단 말이오."

"그때 분명 우리는 형조 정랑 나윤선에게 명을 하달했다. 그런데 어찌 네가 방면을 하명했는가?"

"뭔가 잘못되었소. 명을 받은 이는 나였소. 참판을 통해 나에게 결재하라 이르지 않았소이까? 내가 왜 일부러 죄인의 편을 드는 위험을 무릅쓰고 거기에 끼어들겠소? 아, 그렇지 않소이까? 정랑 따위가 어찌 서슬 퍼런 의금부에 죄인의 방면을 요청한단 말이오?"

"그럼 너는 참판에게서 명을 받은 것이다?"

"아, 왜들 이러시오? 그렇게 명을 전달해놓고 일이 잘못된 것을 나한테 씌우면 안 되지 않습니까? 나는 중간에서 역할만 한 것뿐이오. 나는 추호도 잘못이 없소."

그때 어둠 속에서 낮은 음성이 흘러나왔다.

"판서도 연루되었는가?"

양세광은 잠시 어리둥절한 채 눈을 껌뻑거렸다. 무언가 이상했다.

"다시 묻겠다, 형조 판서 이기호. 그도 연루되었는가?"

양세광은 잠시 정신을 가다듬고 어둠을 응시했다.

"도대체 뉘시오?"

어둠 속에서 관복 차림의 덩치 큰 사내가 모습을 드러냈다. 양세광은 그가 누구인지 곧바로 알아차렸다. 훈련대장 장붕익이었다. 양세광의 눈이 커지고 입이 헤 벌어졌다.

양세광은 그가 포도대장이던 시절 검계들을 어떻게 다루었는지 익히 알고 있었다. 죄의 경중(輕重)을 따지지 않고 발뒤꿈치를 벗겨 내거나 발가락을 잘라 힘을 쓰지 못하게 만들었다고 들었다. 시신으로조차 돌아오지 못한 이가 수두룩했다는 풍문이 파다했다. 죄인을 혹독하게 다루는 것에 대하여 조정 대신들 사이에 말이 많았으나, 그를 꾸짖는 것은 곧 검계의 편을 드는 일이어서 아무도 나서지 못했다. 아니, 지금 생각해보니 그것이 아니었다. 조정 대신들 자신이 바로 검계의 일원이기에 더욱 나설 수 없었던 것이다. 조금이라도 장붕익의 심기를 건드리면 곧바로 칼날이 자신에게 날아들 수 있었다. 그래서 그들은 자신의 끄나풀들이 잘려나가는 것을 보면서도 잠자코 있을 수밖에 없었던 것이다.

양세광은 이를 악물었다. 얼마나 버틸 수 있을까? 장붕익은 자신의 머릿속에 있는 아주 사소한 것들까지 다 끄집어내려고 할 것이다. 뼈가 부러지고 살갗이 벗겨질 것이다. 하지만 그것보다 더한 고통이 있었다. 자신이 발설한 것이 검계에 알려졌을 때 닥칠 공포였다. 그는 새삼 새벽 귀가를 꾸짖던 아내가 그리웠다. 조금 더 잘해주었어야 한다는 후회가 밀려왔다. 검계와 연결되기 전, 자신은 투전판의 노름꾼이 아니었고 하루가 멀다 하고 기방 출입을 일삼던 자도 아니었다. 그저 하루하루 소임을 다하고 퇴청을 기다리던 소박한 관리일 뿐이었다.

그 시작이 어디였던가? 좌랑(佐郎)이던 시절 상관인 정랑, 그러니까 지금의 형조 참판인 황조일이 마련한 술자리에 참석한 것이 나락의 출발점이었다. 그곳에서 주색과 향락을 맛보았고, 시간이 갈수록 깊게 빠져들었다. 두둑하게 돈이 주어졌고 너무도 쉽사리 참의 자리에 올랐다. 재물과 승진, 향락의 단물은 달콤했다. 도성 번화가에 번듯한 집을 마련하고, 세도가(勢道家)의 이웃이 되었다. 어전 회의에서 고위 관료들을 향해 삿대질을 해대고 안하무인으로 행동해도 누구 하나 건드리지 않았다. 참으로 달콤한 꿈이었고 참으로 벗어나기 힘든 덫이었다.

형조 참의 양세광은 모든 것을 포기하고 나자 정신이 맑아졌다. 여기서 끝을 맺어야 했다. 저 하나의 죽음으로 모든 사슬을 끊어내야 했다.

"장붕익 대감, 이런 자리에서 뵙게 되어 참으로 유감입니다."

참의의 말에 장붕익이 차갑게 응수했다.

"내 얼굴을 본 이상 멀쩡하게 돌아갈 수 없으리라는 사실쯤은 짐작할 것이다."

"이래 죽으나 저래 죽으나 매한가지요. 내가 아는 건 딱 거기까집니다. 형조 참판 황조일! 그 이상은 알 수도 없고 알 만한 위치에 있지도 않습니다."

장붕익은 이런 상황을 많이 겪었다. 사실대로 고해 아량을 구한다 한들 돌아갈 곳은 없었다. 차라리 이 자리에서 목숨을 끊는 것이 가장 깨끗한 결말이었다.

"참의의 바람을 나도 안다. 나 하나 죽음으로써 가족을 살리고 싶어한다는 걸. 하지만 그전에 나는 너에게서 최대한 얻어낼 것이다. 네가 미처 갖고 있는지도 몰랐던 것까지 캐낼 것이고, 나아가 검계와 결탁하여 이권을 챙기는 관리들의 뿌리를 뽑을 것이다."

갑자기 양세광이 웃음을 터뜨렸다. 장붕익은 검계 무리를 대하면서 처음으로 당황했다. 양세광이 이죽거리며 말했다.

"검계와 결탁하여 이권을 챙기는 관리들이라……. 장 대장께서는 잘못 짚어도 한참 잘못 짚으셨소. 검계와 결탁한 관리 같은 건 없소. 검계가 곧 그들이니까. 선을 넘지 마십시오, 대감. 전면전이 벌어지면 도성 전체가 피바다가 될 것이오."

장붕익의 눈썹이 꿈틀거렸다. 양세광은 눈을 감았다. 장붕익이 돌아서자, 철주 행세를 하던 나경환이 삿갓을 벗고 그에게 다가갔다.

형조 참의 양세광이 아무런 기별도 없이 등청하지 않았다는 소식을 접하자 형조 참판 황조일은 불길한 기운에 사로잡혔다. 곧장 관노를 시켜 양세광의 집에 다녀오도록 했다. 오래지 않아 간밤에 양세광이 귀가하지 않았다는 소식을 갖고 왔다. 황조일은 정랑 나윤선을 불렀다. 집무실에서 마주한 뒤 그는 종이에 글씨를 썼다.

'즉시 홍화정으로 가서 양세광의 행방이 묘연함을 칠선객 삼회주 이철경에게 전하라.'

나윤선이 고개를 끄덕이고는 글씨 적은 종이를 갈기갈기 찢어 그대로 삼켰다.

잠시 뒤 평복 차림의 나윤선이 관아를 나섰다. 그는 미행이 붙지 않는지 살피느라 육조 거리와 견평방을 이리저리 쏘다니다가 꼬리에 아무도 붙지 않은 것을 확인하고는 숭례문을 지났다. 나윤선이 숭례문을 지날 때 엿장수로 가장한 봉사 손명회가 그가 목멱산 쪽으로 가닥을 잡는 것을 지켜보고는 돌아섰다.

나윤선이 전한 소식을 접한 이철경은 당장 홍화정에서 벗어나 목멱산 기슭으로 올랐다. 그곳에서는 숭례문에서 홍화정으로 이어지는 길목은 한눈에 내려다본 수 있었다. 군사의 움직임은 없었다. 여차하면 그대로 달아날 양으로 한참 동안 산기슭에 머물던 그는 아무런 움직임이 보이지 않자 수하에게 일렀다.

"군사가 움직이거든 즉시 홍화정에 알려라."

이철경은 그대로 목멱산을 넘었다. 지금 홍화정은 가장 위험한 은신처였다.

그날 밤, 철선객의 회주들이 낙산의 기화루에 집결했다. 표철주가 상이 부러지도록 음식을 차려놓고 부회주와 삼회주들을 기다리고 있었다. 이철경은 입이 벌어졌다. 상황이 이리도 급박한데 술타령을 벌이다니! 기백 하나는 어느 누구에게도 뒤지지 않는 사내였다.

표철주가 말했다.

"다들 얼굴이 사색이구먼. 참외 하나 달려 들어간 것 같고 호들갑은."

부회주 중 하나가 말했다.

"회주, 지금 이럴 때가 아닙니다. 십삼 년 전의 일을 잊었습니까?"

"우리 칠선객을 비롯한 전국의 검계는 맥없이 당하던 그때의 검계가 아닐세. 장붕익은 노구가 되었으나 우리는 더욱 젊어졌지. 만약 장붕익이 도발을 한다면 온 나라를 상대로 싸워야 할 것이야."

이철경뿐 아니라 그 자리에 모인 소회주들은 검계의 전체적인 규모를 완전히 파악하지 못하고 있었다. 표철주의 손이 어디까지 닿아 있는지, 검계와 연결된 관료의 가장 윗선에 누가 앉아 있는지, 검계의 조직원들을 수족처럼 거느리는 조정의 두뇌가 누구인지 이철경은 알지 못했다. 그래서 그는 으뜸 회주가 되어야 했다. 그렇게 되어 어둠의 권력 끄트머리에 누가 있는지 꼭 알아야만 했다. 그런데 별안간 이철경의 머릿속에 한 가지 의문이 자리 잡았다.

'어쩌면 회주도 그것을 모를 수 있다.'

표철주의 말이 이어졌다.

"하지만 너무 설치도록 놓아두는 것도 볼썽사납겠지? 이보게, 철경이."

표철주의 눈길이 이철경에게 향했다. 이철경은 표철주의 날카로운 눈빛을 그대로 받았다.

표철주가 이철경을 향해 말했다.

"전에 장붕익을 상대하겠다고 했던가?"

이철경은 하는 수 없이 대답했다.

"그렇습니다, 회주."

"정면으로 들어가지 말고 측면을 치는 것은 어떻겠나?"

무슨 뜻이냐는 듯 이철경은 표철주와 눈을 맞추었다.

"도성 관아의 어느 옥사에서도 행방불명된 검계 조직원들이 발견된 적이 없지 않은가? 훈련도감의 밀정을 통해 알아본 바 그곳의 옥사에도 금주령과 관련한 죄인은 없단 말일세. 그렇다면 무엇인가? 장붕익이 그들을 바다에 수장했거나 땅에 파묻었을까? 아냐, 아냐. 그렇지는 않을 거야. 그건 장붕익답지가 않지. 그들한테서 캐내야 할 것도 있고 말이야."

거기서 말을 끊고 표철주는 눈에 힘을 주었다. 이철경은 회주의 다음 말을 기다렸다.

"도성 부근 어딘가에 검계 조직원들을 가두어둔 비밀스러운 장소가 있을 것이다. 그곳을 찾아내어 습격하는 것이야. 원한다면 내 수하의 살수들을 빌려줄 수도 있네. 그다음은 더 이상 말 안 해도 알 것이네. 알아서 하게."

표철주가 술병을 들었다. 소회주들은 내키지 않는 듯했지만, 술자리에서 그의 술을 피할 수는 없었다. 표철주가 다가오자 이철경도 잔을 들어 앞으로 내밀었다.

어김없이 보름달이 떴다. 양일엽은 저녁나절부터 대문 문설주에 등을 내걸도록 하고 간시(艮時, 오전 2시 반에서 3시 반 사이)에 이르러 지팡이를 짚은 채 대문 밖으로 나섰다. 바깥에는 상규가 미리 나와 있었다.

"형님이 오늘은 올까요?"

양일엽이 대답했다.

"기별도 없이 약속을 지키지 않는 아이가 아니다. 하지만 오지 않는다 해도 서운해하지 않으련다. 또한 오지 않는다 해도 나는 계속 기다릴 것이다."

상규는 부친과 천덕 사이에 놓인 그 끈끈함이 어디에서 비롯된 것인지 도무지 알 수가 없었다. 그 끈끈함이란 피붙이 간에도 찾아보기 힘들 정도였다. 상규는 잠시 천덕이 되어보았다. 보름달이 뜬 새벽마다 문설주에 등을 내걸고 자신을 기다리는 사람이 있다는 건 어떤 기분일까? 고마울까, 성가실까? 천덕의 마음은 어떤 것일까? 훨훨 자유로운 새가 되어 멀리 떠나고 싶지만, 계속 같은 자리로 되돌아와야 하는 속박으로 느껴지지는 않을까?

보름달 속으로 새떼가 지나갔다. 이곳을 향해 날아오는 것인지, 어딘 가로 떠나는 것인지 알 수 없었다.

양일엽이 말했다.

"상규야, 앞으로 오랫동안 산곡주를 빚지 못한다 해도 비법을 잊어서는 안 된다. 산곡주는 우리 가문의 영혼이야."

예전 같으면 그런 말을 할 부친이 아니었다. 의문과 걱정이 들어도 굳이 당부를 하거나 다짐을 받는 것은 양일엽에게 어울리지 않는 일이 었다. 도호부의 동헌에서 변고를 치르고 한 달 가까이 몸져누워 있은 이후로 그의 심신은 나날이 노약(老弱)해져갔다.

굳건한 바위산 같았던 부친을 무너뜨린 김치태와 도호부사를 생각하면 울분이 치솟는 것을 참을 수 없었다. 하지만 무엇으로 그 한을 풀단 말인가. 탐관오리를 물리치는 암행어사가 닥치기를 기대해야 하는가. 과연 그런 관리가 있기는 할까? 임금은 과연 백성들이 지금 어떤 일을 당하고 있는지 알고나 있을까?

"천덕이 왔다."

항상 같은 일이 되풀이되었다. 상규는 황방산의 어두운 숲을 아무리 헤집어도 인기척을 찾을 수 없는데, 부친은 바람결에 실려 오는 기운만으로도 그의 존재를 감지하는 것 같았다. 노약해져 심신이 지친 가운데에도 천덕과의 사이에 놓인 그 탄탄한 실타래만큼은 전혀 가늘어지지 않은 듯했다.

언제나처럼 수풀을 쓰다듬는 소리가 들려오고, 오래지 않아 천덕이 모습을 드러냈다. 그는 양일엽을 향해 허리를 숙여 보였다.

"어르신, 기체후일향만강하십니까?"

"그래, 나는 아주 잘 있다. 먼 길 오느라 고생했구나."

"지난 보름 때는 사정이 있어 찾아뵙지 못했습니다. 죄송합니다, 어르신."

"아니다. 네가 더 이상 오지 않는다 해도 절대 너를 탓하지 않을 것이다. 오고 싶으면 오고 가고 싶으면 가면서 그렇게 자유롭게 살려무나."

천덕도 양일엽의 말수가 많아진 것이 어색한 모양이었다. 그는 객쩍게 웃음을 흘리다가 상규에게로 향했다. 그때 상규가 먼저 허리를 숙여 보였다.

"오시느라 고생 많으셨습니다, 형님."

천덕은 양일엽 앞이라 상규의 인사를 받지 않을 수 없어 어정쩡하게 상체를 굽혔다.

"도련님, 별고 없으셨지요?"

그런데 상규가 보기에 천덕의 모습이 어딘가 달라져 있었다. 조금 변한 것이 아니라 영 딴사람 같았다. 그러다 천덕의 변화를 알아채고는 깜짝 놀라 물었다.

"형님, 상투를 트셨소?"

그제야 천덕은 쑥스러운 듯 뒷머리를 긁적였다. 양일엽도 그제야 천덕의 변화를 알아채고는 눈이 커졌다.

"천덕아……."

그때 천덕이 나온 풀숲에서 인기척이 느껴졌다. 상규는 천덕의 어깨 너머로 눈길을 던졌다. 그곳에서 웬 여인이 모습을 드러냈다. 천덕이 말했다.

"제 안사람입니다, 어르신."

양일엽과 상규는 너무 놀란 나머지 입을 다물지 못했다. 그런 두 사람 앞에 난지가 다가가 다소곳이 허리를 숙여 보였다.

"천덕의 처, 난지예요."

어느 누구의 발길도 닿지 않은 처녀림(處女林)의 가장 깊은 곳에서 자란 어린 풀처럼 청초하고 아름다웠다. 양일엽은 난지에게서 눈을 떼지 못하고 입을 쩍 벌린 채 "허허." 웃기만 했다.

상규가 난지에게 말했다.

"형수님, 어서 오십시오. 저는 형님의 동생인 양상규입니다. 그리고……."

상규는 양일엽 쪽으로 손을 뻗었다.

"제 아버님이시자 형님의 아버님이십니다."

양일엽의 눈에 눈물이 그렁그렁했다. 보름달의 밝은 빛이 그의 눈에 이슬처럼 매달려 있었다. 그는 울먹이면서 말했다.

"어찌 이리 고울꼬. 어찌 이리 고울꼬. 그 먼 길을 천덕이와 같이 왔느냐?"

난지가 생글생글 웃으며 고개를 끄덕였다.

상규가 말했다.

"형님, 이번에는 그냥 못 가십니다. 꼭 아침까지 드시고 가십시오. 아니, 며칠 푹 쉬시다가 가십시오."

양일엽이 말했다,

"상규야, 병술을 깨워라. 천덕 부부에게 사랑을 내어주어라. 아니, 안방이라도 내어주마."

양일엽은 너무 기쁜 나머지 무릎이 아픈 것도 잊고 덩실덩실 어깨춤을 추었다.

이규상은 한지 여러 장을 이어붙인 커다란 종이에 붓을 놀렸다. 거기에 '형조 참의 양세광'을 적고 그 아래에 '정랑 나윤선'이라고 적었다. 그리고 양세광의 이름 위에 '형조 참판 황조일'을 썼다. 사법(司法)을 담당하는 관아의 고급 문관 세 사람이 검계와 연루되었다는 사실은 커다란 충격이었다. 어쩌면 형조의 으뜸인 판서까지도 연루되어 있는지 몰랐다. 형조 참판 황조일이 누구인가? 노론 대신의 영수 격인 우찬성 김익희의 오른팔이 아닌가? 형조 참판 황조일이 검계와 관련이 있다면 우찬성 김익희도 혐의에서 자유로울 수 없었다. 이규상은 아찔하여 이마를 문질렀다.

아, 이것이 전부라면 얼마나 좋을까? 도성의 여러 관아 가운데 이제 겨우 형조의 실체를 알아가는 중이었다. 의정부(議政府)와 육조(六曹)의 다른 기관들, 한성부, 사헌부, 여기에 왕실을 비보(裨補)하는 중추원(中樞院)과 사간원, 비변사(備邊司)까지 하나하나 캐나가는 가운데 얼마나 많은 악과 마주할 것인가. 만약 검계와 전면전을 벌였을 때 세상은 우리 편이 되어줄 것인가. 도대체 언제부터 이 악의 연결 고리가 만들어졌고,

이어져왔는가. 이규상은 두려운 생각이 들어 붓을 제대로 들고 있을 수 없었다.

우별장 강찬룡이 들어섰다. 그는 이규상이 적어놓은 명단을 슬쩍 보고는 피식 웃음을 지었다.

"그런 종이 여러 장 준비해야 할 것일세."

이규상이 놀라서 물었다.

"다른 곳에서도 맥을 잡았습니까?"

"아니, 아직."

강찬룡이 잠시 사이를 두고 말했다.

"도승지를 통해 주상께 청을 넣어 의금부도사 연정흠을 이조(吏曹)에 배속할 것이야."

이규상은 생각에 잠겼다가 말했다.

"너무 위험하지 않습니까? 도사께서 이조로 옮기자마자 검계와 연루된 관리들이 달려 나오면 도사가 의심받지 않겠습니까?"

이규상의 말에 강찬룡이 또 다시 피식 웃었다.

"위험하지 않느냐고? 이보게, 규상이. 지금 우리 중 어느 누구 하나 칼끝에 서지 않은 이가 있는가? 위험하지. 당연히 위험하네. 하지만 믿고 일을 맡길 관리가 눈을 씻고 찾아보아도 보이지 않는데 어쩌겠는가? 도사가 선택한 일일세. 우리는 그저 닥쳐오는 순간순간에 최선을 다해 대처하면 되는 것이네."

이규상은 "휴우." 하고 긴 한숨을 쉬었다.

좌별장 박영준과 별군관 이하송이 안으로 들어섰다. 이희송을 보자 강찬롱이 물었다.

"학송이, 형조 참판 황조일은 어떠한가?"

"제법 강단이 있는 자입니다. 참의가 실종되어 불안할 텐데도 별다른 움직임이 없습니다. 아침에 등청하여 밤에 퇴청하기를 되풀이하고 있을 뿐입니다. 조바심을 내는 기색도 찾을 수 없습니다."

박영준이 말했다.

"결국 꼬리가 잡힐 것이네. 봉사들과 자네는 각별히 주의하게. 놈들도 제 나름대로 대비를 하고 있을 터이니."

이학송이 대답했다.

"예, 별장."

강찬롱이 길게 기지개를 켜고 박영준을 바라보았다.

"내기 장기 한 판 둘 텐가?"

"피할 이유가 없지요. 내기는 비옥의 당직이오?"

"술내기를 할 수는 없지 않은가?"

"좋습니다."

강찬롱이 장기판을 꺼냈다. 이학송은 두 사람을 지켜보고 있다가 막사로 향했다.

"저승길에 한 놈이라도 더 데려가겠다."

박영준

11

거병
1734년 초여름

       표철주를 그림자처럼 따르는 살수들을 멀찍이
서 보아오기는 했지만 이렇게 가까이에서 마주하기는 처음이었다. 하나
같이 몸의 선이 날렵하고 눈매가 날카로운 것이 천생 자객이었다. 그들
과 가까이 있노라니 냉기가 느껴질 정도였다. 이철경은 그런 이야기를
들은 적이 있다. 사람을 죽일 때마다 살기가 업보처럼 쌓인다고. 이철경
은 사람의 살기라는 것이 이처럼 냉랭한 기운으로 뿜어져 나오는 것이
라는 걸 처음 알았다. 이들과 칼을 맞대고 있는 것만으로도 몸이 얼어붙
을 것만 같았다.

    살수들을 대하면서 이철경은 장붕익에 대한 두려움이 더욱 커졌다.
그는 이런 자객 여럿과 표철주까지 홀로 상대하지 않았던가. 게다가 사수가 쏜 화살까지 맞고도 죽음을 피했을 뿐 아니라 불사신처럼 우뚝 되살아나 검계 소탕을 진두지휘했다니……. 이철경은 지금 자신이 상대하려는 사람이 어떤 존재인지 생각하며 새삼 장붕익에 대한 경외감마저 들었다.

"삼회주도 우리와 같이할 거요?"

살수 중 하나가 물었다.

"그렇소. 받은 대로 돌려주리다."

"그렇다면 일이 어느 정도 진척될 때까지 조심히 몸을 사리시오. 오늘 금란방 관원들을 미행하고 난 뒤에 회주에게 습격할 날짜를 받겠소."

명색이 도성을 장악한 검계 조직 칠선객의 삼회주인데, 표철주의 살수들은 그런 사실 따위 안중에도 없는 듯했다. 이철경은 수가 틀렸으나, 당장은 참아야지 다른 도리가 없었다.

그날 저녁 살수 한 명이 행상 차림을 하고 훈련도감 주위를 서성거렸다. 태양의 기운이 다소 약해질 즈음에 퇴청하는 도감의 관리들이 영내(營內)를 나섰다. 살수는 평복 차림의 봉사 손명회와 주성철이 나란히 걸어 나오는 것을 보고 그들을 주시했다. 아니나 다를까, 군영의 출입구를 지키고 선 군졸 하나가 길게 기지개를 켰다. 지금 자신을 지나친 평복 차림의 두 사람이 금란방 소속의 관원이라는 신호였다.

행상 차림의 살수는 봉사들을 바짝 따라붙었다가 돈의문에 이르러 멈추어 서서 머리에 쓴 패랭이를 벗었다가 고쳐 썼다. 뒤이어 돈의문 부근에 서 있던 중인 복장의 살수가 그 신호를 받고 봉사들의 뒤를 밟았다. 봉사들은 마포 나루 쪽으로 향했다. 살수에게는 다행스럽게도 흰

강 너머로 짐을 실어 나르려는 상인들의 발길이 끊이지 않은 덕에 몸을 숨기기 수월했다. 중인 차림의 살수는 마포 나루까지였다. 그는 갓을 벗어 고쳐 썼다. 마포 나루에서 대기하고 있던 상인 차림의 살수가 그 뒤를 이었다.

그렇게 알아낸 금란방의 비밀 장소로 추정되는 지역은 한강의 하중도(河中島, 하천에 있는 섬)인 여의도의 야트막한 구릉인 양말산 부근이었다. 그 부근에 미리 잠복하고 있다가 금란방 관원이 나타나면 그를 미행하여 최종 목적지를 알아낼 수 있을 것이었다.

그날 밤 보고를 받은 표철주는 망설이지 않고 명을 내렸다.

"내일 밤 친다."

이철경은 깜짝 놀랐다. 그가 표철주에게 말했다.

"회주, 금란방의 비밀 장소를 지키는 군사가 몇인 줄 파악하지도 않고 친단 말입니까?"

이철경의 말에 표철주는 입술 한쪽을 위로 끌어올려 비웃었다.

"그깟 제식 훈련(制式訓鍊)이나 받은 군사는 백 명이 달라붙어도 이들의 상대가 안 된다."

표철주는 곁에 선 살수들 쪽으로 고개를 돌렸다. 하지만 이철경은 준비가 부족하다는 느낌을 지울 수가 없었다.

"그래도 도성을 수비하는 정예 부대입니다. 그들을 만만히 보아서는 안 될 것입니다."

"어허, 삼회주는 왜 이리 겁이 많은가? 칠선객을 이끄는 삼회주가 이처럼 패기가 없는가?"

표철주의 말에 이철경이 발끈했다.

"그래서 제식 훈련밖에 받지 않은 장붕익 대감에게 그렇게 당하셨습니까?"

표철주의 눈썹이 위로 올라갔다. 이철경이 그의 역린(逆鱗)을 건드린 것이었다. 살수들은 표철주의 표정이 싸늘히 식는 것을 보고 그의 눈치를 살폈다.

표철주가 이철경을 쏘아보았다. 이철경도 지지 않았다. 이럴 때 보면 이철경이 아직 젊어 맹랑하기는 하나 겁쟁이는 아니었다. 표철주는 쇠지팡이로 머리통을 후려쳐도 시원치 않았으나 살기를 거두었다. 다른 소회주들에 비해 머리 회전이 빠르고 기백도 있었다. 언젠가 요긴하게 써먹을 수 있는 자원을 낭비할 필요는 없었다.

"계획은 바뀌지 않는다. 내일 밤이다. 삼회주도 살수들과 동행하라."

좌별장 박영준은 군영에서 평복으로 갈아입고 훈련도감을 나섰다. 봉사들과 교대할 초관 두 사람이 일찌감치 비옥으로 떠난 뒤 시간 간격을 두어 나선 것이었다. 혹시 모를 눈을 피하기 위해 비옥으로 향할 때면 항상 그런 규칙을 따랐다.

원래 그날 비옥의 당직은 강찬룡이었으나, 며칠 전 군영의 집무실에서 벌인 내기 장기에 지는 바람에 또 귀찮은 일을 맡게 된 것이다.

비옥을 지키는 일은 새로운 죄인이 들어오지 않은 탓에 한가하다 못해 무료하기까지 했다. 하지만 밤새 그곳을 지키다가 해가 뜨는 것을 지켜보고 아침에 훈련도감으로 등청하면 하루 종일 피곤함이 가실 줄을 몰랐다.

다행히도 아직 비옥에서 죽어나간 죄인은 없었다. 파총 나경환이 심문을 하는 과정에서 힘을 덜 쓴 덕분이었다. 더 이상 심문을 할 새로운 죄인이 없으니 나경환이 비옥을 지킬 필요는 없었다. 대신 군영의 의관(醫官)이 피곤하게 되었다. 나경환이 부러뜨린 죄인들의 발목과 무릎은 평생 회복하기 힘들 것이다. 하지만 죽지 않을 만큼은 보살펴야 했다. 그러고 보니 장붕익 대장이나 나경환 둘 다 풍문으로 들은 것만큼 가혹하지는 않았다. 어쩌면 둘 다 나이가 들어 그런 것인지도 몰랐다.

마포 나루에 이르러 박영준은 나룻배에 짐을 싣고 내리는 이들을 하나하나 티 나지 않게 살펴보았다. 특별히 눈에 띄거나 탁한 기운을 뿜어내는 자는 없었다.

강을 건넌 뒤 그는 당산 나루에서 여의도 쪽으로 방향을 잡았다. 여의도 부근은 뽕밭과 콩밭이 제법 있어서 농자들이 더러 지나다니기는 하나, 해가 기울고 나면 그대로 인적 하나 없는 무인지경(無人之境)이 되었다. 땅을 갖지 못한 이들이 여의도에 밭을 일구고 거기에 기대어 살기도 했지만, 그들 역시 해가 기울고 나면 집으로 돌아가기 바빴다. 도성 부근에서 비밀 옥사를 두기에 그보다 안성맞춤인 곳은 없었다.

한강 남쪽의 땅에서 여의도로 건너가기 위해서는 줄을 잡아 당겨 이쪽저쪽으로 오가도록 해놓은 뗏목을 이용해야 했다. 초관 둘이 먼저 간 탓에 뗏목은 건너편에 있었다. 박영준은 줄을 잡아당겨 뗏목을 이쪽으로 오게 한 뒤에 올라탔다. 그리고 다시 여의도의 말뚝에 묶어놓은 줄을 당겨 하천을 건넜다.

뗏목에서 여의도로 몸을 옮기는 순간, 박영준의 코에 비릿한 피 냄새가 걸렸다. 그는 허리춤의 단도 두 개를 재빨리 뽑고 자세를 낮추었다. 억새가 우거져 아무것도 보이지 않았다. 그는 후각을 믿고 냄새가 나는 쪽으로 천천히 다가갔다.

억새풀 사이에 목이 그인 시신이 엎어져 있었다. 그리고 바로 그 곁에 시신이 하나 더 있었다. 봉사들과 교대하기 위해 먼저 이곳으로 떠난 초관들이었다. 박영준은 시신을 살펴보았다. 시신의 자세와 검흔(劍痕)으로 보아 합을 겨루다가 죽은 것이 아니라 몸을 붙잡힌 상태에서 그대로 목이 베인 것이었다. 그렇다면 누군가 이곳에 잠복하고 있다가 초관들을 협박해 비옥의 위치를 알아낸 뒤 죽인 것이었다.

박영준은 억새풀 사이로 몸을 낮춘 채 빠르게 양말산으로 접근했다. 비옥을 지키는 군사는 봉사 둘과 군영의 의관뿐이었다.

그 시각 금란방의 비밀 옥사에서는 살육이 벌어지고 난 뒤였다. 비옥을 지키던 봉사 손명회와 주성철은 불시에 당한 습격에 칼 한 번 제대로 휘둘러보지 못하고 그대로 쓰러졌다. 검계 조직원들의 상처를 살피던 의관 역시 단칼에 목이 날아갔다. 이철경은 염려했던 것과 달리 일이 싱겁게 끝나버려 허무하기까지 했다. 무서운 일은 그다음에 일어났다.

살수들은 자신들을 구출하러 온 줄 알고 반색을 하는 검계 동료들을 향해 무자비하게 검을 휘둘렀다. 이철경의 휘하에 있던 조충일이 이철경을 발견하고 함박웃음을 지었으나 그의 머리는 웃음을 지은 채 그대로 잘려나가 바닥을 굴렀다. 형조 참의 양세광은 의외로 담담하게 죽음을 받아들였다. 나머지 아홉 명의 검계 조직원과 검계에 부역하던 이들 역시 비명 한 번 지르지 못하고 목숨을 잃었다.

"이게 무슨 짓인가!"

살수들은 이철경의 분노 따위 아랑곳하지 않았다. 그들은 온몸에 피 칠갑을 한 채 아직 숨이 붙어 있는 자가 없는지 확인하기 위해 다시 한 번 시신들의 심장 깊숙이 칼을 꽂았다.

표철주의 의도가 이것이었다. 그는 비밀 옥사의 관원들을 해치러 살 수를 보낸 것이 아니라, 붙잡혀간 검계를 처리하기 위해 계획을 꾸민 것 이었다. 이철경은 고깃덩이로 변해버린 검계의 수하들 앞에서 무너져 내렸다. 두려움과 허탈감이 가슴에 차올랐다.

이철경이 목석같은 살수들에게 말했다.

"회주가 나를 죽이라는 명은 내리지 않았느냐?"

살수들은 이철경을 힐끗 쳐다보았을 뿐 아무런 대꾸도 하지 않았다. 그들은 옥사 안의 물건과 문서를 하나하나 살펴보며 필요하다 싶은 것 을 챙기는 중이었다.

그때였다.

"윽!"

나무 벽에 붙어 서서 종이 쪼가리를 훑어보던 살수 한 명이 짧게 신 음을 내뱉고는 앞으로 퉁겨지듯 튀어나왔다. 나무로 세운 벽의 틈 사이 로 파고든 칼날이 재빨리 사라졌다. 살수들이 검을 뽑았다. 옥사 바깥에 관원이 있으리라고는 생각지 못했다. 칼에 찔린 살수가 피를 토했다. 나무 틈새를 통해 정확히 급소로 칼날을 찔러 넣은 것이다. 고수였다.

사방을 두리번거리던 살수들 중 한 명이 출입구 쪽으로 다가갔다. 그가 바깥을 살피고 나머지 살수 세 명은 발끝을 세운 채 그에게 천천히 다가갔다. 그때 입구를 살피던 살수가 다시 비명을 질렀다. 몸이 날랜 자였다. 그새 지붕을 통해 입구 쪽으로 몸을 옮긴 신원 불명의 관원은 살수가 문 밖으로 머리를 내밀기 무섭게 거꾸로 몸을 던져 살수의 미간에 칼날을 찔러 넣은 것이었다.

관원이 칼을 찔러 넣고 난 뒤 바닥에 떨어지자 나머지 살수들이 그에게 달려들었다. 이철경도 검을 뽑아 들고 바깥으로 향했다. 평복 차림의 관원은 어른 팔뚝만한 단도를 하나씩 양손에 쥔 채 살수들이 휘두르는 검을 막아냈다. 그가 누구인지 알 수 없으나, 장붕익의 군사였다. 혼자서 자객들과 표철주, 거기에 사수들까지 물리쳤던 투신(鬪神) 장붕익이 가려 뽑은 무관이었다. 살수가 셋이었으나 승리를 장담할 수 없었다. 이철경은 그들의 싸움에 도저히 끼어들 틈이 없어 멀찍이 거리를 두고서 검을 앞으로 든 채 그들의 동작에 따라 이리저리 몸을 움직일 뿐이었다. 순간 표철주가 어제 했던 말이 떠올랐다.

'그깟 제식 훈련이나 받은 군사는 백 명이 달라붙어도 이들의 상대가 안 된다.'

표철주는 착각했다. 도성을 수비하는 정예 무관, 장붕익이 선발한 무사의 실력을 얕잡아보았다.

박영준은 시선을 아래에 두고 살수들의 발을 보면서 그들의 동작을 파악했다. 살수들도 박영준이 자신들이 보법(步法)을 통해 공격을 가능한다는 사실을 파악하고 대형을 넓혔다. 하지만 그게 실수였다. 살수들의 간격이 벌어지자 잠깐의 망설임도 없이 박영준은 가장 왼쪽의 살수에게 달려들었다. 살수의 칼날이 몸통 쪽으로 들어오는 순간 그는 재빨리 간격을 좁혀서 살수의 손목을 그었다. 그 때문에 박영준 역시 왼쪽 어깻죽지를 베였으나 살수 한 명을 무력화시키는 데 성공했다. 그러자 다급해진 쪽은 살수들이었다.

"소회주, 무엇 하는가? 단검을 던져라!"

이철경은 그제야 품 안에 차고 온 단검을 생각해냈다. 이철경은 사실 대련 무예보다는 암기에 능했다. 그는 칼을 버리고 단검을 꺼내들어 살수들 사이로 끼어들었다. 무관의 양 팔은 양쪽에서 검을 겨누고 있는 살수들 쪽으로 향하고 있어서 상대적으로 가운데의 수비가 약했다. 무관도 그러한 사실을 깨달은 듯 이철경을 먼저 제압하기 위해 뛰어들었다. 이철경은 뒤로 후다닥 물러나며 아무렇게나 단검을 휘둘렀다. 살수들의 검이 무관의 옆구리를 공격해 들어갔다.

이철경은 무관의 몸이 자신의 몸과 포개질 때 날카로운 통증이 몰려오는 것을 느꼈다. 무관의 단도가 옆구리에 박혔다. 무관은 이철경의 머리 위로 몸을 굴려 벗어난 뒤 살수들과 거리를 두었다. 무관의 오른쪽 갈비뼈 쪽에서 피가 뿜어져 나오고 있었다.

'한 놈 더 저승길로 데려가겠다.'

박영준은 그게 최선이라는 것을 알았다. 칼에 베인 어깻죽지의 상처가 벌어지면서 근육이 손상된 탓에 힘을 쓸 수가 없었다. 그리고 갈비뼈 사이로 들어온 칼날에 의해 뼈가 훤히 들여다보였다. 박영준은 쓸 수 없게 된 왼팔의 단도를 놓았다. 그리고 일격을 가하기 위해 살수 중 한 명에게 달려들었다. 하지만 조금 전처럼 속도를 낼 수 없었다. 박영준의 공격을 받은 살수는 뒤로 물러나며 장검의 길이를 이용하여 박영준의 얼굴을 베었다. 오른쪽 관자놀이부터 왼쪽 턱까지 칼날이 긋고 지나갔다. 박영준은 그 자리에서 쓰러졌다. 뒤에서 달려든 살수 한 명이 박영준의 등에 칼날을 박아 넣었다.

다음 날 아침, 비옥을 지키러 갔던 봉사 두 사람이 군영으로 귀환하지 않은 것과 박영준이 등청하지 않은 것을 이상히 여긴 강찬룡은 즉시 군사 스물을 이끌고 여의도 양말산으로 향했다. 그곳에서 박영준의 시신을 확인한 강찬룡은 그대로 주저앉고 말았다. 자신이 있어야 할 자리였다. 내기 장기에 자신이 졌더라면, 아니 장기를 두지만 않았어도 박영준이 이렇게 싸늘한 주검으로 땅바닥에 엎어져 있을 이유가 없었다.

군사들이 비옥의 시신을 수습하는 동안 강찬룡은 박영준의 시신 곁을 떠나지 못했다. 비보(悲報)를 접한 이규상과 이학송, 나경환이 현장에 도착했다. 이규상은 고깃덩이처럼 잘려나간 육신들을 보고 울면서 구토를 했다.

"별장, 그만 일어나십시오."

나경환이 강찬룡의 어깨를 두드렸다. 이학송이 거들었다.

"별장 나리, 좌별장 나리를 편한 곳으로 모셔야지요."

강찬룡은 엎어져 있는 박영준의 시신 위에 손바닥을 얹고 고개를 떨어뜨렸다. 고개가 푹 꺾인 그에게서는 평소 유쾌하게 이죽거리는 모습을 상상할 수 없었다.

집무실에 마주 앉은 뒤로 장붕익은 입술을 굳게 다문 채 눈을 감고 있었다. 무겁다 못해 질식할 것 같은 침묵이 방 안에 팽팽하게 감돌았다. 참다못한 나경환이 입을 열었다.

"참의 양세광을 비롯하여 검계의 조직원들까지 모두 처단했습니다. 어쩌면 목적이 우리 관원이 아니었을 수도 있습니다."

이학송이 이어서 말했다.

"혈흔(血痕)과 무기의 숫자로 보아 소수의 살수가 동원된 것 같습니다. 검날의 흔적으로 보건대 실력이 아주 뛰어난 자들입니다."

이후로도 한동안 눈을 감은 채 입을 굳게 다물고 있던 장붕익이 말했다.

"그랬을 테지. 좌별장이 당했다면 보통 놈들이 아니었을 것이다."

그러고 나서 장붕익은 우별장 강찬룡에게 물었다.

"우별장, 동원할 수 있는 우리 군영의 병사가 몇인가?"

강찬룡이 힘겹게 입을 열었다.

"훈련병과 문관들, 잡일을 하는 관원들을 제외하고 실전에 투입할 수 있는 군사가 오백입니다."

장붕익이 말했다.

"그러면 군사를 일백오십 명씩 두 부대로 편성하여 각각 목멱산의 홍화정과 낙산의 기화루에 투입하라. 나머지 군사 이백 중 일백 명을 훈련병들과 합쳐 도성 안팎에서 성업하는 선술집과 내외술집을 정비하도록 하고, 나머지 군사 일백 명은 훈련도감을 지키도록 한다. 지금부터 군영은 작전이 개시될 때까지 출입을 철저히 통제한다. 작전 도중에 이탈하는 자는 군법에 따라 참수(斬首)할 것이다."

강찬룡이 자리에서 일어섰다.

"예, 대장."

그러고 나서 강찬룡이 이학송과 이규상에게 명했다.

"지금 당장 군영의 별군관과 파총, 초관을 군영의 막사로 소집하라."

"예, 별장."

일사천리로 움직였다. 군영의 출입문은 봉쇄되고 수문장을 비롯한 군병 삼십 명이 창검을 빼들고 지켰다. 이는 작전이 개시되기 전에 군영 내에 있을 밀정에 의해 정보가 바깥으로 새는 것을 방지하기 위한 목적이었다.

지휘관들의 지시에 따라 각각 네 개의 부대로 나뉜 군사들은 종대로 진영을 갖춘 채 출입문 쪽으로 향했다. 작전은 곤시(坤時, 오후 2시 반부터 3시 반 사이) 초입을 기해 시작될 예정이었다. 대열을 갖춘 군사들은 일제히 입을 다물었다. 마치 군영이 텅 빈 것처럼 침묵에 휩싸였다.

우별장 강찬룡과 별군관 이학송이 홍화정을 공격하는 부대의 지휘를 맡고, 낙산 기화루를 공격하는 부대를 지휘하는 일은 장붕익이 직접 나섰다. 도성 안팎의 선술집과 내외술집을 정비할 부대는 종사관 이규상이 현장 지휘를 하게 되었다. 파총 나경환은 군영이 비어 있는 틈을 이용해 혹시라도 닥칠지 모를 공격에 대비하는 부대를 책임지었다.

드디어 시각이 곤시로 접어들었다. 장붕익을 선두로 낙산 공격조가 먼저 군영을 나섰다. 도감 앞을 지나던 행인들은 갑작스러운 군사의 움직임에 놀라 멀찌감치 달아났다. 강찬룡과 이학송이 이끄는 홍화정 공격조가 뒤를 이었다. 이규상의 정비군도 바깥으로 나섰다. 군사들이 모두 빠져나간 뒤 군영의 문이 굳게 닫혔다. 파총 나경환이 망루에 올라 검을 차고서 주변을 살폈다.

훈련도감은 도성 내 대부분의 관아가 있는 육조 거리와 거리를 두고 있어서 도성의 수비대가 움직임을 보였다는 소식은 약간의 시간차를 두고 왕실에 전해질 수밖에 없었다. 육조 거리가 술렁였다. 도성을 수비하는 오군영 가운데 훈련도감을 제외한 나머지 군영인 총융청(摠戎廳), 수어청(守禦廳), 어영청, 금위영으로 파발이 내달렸고, 금군이 궁을 빙 둘러싼 뒤에 궁의 문은 공음을 내며 굳게 닫혔다.

'장붕익 훈련대장이 군사를 움직였다!'

대신들은 혁명의 징조가 없는지 살피느라 분주했다. 일부 대신들은 왕실과 의정부, 병부(兵部)의 허락 없이 군사 행동을 감행한 훈련대장의 파직을 탄원하는 상소(上疏)를 작성하기 위해 머리를 모았다. 마침 궁 안에 머물고 있던 대신들은 왕을 만날 것을 청하기 위해 달려들었으나, 금군에 가로막혀 그들은 뜻을 이루지 못했다.

"장 대장이 군사를 일으켰는가?"

왕의 물음에 도승지 이제겸은 납작 엎드린 채 대답했다.

"그러하옵니다. 도성 안팎에서 국법을 어기고 술을 다루는 자들을 단속하기 위해 움직인 것으로 사료되옵니다."

"여(余)에게 알릴 시간도 없었는가?"

"신도 이제 소식을 접했사옵니다. 절차를 지키던 중에 기밀이 새어나 갈 것을 우려하여 예고 없이 거병(擧兵)한 듯하옵니다."

왕은 수심에 잠겼다. 그렇지 않아도 꼴 보기 싫은 조정 관료들에게 며칠 동안 시달릴 것을 생각하니 벌써부터 머리가 지끈거렸다. 하지만 언젠가는 꼭 해야 할 일이었다.

"장 대감의 거병으로 가장 타격을 입을 자가 누구인 것 같은가?"

왕의 물음에 이제겸은 선뜻 대답하지 못했다. 답을 알고 있기에 해서 는 안 될 답이었다. 이럴 때는 피해가는 것이 상책이었다.

"금주령에도 불구하고 밀주를 유통하여 사사로이 이익을 챙긴 자들 이옵니다."

왕이 원한 답은 아니었다. 왕은 엎드려 있는 도승지의 뒤통수를 내 려다보다가 말했다.

"장 대장이 뿌리를 뽑을 수 있겠는가?"

이제겸은 그 질문만은 피할 수 없었다. 현실을 냉정하게 바라보아야 했다.

"저항이 클 것이옵니다. 어떤 모양으로든 반드시 저항이 있을 것이옵 니다. 하지만 검계의 수괴를 처단하는 일은 기대할 수 있을 것이옵 니다."

도승지의 말에 왕은 혼잣말로 "표철주."라고 낮게 읊조렸다. 그러고 나서 말을 이었다.

"과인(寡人)에게는 사람이 없다. 장 대장을 잃으면 크게 잃는 것이다."

"각별히 명심하겠사옵니다, 전하."

장붕익은 군사 팔십을 선발대로 보내어 기화루 부근을 포위하도록 지시했다. 낙산의 기화루는 산기슭에 위치하고 있어 군사 작전을 펼치기가 용이하지 않았다. 이미 훈련도감의 움직임을 접하고 달아난 자도 많을 것이었다. 하지만 그것만으로도 충분했다. 일단 밀주를 유통하는 자들과 검계의 핵심 세력을 도성 밖으로 몰아내고 나면 그들과 연계된 관료들의 움직임이 크게 위축될 것이고 그 틈을 노려 하나하나 급소를 치고 들어가면 소기의 목적을 달성할 수 있을 터였다.

"저곳입니다."

비장 하나가 손가락으로 낙산의 어느 지점을 가리켰다. 나무에 가려 기방은 보이지 않았다. 낙산이 야트막하기는 하나 그래도 산이었다. 장붕익은 말에서 내려 산을 오르기 시작했다. 군사들이 그의 뒤를 따랐다.

홍화정으로 치고 들어간 강찬룡과 이학송은 허탈했다. 이미 그곳은 텅 비다시피 했다. 기녀들과 잡일을 하는 아랫것들만 남아 군사들의 창검 앞에 무릎을 꿇었다. 강찬룡은 그들을 압송하도록 지시하고 홍화정 내에 있는 술을 일일이 찾아내어 바닥에 뿌리도록 했다. 술의 양이 어찌나 많은지 술이 강을 이루었다.

가장 난리가 난 곳은 홍인지문 쪽이었다. 훈련도감 군사들이 온다는 소식을 듣고 가장 먼저 달아난 이들은 그곳을 어슬렁거리던 관리들이었다. 선술집과 내외술집의 주인들은 음식 하나, 술 한 통이라도 더 챙기려다가 붙잡혀 악다구니를 썼다. 그들이 쏟아내는 악다구니의 내용을 대충 정리하면 이랬다.

"그동안 네놈들에게 바친 돈이 얼마인데, 이제 와서 이 짓거리냐?"

이규상은 포박한 술집 주인들을 앞세워 각 관아의 금란방을 돌면서 뒷거래를 한 관리들을 색출하겠다는 그림을 그렸다.

훈련도감의 군사들이 들이닥친 기화루와 홍화정은 쑥대밭이 되었다. 이상하게도 검계의 조직원으로 보이는 자는 단 한 명도 검거하지 못했다. 훈련도감의 군사 작전이 새어나간 듯 검계가 먼저 움직인 것이었다.

군사들을 이끌고 도감으로 돌아가면서 이학송은 슬슬 걱정이 되었다. 도성 내에서 왕의 재가도 없이 군사를 일으켰으니, 훈련대장은 필시 고초를 겪을 것이다. 제아무리 장붕익 대장이라 한들 군사 체계를 어지럽힌 잘못을 책임지지 않을 수는 없었다.

이학송은 강찬룡을 보았다. 말을 타고 앞서 나아가는 그의 뒷모습이 처량했다. 우별장이 좌별장과 사이가 각별했는지는 알 수 없었다. 하지만 어쨌든 이번 일로 가장 크게 슬퍼하고 분노한 사람은 바로 그였다.

이학송 역시 안타깝고 슬픈 마음을 금할 길이 없었다. 훈련도감 금란방은 뛰어난 무관을 잃었다. 교분을 나눌 기회가 적어 좌별장 박영준이 어떤 사람인지 제대로 알지 못했으나, 정의롭고 기백이 높은 사람인 것만은 분명했다. 그는 훈련도감 금란방 관원들의 얼굴을 하나하나 떠올렸다. 지금 처량하게 앞서 나아가고 있는 강찬룡, 우락부락한 나정환,

숙맥 같기만 했으나 이제는 제법 군사 기관의 관리 티가 나기 시작한 이규상 그리고 세상에서 가장 든든한 우두머리 장붕익. 자신을 포함하여 여섯에서 다섯으로 하나가 줄었을 뿐이건만 마음속 공간이 크게 빈 것 같은 허망함을 지울 수가 없었다. 두 번 다시 겪고 싶지 않은 일이었다. 앞으로 더욱 조심하면서 '형제'들의 뒤를 지키겠노라고 이학송은 다짐했다.

"기밀이 새어나갔을까요?"

군영으로 돌아와서 집무실에 마주 앉은 뒤에 가장 먼저 입을 연 사람은 이규상이었다. 장붕익이 고개를 저으면서 말했다.

"비옥을 공격하기 전부터 그들은 이미 자리를 비웠다."

나경환이 장붕익의 말을 받았다.

"양말산의 비옥을 공격한 뒤에 보복이 올 것을 미리 알고 달아났다는 말씀이십니까?"

"어쩌면 그전부터 계획된 것일지도 모른다는 생각이 든다."

장붕익의 말에 이규상이 물었다.

"그게 무슨 말씀이십니까? 도성을 내주는 손해를 감수하면서 검계들이 일부러 비옥을 공격했다는 뜻입니까?"

"아직 뚜렷한 것은 아무것도 없으나, 일이 이렇게 되어 가장 난처해진 이들이 누구일까?"

장붕익이 던진 의문에 강찬룡이 답했다.

"관료들이 아니겠습니까?"

장붕익이 고개를 끄덕이고 말했다.

"전에 형조 참의 양세광이 비옥에서 한 말을 기억하는가? 검계와 결탁한 관리 같은 건 없다는……."

강찬룡이 장붕익의 말을 받았다.

"검계가 곧 그들이라고 했지요."

장붕익과 금란방 관원들이 알고 있던 검계와 관리의 관계란 이런 것이었다. 금주령 하에 밀주를 마음대로 유통하기 위해 검계 무리가 관리를 매수한다. 그러면 관리는 눈을 감아주는 대가로 일정한 재물을 취한다. 하지만 현장을 단속하는 하급 관리에게 대가를 지불한다고 해서일이 끝나는 것은 아니다. 하급 관리가 단속을 하지 않아도 그걸 모른척해줄 보다 상위의 관리가 있어야 한다. 그렇게 한 단계씩 올라가다 보면 정랑이나 참의, 참판까지도 검계의 연결 고리가 닿을 수 있다. 그러한 추측은 형조 참의 양세광의 입을 통해 증명되었다.

장붕익과 금란방의 관원들이 해결해야 할 숙제는 과연 그러한 결속이 옆으로는 어느 관아까지 퍼져 있으며, 위로는 어느 관직까지 뻗어 있는가를 파악하고 그 뿌리를 뽑는 것이다. 그런데 형조 참의 양세광이 남긴 말은 그러한 상식을 무너뜨리는 것이었다. 그 말을 면밀히 해석하자면 검계가 곧 관리라는 뜻이 된다. 그러니까 검계는 세상의 음지에서 자생한 조직이 아니라, 관리들에 의해 조직되고 육성되어진 관료들의 하부 조직인 셈이다. 과연 그 말이 사실일까?

이는 참으로 무서운 일이었으나, 그렇다면 이번에 일어난 일과 그러한 사실을 연관 짓기가 더욱 곤란해졌다. 이번 일로 가장 큰 타격을 입을 세력은 검계가 아니라 노성에서 서무어들이는 수입이 완전히 막히게 된 관리들이기 때문이다.

강찬룡이 말했다.

"검계 내에 반란이 일어난 걸까요?"

참의 양세광의 말이 사실이라면 그렇게 해석할 수밖에 없었다. 표철주를 비롯한 검계의 우두머리 조직이 스스로 움직이면서 갖은 이득을 취하는 관료들에게 반기(反旗)를 든 것이라고. 재주는 곰이 부리고 이익은 왕서방이 취하는 구조 속에서 곰이 간략(幹略)을 꾸민 것이라고. 그러니까 장붕익의 거병은 표철주라는 놈이 꾸민 계획 속의 한 방편에 불과했던 것이다. 하지만 아무도 그 불편한 사실을 입 밖에 내지 않았다.

12

아직 드러나지 않은 어둠

1734년 여름

여의도 양말산의 전투에서 무관의 단도에 찔린 뒤로 기억이 없었다. 그 뒤로 며칠이 지났는지도 몰랐다. 점점 더워지는 날씨 속에서 시체로 가장하여 관에 누운 채 옮겨지는 것도 고역이었지만, 도성의 소식을 알 수 없는 것이 더욱 고통스러웠다.

관을 운반하는 자들은 양말산을 공격한 다음 날 훈련대장 장붕익이 군사를 움직이는 바람에 도성과 부근에서 검계가 운영하던 거의 모든 술집이 풍비박산 났다는 사실 외에는 아무것도 말해주지 않았다. 심지어 자신들이 누구인지조차 밝히지 않았다.

도성에서 난리가 났으니 지방의 검문이 강화될 터였다. 때문에 시체를 옮기는 관으로 위장한 것은 관리의 군졸의 검문을 피할 묘수였다.

이런 생각을 낸 자가 누구인가? 표철주인가? 이 모든 것이 그의 계획이었나?

밤이 깊어 사위가 어둠과 침묵에 싸인 뒤에야 이철경은 관에서 나올 수 있었다. 상처를 꿰매고 치료한 것을 보니 솜씨가 아주 좋은 의원이 손을 본 것이었다. 검계의 제일 윗자리를 차지하기 위해 갖가지 간악한 일에 앞장서며 코앞까지 다가갔건만 표철주의 무리한 지시로 인해 모든 것이 물거품이 되었다.

어둠 속에서 이철경이 자신을 호송하는 이들에게 말했다.

"한 가지만 물읍시다. 지금 나를 압송하는 거요?"

대답하지 않았다. 훈련이 아주 잘된 자들이었다.

"지금 어디로 가는 거요?"

역시 대답은 돌아오지 않았다.

관 속에 누워 있는 동안 나날이 기온이 올라가는 것으로 보아 남쪽으로 향하고 있었다. 아마도 북쪽으로 방향을 잡았다면 험한 산세를 타느라 자신을 호송하는 이들도 고생깨나 했을 것이다. 정신을 차린 뒤로 이틀이 지났으니, 못해도 경기도는 벗어났을 것 같았다.

그 다음 날 밤 다시 관이 열렸을 때 그동안 동행한 이들이 말했다.

"이 옷으로 갈아입고 등짐을 메십시오."

패랭이에 삼베옷, 게다가 등짐까지……. 영락없는 부상(負商)이었다.

옷을 갈아입고 나자 그들 중 한 사람이 말했다.

"이제 혼자 가십시오."

"어디로 가란 말이오? 고향으로 돌아갈 처지가 못 되오."

"울산도호부의 부사를 찾아가십시오. 미리 기별이 닿았을 테니 누군지 밝히면 은밀히 보아줄 것입니다."

그동안 수레꾼 노릇을 했던 두 사람은 왔던 길을 되짚어 갔다. 말투나 몸가짐, 행동거지로 보아 현직 무관이거나 무관 출신임이 틀림없었다. 도성에서 칠선객의 삼회주로 활동하면서도 관리들과는 그리 엮여본 적이 없는데, 이처럼 뒷배를 봐주는 관리가 있었다니 한편으로는 든든했다. 앞으로 어떤 일이 기다리고 있을 것인지 알 수 없었으나, 닥치는 대로 헤쳐 나가보자고 마음을 단단히 먹었다.

이철경은 밤하늘에 뜬 북두칠성을 벗 삼아 남쪽으로 향했다.

어전 회의에서 장붕익을 탄핵하라는 주청(奏請)이 빗발쳤다. 장붕익은 쉬지 않고 쏟아지는 비난 속에서도 눈썹 하나 까닥하지 않았으나, 듣기 싫은 대신들의 고성(高聲)을 견뎌야 할 임금의 처지를 생각하니 마음이 편치만은 않았다.

전날 밤 도승지 이제겸이 예의 그 패랭이를 쓴 채 장붕익의 집을 찾았다. 청지기는 이제 한밤중에 문을 두드리는 중인 차림의 사내가 귀한 객인 걸 알고는 곧장 그를 사랑으로 안내하고는 했다.

"참으로 큰일을 하셨습니다, 대감."

도승지가 치하했지만 장붕익은 꺼림칙한 기분을 지울 수 없었다. 비옥이 공격을 당해 좌별장과 무관들이 죽고 그에 대한 보복으로 자신이 군사를 일으킨 그 모든 일이 누가 치밀하게 계획한 대로 일어난 것이라는 의문이 시간이 갈수록 짙어졌다.

"도성의 검계를 다 놓쳤소이다. 이왕 이렇게 될 일, 조금 더 빨리 움직여야 했다는 후회가 막심하외다."

"그게 어디 쉬운 일입니까? 역풍이 닥칠 것을 각오하고 일을 벌이는 것은 아무나 할 수 있는 일이 아닙니다. 내 한 몸 산산이 부서지든 말든 굳건히 옳은 길을 가고 오로지 옳은 일을 하겠다는 건 사실 머리와 마음속에서나 일어나는 일 아닙니까? 대감이 아니었으면 꿈도 못 꿀 일이지요."

도승지의 말에 장붕익이 웃음을 지었다.

"역풍이 거세겠지요?"

장붕익의 말에 도승지는 일부러 과장되게 놀란 척하며 말했다.

"아니, 그걸 모르셨습니까?"

그러고서는 혼잣말을 덧붙였다.

"생각이 없으면 용감하다더니……."

두 사람은 잠시 낮게 웃음을 흘렸다.

장붕익이 물었다.

"주상께서는 이 일에 대해 무엇이라 하십니까?"

"장 대장 걱정이 많으십니다. 왕실의 재가도 없이 군사를 움직였으니 당장 파직하라는 대신들의 상소가 빗발치겠지요."

"전하께 전해주십시오. 신(臣)의 안위는 염려 마시고, 대신들의 상소가 빗발치거든 못 이기는 척 그들의 요구를 수용하시라고요."

"그렇지 않아도 그렇게 하실 겁니다."

장붕익이 이제겸의 얼굴을 보았다. 그러고는 고개를 끄덕였다. 도승지가 물었다.

"서운하십니까?"

"할 수 없지요."

여기까지가 지난밤 장붕익과 도승지가 나눈 대화의 전부였다.

자신에게 닥칠 일을 미리 아는 것만큼 마음 편한 일도 없었다. 십삼 년 전과 마찬가지로 검계와의 대결에서 끝을 보지 못한 것이 아쉬웠으나, 무관으로서 부끄럽지 않게 공직을 수행했으니 한편으로는 홀가분했다. 더군다나 손자 기룡과 앞으로 더 많은 시간을 보낼 수 있을 걸 생각하니 설레기까지 했다.

"경들은 들으시오!"

대신들의 악다구니를 견디고 있던 임금이 비로소 입을 열었다.

"도성을 수비하는 무장으로서 휘하의 군사들을 사전에 합의 없이 동원한 훈련대장 장붕익의 죄는 결코 작다고 볼 수 없소. 하여 내 경들의 청과 유생들의 상소를 수용하여 신 장붕익을 훈련대장에서 파직하오."

노론, 소론을 막론하고 문관이 앉은 쪽에서는 환호하는 기색이 역력했고, 무관이 앉은 쪽에서는 탄식이 새어나왔다. 문관들은 무관 장붕익이 백성들의 추앙을 받고 품계를 초월하여 조정에서 영향력을 발휘하는 것을 늘 못마땅하게 여기던 차였다. 반면에 무관들은 자기네의 상징적인 존재라 할 수 있는 그가 무너져 내리는 것에 불편한 마음이 컸다.

"허나 이번 일로 경들도 느끼는 바가 컸을 것이라 생각하오."

왕은 그렇게 말하고 나서 잠시 말을 끊은 뒤 좌중을 휘둘러보고는 말을 이었다.

"국법이 엄하고 과인의 명이 엄연히 살아 있는데도 불법이 자행되고 도성 안팎에서 밀주가 유통되는 것을 단죄한 이는 신 장붕익이 유일하오. 또한 형조의 고관이 사악한 무리와 결탁하여 질서를 어지럽히고 관가의 체면을 손상한 죄 또한 크다 할 것이오. 하여 휘하의 관리들을 제대로 감독하지 못한 형조 판서 이기호를 파직하고, 신 장붕익을 형조 판서로 천거하는 바이오."

이번에는 문관과 무관들이 정반대의 반응을 보였다.

아, 이것이었구나! 장붕익은 맞은편에 앉은 도승지를 흘겨보았다. 도승지는 애써 장붕익과 눈을 맞추지 않으려 방바닥만 내려다보았다. 장붕익은 자꾸 타인의 놀음에 놀아나는 것 같아 기분이 좋지만은 않았다.

훈련도감의 집무실로 들어선 장붕익은 서책들을 챙기기 시작했다. 집무실 바깥에서 그의 눈치를 살피던 금란방 관원들이 하나둘 집무실로 들어섰다.

강찬롱이 물었다.

"파직입니까?"

장붕익이 고개를 끄덕였다. 예상했다는 듯 강찬롱 역시 고개를 끄덕였다.

이규상이 고개를 숙이고 푸념했다.

"이제야 제대로 싸움이 시작되려는데, 여기서 그쳐야 하다니 참으로 아쉽습니다."

장붕익이 미소를 지었다.

"그렇지. 시작한 싸움은 끝을 봐야지."

관원들의 시선이 일제히 장붕익에게로 모였다.

"형조로 간다. 거기서 다시 시작한다."

관원들은 장붕익의 말을 얼른 알아듣지 못하고 멀뚱멀뚱 서로의 눈만 쳐다보았다. 비로소 말뜻을 알아차린 강찬룡이 조심스럽게 물었다.

"혹시 판서가 되시었습니까?"

장붕익이 고개를 끄덕였다.

관원들은 놀라움과 안도감이 뒤섞인 표정을 지었다.

등짐 속에 쓸 만한 물건들이 꽤 있어 그것들을 팔아치우면서 그동안 노숙과 걸식은 면했다. 수레꾼으로 가장한 무관들과 헤어진 지 이레 만에 울산도호부에 도착했다.

이철경은 일부러 부근의 주막에서 하루를 기거하고 아침 일찍 도호부 관아로 향했다. 당연히 나졸들이 막아섰다.

"무슨 일이냐?"

"도호부사를 뵈러 왔다."

나졸들이 콧방귀를 끼었다.

"네놈 꼬락서니로 부사 나리를 뵙겠다고? 방망이질을 당해봐야 정신을 차리겠느냐?"

"나중에 후회할 것이다."

"이놈이 말끝마다 '다다다다다' 장유유서는 똥구멍에 쑤셔 넣었느냐? 썩 꺼지지 못할까!"

그때 마침 김치태가 등청하다가 나졸들이 웬 부상과 옥신각신하는 모양을 보았다.

"무슨 일이냐?"

"아, 이 건방진 놈이 요 꼴을 하고 도호부사 나리를 뵙겠다고 떼를 쓰지 않습니까요?"

김치태는 이철경을 아래위로 훑어보았다. 차림새와 달리 두상이 반듯하고 눈매가 살아 있었다. 이철경 역시 김치태를 유심히 보았다. 이른 시각부터 등청한 걸 보면 꽤 부지런한 자였다. 중인이지만 옷감의 재질이 양반들이 쓰는 비단이나 진배없었다. 탐욕은 부지런하다. 이철경은 그가 어느 지방 관아에나 있는 모리배 아전임을 첫눈에 알아보았다.

"아전, 나를 물렸다가는 나중에 부사께 크게 경을 치를 것이네."

나졸이 보다 못해 육모 방망이를 위로 치켜들었다.

"이놈이 어느 안전이라고!"

김치태가 손동작으로 나졸을 저지했다. 보통내기가 아니었다. 나이는 이십 중반으로 보이나, 산전수전 다 겪은 노련함이 느껴졌다. 게다가 제아무리 정신이 나간 놈이라 해도 댓바람에 동헌에 찾아와 부사를 만나겠다며 관리들에게 하대를 하지는 않을 것이었다. 김치태는 안으로 들어서며 말했다.

"따라오라."

동헌으로 들어섰다. 김치태가 부사 홍영찬에게 아뢰었다.

"나리, 객이 찾아왔습니다요."

홍영찬은 간밤에 기녀를 끼고 놀다가 새벽에야 잠이 들었다. 김치태의 부름에 오만상을 찌푸리며 문을 열고 고개만 내밀었다. 김치태를 향해 눈을 부라리던 부사는 옆에 선 약관의 젊은이 쪽으로 눈길을 돌렸다.

"누구냐?"

이철경이 대답했다.

"이철경이라 하오."

잠시 머릿속을 헤집던 홍영찬이 뒤늦게 이름을 기억해내고는 서둘러 몸을 일으켰다.

역시 예상대로 보통 인물이 아니었다. 지방관이기는 하나 종삼품인 도호부사가 쉽게 대하지 못하는 인물이라면, 가능성은 한 가지밖에 없었다. 도성 권세 있는 가문의 자제다! 도성에서 사고를 치고 상황이 가라앉을 때까지 지방에서 머물며 자숙(自肅)하는 시간을 가지는 것이 분명했다. 그동안 조정 대신과 연줄이 닿지 않아 안달이었던 김치태로서는 좋은 기회였다.

"이것을 받게."

부사가 방에서 나와 갓과 의복을 김치태에게 건넸다.

"일단 행랑으로 모시고, 오늘 저녁 술상을 준비하라."

김치태는 이철경을 내아의 행랑으로 안내하고 의복과 갓을 안으로 들이민 뒤 조용히 기다렸다. 잠시 뒤 의관을 갖춘 이철경이 행랑을 나섰다. 그새 신수가 훤해져 있었다. 김치태가 따라붙었다.

"울산도호부에는 얼마나 계실 예정입니까?"

이철경이 관아의 내부를 돌아보며 대답했다.

"나도 모르겠네. 위에서 부를 때까지 기다릴 수밖에."

그러고서 이철경은 관내(官內)를 가로질러 부사를 만나기 위해 걸음을 옮겼다.

부사와 이야기를 나눈 뒤 이철경은 외출을 했다. 동리를 둘러보며 이철경은 감탄했다. 북으로는 산이 자리 잡고 있고 남으로는 평야가 너르게 펼쳐져 있으며, 그 너머로 강이 흐르는 배산임수의 명당이었다. 그가 나고 자라 어린 시절을 보낸 나주와 지형이 꼭 닮아 마음에 들었다.

그는 동리를 흐느적흐느적 걸으며 조금 전 부사와 나눈 대화를 곱씹었다.

"나를 부사께 소개한 이가 누구입니까?"

"글쎄, 경상 감영(慶尙監營)의 병마절제사 박윤후 대감께서 일러주었으나, 그게 원하는 답은 아닐게요."

그랬다. 처음 듣는 이름이었다. 병마절제사 그 위의 단계가 있었다. 하지만 부사를 통해서는 알 수가 없었다.

"나를 무엇이라 소개하더이까?"

"그것은 내가 더 궁금하오. 그냥 울산에 있는 동안 잘 뫼시라는 분부만 접했소."

표철주의 사주로 금란방의 비옥을 공격한 뒤로 일어난 모든 일들이 수수께끼였다. 하지만 다행인 것은 그 난리통에도 자신은 죽지 않았고, 오히려 누군가의 비호 속에 당분간 호의호식하게 되었다는 사실이었다.

그날 저녁 김치태가 마련한 술자리가 열렸다. 관아의 관리나 지역에서 행세깨나 하는 치들과 어울리는 것은 이철경의 성정에 맞지 않았으나, 그들의 대접을 물리칠 수는 없었다. 이철경은 술을 즐기는 편은 아니었지만 주는 술을 마다하지도 않았다. 적당히 받고 적당히 응대하면서 밤이 깊으면 빠져나갈 궁리만 했다. 어차피 저희들 좋아서 마련한 자리일 테니 그게 결례(缺禮)는 아닐 것이었다.

술이 몇 순배 돈 뒤에 이제 슬슬 자리를 뜨기 위해 엉덩이를 들썩이는데, 부사 홍영찬이 말석에 앉은 김치태에게 말했다.

"여봐라, 이방. 아직 그 술이 남아 있느냐?"

김치태는 아끼고 아낀 산곡주 두 병을 도성 세도가의 자제를 위해 내놓았다.

"그러문입쇼."

지역 유지들의 눈이 커졌다.

"이것은 산곡주가 아닌가?"

김치태가 대답했다.

"제가 정말 귀한 손님이 오면 드리려고 아껴둔 것입니다요. 이제 딱 이것밖에 없습니다."

홍영찬이 일부러 시샘하는 척하며 말했다.

"아니, 전에 내가 내놓으라고 할 때는 딱 잡아떼더니, 이 처사(處士)한테는 아끼지를 않는구나."

그러고는 이철경에게 생색을 내며 말했다.

"이서 참 귀한 술이오. 일년 안빈 맛을 보시오."

이철경은 이 잔을 마지막으로 일어서야겠다고 마음을 먹으면서 술을 입에 털어 넣었다. 그는 순간적으로 멈칫했다. 이른 나이에 검계에 들어 여러 지방과 고을을 돌아다니며 갖은 술을 맛보았으나 이런 술은 처음 이었다. 신맛과 단맛, 쓴맛이 절묘하게 조화를 이루고, 혀끝에 닿는 감 촉은 부드럽기 그지없었다. 이 술자리에서 먹은 술이 죄다 확 달아날 정 도로 충격적이었다.

이철경이 혀와 입 안에 남은 술을 음미하면서 생각에 잠겨 있는 동안 부사와 유지들, 아전, 기녀들은 그의 반응을 기대하며 시선을 모았다. 이철경은 저도 모르게 부사를 향해 잔을 내밀었다. 그 모양이 재미있는 듯 술자리의 좌중이 크게 웃음을 터뜨렸다.

"내 그럴 줄 알았소! 우리 고장의 산곡주야말로 술 중의 술이고, 약 중의 약이로다!"

이철경은 사람들의 너스레는 무시한 채 다시 한 번 혀에 술을 적 셨다. 부사의 말은 하나도 틀린 데가 없었다. 술을 넘길수록 정신이 명 료해지는 것이 과연 진정한 약주(藥酒)였다.

"이것이 무슨 술이오?"

김치태가 대답했다.

"이곳의 백선당이라고 하는 술도가에서 대대로 빚어온 술입니다. 진 상(進上)을 하기에도 손색이 없는 물건입죠."

이철경은 왕이 마시는 술이 어떤 것인지 몰랐다. 하지만 세상의 술이 란 질과 맛의 높낮이가 있으나 이토록 모든 것을 뛰어넘는 술을 접한 적 이 없었다. 가히 진시황에게 내놓기에도 부끄럽지 않은 술이었다.

"백선당이라는 데가 이 근방에 있소?"

"예, 그렇기는 합니다만……."

"위치가 어딘지 알려주게. 내 내일 당장 찾아가봐야겠네."

김치태가 난처한 기색을 보였다. 그 모습을 보고 이철경이 물었다.

"왜 그러는가?"

"알려드릴 수는 있으나, 더 이상 그곳에서는 산곡주를 만들지 않습니다."

"대(代)가 끊긴 건가?"

"그게 아니옵고, 그곳 술도가의 장인이 꽉 막힌 인간이라 금주령이 해제되기 전에는 산곡주를 만들지 않겠다고 고집을 부립니다."

"어허!"

이철경은 저도 모르게 탄식을 내뱉었다. 이토록 귀한 술을 만들지 않는다니. 특히나 술이 귀한 시절에 유통할 수 있다면 도성의 밀주 상권을 장악하는 일은 시간문제였다.

"글쎄, 두고 보지!"

그렇게 말하고 이철경은 부사를 향해 다시 잔을 내밀었다.

형조 참판 황조일은 신임 판서인 장붕익이 자신의 정체를 빤히 알 텐데도 건거하지 않는 것이 의뭉스러웠다. 가장 바라는 상황은 참이이 입에서 자신의 이름이 나오지 않은 것이었다.

하지만 그럴 리 없었다. 듣기로 장붕익의 심문은 잔혹하기 짝이 없어서 없는 죄도 불게 만든다는 악명이 자자했다. 양세광이 그처럼 혹독한 시간을 견뎌냈으리라고는 상상하기 힘들었다. 그런데도 그때나 이때나 금란방은 전혀 움직임을 보이지 않았고, 신임 판서 장붕익 역시 그 일에 대해서 일언반구도 없었다.

하지만 그가 형조에 남아 있을 수는 없었다. 도성이 쑥대밭이 된 덕분에 당분간 검계 조직의 연락이나 청탁이 없을 것은 다행이나 장붕익 아래에 있으면서 그의 눈을 속이기란 불가능한 일이었다. 그래서 그는 전임 판서 이기호와의 의리를 내세워 스스로 물러날 생각을 품고 사직서를 들고서 장붕익의 방을 찾았다.

"대감, 참판입니다. 잠시 뵙겠습니다."

"들어오게."

황조일은 말없이 들고 있던 사직서를 장붕익 앞에 내밀었다. 장붕익이 물었다.

"이것이 무엇인가?"

"전임 판서이신 이기호 대감께서 파직을 당하신 일에는 형조의 관리들을 제대로 간수하지 못한 저의 책임도 큽니다. 그래서 사직을 청할까 합니다."

장붕익은 잠시 사직서를 내려다보고 있다가 입을 열었다.

"금란방의 비밀 옥사에서 형조 참의 양세광과 참 많은 이야기를 나누었네. 그자가 귀에 솔깃한 이야기를 많이 해주더군."

황조일은 그대로 얼어붙고 말았다. 장붕익이 말했다.

"내가 그리 쉽게 놓아줄 줄 알았는가?"

호랑이굴에 스스로 뛰어든 격이었다. 장붕익이 내막을 다 알면서도 그동안 자신을 지켜보기만 했을 것이라고 생각하니 등골이 오싹했다. 또 무엇을 알고 있을까? 참의가 사라진 뒤로 행동거지를 각별히 조심했 건만 혹시 실수로 드러낸 것이 있지는 않을까?

"그래서 참판에게 기회를 줄까 하네."

장붕익의 제안은 결코 수용할 수 없는 것이었다. 그의 뜻에 따랐다가 는 참의 양세광이 당한 것보다 훨씬 더 무서운 일을 당할지도 몰랐다.

"저더러 밀정 노릇을 하란 말씀이십니까? 그럴 수 없습니다. 그럴 수 없다는 걸 잘 아시지 않으십니까?"

"나보다 그들이 더 무서운가? 지금 당장 참판을 옥에 가두고 내가 직 접 문초할 수도 있다. 하지만 참판이 영리하게 행동하면 내가 지켜줄 것 이다."

장붕익은 앞에 놓인 사직서를 황조일 쪽으로 밀었다.

"가져가게."

황조일은 이러지도 못하고 저러지도 못한 채 떨고 있다가 사직서를 집어 방을 나섰다.

장붕익은 황조일이 나간 뒤 이제는 형조 참의가 된 강찬룡을 찾았다.

"앞으로 며칠 동안 참판의 뒤를 밀착해서 밟게나. 분명 누군가를 만 날 것일세."

강찬룡이 대답했다.

"알겠습니다, 대감."

방을 나서려던 강찬룡이 멈추더니 장붕익을 돌아보았다.

"그나저나 대감, 금란방의 인원을 충원해야 하지 않겠습니까?"

장붕익이 고개를 끄덕였다.

"나도 그 생각을 하고 있네만 마땅한 사람을 찾을 수가 없네."

"의금부도사 연정흠을 합류시키는 것은 어떻습니까?"

"나도 그 생각을 했네만, 도사는 의금부에 그대로 두는 것이 좋아. 지금처럼 은밀하게 우리를 돕는 것이 도사의 역할이네."

"알겠습니다, 대감."

두어 달 전 장붕익과 강찬룡은 의금부도사 연정흠을 이조로 배속하여 그곳의 돌아가는 상황을 살피도록 할 계획을 세운 적이 있었다. 하지만 깊은 고심 끝에 장붕익은 뜻을 거두었다. 장붕익에게 연정흠은 숨겨둔 마지막 패나 마찬가지였다. 언젠가 가장 긴요한 순간에 써먹어야 할 패를 미리 꺼내 보일 필요는 없다는 것이 장붕익의 마지막 결론이었다.

형조 종사관 이학송은 엿을 파는 행상으로 가장하고 참판의 집으로 향하는 길목을 지켰다. 퇴청 시간에 이르러 육의전과 육조 거리를 어슬렁거리는 동안 실제로 엿판에 놓은 엿을 몇 개 팔기까지 했다.

참판은 비교적 미행하기 쉬운 상대였다. 등청 시간과 퇴청 시간이 자로 잰 듯 일정하고 주변을 꼼꼼히 살피는 성향이 아니어서 크게 주의를 요하지 않았다. 움직이는 동선이 단순한 덕분에 잠깐 시선에서 놓쳤다가도 이내 속도를 붙이면 금세 따라붙을 수 있었다.

그렇게 사흘 동안 뒤를 밟았으나 별다른 사건이 없었다. 퇴청해서는 곧장 귀가하여 집에서 꼼짝하지 않았다. 이학송은 혹시라도 집에 다른 개구멍이 있나 싶어 샅샅이 살펴보았으나 그런 것은 보이지 않았다.

미행한 지 나흘째 되는 날이었다. 오늘도 지루한 잠복과 미행이 이어지나 싶었는데, 그날 황조일은 퇴청하자마자 육의전 쪽으로 방향을 잡았다. 가끔씩 뒤를 돌아보며 따라붙은 사람이 없는지 확인하는 모양새가 어딘지 켕기는 일을 하러 가는 티가 확 났다.

황조일은 숭례문을 지나 목멱산으로 방향을 잡았다. 그 길을 곧장 따라가면 홍화정이 나왔다. 이 시급한 상황에 밀주를 즐기려고 홍화정으로 가는 것은 아닐 것이었다. 아닌 게 아니라 전에 장붕익이 도성의 술집을 소탕한 이후로 홍화정에는 개미 한 마리 얼씬거리지 않았다. 분명 누군가의 부름을 받고 사람의 눈길이 닿지 않는 은밀한 곳으로 향하는 것이었다.

이학송의 예상대로 홍화정에 이른 황조일은 비교적 야트막한 담을 넘어 안으로 들어갔다. 이학송은 홍화정 건너편의 수풀에 몸을 숨긴 채 주변을 살폈다.

여름의 긴 해가 기울고 사방이 붉게 물들었다. 홍화정 안에서는 인기척이 전혀 느껴지지 않았다. 하루의 일을 끝내고 부근에 드문드문 자리 잡은 민가로 향하는 이들이 띄엄띄엄 지나다닐 뿐이었다. 그것마저도 어둠이 내린 뒤로는 뚝 끊겼다. 풀벌레 우는 소리만 요란했다. 이학송은 조금 더 기다렸다가 홍화정의 담에 올랐다. 몸을 엎드린 채 귀를 세웠으나 아무 소리도 들려오지 않았다. 분명 황조일이 안으로 들어갔으나, 사람의 기척이 전혀 느껴지지 않았다 순간, 비릿한 냄새가 코끝을 스쳤다.

'피다!'

이학송은 담에서 뛰어내려 단검을 뽑았다. 그는 피비린내가 나는 쪽으로 조심스럽게 다가갔다. 두 구의 시체가 바닥에 엎어져 있었다. 옷차림과 생김새로 보아 한 사람은 황조일이었고, 다른 한 사람은 누구인지 파악할 수가 없었다. 이학송은 숨소리를 죽인 채 주변을 둘러보았다. 황조일과 의문의 남자가 비명조차 지르지 못하고 단칼에 목숨이 끊겼다는 사실은 살인범의 칼솜씨가 매우 뛰어나다는 점을 말해주었다.

이학송은 홍화정을 나와 숭례문을 향해 달렸다. 가장 먼저 만난 포졸에게 호패(號牌)를 보인 뒤 홍화정에 두 구의 시체가 있음을 알렸다. 그러고는 곧장 형조로 향했다. 장봉익과 강찬룡, 나경환, 이규상이 한 방에 모여 그를 기다리고 있었다.

"황조일이 당했습니다. 솜씨가 매우 뛰어난 자입니다."

장봉익은 번을 서고 있는 좌랑으로 하여금 포도청에 알리도록 하고, 곧장 홍화정으로 말을 달렸다. 나머지 네 사람이 뒤를 따랐다. 홍화정에 이르러 횃불에 불을 붙이고 안으로 들어섰다. 이학송의 말대로 두 구의 시체가 엎어져 있었다. 한 사람은 황조일이고, 다른 한 사람은 얼마 전에 형조 판서에서 파직된 이기호였다. 장봉익은 어둠에 잠겨 있는 목멱산을 노려보았다. 혹시 자객들이 아직 그곳에 몸을 숨기고 있다면, 횃불 아래에서 일렁거리는 장봉익의 눈동자를 보았을 것이다.

이철경은 도호부의 아전이 일러준 대로 너른 평야가 펼쳐진 마을 끝에서 계곡을 향해 올랐다. 아전 김치태가 동행하고자 했으나, 물리쳤다.

계곡으로 향하는 길이 잘 닦여 있었다. 아마도 술을 옮기기 위해 닦아놓은 듯했다. 위로 오를수록 울산도호부 약사동의 풍경이 점점 더 넓게 다가왔다. 햇빛을 받아 은결이 부서지는 태화강이 참으로 탐스러웠다. 그는 일부러 길가의 물이 흐르는 곳으로 내려가 손으로 떠서 물을 들이켰다. 물맛이 참 좋았다. 이처럼 좋은 물로 술을 빚으니, 술맛 역시 좋을 수밖에 없을 것이라 생각했다.

백선당 대문 앞에 이르렀다. 위쪽으로 산의 굴곡을 타고 숲이 이어져 있었다. 과거 글공부에 뜻을 두었던 때라면 이런 곳에 서원을 지을 계획을 세웠을 것이었다.

"계시는가?"

곧 문이 열리고 병술이 고개를 내밀었다. 상대의 옷차림으로 양반임을 알아보고는 밖으로 나서서 허리를 숙였다.

"어떻게 오셨습니까?"

"당주를 만나러 왔네. 안에 계시는가?"

"뉘신지 여쭈어도 되겠습니까요?"

"도호부 관아에 머무는 객인데, 볼일이 있어 찾아왔다 여쭈시게."

순간 병술은 움찔했다. 갑술과 양일엽이 장형을 당하는 걸 본 이후로 병술은 관아 소리만 들어도 경기를 일으켰다. 눈매가 매서운 이철경은 상대가 움츠러드는 것을 간파했다. 관아의 관리들과 악연이 있는 듯했다.

"안으로 드시지요."

대문 안으로 들어서자 널찍한 마당이 나타났다. 집이라고 할 수도 있고 작업장이라고 할 수도 있는 그런 곳이었다. 병술이 마당 왼편에 있는 집을 향해 일렀다.

"당주 어른, 손님이 오셨습니다요."

문이 열리고 밖으로 나선 사람은 이철경의 예상을 빗나갔다. 고집스러운 초로(初老)의 노인네가 나타날 줄 알았는데, 뜻밖에도 자신과 비슷한 또래의 젊은이였다.

밖으로 나선 사람은 상규였다. 그는 마당으로 내려와 허리를 숙여 보였다.

"지금 아버님께서 몹시 편찮으셔서 뵙기 어려울 듯합니다. 송구합니다."

"어허, 이럴 수가. 당주께서 연로하시오?"

병술이 얼른 끼어들었다.

"당주 어르신께선 무척 정정하셨으나, 지난봄에 억울한 일로 도호부 동헌에서 장 열 대를 맞으신 뒤로 많이 약해지셨습니다요."

병술이 보기에 이철경의 인상이 그리 나쁘지 않은 듯했다. 그는 부사와 아전에게 맺힌 것이 많았다. 이 기회에 그들의 폭정을 일러바치겠다는 심정으로 그리 말한 것이었다.

이철경은 보지 않아도 모든 것을 알 수 있었다. 익히 알고 있는 상황이고, 익히 겪어온 장면이었다. 지난밤 부사와 아전이 보인 품행으로 보건대 부민 중에 억울한 일을 당한 사람이 많을 것 같았다.

"나라의 녹을 먹는 자들이 백성의 안위를 챙기기보다는 제 뱃속을 채우는 일에만 급급하니, 참으로 걱정이군. 함경도부터 경상도까지 조선 팔도에 탐관들의 폭정에 상처받지 않은 이가 없다 들었어."

"지당하신 말씀입니다요."

병술이 넙죽넙죽 맞장구를 치자, 상규는 눈짓으로 그를 책망했다. 그 역시 부사와 아전에게 한이 맺히기로는 병술에게 뒤지지 않았으나, 처음 보는 사람 앞에서 남을 욕보이는 것은 옳지 않은 처사였다.

"아재는 그만 가서 일 보십시오."

병술이 쭈뼛거리다가 아쉬운 뒤끝을 남긴 채 물러갔다. 이철경이 상규를 보며 말했다.

"저이를 너무 탓하지 마시오. 얼마나 맺힌 게 많으면 처음 보는 객에게 한풀이를 하겠소?"

"송구합니다."

"좀 앉아도 되겠소?"

"그러십시오."

이철경이 마루에 엉덩이를 대었다. 상규는 객의 용건을 몰라 상대하기가 어려웠다.

"나는 도호부 관아에 머물며 밥을 축내고 있는 이철경이라 하오. 실은 어제 도호부의 아전이 내게 술을 대접하더이다. 나는 술을 마다하지 않으나 술자리를 즐기는 편은 아니오. 그래서 그만 일어설까 궁리하던 중에 아전이 산곡주라는 술을 내놓았소. 그 술을 마시지 않고 일찍 자리를 떴더라면 내 평생 후회했을 거요. 아전에게 물으니, 백선당의 당주께서 빚는 술이라더군. 그래서 이렇게 찾아온 것이오."

상규가 머리를 조아리며 대답했다.

"아버님은 국법을 어기지 못하는 분입니다. 금주령이 내린 이후로 술도가를 폐쇄했습니다. 지금은 소작을 주고 가마에서 도자(陶瓷)를 구우며 연명하고 있습니다."

이철경이 말했다.

"금주령이 내렸다고는 하나 세상 구석구석에서 다들 홀짝거리지 않소이까? 내 어제도 관리로부터 술대접을 받았는데, 이곳에 오니 갑자기 부끄러워지오."

"송구합니다."

"탓하자고 한 말이 아니오. 그나저나 술을 빚어 팔면 큰 재물을 얻을 터인데, 당주께서는 그런 것에 관심이 없으시오?"

"물욕이 없으시나 식솔들을 굶기지는 않습니다. 게다가 지금은 아버님께서 몹시 편찮으셔서 금주령이 해제되어도 다시 산곡주를 만들 수 있으실지 의문입니다."

"어허!"

진심으로 흘러나온 탄식이었다. 이철경은 산곡주의 대가 끊길까 조바심이 났다.

"소당주는 산곡주를 만들 줄 모르오?"

"아직 아버님의 실력에 한참 못 미칩니다."

"만들 수는 있다는 말 아니오?"

상규는 답하지 않았다. 이철경은 상규의 얼굴을 살피다가 말을 이었다.

"그럼 마지막 하나만 더 묻겠소. 산곡주를 만드는 재료가 무엇이오?"

상규와 이철경 사이에 긴장감이 점점 고조되었다. 말할 수 없는 자와 알아내려는 자 사이의 보이지 않는 기 싸움이 팽팽했으나, 기세는 이철경이 우위에 있었다. 사람도 죽여본 그였다. 촌구석의 무지렁이 요리하는 것쯤 일도 아니었다. 아직 기회는 많았다.

이철경이 자리에서 일어섰다.

"이야기 즐거웠소."

상규는 저도 모르게 한숨을 내쉬었다.

"내 또 오리다."

이철경이 대문을 넘은 뒤에도 상규는 그가 사라진 문 쪽에서 눈을 떼지 못했다. 그의 예리한 직감이 김치태나 부사보다 더 위험한 자가 나타났음을 말하고 있었다.

"내가 이런 촌구석에서 썩을 위인으로 보이느냐?"

김치태

13

잘못 휘두른 칼

1734년 늦여름

전임 형조 판서 이기호와 참판 황조일이 홍화
정에서 피살된 일은 누군가 두 사람의 입막음을 하기 위한 것으로 판단
할 수밖에 없었다. 장붕익이 훈련도감의 군사들을 동원하여 도성 안팎
에서 밀주를 유통하는 근거지들을 모두 뿌리 뽑기는 했지만, 검계 조직
은 잠시 도성을 떠나 있을 뿐이었고 그들과 결탁했던 관리들도 각 관아
의 곳곳에 도사리고 있었다. 장붕익은 자신이 너무 느긋하게 일을 처리
했던 것이 아닌가 자책했다.

하지만 거기에는 나름 이유가 있었다. 이런 일이 있을 때마다 결국
몸통의 실체는 드러나지 않은 채 꼬리를 자르는 식으로 흐지부지되고는
했다. 십삼 년 전에도 그랬다. 검계의 우두머리인 표철주를 검거하기 직

전에 놓치기는 했으나, 도성 안의 검계 조직원을 소탕하는 일은 성공적이었다. 그리고 검계 조직원의 진술을 바탕으로 검계와 결탁한 관리들을 색출하는 작업에 들어갔다. 당시 임금이었던 경종은 포도대장 장붕익의 수사를 적극적으로 지원했다. 그런데도 끝내 관리 세력의 가장 윗선을 파악하는 데에는 실패했다. 내외술집과 선술집에서 금품이나 향응을 받고 금주령을 단속하지 않았던 하급 관리와, 검계로부터 뒷돈을 받아 챙긴 정사품 이하의 관리 열 명 정도를 벌하는 데 그쳤다. 분명 윗선이 더 있는 것으로 파악되었으나, 결국 당상관 이상의 문관들은 코털 하나 건드리지 못하고 종결되었다. 무엇보다도 압박이 거셌다. 육조의 경력, 참정(僉正), 정랑들은 하수인에 불과해서 더 캐낼 것이 없었다. 검거된 관리 중에 가장 품계가 높았던 의정부의 사인(舍人)과 사헌부의 장령(掌令)은 끝내 함구하다가 무언가를 더 알아내기도 전에 귀양길에 올랐다. 조정의 대신들은 포도대장 장붕익이 금주령을 빌미로 전횡을 일삼으며 죄인들을 가혹하게 다스리고 공포 분위기를 조장한다며 연일 상소하고 탄핵했다. 결국 경종 임금도 두 손을 들고 말았다. 도성에서 밀주를 유통하는 무리를 몰아내는 데 혁혁한 공을 세웠다고 장붕익을 치하하면서 포도대장이던 그를 훈련대장으로 전보(轉補)했던 것이다. 한마디로 그쯤에서 손을 떼라는 뜻이었다. 그렇게 십삼 년 전 검계와의 대결은 끝을 보지 못하고 마무리되었다.

하지만 장붕익의 고난은 그때부터가 시작이었다. 경종이 갑자기 세상을 떠나고 현왕이 보위(寶位)에 오른 뒤 삼 년째였던 정미년(丁未年, 1727년), 그는 파당(派黨, 뜻을 같이하는 사람들과 세력을 형성함)을 했다는 죄를 뒤집어쓰고 파직을 당해야 했다. 비록 노론에 속하기는 했으나 무관으로서 중립을 지키기 위해 항상 정치 세력과 일정한 거리를 두었던 그로서는 뜻밖의 모함이었고, 뜻밖의 흉사(凶事)였다. 조정의 무관들이 장붕익의 무고함을 주청했으나, 문관들에게 미운 털이 박힌 그는 구명되지 못했다. 만약 역신(逆臣) 이인좌가 난리를 일으키지 않았다면 불세출의 무장 장붕익은 그대로 초야에 묻힌 채 생을 마감해야 했을지도 모른다.

경종 2년(1721년), 현재의 왕인 연잉군을 세제(世弟)로 책봉하는 문제를 두고 노론과 소론 대신들은 극심하게 대립했다. 선왕인 숙종 시절, 노론은 사약을 받고 죽은 희빈 장씨의 자제인 이윤(경종)이 왕위에 오를 경우 연산군과 같은 폭군이 재림할지도 모른다고 상소하며 이윤을 폐세자할 것을 강력하게 권하는 동시에 연잉군을 세자로 책봉하기 위해 움직였다. 이에 소론은 이윤을 보위하며 맞섰다. 그러던 중 숙종이 후사를 결정하지 못하고 승하하자, 세자 이윤은 왕실의 법도에 따라 왕위를 계승했다. 노론의 입지가 확 졸아들 수밖에 없었다.

다행히 경종은 성정이 포악한 사람이 아니었다. 만약 경종에게 그런 구석이 조금이라도 있었다면 노론은 몸을 사렸을 것이다. 하지만 경종의 인품이 부드럽고 몸조차 성치 않자 노론은 연잉군을 세제로 책봉하는 일을 서둘렀을 뿐 아니라 왕에게 대놓고 세제의 대리청정을 주장했다. 그러나 이 과정에서 소론으로부터 노론의 사대신(四大臣)이 역모를 꾀한다는 역풍을 맞고 말았다. 이 일이 계묘년(癸卯年, 1723년)에 일어난 신임사화(辛壬士禍)다. 신임사화로 인해 오랫동안 노론 세력에 억

눌려 지냈던 소론은 비로소 정권을 잡고 득세하게 되었다.

하지만 소론의 영화(榮華)는 오래가지 못했다. 경종이 왕위에 오른 지 채 사 년을 채우지 못하고 급사하자 연잉군이 왕위에 올랐다. 다시 노론이 득세하면서 소론은 권력에서 밀려나고 말았다. 이에 소론의 급진파였던 이인좌는 무신년(戊申年, 1728년)에 정희량, 박필현 등과 함께 밀풍군 이탄을 왕으로 추대하며 난리를 일으켰다. 반란군의 기세가 거셌다. 청주를 함락한 반란군은 한양으로 방향을 잡았다. 뿐만 아니라 평안도 관찰사(觀察使) 이사성도 군사를 일으켰다. 한양은 남에서 올라오고 북에서 내려오는 반란군에 포위될 지경에 이르렀다.

이때 조정 대신들은 파직당하여 칩거하고 있던 장붕익에게 손을 내밀었다. 그를 한성부 좌윤(左尹)에 임명하여 북한산성을 방어하도록 했다. 장붕익은 자신을 내친 노론 대신들의 손을 잡는 것이 내키지 않았으나, 무관의 한 사람으로서 반란 세력을 제거하는 일에 나서지 않을 수 없었다. 그는 북쪽에서 내려오는 반란군을 격파하고 주모자인 이사성을 체포하는 공을 세웠다. 이어 총융청의 으뜸 벼슬인 총융사(摠戎使)에 제수된 장붕익은 군사를 이끌고 수원으로 진군하여 난리의 잔당들을 토벌하였다. 이로써 난리는 잠들었다.

장붕익은 난리를 평정하며 다시 무관으로서의 소임을 다할 수 있게 되었으나, 그때를 생각하면 지금도 가슴이 미어졌다. 당시 그가 체포한 반란군의 주모자 중 한 사람인 이사성은 비록 반란에 가담하여 역신이 되었으나, 함경도와 평안도 일대에서 국경을 철통같이 방어하였을 뿐 아니라 선정을 베풀어 백성의 칭송을 듣던 훌륭한 관리였다. 조정에서 이전투구나 일삼고 이익과 권력만 좇는 고관대작들에 비하면 참으로 나라와 백성이 필요로 하는 정치인이었다. 분명 의로운 뜻이 있어 반란에 가담했을 것이다. 그런 인물을 권신들의 편에 서서 체포한 당사자가 장붕익 자신이었다. 왕실을 보호한다는 명분이 있었고 무관으로서 당연히 해야 할 일이었으나, 그때의 일은 두고두고 장붕익의 가슴에 응어리로 남았다. 과연 옳은 길을 간다는 것이 무엇인지 회의가 밀려왔다. 이사성은 서울로 압송되어 왕의 친국(親鞫)을 거친 뒤 참형되었다. 더욱 안타까운 일은 이사성의 자식과 부인도 같은 운명을 맞았다는 사실이다. 당시 한양에서 공부하던 이사성의 나이 어린 동생은 종적을 감추었다. 한동안 달아난 이사성의 동생을 찾는 일에 관원들이 동원되었으나, 시간이 지나면서 그 일은 미결(未決)로 종결되었다.

지난 시간을 반추하는 장붕익의 얼굴에 수심이 가득했다. 십삼 년 전과 같은 일이 되풀이되고 있었다. 이번에는 당상관인 참판 황조일의 혐의를 포착하여 더욱 깊이 들어갈 수 있을 것이라고 기대했다. 그런데 황조일은 그의 입을 두려워한 이들에 의해 불귀의 객이 되고 말았다. 전임 판서 이기호까지 같은 장소에서 같은 일을 당했다는 사실은 이기호 역시 검계의 일에 가담했을 가능성을 증명하고 있었다. 정이품의 고위직인 판서까지 연루되었고, 그 역시 누군가 움직이는 장기판의 말에 지나지 않았다는 사실은 정이품 그 이상까지 검계의 세력이 뻗어 있음을 말해주었다. 장붕익은 어전 회의에서 맞닥뜨리고는 하는 조정 대신들의 얼굴을 하나하나 떠올렸다. 그들 중 상당수가 검계와 관련이 있을 것이다. 조정에서는 나라의 안위를 위하답시고 큰소리를 치면서 자신에게 이로운 쪽으로 정책을 유도하고, 뒤에서는 범죄자들과 결탁하여 제 배를 불리고 있는 것이다. 장붕익은 이번만큼은 적당한 선에서 일이 흐지부지되지 않도록 반드시 끝을 보리라 다짐했다.

장붕익은 관복을 갖추어 입을 때마다 영 맞지 않는 옷을 입은 것처럼 어색하고 불편했다. 입궐한 뒤 그는 왕을 배알하기 위해 희정당(熙政堂) 앞에서 대기했다. 양쪽으로 왕을 호위하는 무관인 별군직(別軍職) 네 명이 도열해 있었다. 장붕익은 궐내(闕內)를 돌아보는 척하면서 곁에 서 있는 젊은 무관들을 일별하였다. 그러던 중 오른쪽 뒷줄에 선 무관과 눈이 마주쳤다. 있어서는 안 되는 일이었다. 궐내의 무관들은 시선 하나도 사사로이 던져서는 안 되었다. 무관도 그러한 사실이 마음에 걸렸는지 장붕익과 시선이 마주치자 당황해하며 보일 듯 말 듯 머리를 조아렸다. 장붕익은 너그러운 웃음을 지어 보이고 고개를 돌렸다.

하나같이 총기가 넘쳤다. 자신이 나이가 들고 품계가 높아 젊은 군사들과 교유할 수 없음이 안타까웠다. 금란방에 저처럼 젊고 총기가 넘치는 무관들이 배속된다면 일을 하기가 한층 수월할 것이라는 생각이 들었다.

희정당 밖으로 내시 한 사람이 나서서 고갯짓을 했다. 그러자 장붕익 앞에 서 있던 내시가 길게 소리를 뽑았다.

"신 형조 판서 장붕익이 주상 전하를 뵙기를 청하옵니다."

희정당의 문이 열렸다. 장붕익은 내시가 안내하는 대로 발걸음을 옮겨 희정당으로 올라섰다. 왕이 탁자 뒤에 자리를 잡고 있었고, 도승지 이제겸이 바로 곁에 서 있었다. 그리고 실내의 네 군데 모서리에 중금군으로 보이는 무관 두 명과 별군직으로 보이는 무관 두 명이 각각 검을 찬 채 서 있었다.

장붕익이 절을 올렸다.

"신 형조 판서 장붕익이 주상 전하를 알현하옵니다."

왕이 말했다.

"오시느라 고생하셨소. 과인이 판서에게 궁금한 것이 많아 불렀소이다."

그러고 나서 알아서 들으라는 듯 왕이 자신의 어깻죽지에 대고 말했다.

"판서와 긴한 이야기가 있으니 모두 자리를 피해 주시게."

도승지와 중금, 별군직은 그 자리를 지켰고, 내시와 궁녀들은 잰걸음으로 총총거리며 자리를 떴다.

"전임 형조 판서 이기호와 형조 참판 황조일이 변을 당했다 들었소."

왕의 말에 장붕익이 대답했다.

"그러하옵니다. 모종의 장소에서 자객의 칼에 목이 베였나이다."

"더 자세히 말해보시오."

장붕익은 잠시 사이를 두고 입을 열었다.

"참판 황조일은 밀주를 유통한 도성의 검계 무리와 연루된 혐의가 있어 금란방이 계속 주시하고 있던 참이었습니다. 이틀 전 황조일은 퇴청한 뒤에 목멱산 자락을 따라 모종의 장소로 향하였습니다. 그곳은 지난 번 금란방과 훈련도감 병사들이 덮친 곳으로, 도성에 술을 대는 바침술집인 동시에 색주가로 번성한 곳입니다. 따라붙은 저희 관원이 홍화정 바깥에서 동태를 살피다가 홍화정으로 잠입하였으나, 그때 이미 황조일은 자객에게 당한 뒤였습니다."

왕이 물었다.

"그 자리에 이기호는 왜 있었던 것이오?"

"물증이 없어 단정 짓기는 어려우나, 참판과 마찬가지로 전임 판서 역시 검계에 연루된 것이 아니었는지 의심스럽습니다. 두 사람의 입에서 중요한 단서가 나올 것을 사전에 방지하기 위해 미리 손을 쓴 것으로 사료되옵니다."

"전임 판서 이기호가 검계의 끄나풀이었다?"

장붕익은 딱 부러지게 대답은 하지 못하고 왕을 일별한 뒤에 고개를 숙여 보였다. 왕이 물었다.

"두 사람을 해한 자를 잡을 수는 있겠소?"

"황조일과 이기호가 비명조차 지르지 못한 점, 단칼에 목이 꿰뚫린 점 등을 미루어 보아 이런 일에 닳고 닳은 자객이옵니다. 포도청이 수사를 하고 있으나, 범인을 검거하기에는 어려울 것으로 보입니다."

"그럼 어떻게 해야 하오?"

"배후를 캐내서 뿌리를 뽑아야 합니다. 현재 검거한 관리들을 심문하여 윗선을 캐내고, 그렇게 파악한 관리를 다시 심문하는 과정을 거쳐 점점 위로 올라가는 수밖에 없습니다."

"한동안 조정이 시끄럽겠군요."

그렇게 말하고 왕은 생각에 잠겼다. 장붕익이 옳으나 정치적 부담이
컸다. 치세(治世) 십 년째였다. 탕평(蕩平)을 기치(旗幟)로 내걸고 이제
어느 정도 노론과 소론의 균형을 맞추었는데, 금주령을 어기고 검계와
결탁한 관리를 색출하는 과정에서 사화(士禍)가 일어나지 말란 법이 없
었다. 그렇다고 자신이 명을 내리고 전권(全權)을 주어 금주령 단속의
최일선에 서도록 한 수장의 의지를 꺾는 것도 위신이 서지 않는 일이
었다. 장붕익이 누구인가. 조선 팔도의 모든 무관이 우러러보는 장수이
자 백성의 신망이 두터운 관리다. 뿐인가? 숙종 임금 때부터 3대에 걸쳐
조선 왕실에 충성을 바쳐온 충신 중의 충신이다. 왕이 세제이던 시절,
소론과 노론의 틈바구니에서 갈팡질팡하며 목숨이 경각에 달했을 때 어
느 한쪽으로도 치우치지 않고 원칙과 명분에 입각하여 왕실의 손(孫)을
보필해온 거의 유일한 인물이기도 했다. 왕은 이러지도 저러지도 못
하다가 애매한 한마디로 그 순간을 넘겼다.

"판서 대감, 너무 한 곳만 바라보지 말고 이 나라의 군력(軍力)을 강
화하는 데에도 힘써주시오. 내부의 적을 잡는 것도 중요하지만, 외부의
적을 방비하는 것이야말로 군인의 진정한 사명이 아니겠소?"

장붕익은 왕의 의중을 헤아리고 몸에 힘이 빠졌다. 십삼 년 전 경종
임금이 포도대장이던 자신을 훈련대장으로 전보하던 그때와 상황이 비
슷했다. 무엇이 옳은 길인가, 무엇이 옳은 일인가, 어떻게 하는 것이 나
라와 백성을 위하는 일인가…….

희정당에서 물러나오자 별규직 한 명이 따라붙었다. 조금 전 왕을 배

알하기 전에 대기하는 동안에 눈이 마주쳤던 그 무관이었다. 장붕익이
궁궐의 정문인 돈화문(敦化門)으로 향하면서 무관에게 물었다.

"나를 아는가?"

별군직이 대답했다.

"조선의 무관이 된 몸으로 어찌 대감을 모르겠습니까? 조금 전 희정
당 앞에서는 대감의 뒷모습을 훔쳐보다 그리 된 것입니다. 용서하여주
십시오."

"내가 용서할 것이 무엇 있겠는가? 피차 한눈을 팔다가 서로 눈이 마
주친 것을."

장붕익이 미소 짓자 별군직도 가볍게 웃어 보였다.

"이름이 무엇인가?"

장붕익의 물음에 별군직이 답했다.

"윤필은이라고 합니다."

숙장문(肅章門)을 지나 진선문(進善門)으로 향할 때였다. 도승지 이제
겸이 장붕익을 따라붙었다. 이제겸은 장붕익과 동행한 별군직에게 말
했다.

"판서 대감은 내가 모실 터이니, 무관은 그만 일 보게나."

별군직이 고개를 숙여 보이고는 자리를 떠났다.

두 사람만 남자 이제겸이 말했다.

"대감께서 전하의 고심을 헤아려주십시오. 선대인 숙종 임금부터 경
종 임금 때까지 조정은 서로 죽고 죽이는 살육이 끊이지 않았습니다. 전
하께서 탕평 교서를 내리시고 공정한 인사를 하면서 이제야 안정을 찾

276

았는데, 너무 강하게 몰아붙이다가 또다시 피바람이 불까 걱정이 되지 않으시겠습니까?"

장붕익은 딱히 할 말이 없었다. 그에게 조정의 정치 놀음은 관심 밖이었다. 탐욕을 채우느라 질서를 어지럽히는 관리는 엄벌에 처해야 한다는 것이 그가 믿는 유일한 논리였다. 곤혹스러운 표정을 짓던 장붕익이 비로소 입을 열었다.

"정치는 위에서부터 아래로 흐르는 것입니다. 윗물이 맑아지지 않고서야 어찌 아랫물이 맑아지기를 기대하겠소. 지금도 도승지와 나의 눈이 닿지 않는 이 땅의 곳곳에서는 하루하루 목숨 부지하는 것만으로도 감지덕지인 백성들이 갖은 고통에 시달리고 있소이다. 일시적으로 검계들이 도성에서 달아났으니, 놈들은 이제 도성 바깥에서 활개를 치고 다닐 것이오. 하지만 내 생각에 검계는 겉으로 드러난 가시일 뿐이오. 그들과 결탁한 관리들을 정리하지 않는다면 뿌리는 남겨둔 채 가지만 치는 꼴이니, 칼을 빼든 김에 나는 내 할 일을 해야겠소. 그게 주상 전하를 위하는 올바른 길이라 생각하오. 전하께서 딱히 이쯤에서 멈추라는 명을 내리지 않으셨으니 도승지도 말리지 마시오."

그러고 나서 장붕익은 돌아섰다. 도승지 이제겸은 멀어지는 장붕익을 걱정스러운 눈길로 바라보았다.

◇ ◆ ◇

마지막 더위가 기승을 부리는 늦여름이 아침이었다. 사헌부 집이(執

義) 김종오가 형조 앞에 이르러 군졸들 앞에서 종이 한 장을 흔들며 악다구니를 썼다.

"도대체 형조가 무슨 권한으로 사헌부 관아의 담벼락에 이 따위 방(榜)을 붙였는가 말이다!"

사태를 예상하고 일부러 출입문 부근에서 어슬렁거리던 형조 참의 강찬룡이 슬그머니 바깥으로 나섰다.

"사헌부 집의가 형조에는 무슨 일이시오?"

참의가 정삼품으로, 종삼품인 집의보다는 품계가 한 단계 위였고 나이로 보아도 강찬룡이 한참 연배가 높았으나, 사헌부 소속 관리들은 관리의 비위를 감찰하는 위치에 있다는 이유만으로 웬만한 당상관쯤은 아래로 보는 습관이 있었다. 게다가 스스로를 관리들 중에 가장 뛰어난 인재라 여겼고, 대체로 권세 있는 집안의 자제로 구성되어서 타인을 업신여기는 태도가 몸에 밴 자들이었다.

"누구 허락을 받고 이런 방을 사헌부 관아의 담벼락에 붙인 것이오?"

집의의 표독스러운 말투에도 강찬룡은 전혀 개의치 않았다.

"사헌부에만 붙인 것이 아니고, 도성의 모든 관아에 다 붙였는데, 유독 사헌부에서만 이리 트집을 잡는구려."

"지금 트집이라 하셨소이까? 트집이라!"

강찬룡은 여전히 능글맞은 웃음을 흘리며 말했다.

"형조의 금란방이 검계와 결탁한 부패 관리들을 본격적으로 솎아내기 전에 계도 기간을 준다는 걸 알리는 방이 아니오? 무슨 문제가 있소?"

"왜 이런 걸 우리 사헌부 관아에 붙였느냔 말이오. 우리 사헌부에 검계 놈들과 붙어먹은 관리라도 있다는 뜻입니까?"

"그게 아니라면!"

거기까지 소리를 내지르고 강찬룡은 갑자기 입을 닫았다. 집의 김종오는 한 순간 흠칫했다가 이내 미간에 힘을 모았다.

"그게 아니라면 이리 발끈할 이유가 없지 않소? 사헌부가 무엇 하는 관아요? 부패한 관리들을 감찰하여 비위를 찾아내고 잘잘못을 따지는 곳 아니오? 지금 우리 형조가 사헌부의 일을 돕겠다는데, 도대체 무엇이 사헌부의 심기를 건드렸다고 이리 난리요?"

김종오는 말문이 막혀 입술을 달싹거릴 뿐이었다. 얼굴이 붉으락푸르락한 그에 비해 강찬룡은 싸늘하게 식은 표정으로 말을 이었다.

"이보게, 집의. 지금 우리는 주상의 명을 수행하는 중일세. 함께 합심하여 탐관들을 색출하는 것이 옳은 일 아닌가?"

강찬룡은 잠시 사이를 두고 말을 이었다.

"형조의 수사에 사헌부의 적극적인 협조, 부탁드리겠소."

하지만 집의는 마지막 대항이라도 하겠다는 듯 강찬룡 앞에서 방을 발기발기 찢고는 그대로 돌아섰다.

전날 밤 형조의 관리들은 육조 거리 각 관아의 벽과 육의전, 견평방 등 사람이 많이 모이는 곳이면 어김없이 방을 붙였다. 내용은 이러했다.

금주령이 내려진 이후 밀주 유통에 관여했거나

밀주가 횡행하는 걸 보고도 눈감았거나

건네이 뒷배기 되어 그들의 편리를 봐준 관리는

속히 형조의 금란방에 자백하라.

자백하는 이에게는 선처가 따를 것이나,
제도 기간이 끝나는 보름 뒤에
형조의 수사에 의해 검거되는 관리는
국법에 따라 엄히 다스릴 것이다.

형조 판서 장붕익 백

그야말로 밀주 유통에 관여한 부패 관리들에게 선전 포고를 한 것이었다.

방이 붙은 다음 날부터 육조 거리와 각 관아는 분위기가 뒤숭숭했다. 특히나 금주령 단속 현장에 있었던 하급 관리들 사이에는 어떤 이가 내외술집과 선술집의 단속을 허술히 하였는지 익히 알려져 있어서 분위기가 더욱 험악했다. 형조의 방이 어떤 효과를 낼지는 미지수였으나, 앞으로 보름 뒤부터 대대적인 수사가 시작될 것임을 알림으로써 기선을 제압하는 데에는 분명 성공한 셈이었다.

며칠 뒤 어전 회의가 열렸다. 당상관들이 모여 있는 인정전(仁政殿)으로 장붕익이 들어서자, 일순 장내는 침묵에 싸였다. 그날 몸이 아프다는 핑계로 어전 회의에 참석하지 않은 이가 일곱이었고, 공무를 핑계대어 지방으로 순찰을 떠난 이가 여섯이었다. 그렇게 자리를 비운 이들에게 반드시 죄가 있다는 혐의를 씌울 수는 없었으나, 분명 이 불편한 상황을 모면하고자 하는 바람은 있었을 것이다.

왕이 좌정하고 난 뒤에도 대신들 가운데 입을 여는 이는 없었다. 평소에 왕이 자리에 앉자마자 상소와 주청이 쏟아지던 분위기와는 사뭇 달랐다.

한참 동안 침묵이 흐른 뒤에 왕이 말했다.

"내가 어전 회의를 집전한 뒤로 이처럼 조용했던 적이 있었던가 싶소. 아무래도 형조 판서가 도성에 내건 방 때문이겠지요?"

며칠 전 형조에 와서 따졌던 사헌부 집의 김종오가 입을 열었다.

"전하, 지금 도성의 관아는 형조가 내건 방으로 인하여 분위기가 침울하고 관리들 사이에 서로를 의심하는 기운이 싹트고 있나이다. 속히 형조 판서로 하여금 이 일을 멈추게 하소서."

왕이 집의와 눈을 맞추며 물었다.

"사헌부 집의 그 말은 형조에서 내건 방을 걸으라는 뜻이오, 아니면 금주령을 어긴 관리를 색출하는 작업을 멈추라는 뜻이오?"

집의가 대답을 못하고 머뭇거리자, 사간원의 우사간대부(右司諫大夫)가 말했다.

"죄를 범한 관리를 색출하는 일에는 반대가 없사오나, 공공연히 방을 붙여 백성들로 하여금 조정 대신과 각 관아의 관리를 불신하도록 만든 일은 형조의 과(過)라 사료되옵니다. 주상께서는 속히 형조 판서에게 명하시어 도성에 내건 방을 거두어들이고, 보다 은밀한 방법으로 뜻을 이루게 하소서."

우사간대부의 말이 떨어지기 무섭게 문관들 사이에 장붐이을 비판하는 말들이 쏟아져 나왔다. 장붕익은 눈을 감은 채 묵묵부답이었고, 왕역시 잠자코 대신들의 주청을 듣고만 있었다.

대신들 사이에 소란이 어느 정도 가라앉자 왕이 말했다.

"과인은 지금 참으로 놀라운 일을 목격하고 있소. 지금껏 어느 사안에 대하여 하나의 의견이 나오면 거기에 반대하는 의견이 나오지 않은적이 없거늘 이번 문제에는 대신들 모두가 한 목소리를 내고 있으니 말이오."

그 말에 좌참찬(左參贊)이 발끈하여 말했다.

"주상, 그러면 여기 있는 신료들이 형판의 수사를 막을 목적으로 사전에 합의라도 하였다는 말씀이옵니까? 형조가 내건 방에서 언급한 부패한 관리가 여기 있기라도 하단 말씀이옵니까? 신권(臣權)에 대한 모독이옵니다!"

도승지 이제겸의 목소리가 커졌다.

"좌참찬께서는 말씀을 삼가십시오."

왕은 개의치 않는다는 듯 손을 내저어 도승지를 저지했다. 왕의 눈길이 장붕익에게로 향했다.

"형판, 조정 신료들의 생각이 이러한데, 형판께서는 어떻게 생각하시오?"

장붕익이 눈을 떴다. 좌중을 둘러보았으나 그와 눈을 맞추는 이는 아무도 없었다. 장붕익은 궁금했다. 그들이 피하는 것이 부패 관리를 척결하고자 하는 형조 판서의 눈길인가, 아니면 오랜 세월 군영을 누빈 무관의 눈길인가. 둘 다 석연치 않았다. 지금껏 금주령을 단속하는 일에 적극적으로 나선 관리가 장붕익과 금란방 관원 외에 누가 있었던가. 엄연히 왕이 국법으로 정한 일임에도 낙산의 기화루와 목멱산의 홍화정은 도성의 관리와 상인들로 문전성시를 이루었다. 도성 바로 코앞에서 선술집과 내외술집이 버젓이 성행하며 술 냄새를 풍기는데도 그곳들을 제대로 단속한 기관 역시 없었다. 민가를 급습하여 죄를 씌우거나 애꿎은 민초들만 괴롭히면서 하찮은 실적을 올리는 데만 급급했다. 그들이 잡으나마나 한 잡범들을 장부에 기입하는 동안 최일선에서 검계와 싸우던 좌별장 박영준과 봉사 손명회, 주성철 등은 자객의 칼날에 스러져갔다. 분쟁이 벌어지면 창칼과 육신을 앞세운 무관이 희생되었으나 모든 공은 군사를 지휘한 문관에게로 돌아갔다. 무관은 문관이 치적(治績)을 쌓는데 필요한 희생물에 불과했다. 순간, 장붕익은 끓어오르는 분노로 몸이 떨렸다. 부당한 사실 앞에서도 나라를 지키는 군인의 자세를 잃지 않기 위해 노력해왔다. 하지만 스스로 모른 척하고 눈감아왔던 비정한 현실이 일순간에 장붕익의 온몸을 덮쳤다.

장붕익은 가까스로 분노를 가라앉히고 입을 열었다. 그러나 그의 음성은 미세하게 떨렸다.

"이 어전 회의에 참석한 대신들 가운데 금주령을 어겼거나 검계 무리와 결탁하여 부정을 행한 이가 있다면, 지금 이 자리에서 자백하시오. 그러면 방에 적은 대로 선처를 약속하겠소."

대신들은 아연실색했다. 왕과 도승지 이제겸도 마찬가지였다. 장붕익의 말이 이어졌다.

"정확히 열흘 뒤부터 색출 작업을 시작한 것이오. 조정 대신들께서도 이 장붕익에 대하여서는 익히 들은 것이 있을 것이오."

사헌부 집의 김종오가 얼굴이 파랗게 질린 채 떨리는 목소리로 말했다.

"지금 조정 대신들을 협박하는 것입니까?"

장붕익이 대답했다.

"죄가 있는 자에게는 협박으로 들릴 것이나, 죄가 없는 자에게는 그렇지 않을 것이오. 나는 내게 주어진 본분에 따라 어명을 수행할 뿐이오."

당상관들은 그저 장붕익을 놀란 눈으로 쳐다보고 있다가 하나둘 불편한 기색을 내비치며 인정전 밖으로 퇴장했다. 더러 장붕익에게 의미 있는 눈빛을 던지며 응원하는 이들도 있었으나, 그 숫자는 크게 미미했다. 모든 신료들이 빠져나간 뒤 장붕익은 왕을 향해 허리를 숙여 보이고 뒷걸음질을 쳐 인정전을 빠져나갔다. 도승지가 급히 그에게 다가갔다.

"대감, 너무 나가셨습니다."

"이렇게 하지 않고는 싸움을 시작하기도 전에 끝나버릴 것이오."

"하지만 대감, 이것은 주상의 뜻이 아닙니다."

그 말에 장붕익의 눈썹이 위로 올라갔다.

"주상의 뜻이 아니라고 했소? 그럼 말해보시오. 주상 전하의 뜻이 무엇이오?"

도승지 이제겸은 대답하지 못하고 머뭇거리다가 가까스로 입을 열었다.

"나는 주상께서 잘못 휘두른 칼에 다칠까 염려하는 것뿐입니다."

'잘못 휘두른 칼!'

도승지의 그 말이 아프게 파고들었다. 그랬다. 장붕익은 왕이 휘두르는 하나의 칼에 지나지 않았다. 칼이 칼을 휘두르는 자의 뜻에 따르지 않는다면, 칼을 휘두르는 자를 벨지도 모른다. 아니면 엉뚱한 곳으로 날아가 박힐지도 모른다. 퇴궐하여 형조 관아로 향하는 내내 장붕익은 머리가 어지러웠다.

◇　◆　◇

며칠 뒤 형조는 도성 곳곳에 붙였던 방을 철거하였다. 장붕익이 이 결정을 내리자 참의 강찬룡이 크게 반발했다. 정랑 나경환과 좌랑 이규상, 종사관 이학송 역시 낙담하기는 마찬가지였다.

"대감, 칼을 뽑았으면 썩은 무라도 베야 하지 않습니까? 이렇게 허무하게 거두시다니요."

강찬룡의 말에 장붕익이 묘한 표정을 지었다. 오랫동안 장붕익을 보아온 강찬룡은 그 표정이 뜻하는 바를 알아차렸다.

"그렇지요. 칼을 거두는 것이 아니지요?"

장붕익이 고개를 끄덕이고 답했다.

"시끄럽게 만들어 이목을 끌기보다는 은밀하게 접근하도록 하세. 그리하면 시간이 오래 걸릴지 모르나, 조정 대신들의 반발이 극심하여 그 빙법을 택하는 것 외에 딩징은 다른 빙모가 없네."

이어서 장붕익이 관원들과 하나하나 눈을 맞추며 말했다.

"정랑과 학송은 죽은 이기호와 황조일이 평소 교분을 나누던 사람들이 누구였는지 파악하는 동시에 도성 밖에서 들려오는 검계에 관한 소문을 수집하도록 하게. 규상은 호조와 협조하여 도성 안 거상(巨商)들의 명단을 작성하고 근래에 들어 재산이 크게 늘어난 자가 있다면 특별히 알아보게. 참의는 세 사람이 일을 하는 데 있어 차질이 없도록 공무를 맡아주게."

"알겠습니다, 대장."

지시를 받은 네 사람이 동시에 대답했다.

"아, 찬룡이, 그리고 하나 더."

"무엇이옵니까?"

"윤필은이라는 별군직에 대해서 알아봐주게."

"당상입니까, 당하입니까?"

"아직 젊으니, 당하일 것이네."

별군직은 조선의 17대 왕 효종이 직접 만든 친위 군사 조직의 무관을 일컫는다. 경력에 따라 당상, 참상(參上), 참하(參下)로 구분하였는데, 품계가 뚜렷하지 않은 만큼 조정의 직제(職制)에서 비교적 자유로웠다. 왕 이외에는 어느 누구의 명령을 듣지 않았고, 왕을 호위하는 일 외에 왕의 명에 따라 죄인을 추포하는 일을 했으며, 왕이 비밀리에 하명한 일을 수행하는 것도 이들의 몫이었다. 정원(定員)은 정해진 바가 없고 그때그때 상황에 따라 인원을 늘렸다가 줄이고는 했는데, 대체로 스무 명 안팎이었다.

강찬룡이 말했다.

"별군직들이 우리 일을 돕는다면 한층 수월할 텐데요."

"그게 어디 내 마음대로 되는 일인가? 전하의 뜻에 달렸지. 그럼 오늘은 이만 해산하세."

집에 도착하여 장붕익이 가장 먼저 찾아가는 곳은 내당이었다. 한 해 전 태어난 손자 기룡은 무럭무럭 자라 이제는 몸을 타고 올라 할아비의 수염을 잡아당기고는 했다. 그럴 때마다 장붕익은 그저 기분이 좋아져서 입가에서 미소가 가실 줄 몰랐다. 형조와 금란방의 공무에 시달려 파김치가 되었다가도 집에서 기룡의 뽀얀 살결과 옹알이를 대하면 모든 피로가 씻은 듯이 사라졌다.

내당에서 손자와 며느리를 본 뒤에 장붕익은 의관을 가볍게 하고 검을 휘두르며 마당으로 향했다. 하루도 그르지 않고 지켜온 일정이었다. 해가 뉘엿뉘엿 넘어가려는 걸 보니 여름도 끝자락이었다. 장붕익은 눈을 감은 채 두 손으로 검을 들어 세우고 호흡을 가다듬었다. 호흡이 가라앉고 난 뒤 눈을 부릅뜨고 검을 앞으로 뻗었다. 거기서 크게 왼쪽으로 원을 그린 칼날이 오른쪽 사선으로 솟구치더니 그대로 장붕익이 몸을 날려 한 바퀴를 돈 뒤에 검이 땅을 스치듯이 낮게 깔렸다. 잔뜩 웅크렸던 장붕익이 몸을 곧게 펴는 것과 동시에 검도 수직으로 상승했다.

마당 한구석에서 아버지의 검무를 지켜보는 치경은 무언가에 홀린 듯했다. 저처럼 덩치가 큰 사내에게서 저토록 부드러운 움직임이 나오다니. 예순을 넘긴 육신은 나이에 비례하여 절절 허물어지는 게 아니라 오히려 더더욱 단단해져가는 것만 같았다.

검무를 마친 뒤 장붕익은 땀에 젖은 옷을 벗어 던졌다. 우물가로 가서 몸을 엎드리자 치경이 다가가 아비의 몸에 물을 부었다.

"요즘 홍문관(弘文館)에 별다른 일은 없느냐?"

"아버님께서 도성에 붙인 방에 대한 것 말고는 별다른 화제가 없습니다."

치경은 홍문관 교리(校理)였다. 그는 정치에 관심이 없었고 벼슬에도 큰 욕심이 없었다. 그저 경전을 공부하며 궁중의 경서(經署)를 관리하는 일에 재미를 느낄 뿐이었다.

장붕익은 그런 아들이 좋았다. 어찌 보면 그릇이 작다 할 수 있었으나, 선비의 정신을 익히기보다는 자리에 연연하며 권세와 재물을 신주처럼 받드는 모리배에 속하지 않은 것이 다행이었다. 언젠가 장붕익이 치경에게 훗날의 꿈에 대해 물은 적이 있었다. 그때 치경은 조용한 시골에서 아이들을 가르치는 훈장 노릇 하는 것이 꿈이라고 답했다. 너무나도 싱거운 대답에 장붕익은 허허 웃고 말았지만, 조정의 이전투구에 휘말려 생을 낭비하기보다는 그 편이 삶에 더 충실한 것이 아닌가 하는 생각이 들었다.

장붕익이 몸을 일으키자 곁에서 지키고 있던 청지기가 깨끗한 천으로 몸을 닦아주었다.

"이만 가서 쉬거라."

"네, 아버님. 편히 주무십시오."

장붕익은 안방으로 들었다. 식솔이 밝혀놓은 등잔불의 불빛이 은은하게 방을 채우고 있었다. 그는 요즘 다시 읽기 시작한 병기(兵器)에 관한 서책을 펼쳤다. 관군의 병기를 개량하는 것이 무장으로서 그가 가진 오랜 숙원이었다.

밤이 이슥해졌다. 멀리서 인경이 들려왔다. 마당에서 청지기가 말했다.

"자시(子時, 오후 11시 반부터 0시 반 사이)입니다요. 잠자리를 봐드릴깝쇼?"

"아니네. 내가 알아서 할 터이니 가서 쉬게나."

"예, 대감."

장붕익은 자리를 폈다. 자리에 눕기 전에 병풍에 남아 있는 칼자국을 쓰다듬었다. 십삼 년 전 표철주 일당이 침입했을 때 그의 부인이 숨어 있다가 변을 당한 그 자리였다. 그날 이후 장붕익은 그 병풍을 치우지 않고서 시시때때로 그 자리를 더듬으며 마음의 날을 벼렸다. 칼자국 주변에 오래된 혈흔이 매화의 빛깔처럼 붉게 번져 있었다. 장붕익이 혼잣말을 했다.

"이만 쉽시다, 부인."

장붕익은 등잔불을 불어서 끄고 자리에 누웠다.

14

이 죄 많은 세상에
어찌 새 생명이 오는가

1734년 가을

       황방산과 함월산을 단풍이 붉게 물들였다. 약
사동의 논에서는 금빛 벼들이 바람에 머리칼을 쓸어 넘겼다. 구름이 높
았고, 멀리 태화강의 은결은 그 어느 때보다 찬란하게 부서지고 있었다.
이철경은 백선당에서 흘러나오는 아이들 글 읽는 소리를 들으며 눈앞에
펼쳐진 풍경을 즐겼다.

    이철경은 병마절도사(兵馬節度使)가 되어 함경도로 부임하게 된 형의
가족에 섞여 지냈던 어린 시절이 떠올랐다. 함경도는 참으로 척박하고
추운 곳이었다. 하지만 원시성이 살아 숨 쉬는 아름다운 곳이기도 했다.
자연만 그런 것이 아니라, 사람도 그랬다. 문명이 발달한 남쪽 지방의
도덕과 질서가 그곳에서는 힘을 발휘하지 못했다. 양반가의 자제와 중

인, 평민 집안의 아이들이 격 없이 어울렸다. 남자아이와 여자아이가 뒤섞여 놀아도 어른들은 크게 탓하지 않았다. 놀이를 할 때 숫자가 모자라면 천민의 아이들까지 합세해서 수를 맞추었다. 삭풍(朔風)이 불어와 벌겋게 볼이 달아오르고 손이 부르터도 아이들은 싱싱한 대지(大地)를 구르며 뛰어놀았다.

그때를 떠올릴 때마다 유독 선명하게 떠오르는 사람이 있었다. 국경 부근에 터를 잡고 살던 여진족 부족의 족장인 티안드라는 인물이었다. 기골이 장대하고 수염을 허리까지 길러서 흡사 도인을 연상시켰다. 여진족의 한 갈래인 만주족이 중국 본토에 청을 건설하고 제국으로 성장할 때에도 티안드의 부족은 청과의 관계를 단절한 채 여진족의 전통을 고집하며 살았다. 중국의 청 왕조가 한족(漢族) 흉내를 내면서 민족의 정체성을 잃었다는 것이 이유였다.

티안드는 여진족을 이끌고 있었으나, 어느 모로 보아도 그는 조선인이었다. 티안드뿐만 아니라 부족에는 조선인으로 추정되는 남자가 여럿 있었다. 그들은 여진족 여인과 인연을 맺어 가정을 꾸리고 아이를 낳아 길렀다. 복장과 언어는 영락없는 여진족이었으나, 미세하게 드러나는 생김새까지 감출 수는 없었다. 어떤 연유로 그들이 여진족 사람이 되었는지, 자존심 강한 여진족이 왜 티안드를 부족장으로 인정하게 되었는지는 알 길이 없었다. 다만 이철경이 조금 자란 뒤 그의 형이 티안드에 대해서 짐작하는 바를 이야기해준 적은 있었다.

"함경도 국경 너머는 도적이었거나 역모를 꾀하다가 발각되어 달아난 사가 최후에 신택하는 땅이나. 그들은 민주의 힌눨(寒雪) 쑥에 몸을 숨기며 스스로의 운명을 시험하지. 그들 중 대다수가 북방 민족의 공격을 받거나 한파(寒波)를 견디지 못하고 목숨을 잃는다. 티안드를 비롯한 조선인들은 그 가혹한 운명 속에서 살아남은 몇 안 되는 사람들일 것이다."

이철경의 형은 그렇게 짐작하면서도 병오년(丙午年, 1726년)에 평안도 관찰사에 제수되어 함경도를 떠날 때까지 티안드와 우호적으로 지냈다. 나라의 녹을 먹는 자로서 티안드는 검거해야 할 대상일지도 몰랐으나, 개의치 않았다. 어쩌면 그때 이미 형이 조선 왕실에 창검을 겨눌 마음을 먹었는지도 모른다고 이철경은 생각했다. 티안드가 도적이었건 역적질을 했건 스스로 마음을 돌린 왕실의 국법을 그들에게 적용하기는 싫었을 것이다.

이철경과 그의 형이 함경도에 머무르던 시절, 국경 부근에 장이 열린 날이면 티안드는 부족 사람들을 데리고 성문을 넘어왔다. 함경도 병마절도사인 이철경의 형은 항상 그들을 환영했다. 어른들을 따라온 여진족 아이들은 조선인 아이들과 어울리기를 좋아했다. 조선인 아이들도 그 아이들을 좋아했다. 여진족 아이들은 유목 민족의 후예답게 말 타기에 능했고, 나무를 깎아 만든 단검을 능숙하게 다루어서 조선인 아이들을 놀라게 했다. 지금까지도 이철경이 특기로 삼는 단검 던지기가 바로 그때 처음 익힌 것이었다.

어른들이 장터에서 거래를 하는 동안 티안드는 아이들 곁을 지켰다. 시간이 지나면서 여진족 아이들뿐 아니라 조선인 아이들도 티안드를 '할아버지'라고 부르며 따랐다. 물론 이철경도 그들 중 하나였다. 일찍 부모를 여의서 집안 어른의 보살핌과 가르침을 제대로 받지 못한 채 엄격한 형 밑에서 자란 이철경에게 티안드는 특별한 존재로 다가왔다. 티안드는 비록 말수가 적고 마음을 내비치는 일이 드물었으나, 이철경은 그의 곁에 있을 때 비로소 안심하게 되었고 때로는 여느 아이들과 마찬가지로 어리광을 부리기도 했다.

언제부터인가 티안드는 조선인 아이들에게 만주어를 가르치기 시작했다. 국경 부근의 조선인과 여진인은 서로 협력하며 공생해야 한다고 생각한 이철경의 형은 기꺼이 병영의 객사를 서당으로 내주었다. 티안드가 아이들을 불러 모아 말을 가르칠 때면 북방의 병영은 새처럼 지저귀는 아이들의 청아한 음성으로 가득했다. 아이들의 맑은 목소리에 어떤 힘이 있는 것인지 맹금류들이 부근에 날아와 머물렀고, 병영 바깥의 들과 산에서는 짐승들이 모습을 드러냈다. 가장 행복했던 시절이고, 돌아가고 싶은 마음의 고향이었다.

'형님, 제가 너무 멀리 와버렸나 봅니다.'

무신년(戊申年, 1728년) 봄이었다. 당시 열여덟 살이었던 이철경은 형의 배려로 도성의 학당에서 과거를 준비하고 있었다. 시국(時局)이 뒤숭숭했다. 충청과 경기 남부에서 반란군이 일어났다고 했다. 5군영의 병사들이 도성을 둘러쌌고, 궁궐 주변에는 금군이 배치되었다. 학당은 문을 닫았고, 장시에도 사람들의 발길이 끊겼다. 그때 평안도 관찰사로 있던 형이 은밀히 사람을 보냈다.

"속히 달아나십시오. 관찰사께서 거병하여 반란군에 합류하신다 합니다. 반드시 거사에 성공해서 도성에서 다시 만나자고 하셨습니다."

하지만 그 약속은 지켜지지 않았다. 평안도 관찰사가 일으킨 군사는 북한산성을 수비하던 장수에게 처절하게 궤멸되었고, 반란군의 수괴(首魁)였던 관찰사 역시 체포되었다.

반란을 일으킨 평안도 관찰사의 이름은 이사성. 그는 이듬해에 자신의 처자(妻子)와 함께 참형을 당했다. 이철경은 멀리 달아나며 복수를 결심했다. 형을 체포한 장붕익과, 형수와 조카마저 죽음으로 내몬 조선 왕실에 비수를 꽂기 위해 그는 스스로 검계가 되었다. 이철경은 아이들이 글 읽는 소리를 들으며 잠시 무뎌졌던 복수심을 다시금 날카롭게 다잡았다.

이윽고 아이들 글 읽는 소리가 그쳤다. 이철경은 자리에서 일어섰다. 아이들을 배웅하러 나온 양상규가 이철경을 발견하고는 멈칫했다. 아이들이 멀어진 뒤 이철경이 말했다.

"내가 백선당에서는 환영받지 못하는 모양이구먼."

양상규는 대꾸하지 않았다. 이철경이 물었다.

"당주는 아직도 쾌차하지 못하였소?"

"그렇습니다."

"어허, 부사와 아전이 괜한 사람을 잡아 피해가 막심하군."

잠시 사이를 두고 이철경이 말했다.

"그래도 여기까지 왔으니 당주를 좀 뵙고 가리다."

이철경은 양상규의 허락도 없이 백선당의 문턱을 넘었다. 마당으로 들어서자 초로의 사내가 마루에 앉아 넋을 놓고 있는 것이 보였다. 한눈에 그가 백선당주 양일엽임을 알아보고 이철경이 아는 체를 했다.

"당주, 어서 쾌차해야 할 텐데요. 고생이 많소이다."

양일엽은 갑자기 시야 속으로 불쑥 끼어든 젊은이를 여전히 멍한 눈으로 쳐다보았다. 이철경은 양일엽의 눈빛을 읽고 안타까움을 금할 수 없었다. 그토록 뛰어난 술을 빚는 장인(匠人)을 이토록 상하게 만들다니! 도호부사 홍영찬과 아전 김치태를 향해 화가 치밀었다.

"좀 앉아도 되겠습니까?"

뒤따라온 양상규가 말릴 틈도 없이 이철경은 양일엽 옆에 엉덩이를 들이밀었다. 양일엽이 생기가 느껴지지 않는 목소리로 물었다.

"뉘시오?"

"도성에서 온 이철경이라 하오. 당주가 만든 산곡주에 흠뻑 반한 사람이오."

양일엽이 천천히 고개를 돌려 이철경을 바라보았다. 양일엽은 마치 이철경의 얼굴에서 무언가를 읽어내려는 듯 미간을 모은 채 살폈다. 이철경은 웬만한 사람 앞에서는 당황한 적이 없었으나 초로의 사내가 던지는 눈빛은 좀처럼 견디기 어려웠다. 그 눈빛은 이철경의 눈을 통해 그 안에 담긴 무언가를 캐내려는 것만 같았다. 비록 몸이 상하여 정신마저 흐려진 듯했으나 오래전부터 그의 존재 안에 자리 잡았을 결기만큼은 또렷하게 느껴졌다. 이철경은 양일엽의 눈빛을 마주하면서 그가 예사로운 이력을 지닌 사내가 아니라는 사실을 직감했다.

결국 양일엽의 눈길을 견디지 못한 이철경은 일부러 너스레를 떨며 자리에서 일어났다.

"좋은 시절에 이곳을 알았다면, 나와 당주는 떼부자가 되었을 것이오."

양일엽은 이철경에게서 눈길을 거두고 처음 보았을 때와 마찬가지로 마당에 시선을 놓았다.

이철경으로서는 참으로 답답한 노릇이었다. 이대로 산곡주가 끊긴단 말인가? 어리석기 짝이 없는 부사와 아전을 향한 화가 다시 한 번 치밀었다. 이대로는 더 있어 봐야 소용이 없었다. 기회를 보아 당주의 아들을 겁박하여 산곡주를 쥐어짜는 수밖에.

"오늘은 당주의 얼굴을 보기 위해 온 것이니, 이만 돌아가겠소. 부디 쾌차하시오."

이철경이 과장되게 예를 갖추고는 마당을 나섰다.

이철경이 떠나고 난 뒤 뿌옇게 흐려 있던 양일엽의 눈에서 안개가 걷혔다. 양상규가 걱정스러운 표정으로 부친을 바라보았다. 양일엽은 걱정 말라는 듯 부드럽게 미소를 지었다.

"한때 도성과 경기도 일대를 장악했던 검계 조직 칠선객의 우두머리는 익히 알고 있듯이 표철주라는 자입니다. 그 아래로 버금인 부회주가 둘이고, 다시 그 아래로 삼회주가 넷입니다. 칠선객이라는 명칭은 이 일곱 명의 우두머리들을 일컫는 것입니다."

이학송의 말에 강찬룡이 이죽거렸다.

"일곱 명의 신선이라…… 참으로 가소롭기 짝이 없군."

이학송의 말이 이어졌다.

"지난번 훈련도감의 거병 이후로 도성과 부근에서 밀주는 완전히 자취를 감추었습니다만, 안양 이남 지역에서는 여전히 밀주가 유통되고 있고, 지방의 관아들이 불법을 눈감아주고 있는 형국입니다."

장붕익이 이학송의 말을 받았다.

"그렇겠지. 지방의 관리들은 그렇게 추렴한 재물을 도성의 관리들에게 올려 보낼 것이고……. 계속하게."

"경기 이남의 밀주를 추적하다가 한 가지 흥미로운 사건을 알게 되었습니다."

금란방 관원들의 시선이 일제히 이학송에게 모였다.

"안양 남쪽에 둔대라는 지역이 있사온데 그곳에서 행패를 일삼던 왈패 패거리와 모종의 세력 사이에 싸움이 벌어져 둘이 죽고 일곱이 크게 다치는 일이 벌어졌습니다. 관할 관아의 현감(縣監)은 소소한 민가의 다툼으로 규정하고 더 이상 조사를 진행하지 않았을 뿐 아니라 상위 관청인 군(郡)에도 보고를 하지 않았습니다."

"사람이 둘이나 죽었는데, 그대로 덮었다?"

강찬룡의 말에 이학송이 답했다.

"칠선객입니다. 도성의 이권을 잃은 그들이 지방의 소규모 검계 조직이나 왈패 패거리가 장악한 이권을 빼앗는 과정에서 벌어진 사건입니다."

장붕익이 고개를 끄덕이다가 이학송에게 물었다.

"그래서 자네 생각은?"

"앞으로 비슷한 일이 계속 일어날 깃입니다. 깅기의 맡이 상대편 말"

을 잡아먹듯이 칠선객 놈들은 자신들에게 맞서는 소규모 조직을 하나씩 궤멸시키거나 규합하는 식으로 점점 영역을 확대할 것입니다. 그런 식으로 칠선객의 지방 조직이 확장되면 틀림없이 색주가와 같은 대규모 술집이 나타날 것이고 그곳을 관리할 우두머리가 배치될 것입니다. 그때 상황을 보아 덮치는 것이 최선이라고 생각합니다."

"그런데 어떻게 그들의 움직임을 파악할 수 있겠는가?"

장붕익의 물음에 이번에는 정랑 나경환이 답했다.

"세상이 아무리 썩었다 한들 못된 관리 백 명 꼴에 참된 관리 한두 명은 있기 마련입죠. 학송과 함께 그런 관리들에 대해서 알아보고 있는 중이니, 나중에 대장과 참의가 비밀리에 소통하면 그들이 우리 금란방의 눈과 귀가 되어줄 것입니다."

"좋다. 정랑과 학송은 계속해서 그런 곳을 주시하라."

나경환과 이학송이 고개를 끄덕여 보였다.

이번에는 이규상의 차례였다.

"대감의 분부대로 도성 내 웬만한 거상의 명단은 파악하였습니다. 그런데 주목할 것은 도성의 거상들이 아니라, 경기 북부에 근거지를 둔 송상입니다."

송상(松商)은 과거에 송도(松都)라 불렸던 개성의 상인을 이르는 말이다. 송상은 주로 청과 거래하며 엄청난 부를 축적했는데, 해로와 육로를 통해 먼 거리를 오가는 만큼 교역 물자를 보호하기 위해 적지 않은 사병(私兵)을 거느렸다. 그래서 웬만큼 권세를 누리는 조정 대신들도 송상들과 교유하기를 원했고, 송상과 권신들은 서로의 부족한 부분을 채

워주며 세력을 넓히는 중이었다.

장붕익이 이규상에게 물었다.

"특별히 눈에 띄는 자가 있느냐?"

"차길현이라는 자입니다. 지난달에 차길현의 상선(商船)이 제물포에
상륙하여 엄청난 양의 식기(食器)를 신고하였는데, 도성과 경기의 시중
에 유통된 식기의 양은 거기에 훨씬 못 미칩니다."

강찬룡이 말했다.

"식기로 신고를 하고 다른 물건을 들여온 것이구먼."

이규상이 말했다.

"그렇습니다. 호조의 문서와 시중의 상품 거래량을 조사했으나, 크게
늘어난 품목이 없는 것으로 보아 차길현의 상선이 들여온 모종의 물건
은 암시장에서 은밀히 거래되는 것으로 사료됩니다."

장붕익이 말했다.

"규상은 시장을 주시하여 그들이 몰래 들여온 물건이 무엇인지, 그
물건이 향한 최종 목적지가 어디인지 계속 조사하라."

"네, 대감."

강찬룡이 주위를 둘러본 뒤에 입을 열었다.

"그럼 이제 내 차례군요. 얼마 전 대장께서 알아보라 하신……."

장붕익이 손을 내저어 강찬룡의 입을 막았다. 그리고 금란방의 다른
관원들에게 말했다.

"미안하네. 우리 사이에 비밀이 없어야 하나, 지금부터는 참의와 단
둘이 이야기를 나눌 터이니 자리를 피해주게."

나경환과 이규상, 이학송이 자리를 떴다. 강찬룡은 한쪽 눈을 찡그린 채 장붕익을 쳐다보았다.

"말해보게."

강찬룡은 무언가 미심쩍은 듯 장붕익의 얼굴을 살피다가 입을 열었다.

"별군직 윤필은에 대하여 알아보았습니다. 대대로 잡과(雜科)로 관리를 배출한 중인 집안의 자제입니다. 윤필은 역시 잡과를 통해 관리가 되어 한때 병기창(兵器廠)에서 병기를 개선하는 일을 하였다 합니다. 그러던 중 병기창의 무기를 강탈하기 위해 난입한 도적 넷을 혼자서 막아내는 공을 세웠고, 그 일을 주상께서 아시고는 별군직으로 친히 발탁하셨다 합니다."

"병기에 대해서 박식하고 무예도 뛰어나다는 말이군."

"그렇습니다."

"알았네."

강찬룡은 여전히 의문을 품은 눈길로 장붕익의 얼굴을 바라보다가 말했다.

"그런데 무슨 이유입니까?"

"전에 주상을 뵈러 입궐했다가 별군직 윤필은과 약간의 인연을 맺어 궁금했던 것뿐이네."

"그게 아니고, 왜 별군직에 대한 사안을 관원들에게 비밀로 하신 겁니까? 도대체 무슨 꿍꿍이이십니까?"

워낙 막역한 사이여서 두 사람 사이에 오가는 단어에 때로는 격이 무너지고는 했다. 하지만 장붕익은 늘 그랬듯이 개의치 않았다.

"나에게 무슨 꿍꿍이가 있겠는가? 별군직은 오로지 주상의 군사이니, 조심스러운 거지."

강찬룡은 여전히 표정을 풀지 않았다. 장붕익이 먼저 자리에서 일어섰다. 강찬룡은 미심쩍은 부분이 시원하게 해소되지 않아 개운치 않았으나, 더 따지지 않았다.

◇ ◈ ◇

금부도사 연정흠은 밤새 관아에서 번(番)을 서고 옷을 갈아입기 위해 낮에 집으로 향했다. 집 앞에 이르렀을 때 누군가를 다그치는 어른의 목소리가 들려왔다. 외거노비 춘삼이었다.

"아, 이놈아, 도련님 그만 괴롭히고 가자니까!"

이어서 연정흠의 아들 지운의 목소리가 담을 넘어왔다.

"괜찮네. 나는 괜찮으니, 바우는 두고 가게."

연정흠은 무슨 일인지 궁금증이 일었다. 그가 마당으로 들어섰다. 연정흠을 발견한 춘삼은 머리를 조아리며 당황한 기색을 보였고, 바우는 머리가 땅에 닿도록 허리를 숙여 보였다.

"나리, 도련님께서 칼 잡는 법을 가르쳐주셨습니다."

바우는 손에 쥐고 있는 목검을 연정흠에게 내보이며 해맑은 표정을 지었다. 지운이 다가가 말했다.

"아버님, 퇴청하셨습니까?"

"옷을 갈아입으려고 잠시 들렀다. 그런데 무슨 일이냐?"

지운은 곧바로 대답을 못하고 머뭇거렸다. 어쩔 줄 모르고 있던 춘삼이 마지못해 입을 열었다.

"도련님 잘못이 아닙니다요. 이 어리석은 것이 도련님께 무예를 가르쳐달라고 하도 졸라서……."

상황이 짐작이 갔다. 연정흠은 바우에게 다가가 머리를 쓰다듬었다. 바우는 연정흠을 올려다보며 입을 헤 벌렸다.

연정흠이 아들 지운에게 말했다.

"기왕 가르치는 것 제대로 가르쳐주어라."

그 말에 지운의 표정이 밝아졌다.

"네, 아버님."

하지만 춘삼은 큰일이라도 당한 듯 연정흠 앞에 머리를 조아리며 다급하게 말했다.

"아이고, 안 됩니다요, 나리. 도련님 글공부하실 시간도 모자라실 텐데, 어찌 그럽니까요? 절대 안 됩니다요."

그 말에 지운이 답했다.

"난 괜찮네. 바우를 가르치는 틈틈이 나도 단련을 하는 셈이니, 일석이조이네."

"아이고, 그래도 안 됩니다요. 이렇게 폐를 끼칠 수는 없습니다."

연정흠이 춘삼에게 말했다.

"지운의 말이 맞네. 지운도 글공부에 매진하느라 몸을 움직일 일이 없으니, 서로 좋은 일이 아닌가."

춘삼은 더 이상 말이 없었으나, 당황하고 송구스러워하는 표정이 역력했다. 연정흠이 바우와 지운을 돌아보며 말했다.

"하던 대로 계속하여라. 나는 춘삼과 좀 걸을 터이니."

연정흠이 바깥으로 나서고 춘삼이 뒤를 따랐다. 춘삼은 주인댁에 두고 온 아들이 신경 쓰여 자꾸만 뒤를 돌아보았다.

연정흠이 걸음을 옮기며 말했다.

"지운과 바우가 하는 대로 두게나. 지운이 바우를 동생으로 여기고, 바우 역시 지운을 형으로 여기니 얼마나 보기 좋은가?"

춘삼은 그 말에 화들짝 놀라 주변을 둘러보았다. 혹시 누가 듣기라도 했다가는 화를 당할 일이었다.

"형과 동생이라니요, 나리. 당치도 않습니다. 그런 말씀일랑 거두어주십시오."

연정흠은 춘삼의 나이를 몰랐다. 하지만 그가 아주 어렸을 때부터 집안일을 돌보았으니, 연배로 따지자면 춘삼이 한참 위였다. 십 년 전 춘삼은 연정흠의 아버지 연상현이 중매를 놓아 상투를 틀었다. 연상현은 도성 밖 여염에 집을 마련해주고 춘삼 내외를 내보냈다. 이후로 춘삼은 외거노비로 연정흠의 집을 오가며 집안일을 챙겼고, 연정흠 소유의 전답을 돌보았다. 가족이나 진배없었으나, 엄연히 연씨 사람은 주인이고 춘삼의 식구는 노비였다.

연정흠이 말했다.

"바우가 앞으로 무엇이 되든 자기 몸을 지킬 무예를 익히는 게 무엇흠이 되겠나?"

앞으로 무엇이 되든? 연정흠의 그 말이 춘삼의 가슴을 아프게 후 볐다. 노비의 자식이 노비로 사는 것 말고 무슨 방도가 있겠는가. 난리 가 일어나 세상이 바뀌고 천지가 개벽하지 않는 한 아들 바우는 노비로 태어나 노비로 생을 마감해야 하는 운명이었다. 춘삼은 감히 주인에게 말을 섞은 적이 없으나, 안타깝고 슬픈 마음에 저도 모르게 한마디 내뱉 고 말았다.

"천한 놈이 무예를 익히면 왈패나 검계밖에 더 되겠습니까요?"

연정흠이 춘삼을 돌아보았다. 춘삼은 조금 전 자신이 한 행동을 뒤늦 게 깨닫고는 바닥에 넙죽 엎드렸다.

"쇤네가 죽을죄를 지었습니다."

연정흠은 춘삼을 측은한 눈빛으로 내려다보다가 다시 걸음을 옮 겼다. 춘삼은 주인과 자신의 거리가 벌어지자 냉큼 몸을 일으켜 따라붙 었다.

"양난(兩難, 임진왜란과 병자호란) 이후로 신분을 갈아탄 이들이 많다는 것은 자네도 알 것이네. 당시 조정에서는 조세(租稅)를 늘리기 위해 공명첩(空名帖)을 팔기도 했지 않은가."

연거푸 왜국, 청과 전쟁을 치르면서 조선은 쑥대밭이 되었다. 기름진 전답이 황무지로 변한 것만이 문제가 아니었다. 무엇보다 전쟁에 제대 로 대비하지 못한 조정과 양반에 대한 백성의 불신이 하늘을 찔렀다. 반 상(班常)은 희미해졌고 난리통에 천민의 족쇄가 되었던 노비문서가 소 실되면서 수많은 천민이 양인(良人) 행세를 했다. 그것도 모자라 조정은 세수(稅收)를 늘리기 위해 공공연히 공명첩을 남발했다. 공명첩이란 말 그대로 이름[名]이 비어 있는[空] 문서[帖]로, 적당한 값을 치르면 있지도 않은 관직에 종사한다는 거짓 사실을 꾸며주는 가짜 증명서였다. 그런 식으로 천민이 양인이 되고, 양인은 양반이 되었다.

하지만 숙종 대에 이르러 왕실이 권세를 회복하고 사회가 안정되자 다시 반상의 규율이 제자리를 찾았다. 면천(免賤)은 극히 드문 일이 되었다. 식솔인 노비의 공을 높이 사 양인으로 천거하는 주인의 청이 있어도 조정 대신들의 반대에 막혀 번번이 좌절되기 마련이었다.

연정흠은 하나의 바람이 있었다. 언젠가 때가 무르익으면 춘삼을 면천시켜 양인으로 풀어준다는 계획이었다. 그것은 돌아가신 선친(先親) 연상현의 뜻이기도 했다. 하지만 나라의 재가를 얻지 못한 채 임의대로 춘삼을 자유인으로 풀어준다는 것은 그를 도망자 신세로 만드는 것뿐이었다.

연정흠은 걸음을 멈추고 춘삼에게로 몸을 돌렸다. 춘삼은 주인의 눈길이 자신에게로 향하자 다시 납작 몸을 숙였다.

연정흠이 말했다.

"세상일은 모르는 것이네. 앞으로 닥쳐올지 모를 새로운 세상에 앞서 준비를 하는 것은 결코 잘못된 일이 아니니, 지운이 바우에게 무예를 가르치든 글을 가르치든 자네는 개의치 말게나. 생을 동행해온 식구로서 자네에게 하는 부탁이네."

식구(食口)! 춘삼의 표정이 순식간에 일그러졌다. 그는 솟구쳐 오르는 눈물을 주체하지 못했다. 세상에서 가장 의로운 주인을 만나 분에 넘치는 은혜를 누린 것만도 감당하지 못할 일인데, 주인은 세 자식의 앞날

마저 걱정해주었다. 춘삼은 입 밖으로 터져 나오는 울음을 참지 못하고 꺼이꺼이 곡(哭)을 했다. 누가 보면 잘못한 가노(家奴)를 주인이 혼내는 꼴이었다. 연정흠은 안타깝고 측은한 눈길로 춘삼을 바라보다가 이내 집 쪽으로 발길을 돌렸다.

천덕은 난지가 앞서간 어둠을 응시하며 조심스럽게 발을 옮겼다. 구름이 짙은 탓에 달도 별도 숨어버려 한 치 앞을 분간하기 어려웠다. 그런데도 난지는 훤한 대낮에 산을 타는 것처럼 날랬다. 길을 나설 때만 해도 조심성 없는 난지가 걱정스러웠지만, 괜한 일이었다. 걱정해야 할 사람은 난지가 아니라 천덕 자신이었다. 백선당을 떠나 심마니가 된 지도 벌써 사 년째였건만 어둠에 싸인 산을 타는 일은 여전히 낯설고 불안했다. 반면에 난지는 천덕이 갖지 못한 심안(心眼)을 가진 듯 사방이 칠흑에 갇힌 야밤에도 움직임에 두려운 기색이 없었다.

멀지 않은 어둠 속에서 새 울음소리가 들려왔다. 난지가 새를 흉내 낸 소리인데, 영락없이 새였다. 난지는 산짐승들이 잠든 시각에는 평온을 깨기 싫다며 종종 짐승의 소리를 내어 자신이 있는 곳을 알리고는 했다. 천덕이 알고도 대꾸를 않자, 난지의 청아한 음성이 뒤를 이었다.

"잠시 쉬어가게 나 있는 데까지만 얼른 오시오!"

그 소리에 숨죽이고 있던 산새 한 마리가 푸드덕 날갯짓을 했다.

난지는 산에서 나고 자랐다. 소작농으로 생계를 꾸리던 불영 영감은 지주(地主)가 소작료를 올린 것도 모자라 없는 빚까지 만들어 씌우고 아내에게까지 치근덕거리자 더는 참지 못하고 논에 불을 싸지르고는 그대로 고향을 등졌다. 사람 사는 세상에서 그 지독함과 혹독함을 당하며 오십 년을 버텼는데, 산에서 못 살까 싶었다. 행인지 불행인지 산에 든 이듬해에 아내가 아이를 가졌다. 죄 많은 세상에 죄 없는 생명을 내보내도 될까? 불영 영감도 그의 처도 자식을 건사할 나이가 아니었다. 그때 이미 불영 영감은 오십이었고, 아내는 막 사십을 눈앞에 두고 있었다.

"산의 적막을 깨고 저것이 고개를 내밀었을 때 어찌나 두렵던지, 무릎이 덜덜 떨렸어. 불알이라도 달고 나왔으면 좀 덜했을 텐데, 딸자식이라 더 그랬지."

살아생전에 불영 영감은 난지가 태어나던 때를 회상하며 천덕 앞에서 한숨을 쉬고는 했다. 하루가 다르게 육신은 허물어져가는데, 세상살이에 까막눈이나 진배없는 딸을 두고 떠날 생각을 하면 가슴이 무너져 내렸을 것이다. 난지를 걱정하던 불영 영감이 떠올라 마음이 짠해질 때마다 천덕은 버릇처럼 혼잣말을 했다. 영감, 걱정 마쇼. 영감 무덤에 대고 했던 약조는 내 절대 잊지 않을 것이니.

"뭐라고 혼자 중얼거려쌌소?"

마음속 다짐이 입 밖으로 새어나온 모양이었다. 천덕은 대답을 않고 난지 옆에 자리를 잡았다.

"아버지 안 보고 싶어?"

천덕의 물음에 난지는 잠자코 있다가 답했다.

"보고 싶지. 와 안 보고 싶겠소. 둘 다 어디 좋은 데 있는지 이메도 이

베도 요즘엔 통 꿈에 안 나오요."

잠시 사이를 두고 난지가 천덕에게 물었다.

"아재는 어머니 안 보고 싶소?"

"보고 싶지. 많이 보고 싶지."

"아버지는?"

"얼굴도 모르는데⋯⋯."

"아직 살아 계실깝소?"

"죽었겠지. 그러니 어매가 나를 데리고 백선당에 가지 않았겠어?"

"당주 아버지도 모른다요?"

"어찌 알겠어."

난지는 양일엽을 '당주 아버지'라고 칭했다. 누가 시킨 것이 아니라, 난지 스스로 그렇게 불렀다. 양일엽도 그 호칭을 좋아했다.

"난 살아 있을 것 같구면."

난지의 그 말을 천덕은 그냥 흘릴 수가 없었다. 살아생전의 불영 영감은 난지를 무지렁이라 여겼지만, 천덕이 보기에 그녀는 대단히 영특했다. 계산과 머리가 빠르다는 뜻이 아니었다. 세상살이에 관해서는 불영 영감의 생각이 맞았다. 하지만 난지는 대개의 사람들이 보지 못하는 것을 보았고, 생각하지 못하는 것을 생각해내고는 했다.

지난 초여름이었다. 천덕은 집 주변을 어슬렁거리는 고라니 한 마리를 여러 날 지켜보다가 사냥을 하기 위해 화살을 메고 나섰다. 난지가 동행했다. 고라니 고기를 말려서 육포를 만들면 장에 내다가 팔 수 있고, 약초를 채집하러 집을 떠나는 동안에는 좋은 양식이 되었다. 난지도 천덕도 생명을 해치는 것이 마음에 걸렸지만, 그것이 산에 기대어 살아가는 사람들의 생존 방식이었다.

풀숲에 몸을 숨긴 채 고라니를 지켜보다가 천덕이 시위를 당겼다. 이제 시위를 놓기만 하면 날아간 화살이 고라니의 목을 꿰뚫을 것이다. 막 시위를 놓으려는 찰나에 난지가 천덕의 손을 잡았다. 천덕은 무슨 일이냐는 듯 난지를 쳐다보았다. 난지가 나지막하게 말했다.

"새끼를 배었소. 자궁에 생명이 자라고 있소."

난지는 일부러 소리를 내어 몸을 일으켰다. 난지의 동작을 알아챈 고라니가 후다닥 달아났다.

"난 몰랐는데, 배가 불룩하던가? 고라니는 봄에 새끼를 까지 않아?"

천덕이 알기로, 고라니는 원래 겨울에 번식해서 늦은 봄에 새끼를 낳는다. 그래서 그 기간에는 고라니 사냥을 피했다. 천덕이 그때 고라니를 향해 화살을 겨눈 것도 점점 더워지는 초여름이었기 때문이다.

난지가 천덕의 물음에 답했다.

"이제 막 새끼를 가졌으니, 못 알아보는 게 당연하지. 별난 년이구먼."

난지는 미련 없이 돌아섰다. 천덕은 입맛을 쩝쩝 다시다가 난지의 뒤를 따랐다.

산에서 벌어지는 일에 관한 한 천덕은 난지의 판단을 추호도 의심하지 않았다. 두어 달 전 함께 산나물을 캘 때였다. 뙤약볕이 내리쬐는 벌건 대낮이었건만 난지는 마당에 늘어놓은 고추를 걷어야 한다며 부리나케 집으로 향했다.

"무슨 소리를 하는가? 볕이 이리 좋은데   ."

천덕의 말에 난지는 오히려 의아하다는 듯 말했다.

"아, 당신 코에는 물비린내가 안 나요?"

아니나 다를까, 난지가 집으로 향하고 한 식경도 채 지나지 않아 사위가 어둑어둑해지더니 금세 소낙비가 쏟아졌다. 비에 흠뻑 젖은 천덕이 집으로 돌아갔을 때 마당은 깨끗하게 비워져 있었다.

"어찌 알았어?"

"내가 말하지 않았소? 물비린내가 난다고."

한 달 전 불국사 일주문 부근에서 좌판을 펴놓고 있을 때는 이런 일도 있었다. 불영 영감이 세상을 떠났을 때 염불을 해준 승려와 마주쳤다. 그를 보고는 대뜸 난지가 물었다.

"상 치르고 오는 길이오? 고생하셨소."

승려의 눈이 커졌다.

"방장 스님을 뵈었는가?"

"그게 무슨 말이오?"

"그런데 어찌 아는가?"

나중에 안 일이지만, 그때 그 승려는 속가(俗家)의 어른이 세상을 떠나 며칠 다니러 갔다가 온 길이었다.

"그냥 아요. 옷에서 향냄새가 진동하기도 하고."

그 소리에 승려는 승복의 깃과 소매를 코에다 대고 킁킁거렸다. 그는 한동안 난지를 뚫어져라 쳐다보다가 곁에 선 천덕과 눈을 맞추고는 걸음을 옮겼다.

그런 일이 한두 번이 아니었다.

'무녀(巫女)인가?'

처음에 천덕은 그렇게 생각했다. 하지만 곧 생각을 바꾸었다. 난지는 아직 대지에서 탯줄이 떨어지지 않은 원시 생명이었다. 세상일에는 깜깜했으나 자연에 속한 것들, 예를 들어 식물이나 동물, 기후를 비롯하여 자연으로 돌아간 존재들에 관해서나 오감과 머리만으로는 결코 알아낼 수 없는 일들을 난지는 기가 막히게 알아차리고는 했다.

"난 살아 있을 것 같구먼."

천덕이 난지의 그 말을 지나칠 수 없는 이유였다. 객쩍은 소리나 공치사를 할 줄 모르거니와 천덕 자신은 절대로 개입할 수 없는 영역을 드나드는 난지의 입에서 나온 말이기에 결코 흘려들을 수가 없었다.

어머니가 아버지와 살던 곳이 함경도 북쪽 끄트머리라고 했다. 언젠가 완전히 자유로워진다면, 꼭 찾아가보리라 마음먹고 있었다. 하지만 요원한 일이 되고 말았다. 양일엽과 상규에 더해 난지라는 단단한 끈이 그를 세상에 붙들어두고 있었다.

천덕이 자리에서 일어섰다.

"내일 밤까지 백선당에 닿으려면 부지런히 움직여야지."

난지도 몸을 일으켰다.

"잘 따라오기나 하소."

난지가 앞장서서 걸어갔다. 그녀는 이내 어둠 속에 잠기더니 더 이상 보이지 않았다. 서방이 길을 잃지 않게 하려는 듯 저만치 어둠 속에서 새 소리가 들려왔다,

◇ ◆ ◇

"우욱."

고깃국이 끓고 있는 솥을 국자로 휘젓던 견정이 구역질을 했다. 며칠째 속이 좋지 않다가 증세가 조금 나아졌나 했는데 다시 도진 모양이었다. 서생댁이 견정을 밀어냈다.

"으이그, 아씨는 방해만 되니까 얼른 들어가소."

벌써 며칠째 서생댁에게 정주 일을 맡긴 것이 미안하여 견정이 머뭇거렸다. 더군다나 오늘은 손님이 오는 날이라 해야 할 일이 많았다. 그렇다고 백선당에 딸린 식솔들에게 집안일을 맡기는 것도 영 마음에 걸렸다.

"밖에서 전이라도 구울까?"

견정의 말에 서생댁이 눈을 흘겼다.

"아, 부침개는 괜찮다요? 음식 앞에서 구역질하면 복도 맛도 다 달아날 텐데, 그만 들어가시라니까 와 그리 고집을 부리오?"

견정이 태어날 때 그 핏덩이를 받아낸 이가 서생댁이었다. 출산 뒤에 몸이 약해진 친모를 대신하여 견정을 키운 사람도 서생댁이었다.

서생댁은 원래 농가의 아낙이었으나, 을유년(乙酉年, 1705년)에 역병이 번졌을 때 남편과 자식을 몽땅 잃고 견정의 집에 몸을 의탁했다. 서생댁은 아픔이 컸던 탓에 성격이 침울했으나 묵묵히 소임을 다했고, 차츰 주인 내외의 신뢰를 얻었다. 출산을 하던 날 산파가 왔음에도 서생댁이 자리를 지킨 것도 그런 이유였다.

난산 끝에 아기가 고개를 내밀었을 때 서생댁은 감격해서 울음을 터뜨렸다. 어쩌면 그 보드라운 생명을 보듬으며 먼저 보낸 자신의 아이들을 떠올렸는지도 모른다. 자연히 견정을 보살피는 유모 역할은 서생댁의 몫이 되었고, 그녀는 친어미보다 더한 정성을 쏟으며 견정을 돌보았다. 견정이 다섯 살 때 견정의 친모가 세상을 떠난 뒤로 두 사람은 피붙이보다 더욱 가까운 사이가 되었다.

정주에서 큰 소리가 나자 양상규가 기웃거렸다.

"무슨 일이 있소?"

서생댁이 견정을 상규가 있는 쪽으로 밀어내며 말했다.

"속병이 다시 도졌는지 구역질을 해대기에 가서 쉬라는데도 참 말을 안 듣소. 작은 나리께서 어서 아씨 좀 데리고 가소."

정주는 여자들의 공간이라 감히 들어서지는 못하고 상규가 바깥에 서서 아내의 안색을 살폈다. 아닌 게 아니라 얼굴에 홍조를 띤 것이 평소 같지는 않았다.

"많이 안 좋소이까?"

상규의 물음에 견정이 미소를 지으며 대답했다.

"괜찮습니다."

"그래도 유모님 말을 따르세요."

견정이 못내 고개를 끄덕이고 정주를 나섰다. 상규가 처를 대신하여 서생댁에게 말했다.

"일이 많을 텐데 도움이 되지 못해 죄송합니다."

"아이고, 작은 나리, 그런 말씀일랑 마시오. 친덕 내외는 밤이 깊어서야 도착할 테니, 나도 쉬엄쉬엄 하겠소."

상규는 서생댁에게 고개를 숙여 보이고는 돌아섰다. 그는 마당을 가로지르며 하늘을 올려다보았다. 구름 한 점 없는 가을 하늘이 눈부셨다.

'날이 맑아서 형님과 형수님 오시는 길에 어려움이 덜하겠구나.'

상투를 튼 천덕이 난지를 데리고 나타난 이후로 상규는 그를 '형님'이라고 부르는 게 전혀 어색하지 않았다. 여전히 천덕은 상규를 편하게 대하지 못했으나, 시간이 해결할 문제였다.

지난 유월, 천덕 내외가 백선당에 왔다가 떠나는 길에 양일엽이 말했다.

"당분간 금주령이 풀리지 않을 것 같다. 그러니 자주 올 필요 없다. 너도 이제 가장이 되었으니, 여기는 잊고 처를 잘 보살피거라."

마음에 없는 소리라는 사실을 알고도 천덕은 많이 서운해했다.

"나리, 백선당이 제 집인데, 무슨 말씀이십니까요?"

하지만 양일엽은 고개를 저었다.

"네 처가 있는 곳이 너의 집이다. 그러니 먼 길 오느라 고생하지 말고 그곳에서 잘 지내거라."

자칫 옥신각신이 길어질 수 있는 일을 난지가 두 사람 사이에 끼어들어 마무리했다.

"당주 아버지, 그라믄 여기가 제 시댁인데, 어찌 안 오겠소? 계절마다 찾아뵐 테니 맛있는 거나 많이 해주소."

그 말에 양일엽은 껄껄 웃음을 터뜨리며 고개를 끄덕였다. 그렇게 매 계절마다 천덕 내외가 백선당에 방문하는 것으로 일단락되었다. 그리고 바로 그날이 천덕 내외가 오는 날이었다.

늘 그랬듯 문설주에 등이 내걸렸다. 상규는 황방산과 함월산 사이의 계곡에 들어앉은 어둠을 바라보며 천덕을 기다렸다. 달이 밝았으나 두 개의 산을 가르는 계곡에는 달빛이 미치지 못하였다. 계곡을 타고 흐르는 물소리에 귀를 맡기고 있자니, 모든 시름이 씻겨 내려가는 것 같았다.

대문 건너편에서 인기척이 났다. 양일엽과 견정, 서생댁이 문 밖으로 나섰다.

"밤기운이 찹니다. 형님이랑 형수님 오시면 안채로 모실 터이니 찬 기운을 피하십시오, 아버님."

"아니다. 가을밤이 참 좋구나. 난 괜찮으니 괘념치 말아라."

상규는 양일엽의 어깨 너머로 견정을 보며 말했다.

"부인은 좀 괜찮으시오?"

"괜찮습니다. 염려 마십시오, 서방님."

서생댁이 나섰다.

"아, 안에서 기다리자 해도 형님 오시는데 어찌 안 나가볼 수 있냐고 한사코⋯⋯."

서생댁의 그 말에 양일엽이 견정을 돌아보며 물었다.

"몸이 안 좋은 것이냐?"

견정이 대답했다.

"헛구역질이 올라와서 애를 먹었는데 지금은 괜찮습니다, 아버님. 가을밤 공기가 참으로 맑고 좋습니다."

그새 어디선가 새 울음소리가 들려왔다. 진에 낯지기 새 소리를 기막

히게 흉내 내는 것을 본 기억이 있는 견정이 황방산의 어둠을 향해 소리
쳤다.

"형님, 오시었소?"

풀숲에서 난지가 뛰어 나왔다.

"당주 아버지, 우리 왔소. 다들 잘 계셨소?"

양일엽이 손을 뻗어 난지의 어깨를 두드렸다. 잠시 뒤 천덕이 모습을
드러냈다.

"나리, 저희 왔습니다요."

"그래, 잘 왔다. 먼 길 오느라 고생했다."

견정이 앞으로 나서며 난지에게 말했다.

"오시는데 힘들지는 않으셨습니까?"

난지가 대답했다.

"얼른 오고 싶어서 훨훨 날아서 왔지."

그리고 나서 난지는 견정의 얼굴을 잠시 뚫어져라 쳐다보더니 가까
이 다가가서 킁킁 냄새를 맡았다.

"아우님, 새끼를 배었소?"

일순 정적에 휩싸였다. 계곡을 타고 흘러내리는 물소리만 청아했다.
난지의 불가사의한 능력을 아는 천덕이 상규를 보며 말했다.

"도련님, 아씨께서 회임(懷妊)하셨습니까?"

모두들 여전히 얼어붙은 가운데 서생댁이 소스라치게 놀라며 소리
쳤다.

"에그머니나, 에그머니나!"

난지가 자신으로서는 도저히 이해가 가지 않는다는 표정으로 말했다.

"아무도 모르셨소?"

"에그머니나! 이런 경사가 있나! 나리, 이 둔한 것이 눈치가 없어 몰라 봤습니다요. 그렇구먼요. 아씨가 아이를 가졌습니다요."

서생댁이 오두방정을 떨자, 양일엽은 그제야 퍼뜩 정신을 차리고 입을 쩍 벌렸다. 상규 역시 놀라서 눈을 치뜬 채 견정을 바라보았다. 견정은 무언가를 따져보는 듯 허공에 시선을 놓고 있다가 상규를 바라보았다.

난지는 여전히 살짝 골이 난 표정으로 말했다.

"아니, 어찌 그걸 모를 수 있소?"

제 3 장

꽃잎이 떨어져도
꽃은 죽지 않는다

"백성을 업신여기고 나라를 좀먹는 자에게는
일말의 자비도 베풀지 않을 것이다!"

장붕익

15

칠선객, 다시 날개를 펴다

1734년 겨울

울산도호부 관아의 출입문을 지키는 나졸들이 자신들을 향해 다가오는 웬 사내 둘을 발견하고는 창을 쥔 손에 힘을 주었다. 삿갓을 눌러 써 얼굴을 알아볼 수는 없었으나, 처음 보는 작자들이었다. 조금의 주저함도 없이 일직선으로 다가오는 그들의 기세가 심상치 않았다.

"도호부의 행랑에서 거하고 있는 이가 지금 있느냐?"

대뜸 반말이었다. 행색으로 보아 끽해야 중인일 텐데, 도호부의 군뢰(軍牢)를 대하는 태도가 종을 대하는 듯했다. 나졸들은 배알이 틀렸으나, 받은 대로 돌려줄 수는 없었다. 벌써 반년 가까이 도호부 관아의 행랑에 머물며 공짜 밥을 축내고 있는 '한성의 유협(遊俠)'을 '이'라고 칭하는 자들이었다. 아전 김치태의 극진한 대접을 받는 인물을 동급으로 대하는 자들을 상대로 성질을 부렸다가 나중에 무슨 일을 당할지 몰랐다. 하지만 나졸들에게도 나름의 자존심이 있어 그들의 말에 곧장 대답하지는 않고, 마당에서 비질을 하고 있는 관노에게 큰 소리로 일렀다.

"행랑의 유협께서 방에 계신지 알아보고, 계시거든 이분들을 모셔라!"

'유협'이란 김치태가 행랑의 객인 이철경을 칭하는 표현이었다. 딱히 학문에 뜻이 있는 것 같아 보이지는 않아 '선비'라 하기에는 적절하지 않았다. 평소 관병들이 군사 훈련을 하는 곳에서 몸을 단련하며 단검을 던지는 것을 보고 김치태가 협객을 뜻하는 유협이라고 부른 것이었다.

노비가 사라지고 오래지 않아 이철경이 모습을 드러냈다. 관아 대문 앞의 삿갓 쓴 사내들을 보고도 이철경은 알은 체를 하지 않고 그들을 지나쳐 관아로부터 멀어졌다. 삿갓 사내들이 이철경의 뒤를 따랐다.

어느 정도 관아에서 멀어진 뒤 이철경이 걸음을 멈추고 돌아섰다.

"누구의 부름인가?"

사내 중 하나가 내내 눌러쓰고 있던 삿갓을 살짝 들어올렸다. 낯익은 자였다. 회주인 표철주를 호위하던 살수 중 한 명이었다.

"회주로군."

얼굴을 보인 살수가 말했다.

"보은의 관아로 가시오. 그러면 그곳 아전들이 이후를 안내할 것이외다."

"회주가 보은에 둥지를 텄는가?"

"삼회주가 이곳에 숨어 지내는 동안 다른 회주들은 경기 이남부터 충청까지의 세력을 장악했소. 지방 검계들을 규합하여 다시금 한성으로 돌진할 계획이오. 그러니 삼회주도 합류하시오."

"알았다. 여기서의 일을 마무리하고 내일 아침에 출발하겠다."

표철주의 수하들은 그대로 돌아섰다. 이철경은 궁금한 것이 많았으나 그들을 불러 세울 수 없었다. 조직의 서열을 따지자면 분명 이철경이 그들의 위였으나, 그것은 유명무실한 위계에 불과했다. 회주의 오른팔 역할을 하는 살수들은 표철주의 명이 아니면 따르지 않았다. 멀어지는 살수들의 뒷모습을 보며 이철경은 자신에게도 힘깨나 쓰는 심복이 있으면 좋겠다는 생각을 했다.

"그나저나 회주가 그동안 놀고 지내지만은 않은 모양이군."

도호부 관아로 향하는데, 김치태가 멀리서 다가왔다. 이철경을 찾아온 객들이 있다는 소식을 그새 접하고 돌아가는 사정이 궁금해서 나선 것이었다.

"유협을 찾아온 객들이 있다 했는데, 어찌 혼자이십니까?"

"벌써 돌아갔네."

"어이쿠, 이렇게 대접이 소홀해서야 되겠습니까? 그냥 보내시다니요?"

이철경이 김치태의 얼굴을 지그시 바라보다가 말했다.

"내일 이곳을 떠날 것이네."

"한성으로 돌아가시는 겁니까?"

이철경은 구구절절 설명하기 귀찮아서 고개를 끄덕였다. 그러자 김치태가 황망한 표정을 지었다.

"아니, 유협 나리. 이대로 그냥 가시면 어쩝니까요?"

무슨 말인지 알아듣지 못해 이철경이 표정에 의문을 담았다. 김치태가 이철경의 눈치를 살피며 말을 이었다.

"그간 유협을 뫼시면서 쓴 돈이 얼마인데……. 무슨 약조라도 해주셔야……."

이철경이 그제야 김치태의 속내를 파악하고는 고개를 끄덕이며 말했다.

"그랬지. 내가 그동안 이방에게 신세를 많이 졌지."

"그러문입죠."

김치태가 비굴한 미소를 지으며 머리를 조아렸다. 그 모습을 보고 이철경은 입가에 쓴웃음을 지은 채 말했다.

"이방은 내가 누구라고 생각하나?"

"제가 어찌 알겠습니까요? 다만 한성에서 한자리 하는 높은 관리의 자제라고만 알고 있습니다요."

순간, 이철경은 사실을 곧이곧대로 밝혀 김치태를 아연실색하게 만들까 하는 장난기가 발동했다. 이인좌가 난을 일으켰을 때 왕실을 향해 칼을 겨눈 역적의 아우이며, 도성을 근거지로 갖은 패악을 일삼던 검계 칠선객의 삼회주다! 하지만 다음을 위해 참았다. 도성의 장붕익이 멀쩡한데, 칠선객의 일이 순탄하지만은 않을 터였다. 지방의 왈짜들을 규합하여 세력을 키우고 밀주를 유통하여 재물을 회복한다 한들 장붕익이 건재한 동안에는 바람 앞의 등불이었다. 언제 또다시 관군의 공격을 받아 와해될지 몰랐다. 그런 일이 생긴다면, 이철경 자신이 몸을 피할 곳은 울산도호부뿐이었다. 괜히 자신 앞의 모리배를 골려주겠다는 마음으로 정체를 드러낼 필요가 없었다.

이철경이 고개를 끄덕이며 말했다.

"내가 어찌 이방의 노고를 잊겠는가? 그러니 염려 놓게."

"아이고, 과찬이십니다요."

그쯤에서 이철경은 돌아섰다. 그의 발걸음이 백선당으로 향했다.

이철경은 백선당으로 향하는 오르막길을 걷던 중에 백선당의 청지기 노릇을 하는 병술과 마주쳤다. 병술은 이철경이 처음 백선당에 들어섰을 때와는 달리 경계하는 기색을 보였다. 그가 나타날 때마다 당주와 양상규의 수심이 깊어지는 것을 알아차렸던 것이다.

"이보게, 당주는 좀 어떠신가?"

병술은 재빨리 지나치려 했으나 이철경의 질문에 발목을 잡히고 말았다.

"여전하십니다."

"여전하다는 건 차도가 없다는 뜻이겠지?"

"도호부 아전의 모략으로 매를 맞으신 뒤로는 걸음이 편치 않으시고 기도 흐트러지셨습니다."

병술이 얼른 달아나려 하자, 이철경이 다시 붙잡았다.

"이보게, 당주는 어떤 사람인가?"

"우리 당주 어른 말씀이십니까?"

"그럼 백선당에 당주가 둘이던가?"

병술은 얼른 대답하지 못하고 생각에 잠겼다가 멀리 펼쳐진 약사동의 논을 가리켰다.

"저기 저 논의 육 할이 당주 어르신 소유입니다. 원래 당주께서는 땅에 욕심이 없으셨으나, 금주령이 떨어지고 난 뒤에 웃돈을 얹어 저 논들을 매입하셨습니다. 백선당에서 술을 빚던 일꾼들이 금주령으로 일을 잃은 뒤로는 죄다 저 논에서 소작을 하고 있습죠. 땅 가진 인간들이 얼마나 탐욕적입니까요? 소작료로 반을 요구하는 것은 양반입죠. 거개가 칠 할이나 팔 할을 요구해서 소작농들은 일 년 뼈 빠지게 논에서 일하고 노예처럼 지주네 집안일을 봐주면서도 겨우 입에 풀칠이나 할까 말까입니다. 그런데 우리 당주 어르신은 소작료로 일 할을 받으십니다. 그렇게 소작으로 받은 곡식 중에 백선당 살림에 쓸 것만 남겨놓고 나머지는 약사동과 인근 동리의 굶주리는 사람들에게 나누어주십니다. 주위의 지주들이 소작농들 버릇 나빠진다고 소작료를 올리라 단체로 윽박질러도 꿈쩍 않으시는 분이 우리 당주 어른이십니다. 대답이 되셨습니까?"

이철경이 고개를 끄덕였다. 병술은 이철경에게 허리를 굽혀 보이고는 가던 길을 갔다.

혼자 남은 이철경은 길가의 돌에 엉덩이를 붙였다. 찬 기운이 꼬리뼈를 타고 올라와 오소소 소름이 돋았다. 길 아래에서부터 아이들의 조잘거리는 소리가 가까워졌다. 글공부하러 백선당으로 향하는 아이들이었다. 아이들이 자신 앞을 지나칠 때 그가 말했다.

"글공부 열심히 하거라."

아이들은 객쩍은 소리를 하는 낯선 양반을 피했다. 이철경은 자리에서 일어나 왔던 길을 되짚었다. 수확을 끝낸 논의 황량한 풍경이 눈에 들어왔다.

나경환과 이학송은 부상 행세를 하고 안성의 장터를 돌아다녔다. 며칠째 안성에서 크고 작은 장터를 여러 곳 다녔으나 바침술집의 흔적을 찾을 수는 없었다. 지난가을에 안양 남쪽의 둔대라는 지역에서 검계와 왈짜들 간의 칼부림으로 추정되는 살인 사건이 일어난 이후로 경기 이남의 여러 지역에서 비슷한 사건이 여러 차례 일어났다. 잔인한 수법으로 보아 분명 이권을 놓고 검계들 간에 벌어진 싸움이었다. 형조의 금란방 관원들은 지방으로 흩어진 칠선객이 지방의 왈짜들을 자기 밑으로 들이는 과정에서 벌어진 일이라 판단했다. 하여 나경환과 이학송은 안양부터 시작하여 월암과 금곡, 봉담, 오산을 거쳐 안성까지 이르렀다. 하지만 어느 곳에서도 아직 본격적으로 밀주를 유통하는 기미는 보이지 않았다.

밤이 되자 두 사람은 안성 주막의 봉놋방에서 몸을 녹였다. 마침 둘 외에는 나그네가 없어 대화에 거리낌이 없었다.

"형님, 오늘 장터에서 보셨소? 검계로 보이는 작자들이 여럿 있더이다."

이학송의 말에 나경환이 대답했다.

"나도 봤어. 아주 활개를 치고 다니더군. 놈들이 밀주에서는 손을 떼고 장사꾼들 등이나 치면서 명맥을 유지하는 건가?"

"그럴 리가 있겠소? 도성에서 밀주를 유통하며 돈 맛을 본 놈들이 어찌 손을 떼겠소? 개기 똥을 끊지."

"일단 안성에서는 아직 터를 잡지 않은 것이 분명하네. 내일 군청에 가서 대감께 파발마(擺撥馬)를 띄우고, 우리는 조금 더 남쪽으로 내려가세. 내일 갈 길이 머니 어서 눈을 붙이게."

베개에 머리를 붙인 지 오래지 않아 적요(寂寥)를 깨고 부산스러운 움직임이 감지된다 싶더니 이내 한 무리가 주막으로 들이닥쳤다. 이학송은 상체를 반쯤 일으키고 바깥의 동태를 살폈다.

"주모 있는가? 봉놋방 좀 내어주게."

주막의 여주인이 목소리를 낮추어 대답했다.

"먼저 온 객들이 있으니, 소리 좀 낮추시오."

하지만 주모의 청에도 불구하고 무리 중 하나가 방문을 벌컥 열어젖혔다. 이학송은 막 선잠에서 깬 시늉을 했으나, 나경환은 그사이 정말로 깊은 잠에 빠져든 것인지 미동조차 하지 않았다. 캄캄한 방 안을 살피던 사내가 소리쳤다.

"일어나라! 귀한 객들이 왔으니, 딴 데 알아보아라!"

그 소리에 나경환이 몸을 일으키며 말했다.

"어떤 잡것들이……."

이학송이 나경환의 어깨를 잡고 힘을 주었다. 나경환은 하는 수 없이 기세를 거두었다. 봉놋방을 먼저 차지하고 있던 객들이 제법 기개가 있는 것을 보고는 문을 열어젖힌 사내가 피식거렸다.

"오호라, 너도 사내라 그것이냐?"

사내가 이죽거리자 그 뒤로 세 개의 그림자가 들러붙었다.

"왜, 놈들이 버티는가?"

이학송이 그들 앞에 머리를 조아렸다.

"잠결에 큰 소리를 당해 정신이 없습니다요. 저희들은 물러갈 것이니, 편히들 쉬십시오."

그렇게 말하고 나서 이학송은 영 마뜩치 않아 하는 나경환을 억지로 일으켰다. 두 사람이 발치에 둔 등짐을 짊어지려는 순간 무리들 중 한 명이 말했다.

"장사치들이구나. 너희 짐은 우리가 챙길 테니 내려놓고 가라."

이학송은 고민에 빠졌다. 대놓고 장사꾼의 짐을 강탈하려는 놈들이라면 못할 짓이 없는 족속들이었다. 왈짜 넷 정도 처리하는 건 문제도 아니었지만, 비밀리에 검계를 추적하는 동안 일을 일으켜 저들의 경계를 살 필요는 없었다. 이대로 순순히 물러난다면 큰 탈은 없을 것이다. 하지만 주막의 젊은 여주인과 아이들이 걱정이었다. 자신과 나경환이 떠나고 나면 여주인은 분명 험한 꼴을 당할 것이다. 그러나 이학송의 고민은 거기까지였다. 분을 못 이긴 나경환이 갑자기 무리를 향해 달려든 것이다.

나경환은 맨 앞에 선 사내의 목을 그악스럽게 잡아채고는 그대로 바깥으로 끌고 나가 바닥에 내동댕이쳤다. 뒤로 물러선 이들이 당황하는 사이 나경환의 주먹에 한 놈이 나가떨어지고 발길질에 옆구리를 채인 한 놈 역시 고꾸라졌다. 나머지 한 놈이 칼을 빼들고 앞으로 내밀었다. 그러나 그는 방에서 바깥으로 튀어나온 이학송의 날아 차기에 안면을 정통으로 강타 당하고는 그대로 쓰러졌다. 눈 깜짝할 사이였다 주막 여주인의 눈이 휘둥그레지고, 이닌 밤중의 소란에 잠을 깨 방에서 나온 아이들은 울음조차 터뜨리지 못했다. 무리 중 셋은 정신을 잃었고, 나경환에게 발길질을 당했던 이만 바닥에서 바둥거렸다. 나경환이 그에게 다가가 목덜미를 쥐고는 일으켰다.

"뭣 하는 놈들이냐?"

옆구리를 움켜쥔 채 숨을 헐떡거리면서도 사내는 악을 썼다.

"네놈들이 지금 누구를 건드린 줄 아느냐? 네놈들은 이제 죽은 목숨이나 마찬가지다."

나경환이 사내의 어깻죽지를 잡고 힘을 주었다. 사내의 입에서 신음이 새어나왔다.

"뭣 하는 놈들이냐고 물었다."

"칠선객을 건드렸으니 너, 너희는 사, 살아도 산목숨이 아니다."

나경환이 피식 웃음을 흘렸다.

"도성에서 달아난 것이냐, 아니면 이곳에서 왈짜 행세를 하다가 칠선객에게 먹힌 것이냐?"

나경환의 물음에 검계 사내의 눈이 커졌다. 무예 실력으로 이미 범부(凡夫)가 아님을 알았다. 부상 행색을 한 자들이 칠선객에 대해서 훤히 꿰고 있다는 사실은 보통 일이 아니었다.

"도성에서 도망친 칠선객 패거리가 지방을 접수하겠다며 설치고 다닌다는 소식을 듣고 배알이 틀려 있던 중에 네놈들이 걸려든 것이다. 네놈을 비롯하여 여기 뻗은 나머지도 모두 칠선객 소속이냐?"

검계 사내는 오금이 저리면서도 말투에서 날을 거두지 않았다.

"너, 너는 곧 죽는다. 우리가 끝까지 찾아내⋯⋯."

나경환이 두툼한 손바닥으로 그의 뺨을 후려쳤다. 사내의 고개가 좌우로 요동치더니 옆으로 푹 꺾였다.

이학송이 주막 여주인에게 다가갔다.

"아이들을 데리고 관아로 가시오. 무슨 일이 있었는지 사실대로만 말하시오. 그러면 크게 뒤탈은 없을 것이오."

여주인은 부리나케 아이들을 끌고 어둠 속으로 사라졌다. 나경환이 품에서 단도를 꺼내고는 혼절한 검계 사내들의 발뒤꿈치 힘줄을 하나씩 잘랐다. 검계 사내들의 몸뚱아리는 혼절한 가운데에도 힘줄이 잘릴 때마다 움찔거렸다. 피비린내가 코를 덮치자 이학송은 저도 모르게 미간을 찌푸렸다.

"형님, 꼭 그렇게 해야만 하오?"

"학송아, 난 이놈들에게 은혜를 베푸는 것이다. 육신이 멀쩡한 한 이놈들은 악행을 멈추지 못할 것이야. 지금부터라도 나쁜 일을 하지 못하면, 나중에 지옥에 가더라도 조금은 덜 고통스럽지 않겠느냐?"

나경환이 일을 치르는 동안 이학송은 봉놋방에 있던 등짐을 챙겼다. 짐을 챙겨 나오자 일을 끝낸 나경환이 흙바닥에 단도를 문지르고 있었다. 이학송은 나경환에게 다가서다가 바닥에 떨어진 검계의 칼을 발견하고는 집어 들었다.

"형님, 이것 보시오. 놈들의 칼이오."

나경환이 칼을 살펴보다가 말했다.

"살짝 구부러진 모양새가 청에서 만든 것이다. 이 촌구석의 검계 조무래기가 어찌 청이 칼을 차고 있는 것인가?"

알 수 없는 노릇이었다. 고개를 갸우뚱하던 나경환은 칼을 바닥에 내던졌다.

"그나저나 놈들의 경계가 심해질 터이니 당분간 대감께 소식을 띄울 파발마를 움직이기는 힘들 것 같소. 검계 놈들이 이렇게 판을 치고 다니는 것으로 보아 안성 관리들도 놈들에게 넘어간 것이 틀림없소."

이학송의 말에 나경환이 답했다.

"무소식이 희소식이지. 안성에 오기 전에 소식을 띄웠으니, 우리가 어디쯤 있을지는 대장께서도 짐작하실 것이네."

"다음 행선지는 어디입니까?"

"충주."

"아무튼 형님 덕분에 한동안 봉놋방 신세지는 일은 글렀으니, 이 엄동설한에 어디서 몸을 녹입니까?"

"설마 얼어 죽기야 하겠느냐? 충청좌도의 관찰사가 오랫동안 장 대장과 군영에서 한솥밥을 먹은 이익수 대감이니, 충주의 감영에서 파발마를 띄우고 신세 좀 지다가 다음 행선지를 논의함세."

밤이 깊어졌다. 두 사람의 인영이 점점 희미해지더니 이내 어둠 속에 완전히 자취를 감추었다.

강찬룡과 이규상은 개성상인 차길현의 상선이 들어오기를 기다리며 사흘째 제물포에 머물렀다. 원래 하루 전에 도착해야 했으나 상해를 출발한 배는 아직 감감무소식이었다. 부두 주변에는 상선을 기다리는 상인과 상단(商團)의 무사들로 들끓었다. 근래 들어 청의 물건이라면 사족을 못 쓰는 양반네들이 늘어나면서 청에서 수입한 재화의 값이 천정부지로 치솟았다.

상밥집의 구석에 마주 앉아 점심을 먹으면서 부둣가를 오가는 인파를 살펴보며 강찬룡이 말했다.

"저 장사꾼들을 보고 있자니 부아가 치미는군. 청에서 들여오는 물건은 인간이 목숨을 연명하는 데 하등 불필요한 사치품들이거늘 우리는 자연에서 나는 귀한 것들로 그 값을 치르고 있지 않은가. 자네도 청에서 들여온 물건을 좋아하는가?"

강찬룡의 물음에 이규상이 답했다.

"관심 없습니다. 사람들은 청에서 들여온 약재가 우리 것보다 약효가 뛰어나다고 호들갑을 떨고 사족을 못 쓰지만, 그건 사람들의 허영을 부추기는 뜬소문에 불과하지 않습니까? 조선 사람은 조선 땅에서 난 것을 취해야지요. 형님 말대로 청에서 들어오는 사치품들이 양반가에서는 마치 인간의 등급을 매기는 딱지로 둔갑한 듯합니다. 가락지나 댕기 하나도 청의 것을 해야 어디 가서 행세를 하는 꼴이라니, 참으로 가소롭기 그지없습니다. 양반네들이 그러한 사치품에 지불하는 엄청난 재화는 어디에서 난 것입니까? 논과 밭에서, 바닷가에서, 대장간에서, 장시에서 고생하는 우리 상민들의 피와 땀이 아니겠습니까? 그처럼 귀한 것을 저 하찮은 물건을 구하는 데 갖다 바치면서도 부끄러운 줄을 모르니, 같은 상민으로서 참으로 무참합니다."

강찬롱이 미소를 지었다.

"자네는 술을 즐기지 않으니 회음(會飮)이 금지된 지금이 호시절이 겠지?"

"이미 여러 번 회음 자리에서 추태를 보인 뒤로 사간원에서는 저를 부르는 이가 진즉에 없었습니다."

"그런가? 허허허."

잠시 사이를 두고 강찬롱이 입을 열었다.

"입사의 폐단이 적지 않지. 고관대작의 자제가 벼슬길을 시작할 때야 무슨 걱정이 되겠는가. 하지만 형편이 좋지 않은 집안의 자제가 급제하여 벼슬길을 시작할 때면 선임 관리들이 입사를 핑계로 술과 음식을 요구하는 통에 기둥뿌리가 뽑힐 지경이네. 실제로 입사 의식을 제대로 치르지 못해 미운털이 박히거나 스스로 관직을 그만둔 이들이 적지 않네."

"네, 저도 알고 있습니다. 저 역시 같은 경험을 했습니다."

입사(入仕)란 관직에 제수되어 관리로서 처음 등청하는 것을 일컫는다. 그런데 처음 벼슬길에 오른 이들은 일종의 통과의례로 같은 관청의 선임들에게 여러 날에 걸쳐 술과 음식을 대접하는 것이 상례(常禮)였다. 단순히 밥 한 끼, 술 한 잔 대접하는 정도가 아니라 매일 큰 잔치를 여는 수준이었다. 거기에 관청의 하급 관리이면서 실무를 담당하는 나장이나 사령까지 가세하면 그야말로 입사 치르다가 집안이 망할 지경이었다.

"문제는 거기서 그치지 않네. 어떻게든 벼슬길에서 살아남으려는 이들은 빚을 내서라도 선임 관리들의 부당한 요구를 수용하며 입사를 치르네. 하지만 관직의 초입부터 재물의 족쇄를 차게 되었으니, 그것을 만회하려는 자에게서 어떻게 청렴함을 기대할 수 있겠는가. 게다가 입사 의식을 요구하는 관리들 자체가 하나같이 남에게서 뜯어먹을 궁리만 하는 자들이니, 그들과 어울리며 무엇을 배울 것인가. 듣자하니, 주상께서 금주령을 내린 덕분에 입사 의식의 규모가 많이 줄어들었다고는 하나, 요즘 입사하는 관리들은 다른 방법으로 뜯긴다고 하네."

"어떤 방법입니까?"

이규상의 물음에 강찬룡이 부둣가 너머 바다를 가리켰다.

"청에서 들어오는 사치품일세. 술이 사라진 자리에 고가의 재화가 들어섰네. 오히려 치러야 할 대가가 더 커진 셈이지."

"어허, 정말 큰일입니다. 이 일을 막을 방도가 없습니까?"

"없네."

강찬룡의 너무나도 단호한 대답에 이규상은 맥이 빠졌다.

"입사 의식을 치르는 것은 그들 나름대로 신임 관리를 길들이는 방식일세. 또 한편으로는 경제적으로 빚을 지게 함으로써 꼼짝 못하게 만드는 것이지. 신임 관리에게 누가 돈을 빌려주겠는가?"

"설마……."

"관청의 선임 관리들이네. 자기들이 빌려준 돈으로 자기들이 호사를 누리면서 신임 관리를 돈으로 옭아매는 것이지. 그리하여 신임 관리를 수족처럼 부릴 수 있게 되는 것이네. 이러한 폐단은 가장 위에서 가장 아래로까지 연결되어 있어서 도저히 그 뿌리를 뽑을 수가 없어."

이규상은 아찔했다. 만약 신진의 재물이 넉넉지 않았다면 자신 역시 꼼짝없이 그 단단한 사슬에 엮였으리라. 그나마 완전히 그들의 손아귀에 잡히기 전에 도승지의 천거를 받아 장붕익 대감 밑으로 들어간 일은 천행(天幸) 중의 천행이었다.

갑자기 주변이 소란스러워지기 시작했다.

"배가 보인다!"

강찬룡과 이규상은 몸을 세워 멀리 바다 쪽으로 시선을 던졌다. 청명한 하늘과 짙푸른 바다의 경계에 몇 개의 형체가 보이기 시작했다. 사람들이 배라고 알려주지 않았다면 그냥 지나칠 만큼 작은 점에 불과했다. 그런데 부두에서 세월을 먹은 사람들의 눈에는 그게 뚜렷이 보이는 모양이었다.

"자, 이제 내가 들이받을 테니 자네는 은밀히 있다가 뒷일을 알아보게."

"네, 형님."

거기에서 강찬룡과 이규상은 헤어졌다. 이규상이 움직이자 상민 차림을 한 사령 한 명이 따라붙었다. 강찬룡의 뒤로도 역시 상민 차림의 사령 여럿이 따랐다. 강찬룡이 관리의 본색을 드러내어 수입 품목을 검수하는 일을 하면, 이규상은 뒤에 남아 혹시 모를 일에 대비하도록 역할을 맡은 것이었다.

상단의 무사들이 상인들을 밀치고 배들이 정박하는 곳으로 향했다. 그들은 관직이 없으면서도 하나같이 구군복을 닮은 옷을 입고 초립을 쓴 모습이 마치 관아의 무관을 보는 듯했다. 국법에 어긋난 일이기에 칼을 차지는 않았으나, 허리춤에 관아의 관졸들이 부리는 육모 방망이 비숫한 것을 차고서 위세를 떨치고 있었다. 이곳저곳에 흩어져 있을 때는 몰랐으나, 한곳에 모이니 숫자가 제법 많았다. 어림잡아 서른 명은 넘어 보였다. 하지만 그게 전부는 아닐 터였다. 전국을 무대로 교역을 하는 차길현의 상단을 모두 모은다면 족히 그 수가 백에 이를 것이라는 생각이 들었다. 강찬룡이 끌끌 혀를 찬 뒤 혼잣말을 했다.

"재물을 호송할 때 호위한다는 명목으로 대상(大商)에 한하여 무인을 거느리는 것을 허용했으나, 저들을 보노라니 사병(私兵)과 진배없구나. 도성에 가거든 대감과 상의하여 차길현의 사병을 혁파하라 상소를 올리겠다."

상선 세 척이 선창에 다다르자 호조의 아전으로 보이는 이들이 공첩(公貼)을 들고 맨 앞에 서고, 상단의 무인들이 그들을 둘러쌌다. 무인들은 마치 이쪽과 저쪽을 갈라놓으려는 듯 인(人)의 장막을 쳤다. 그 장막 너머에서 무슨 일이 벌어지는지 알 수 없게 하려는 의도가 분명했다. 강찬룡이 다가가 소리쳤다.

"형조 참의다! 상단의 인력들은 길을 열라!"

무사들은 꿈쩍도 하지 않았다. 그들의 귀는 오로지 자신을 부리는 이에게만 열려 있는 듯 목석처럼 굴었다. 잘 훈련된 자들이었다.

"어허, 형조 관리의 명을 거역하겠다는 것이냐?"

강찬룡이 다시금 윽박지르자 공첩을 들고 상선들을 기다리던 호조의 아전 한 명이 고개를 뺐다.

"형조 참의께서 여기는 무슨 일이십니까?"

"청을 오가는 상선을 통하여 국법으로 금하는 물선이 들어오는 성황이 포착되어 나선 것이다."

"호패를 보이십시오."

강찬룡이 호패를 들어 보였다. 아전은 고개를 더욱 빼고 호패를 들여다보았다. 상단 무사들 사이로 보이는 아전의 얼굴에 당황한 기색이 역력했다.

"하지만 참의 나리, 저는 참의께서 이 자리에 참관한다는 호조의 명을 받지 못했습니다. 그러니 길을 열 수 없습니다."

"너는 지금 상단을 위해 일하는 것이냐, 아니면 국가와 왕실을 위하여 일하는 것이냐? 상선이 들여온 물건을 검수하는 자리에 형조의 관리가 참관하겠다는데 무슨 이유로 막는 것이냐? 너의 호패를 보여라. 내 너의 이름을 기억하여 도성에 도착하는 대로 호조에 정식으로 따지겠다. 이름이 무엇이냐?"

강찬룡이 그렇게 윽박질렀는데도 아전은 요지부동이었다. 관리로서 형조에 협조하지 않았다는 이유로 문책을 당하는 것보다 상단의 비위를 맞추는 일을 더욱 중히 여기는 듯했다.

"너희들이 물러서지 않는다면 무력으로 다스릴 것이다!"

강찬룡이 품에 차고 있던 검을 빼들자, 상인들 무리에 섞여 있던 상민 차림의 사령들이 앞으로 나서 육모 방망이를 내세웠다. 일촉즉발의 상황이었다. 하지만 상단의 무사들이 강찬룡과 사령들을 노려보며 싸울 태세를 취한 반면 사령들은 이리저리 눈치를 살피며 긴장한 기색이 역력했다. 훈련이 잘된 상단의 무사들에 비해 관군은 오합지졸에 불과했고, 수적으로도 열세였다.

그때 형형색색의 비단옷을 잘 차려입은 사내가 헛기침을 하며 앞으로 나섰다.

"참의 나리, 소인은 개성을 근거지로 장사를 하는 차길현이라고 합니다."

이규상에게서 익히 들은 이름이었다. 강찬룡은 그의 다음 말을 기다렸다.

"장사를 크게 하다 보면 경쟁자의 거짓 변고로 억울한 일을 당하는 일이 한두 번이 아닙니다. 참의 나리께서는 누군가의 수작에 헛걸음을 하신 것이옵니다."

차길현은 이제 갓 서른을 넘겼을 법한 젊은이였다. 그 나이에 이처럼 사업을 크게 일으켰다는 것은 그의 집안이 대대로 송상의 가업을 이어 왔다는 사실을 말해주었다. 정치를 등에 업지 않고는 장사로 크게 성공하기 힘든 시대였다. 차길현뿐 아니라 그의 선조 대대로 조정의 고관들과 연을 맺어왔음을 어렵지 않게 짐작할 수 있었다. 비록 형조가 형률(刑律)을 다루는 삼법사(三法司) 중의 하나로 육조 가운데 권한이 막강하다고 하나, 그런 그에게 정삼품 참의 정도는 대수롭지 않은 존재일지도 몰랐다. 하지만 강찬룡은 그런 저간의 사정 따위는 따지지 않는 인물이었다.

"고변이 들어온 이상 확인하는 것이 관리의 도리다. 길을 비키지 않으면 그대의 상단에 국법을 적용하겠다."

사령 대여섯을 거느린 볼품없는 군세(軍勢)였으나, 그들을 거느리고 있는 우장만큼은 만만히 볼 수 없었다. 차길현이 말했다.

"그렇지요. 고변이 있으니 확인하셔야지요."

차길현이 고개를 끄덕이자 상단의 무사들이 길을 열었다.

"자네들은 거기 있게나."

강찬룡은 뒤쪽의 사령들에게 이르고 검을 칼집에 넣은 뒤 앞으로 나아갔다.

"상선에 실은 상자를 모두 개봉하라. 안에 든 물건을 샅샅이 살피겠다."

호조의 아전이 당황한 눈길로 차길현을 바라보았으나, 차길현은 심중을 알 수 없는 미소를 지은 채 생각에 잠겨 있었다.

◇　◈　◇

이철경은 울산도호부를 떠난 지 여드레 만에 보은에 도착했다. 보은군 관아의 외아전에게 자신의 이름을 밝히자, 아전은 말 두 필을 준비하여 곧장 그를 석곡이라는 동리로 이끌었다.

석곡은 속리산을 배경으로 자리 잡은 아담한 마을이었다. 지형이 험해서 평지가 드문 탓에 밭농사가 발달한 곳이었다. 이철경은 속리산을 바라보며 회주 표철주가 이곳을 새로운 터전으로 삼은 이유를 가늠해보았다.

'여차하면 속리산의 깊은 산세에 몸을 숨길 수 있기 때문인가?'

이철경은 쓴웃음을 지었다. 사람의 발길이 닿기 어려운 오지(奧地)에 자리를 잡은 것도 모자라 숨을 곳을 미리 염두에 둔 칠선객 우두머리들의 옹졸함이 가소로웠다.

드넓은 차밭을 지나 더욱 깊게 들어가자, 술 익는 냄새가 바람결에 실려와 코끝에 걸렸다. 드디어 산속 깊은 곳에 들어앉은 초가집 몇 채가 나타났다. 분주히 오가는 일꾼들이 보였다. 그곳이 한때 도성을 장악했던 검계 조직 칠선객의 바침술집이었다. 참으로 초라한 재건(再建)이었다.

이철경과 보은군 관아의 아전이 다가가자, 부회주 중의 한 명인 차상준이 사립을 열고 밖으로 나섰다.

"먼 길 오느라 고생했네."

"회주께서는 어디에 계십니까?"

"회주의 행방은 오로지 회주만이 아네. 경기 남쪽 지역부터 이곳 충청까지의 군소 검계 조직과 왈짜 패거리를 칠선객으로 병합하기 위한 작업을 진행 중이라고 들었을 뿐이네."

"일에 진척은 있습니까?"

"그깟 왈짜 놈들 진압하여 끌어들이는 것쯤이야 시간문제가 아니겠나? 회주를 호위하는 살수들만으로도 능히 해낼 만하지. 문제는 지방 관아의 관리들일세."

"그게 더 손쉽지 않습니까? 지방관들은 중앙과 손이 닿지 못해 안달이 난 인간들인데, 우리와 닿은 고관들 이름을 들먹이면 알아서 굽힐 텐데요."

이철경의 말에 차상준이 고개를 저었다.

"그게 꼭 그렇지만은 않아. 지방관에는 세 가지 부류가 있네. 지내 말대로 중앙의 고관과 끈이 닿거나 그들에게 잘 보여 중앙에 진출하고픈 부류가 첫째이지. 그들은 잘만 구슬리면 손쉽게 우리 편으로 끌어들일 수 있어. 두 번째로 중앙에 진출할 욕심은 애초에 버리고 자신이 수령으로 있는 지역을 장악한 채 제 뱃속을 불리는 일에만 전념하는 무리가 있네. 그런 놈들은 자신이 누리는 이권을 나누어줄 마음이 없기에 쉽게 거머쥐기 힘들지만, 당근과 채찍을 적절히 쓰면 어차피 우리 수중에 떨어지게 되어 있어. 세 번째가 가장 힘든 부류일세."

"어떤 작자들입니까?"

"왕실과 나라, 백성에 충심을 다하는 자."

이철경은 차상준의 말에 쓴웃음을 지었다.

"그런 지방관이 어디 있습니까?"

"있어. 백에 아흔아홉이 다 썩어도 관리로서의 기강을 잊지 않은 자가 한둘은 있더군. 어리석다고 해야 할지, 꽉 막혔다고 해야 할지 무어라 한마디로 말하기가 힘든 자들이네."

이상하게도 그 순간 이철경은 백선당의 당주 양일엽을 떠올리고 말았다. 가진 것을 나눌 줄 아는 자, 자신이 거느리는 식솔들의 안위와 생계를 책임질 줄 아는 자, 스스로 하지 않겠다고 마음먹은 일은 끝내 행하지 않는 자. 그런 사람이 관리가 되었다면, 공직의 사표가 되었을 것이다.

척박한 북쪽 지방의 지방관으로만 떠돌았던 형도 그런 사람이었다. 농사지을 땅이 부족하고 곡식이 잘 자라지 않는 불리한 환경으로 내던져진 도민(道民)들을 위해 이철경의 형 이사성은 성심성의껏 그들의 살림을 돌보았고, 폭정을 일삼는 군현의 수령들은 모질게 다루었다. 그리하여 황해도와 함경도, 평안도는 청백리(淸白吏)의 산실이 되지 않았던가. 하지만 그럼에도 조정의 관리들에게 북쪽 지방은 야만의 땅이었고, 그래서 어쩔 수 없이 차별받았다. 한 세대 전 대도(大盜) 장길산이 난을 일으킨 것도 같은 이유였다. 형 이사성이 이인좌의 세력에 가담하여 왕실에 칼을 겨눈 것도 북쪽 지방의 씻을 수 없는 서러움이 한몫했을 것이라고 이철경은 짐작하고 있었다.

"그런 청백리는 어떻게 처리합니까?"

이철경의 물음에 차상준이 답했다.

"삼회주 자네라면 어떻게 하겠나? 끝내 우리에게 동조하지 않는다면?"

결론이 빤했으나, 이철경은 대답하지 않았다. 차상준도 그러한 상황이 비극임을 아는지 이렇게 덧붙였다.

"참으로 안타까운 일이지."

차상준이 화제를 돌렸다.

"이곳이 초라해 보여서 실망이 클 것이네. 하지만 보은을 얕보지 말게나. 예로부터 보은에서 나는 차는 질이 좋아 선대 임금들도 즐겼네. 왕실에 진상할 뿐만 아니라 지금은 청의 수도인 연경의 고관들까지 사로잡았지. 한마디로 보은은 돈이 모이는 곳이라네."

"회주가 이곳에 터를 잡은 이유가 있군요."

"그렇다마다. 이미 보은 관아의 수령과 아전들은 우리 수중에 떨어졌어. 곧 보은을 중심으로 여러 곳에 색주가를 열 것이네. 이쉬운 대로 일단은 충청을 접수하고 차츰 세를 넓혀야지. 위로는 경기를 접수하고 아래로는 삼남(三南)의 나머지인 전라와 경상을 접수할 것이야. 하지만 그전에 해결해야 할 과제가 있어."

"무엇입니까?"

"진천. 그곳의 수령이 내가 조금 전에 말한 세 번째 부류일세."

"청백리?"

차상준이 고개를 끄덕였다.

"진천은 이곳 보은과 경기를 연결하는 주요 교통로일세. 그곳을 장악하지 못하면 밀주를 유통하는 데 어려움이 커지지. 그래서 자네를 이곳으로 부른 것이네. 회주께서 자네로 하여금 진천 목사(牧使) 진충서를 설득해보라 하였네."

어려운 임무였다. 아니, 피하고 싶은 일이었다. 자신이 설득하지 못한다면, 그 청백리는 죽음을 맞을 것이다. 하지만 국법과 어명을 목숨보다 귀하게 여기는 올곧은 관리를 어떻게 검계에 동조하도록 만들 수 있단 말인가. 허나 이철경은 진천 목사를 살리고 싶다는 마음이 샘솟았다. 애써 부인하려 했으나, 그 마음은 점점 더 단단해져갔다.

16

진천 목사 진충서

1734년 겨울

제물포에서 도성의 형조로 복귀한 강찬룡은 판서의 집무실로 향했다. 강찬룡이 무사한 것을 보고 장붕익은 안도하는 눈치였다. 그의 눈이 강찬룡 뒤쪽으로 향했다.

"함께 간 규상은?"

장붕익의 물음에 강찬룡이 답했다.

"제가 떠난 뒤로 하루나 이틀 더 그곳에 머물기로 했습니다. 어쩌면 지금쯤 제물포를 출발하여 도성으로 향하는 중일 것입니다."

"어허, 주먹질조차 제대로 못하는 규상을 혼자 그곳에 두었다고?"

"너무 염려 마십시오. 형조의 사령 중에 가장 무예가 뛰어난 이를 붙였습니다."

"어허, 그래도……. 근처에 머물다가 같이 오지 그랬나?"

강찬룡은 장붕익이 진심으로 이규상을 걱정하는 모습을 보고 저도 모르게 웃음을 지었다. 자신을 비롯하여 나경환과 박영준, 이학송, 이규상이 장붕익의 휘하에 집결한 것이 지난해 가을이었다. 한 해가 지나고 겨울에 이르렀으니, 함께한 세월이 벌써 일 년을 넘겼다. 처음 만났을 때의 어색함이 마치 거짓처럼 느껴질 만큼 그들은 끈끈하게 연결되어 있었다. 강찬룡은 새삼 먼저 세상을 떠난 박영준을 향한 그리움이 치솟아 코끝이 찡했다.

알 수 없는 감정에 휩싸인 듯 표정이 약간 일그러진 강찬룡을 보며 장붕익은 그의 말을 기다렸다. 이윽고 강찬룡이 입을 열었다.

"규상의 생각이었습니다. 규상은 차길현의 상선을 급습한다 해도 건질 것이 없을 것이라 예측했습니다. 그 예측대로 저와 사령들이 상선의 물품을 전수 조사했으나, 역시 책잡을 만한 것은 한 건도 나오지 않았습니다."

"단 하나도?"

"예, 대감. 그게 오히려 이상하지 않습니까?"

장붕익이 고개를 끄덕였다.

"외국과 거래를 하다 보면 사적으로 부탁을 받은 물품이나 선원이 비밀리에 들여온 물건이 한둘은 있기 마련인데, 차길현의 상선이 실어온 물품은 호조의 공첩에 적힌 것과 품목이 정확히 일치했습니다."

"치밀한 자로군."

"규상이 예측한 부분이 바로 그것입니다. 규상은 공식적으로 들어오는 상선들 외에 의문의 물품을 밀반입할 상선이 더 있을 것이라 여겼습니다."

장붕익이 탄복한 듯 크게 고개를 끄덕이며 말했다.

"밀반입할 물품을 실은 배를 공해(公海)에 따로 남겨두었다가 감시가 소홀한 틈을 타서 들여온다?"

"그렇습니다. 규상은 그것을 확인하기 위해 남은 것입니다."

잠시 사이를 두고 강찬룡이 말을 이었다.

"저 역시 어찌 아우가 걱정되지 않겠습니까? 하지만 저와 사령들이 제물포를 떠난 뒤로 계속 따라붙는 자들이 있어 주변에 머물지 못하고 곧장 도성으로 향할 수밖에 없었습니다."

"그랬겠지. 자네가 떠난 걸 확인해야 밀선(密船)을 들여올 수 있을 테니. 어쨌든 규상이 무사히 돌아오기를 기다릴 수밖에 없겠군."

"그리고 대장……."

강찬룡은 사적인 이야기나 어려운 일을 논의할 때면 장붕익을 '대장'이라고 부르는 버릇이 있었다. 장붕익도 강찬룡의 오랜 버릇을 알기에 저도 모르게 상체를 기울였다.

"차길현과 호조를 대상으로 상소를 올리겠습니다. 어전 회의에서 불편한 일을 겪으실 텐데, 괜찮으시겠습니까?"

"상소는 어떤 연유로?"

"차길현은 교역품을 보호한다는 명목으로 상단을 꾸리면서 필요 이상의 무사를 곁에 두고 있습니다. 이는 사병을 금하는 국법과 어명에 명백히 위배되는 일입니다. 이는 제가 현장에서 직접 목격한 바입니다. 또

한 세관을 담당하는 호조의 아전은 공복(公僕)으로서 왕실과 백성이 아니라 거상(巨商)의 편에 서서 일을 하고 있었습니다. 이 역시 직접 목격한 바입니다."

"내가 말리면 상소를 올리지 않을 터인가?"

강찬룡은 대꾸하지 않았다. 그 모습을 보고 장붕익이 미소를 지었다.

"자네가 옳은 일이라 여긴다면 그렇게 하게. 어전 회의에서 당상관들이 어떻게 나올지 나도 궁금하군."

장붕익의 집무실을 나온 강찬룡은 곧장 호조 관아로 향했다. 마음 같아서는 직접 호조 판서에게 찾아가 따지고 싶었으나, 그것은 공직의 질서를 해치는 일이어서 관직과 품계가 같은 호조 참의를 찾아갔다. 강찬룡이 예문관 직제학이던 때부터 붕당과 지위 고하를 막론하고 잘잘못을 따지는 데 거침이 없던 인물이라는 사실을 아는 호조 참의는 한참 동안 그가 쏟아내는 날 선 비판을 감내해야 했다.

"아무튼 그 아전에 대해서는 형률에 따라 심판할 것이니, 그리 아시오!"

마지막으로 뺙 소리를 지르고 강찬룡은 돌아섰다. 그가 호조 관아의 문턱을 넘어 육조 거리에 나섰을 때였다. 뒤에서 누군가 불렀다. 호조 참판 최기윤이었다. 그는 강찬룡과 한날한시에 과거를 보고 함께 급제한 입사(入仕) 동기였다. 강찬룡은 최기윤이 다가오기를 기다렸다.

"성질은 여전하군. 앞날이 창창한 예문관 직제학에서 울산도호부사로 쫓겨 가더니 훈련도감의 별장을 거쳐 형조 참의라……. 대제학이나 판서가 되었어도 진즉에 되었을 사람이 그놈의 성질 때문에 주저앉은 것 아닌가.”

“성정을 고쳐야 관작(官爵)이 오를 것이라면 거저 주어도 나는 사양하겠네.”

강찬룡의 말에 최기윤이 고개를 끄덕였다.

“그래, 그래야 강찬룡이지. 자네가 어디 가겠는가?”

“무슨 일로 나를 세운 건가?”

“내 예상이 틀리지 않는다면, 자네가 탄핵하고자 하는 그 아전은 관직을 그만둘 걸세. 아니, 이미 그만두었는지도 모르지.”

강찬룡은 최기윤의 다음 말을 기다렸다.

“공복으로 쥐꼬리만 한 녹봉을 받느니 거상의 식솔이 되는 편이 훨씬 이로울 테니 말일세. 한낱 아전이 형조 참의의 수색에 왜 저항했겠는가. 거상의 눈에 드는 쪽을 택한 것이지. 자네가 수색한 상선의 주인이 차길현이라고 했지? 호조 관리 중에 차길현에 빌붙어 호의호식하고자 하는 이가 한둘이 아닐세. 국가에 공을 세워도 돌아오는 이익이 적은 데 비해 차길현은 충분히 대가를 지불하니, 어느 쪽을 택하겠는가?”

미처 생각지 못한 부분이었다. 참담한 심정에 강찬룡의 표정이 어두워졌다. 최기윤의 말이 이어졌다.

“그러한 인간의 약한 본능을 어떻게 나쁘다고만 평할 수 있겠는가. 편하고 좋은 쪽으로 몸과 마음이 기우는 것이 인지상정이지 않겠나?”

강찬룡이 말했다.

“나도 인간의 약한 성정을 탓할 생각은 없네, 단, 옳지 않은 일에 동조하면서 영육(靈肉)의 편리를 취한다면, 반드시 거기에는 대가가 따르는 법이네. 하늘이 그 대가를 치르게 하기 전에 법도와 형률에 근거하여 그러한 일을 근절하는 것이 바로 나의 일이고, 관리의 일일세. 호조의 관리들이 거상들과 어울리면서 그들의 편의를 봐주고 불법을 눈감아주는 대가로 호의호식하는 것을 어찌 인지상정이라는 네 글자로 덮을 수 있겠는가? 그것은 하늘이 인간에게 내린 마음이 아닐세."

최기윤이 뜻을 알 수 없는 미소를 지었다. 그는 생각에 잠겨 있다가 말했다.

"자네에게는 사람을 부끄럽게 만드는 비상한 재주가 있어. 지금 내 마음이 그러한 걸 보니, 나도 세상에 떳떳하지만은 않은 모양일세."

그 말에 강찬룡의 차가운 마음이 순식간에 녹아내렸다. 오랜만에 마주한 동기에게 까닭 없이 날이 선 행동을 보인 것이 괜스레 미안해지기도 했다.

"항상 조심하게. 정의보다는 부정(不正)에 가까운 것을 인지상정으로 알고 있는 관리들이 많으니."

그렇게 말하고 최기윤은 돌아섰다. 강찬룡은 그의 뒷모습을 보고 있다가 입술을 굳게 다문 채 형조 관아로 발길을 돌렸다.

다음 날 일찌감치 강찬룡은 마포의 나루터로 나갔다. 용산의 나루터를 출발한 나룻배가 도착할 때마다 강찬룡은 고개를 빼고 살폈다. 오전이 지나고 해가 중천에 걸리도록 이규상은 나타나지 않았다. 시간이 지날수록 초조함이 더해졌다.

강의 물살을 타고 남쪽으로 넘어가는 삭풍이 매웠다. 솜옷을 껴입기는 했으나, 몸이 오들오들 떨리는 것을 어쩔 수 없었다. 배가 다섯 번을 오가는 동안 나루터에서 꼼짝 않고 있는 강찬룡을 이상하게 여긴 사공이 물었다.

"나리, 기다리는 것이 물건입니까, 사람입니까?"

"사람일세."

"아주 귀한 사람이 오시나 봅니다."

강찬룡이 고개를 끄덕였다.

겨울의 짧은 해가 기울며 주변이 어둑어둑해지는 것과 동시에 눈발이 날리기 시작했다. 전립을 썼으나 바람을 타고 횡으로 가로지르는 차가운 눈이 볼을 할퀴고 지나갔다. 기온이 더욱 내려가 한강이 꽁꽁 얼면 강의 이쪽과 저쪽을 이어주던 나룻배는 멈출 것이었다. 먹이를 찾기 어려워진 많은 동물이 겨울잠에 들 것이고, 할 일이 드물어진 농부들은 하루 종일 화로 곁에서 곰방대의 연기를 들이마시며 군불 뗀 방에 머물 것이다. 많은 것이 멈추는 겨울이 왔건만 강찬룡의 마음은 더욱 분주해졌다. 울산도호부에 머물렀다면 이 겨울만큼은 뜨끈한 아랫목에서 글이나 읽으며 소일할 수 있었을 것이다. 그리고 때때로 백선당에 찾아가 양일엽과 이야기를 나누며 적적함을 달랬을 것이다. 하지만 그는 지금 부패한 관리, 재건을 노리는 검계, 관료를 뒷배로 국법을 우습게 아는 거상과 싸우는 최전선에 서 있었다. 겨울이라고 해서 탐욕이 휴식을 갖지는 않을 것이다. 수많은 백성의 삶이 곤궁해지는 이 계절에도 통제력을 상실한 탐욕은 계속 먹이를 찾아 움직일 것이다. 하루 빨리 그 모든 탐욕의 씨앗을 제거하고 싶다는 바람이 커질수록 강찬룡의 마음은 쉴 틈이 없이 바빠졌다.

이윽고 어둠이 내리고 눈발은 더욱 거세졌다. 눈에 자체적으로 발광(發光)하는 성질이 있는 것인지 어둠 속에서도 눈의 하얀 몸체가 뚜렷이 보였다. 사선으로 쏟아지는 눈 속에 있자니, 적막강산에 홀로 서 있는 듯 심한 외로움이 밀려왔다. 저 한강의 하중도인 여의도에서 자객들과 싸우다 죽은 박영준의 혼령이 다가오는 듯 누런 기운이 어둠을 헤치고 가까워졌다. 강찬룡의 눈시울이 붉어졌다.

"영준아, 내가 왜 그때 그 내기 장기를 이겼더냐."

죽어야 할 사람은 박영준이 아니라, 자신이었다. 그 일을 생각할 때마다 강찬룡은 가슴에 쇠꼬챙이가 꽂히는 것 같은 아픔을 느꼈다. 박영준의 얼굴 위로 이규상의 앳된 얼굴이 겹쳐졌다. 해가 기울도록 돌아오지 않는 동생 때문에 강찬룡의 마음은 초조하고 약해졌다.

"형님이십니까?"

환영이라 생각했던 이규상의 얼굴이 점차 선명해졌다.

"형님, 여기서 뭐 하십니까?"

두 번째 물음이 들려왔을 때에야 먼 곳으로 떠났던 강찬룡의 정신이 돌아왔다. 눈을 동그랗게 뜨고 자신을 바라보고 있는 반가운 얼굴을 확인하자, 강찬룡은 자신도 모르게 그를 와락 껴안고 말았다.

"네가 왔구나. 네가 무사히 돌아왔구나!"

초롱을 든 사공과, 이규상과 함께 남았던 사령이 다가왔다. 사공이 말했다.

"아이고, 나리, 아직도 계셨습니까? 드디어 기다리던 귀한 분을 만나셨구먼요."

사공이 이규상을 향해 말했다.

"아침부터 지금까지 계속 여기 계셨습니다요."

그 말에 이규상이 낮게 말했다.

"형님…… 저를 기다리셨습니까?"

강찬룡은 대답하지 않았다. 사공이 말했다.

"날이 참니다요. 제가 앞장설 테니 어서 따라오십시오."

초롱을 든 사공이 앞장서고, 강찬룡과 이규상, 사령이 뒤를 따랐다. 눈발 속으로 멀어지며 뿌옇게 흐려지는 초롱의 불빛이 참으로 아늑해 보였다.

◇　◆　◇

나경환과 이학송은 충청좌도 관찰사의 감영에서 이틀을 쉬고 길을 나섰다. 행선지는 진천이었다. 떠나는 두 사람에게 관찰사 이익수가 일렀다.

"도성에 복귀할 때까지 몸조심들 하게. 도성에 도착하거든 내가 안부 전하더라고 장 대장께 꼭 전해주게."

"예, 대감. 무사히 형조로 복귀하여 소식 전해드리겠습니다."

나경환과 이학송은 도성에 파발을 띄우고 지친 몸을 가눌 겸 장붕익의 지기(知己)인 이익수의 감영에 잠시 의탁했으나, 뜻밖의 소득을 얻었다. 이익수로부터 진천 목사 진충서에 관한 이야기를 접한 것이다.

"뜻이 깊고 마음이 올곧은 사람이네. 관리로 이곳저곳을 떠돌며 많은

이를 만났으나, 그처럼 대쪽 같은 사람은 장 대감 이후로 처음일세. 만약 장 대감이 뜻을 같이할 지방관을 찾는다면 내가 아는 한 진천 목사 진충서만 한 사람이 없네."

충청좌도 감영의 관할 내에 음성과 괴산, 증평, 보은에도 수령들이 부임해 있었으나, 그들에 관해서 관찰사는 고개를 저었다. 충청좌도에서 믿을 만한 수령은 진천 목사가 유일했다. 하지만 그것만으로도 다행스러운 일이었다.

충주에서 진천으로 가려면 달천을 건너 산지를 타고 이동하다가 음성을 거쳐야 했다. 달천을 건너기만 하면 음성은 지척이었다. 음성에서 하루를 머물며 장시를 둘러본 뒤 다음 날 낮에 진천으로 향한다면 저녁 전에는 닿을 수 있었다.

달천의 나루터에서 배를 기다리며 나경환이 이학송에게 물었다.

"중금은 왜 그만둔 것이냐?"

이학송이 놀란 표정을 지었다.

"아니, 어찌 제가 중금이었던 것을 아십니까?"

"나도 한때는 궁궐을 방비하는 금군 소속이었다. 궁중 무예에 대해서 눈동냥을 좀 했지. 주상을 지근거리에서 보필하기 위해서는 무예를 펼칠 때 동작이 크지 않아야 하지 않느냐. 자칫 호위군이 휘두른 무기에 주상이 다칠 수 있으니까. 학송이 너의 동작이 딱 그렇더군. 검의 움직임을 크게 잡지 않으면서 정확하게 상대를 제압하는 걸 보고 첫눈에 알아차렸다."

"주상을 호위하는 군사가 중금만 있는 것은 아닙니다. 겸사복과 우림위가 있고 별군직도 있지 않습니까?"

"중금은 그들과는 다르지. 일단 외모가 다르고, 분위기도 달라. 자신을 드러내는 것을 극도로 자제하는 모양새 또한 다르고. 자, 아직 내 물음에 답하지 않았어. 중금은 왜 그만두었느냐?"

이학송은 잠시 생각에 잠겨 있다가 입을 열었다.

"표면적인 이유는 제가 성대를 다쳤기 때문입니다."

"표면적인 이유는? 그렇다면 진짜 사정은 무엇이냐?"

"마음에 품지 말아야 할 사람을 품었기 때문이지요."

나경환은 끼어들지 않았다. 이학송의 말이 이어졌다.

"중금으로 궁내에서 지내는 동안 한 여인을 보았습니다. 여인은 상의원(尙衣院)에 배속된 궁녀였습니다. 중금이 상의원에 볼일이 무엇 있겠습니까? 하지만 한 번이라도 더 그 여인을 만날까 하여 일부러 궂은일을 도맡아 하고는 했습니다. 그렇게 심부름을 핑계로 궁내를 돌아다니다 보면 눈에 띌까 해서요."

거기서 이학송의 말이 끊겼다. 나경환은 조급증이 도져서 다음을 재촉했다.

"아, 그래서? 그 여인은 너의 마음을 알았느냐?"

이학송은 잠결에 좋은 꿈을 꾸는 사람처럼 지그시 눈을 감은 채 미소를 지었다.

"그랬다고 믿습니다. 가끔씩 우연을 가장하여 마주칠 때면 저에게 눈빛을 던지고는 하더이다."

"아이고, 살살 녹았겠구나."

"여인 때문에 잠을 이루지 못하고 밤에 상의원 부근을 서성거린 적이 한두 번이 아닙니다. 하지만……."

나경환은 이학송의 다음 말을 듣지 않아도 알 수 있었다. 궁녀와 중금 사이에 정분이 난다면, 둘 다 죽음을 면할 수 없었다.

"중금이 어찌 궁내의 여자를 탐할 수 있겠습니까? 그런 일이 일어난다면 그 여인은 화를 면치 못할 테지요."

"그것은 너도 마찬가지였겠지."

"가슴에 타오르는 불길은 걷잡을 수 없이 점점 커져가는데, 인연을 맺을 수 있는 방도가 없으니 살아도 산목숨이 아니었습니다. 못나게도 여인이 주상의 승은(承恩)을 입기라도 한다면 어떻게 해야 하나 덜컥 겁이 나고 고민이 많았습니다."

아찔한 일이었다. 바깥에 알려진 적은 없으나, 비슷한 일이 번번이 일어나고는 했다. 흠모하던 궁녀가 주상의 승은을 입은 것에 좌절한 내시가 정신을 놓고 날뛰다가 척살되었다는 이야기를 나경환도 접한 적이 있었다.

"해서?"

"떠나기로 했지요. 성대를 다쳤다는 것은 거짓이었습니다. 일부러 쉰소리를 내어 쫓겨나는 방법을 택한 것입니다."

이학송 대신 나경환이 긴 한숨을 내쉬었다.

"여인의 이름은 아느냐?"

"서향이라 들었습니다."

"서향이라……. 참 예쁜 이름이다."

이학송은 나경환의 그 말이 무슨 칭찬이라도 되는 양 기분 좋게 웃음을 지었다.

그때 멀리서 나룻배가 다가왔다.

"사람의 인연이란 참 질긴 것이다. 끈질기게 살아남아 너와 그 여인의 인연이 어떤 것인지 알아보아라."

나경환이 그렇게 말하고 일어섰다. 이학송은 여전히 과거의 어느 한때에 머물러 있는지 꿈을 꾸는 듯한 눈길로 하늘을 올려다보았다.

제물포에서 도성으로 돌아온 다음 날 이규상이 등청하여 조회에 참여했다. 형조의 관리들로부터 갖가지 현안에 대한 보고를 들은 뒤 장붕익은 평소보다 일찍 조회를 해산했다. 강찬룡과 이규상만 남자, 그제야 장붕익이 이규상을 보며 말했다.

"너를 제물포에 혼자 두고 왔다기에 내가 참의를 혼냈다."

이규상이 머리를 조아리며 답했다.

"대장님과 형님들께 배운 것이 많으니, 앞으로는 너무 염려 마십시오."

강찬룡이 말했다.

"내가 떠난 뒤에 무슨 일이 있었는지 대감께 아뢰어라."

이규상이 침을 꿀꺽 삼킨 뒤 입을 열었다.

"처음 계획한 대로 형님께서 제물포를 떠난 뒤 저는 사령과 남아서 돌아가는 사정을 살폈습니다. 상선 세 척에서 내린 물품은 종류에 따라

개성과 도성으로 방향을 잡아 움직였습니다. 물품이 제물포를 떠난 뒤에도 상단의 무사들 중 일부는 남아 있기에 제 생각이 맞았다고 생각했으나, 그날 밤에는 더 이상 배가 들어오지 않았습니다."

강찬룡이 끼어들었다.

"우리의 계획을 눈치 챈 것일까?"

"그렇지는 않은 듯합니다. 차길현이라는 자가 원래 조심성이 많은 것으로 보입니다."

장붕익이 말했다.

"계속하여라."

이규상이 말을 이었다.

"사령과 저는 그냥 도성으로 돌아올까 하다가 하루만 더 기다려보기로 했습니다. 그랬는데, 아니나 다를까 이튿째 새벽에 공해에 있던 밀선이 드디어 입항하였습니다. 사령과 저는 어구(漁具)를 쌓아둔 부둣가의 창고에 숨어서 지켜보았습니다. 상단의 무사들과 선원들이 짐을 내리는데, 관처럼 생긴 상자가 아홉으로 장정 여섯이 겨우 드는 것으로 보아 꽤나 무거운 물건이 들은 듯했습니다. 귀가 밝은 사령의 말로는 철제(鐵製) 물품이 든 것 같다고 하였습니다."

"전에 차길현의 상단이 청에서 식기를 수입했다고 신고했으나, 시중에 풀린 것이 별로 없다 하였지?"

장붕익의 물음에 이규상이 대답했다.

"그렇습니다."

"헌데 이번에는 그런 눈속임도 부리지 않고 버젓이 밀수를 했단 말이

358

로군."

"그렇습니다. 새벽에 배가 들어왔을 때 관리는 보이지 않았습니다."

"교역선이 자주 드나드는 항(港)에는 호조의 아전들과 수군의 병사들이 밤을 새우며 번을 서는 것이 당연한 일이거늘 그런 움직임도 없었다?"

"예, 대감. 그렇습니다."

장붕익이 굳은 표정으로 고개를 끄덕였다. 그러고 나서 이규상에게 계속하라는 눈짓을 보냈다.

"물품을 실은 상자들을 수레에 하나씩 실어 옮겼는데, 수레 하나에 대략 상단의 무사 넷이 붙어 모두 한 곳으로 이동했습니다. 물품들은 모두 남쪽으로 향하였습니다."

강찬룡이 놀라서 소리쳤다.

"미행을 한 것이냐? 그러다가 무슨 일을 당하려고?"

강찬룡의 호통에 이규상이 미소를 지었다.

"괜찮습니다. 창고에 내내 숨어 있다가 사위가 쥐 죽은 듯 잦아든 뒤에야 나왔습니다. 하지만 수레를 움직이는 일꾼들이 횃불을 든 덕분에 물품이 향하는 방향을 멀리서도 가늠할 수 있었습니다. 계속 그들을 따라붙고 싶었으나, 여명이 밝아온 탓에 더는 좇지 못하고 발길을 돌렸습니다."

장붕익이 말했다.

"잘했다. 거기까지 한 것으로도 충분하다."

그때였다. 바깥에서 피랑이 장붕익을 급히 찾았다.

"대감, 파발이 도착하였습니다."

장붕익이 바깥으로 나섰다. 형조 관아의 마당에 밤새 말을 달려온 듯 지친 기색이 역력한 파발꾼이 말의 고삐를 쥔 채 서 있었다. 장붕익이 물었다.

"서신이 있는가?"

"예."

파발꾼이 서찰을 내밀었다. 서찰을 받아든 장붕익이 파발꾼에게 말했다.

"고생했다. 숭례문 부근의 역참(驛站)에 들러 말을 먹이고 너도 쉬어라. 따로 너에게 전할 것이 있다면, 정오(正午) 전에 너를 찾을 것이니 그때까지는 떠나지 말라. 이후에는 알아서 하여라."

"예, 대감."

파발꾼이 물러가자, 장붕익이 서찰을 들고 집무실로 들어섰다. 안에서 기다리고 있던 이규상이 물었다.

"형님들께서 보낸 것입니까?"

장붕익이 고개를 끄덕이다가 서찰을 다 읽은 뒤 말했다.

"두 사람 다 집에 가서 사복으로 갈아입고 숭례문 밖 역참으로 집결하라. 정오를 기하여 파발꾼과 함께 진천으로 갈 것이다."

강찬룡이 물었다.

"충청좌도의 진천 말입니까?"

장붕익이 고개를 끄덕이며 말했다.

"경환과 학송이 그곳에 있다. 오랜만에 회포를 풀고 그곳 목사도 만날 것이다."

강찬룡과 이규상이 움직였다. 장붕익은 잠시 사이를 두고 바깥으로
나섰다.

진충서와 마주한 뒤로 이철경은 말이 없었다. 그것은 진충서도 마찬
가지였다. 이철경은 자신이 누구인지, 어떤 목적으로 찾아왔는지 밝히
지 않았으나 진충서가 이미 꿰뚫고 있음을 직감했다.

이철경의 예상과 달리 진충서는 문약해 보였다. 입술이 가늘고 눈이
찢어진 것이 명대(明代)의 나관중이 쓴《삼국지연의》에 등장하는 조조를
연상케 했다. 검계의 포악한 자들을 상대하며 나름 깨우친 관상의 지식
을 빌리자면, 진충서의 인상착의는 속에 품은 탐욕이 많으나 겉으로 드
러내지 않고 사람을 잘 믿지 못하여 곁을 쉽게 내주지 않는 자의 용모
였다. 또한 뜻을 이루고자 하는 집념이 강해서 때로는 편법이나 모략을
동원하는 그런 자의 얼굴이었다. 한마디로 배신자의 상(像)이었다.

진충서는 옆에 두었던 상자를 상 위에 올린 뒤 입을 열었다.

"이것을 보낸 이요?"

진충서의 목소리를 대하는 순간, 이철경은 당황했다. 배덕의 상을 하
고서 어찌 이리 중후한 음성을 낼 수 있단 말인가. 모름지기 용모와 음
성은 서로 짝을 이루어 조응(照應)한다는 것이 이철경의 지론이었다. 하
지만 진충서의 용모와 음성은 그의 그런 지론을 여지없이 무너뜨렸다.

꽹과리를 두들기는데 징 소리가 나는 격이었다.

"그것이 무엇입니까?"

이철경의 물음에 진충서가 상자를 열었다. 이철경의 눈이 커졌다. 그 안에는 족히 오백 냥은 됨직한 엽전과 문서 한 장이 들어 있었는데, 이철경이 놀란 까닭은 상자 안의 물건 때문이 아니었다. 오백 개의 엽전이 든 상자를 앉은 자세에서 들어 올리는 괴력! 왜소해 보이는 몸집 어디에 저 같은 힘이 숨어 있단 말인가.

진충서가 문서를 펼치더니 거기에 적힌 글귀를 소리 내어 읽었다.

"귀관께서 우리와 뜻을 같이한다면, 이와 같은 상자를 백 개 더 보내드리겠소."

문서를 접은 뒤 진충서가 이철경과 눈을 맞추며 말했다.

"도성 사대문 안의 웬만한 집 한 채가 칠만 냥에서 팔만 냥이라지요? 이 같은 상자가 백 개면 오만 냥인데, 사대문 안은 어렵더라도 그 부근에는 터를 잡을 수 있을 것 같소만. 본관의 값어치를 이리 후하게 쳐주니 황송할 따름이오."

이철경이 가볍게 미소를 지은 뒤 말했다.

"그 돈을 내가 보낸 것은 아니나, 무관하지는 않습니다."

"내가 조금 까다로운 사람이라 주변에 불손한 자들이 어슬렁거리는 걸 두고 보지 못하오. 지지난달 장시에서 좌판을 연 상인들을 대상으로 돈을 뜯는 모리배들이 있다 하여 세 놈을 잡아서 족쳤더랬소. 이후로도 그런 일이 잦기에 오지랖을 부려서 주변 군현에 사람을 보내어 좀 알아보았소. 그랬더니 보은의 민가 세 곳이 색주가로 돌변하여 버젓이 홍등

(紅燈)을 내걸었다는 소식을 접했지. 지난여름 장붕익 대감이 거병했을 때 도성에서 밀주를 유통하던 검계 패거리가 줄행랑을 쳤다 하더니, 그 놈들이 죄다 이 충청좌도로 몰려온 모양이오. 선비께서는 어찌 생각하시오?"

이철경은 배신자의 운명을 타고난 자가 바른 훈육으로 인해 올곧은 성정을 갖추었을 때 어떤 인물이 되는지를 진충서를 보면서 처음으로 깨달았다. 훈육과 단련으로도 소멸되지 않은 채 저 밑바닥에서 꿈틀거리던 배덕의 기운은 먹잇감을 발견하면 여지없이 발현된다. 그 대상을 통제하는 것은 오로지 그의 이성과 성정이다. 머리와 마음은 정의를 추구하여 의로운 일에 앞장서나 부덕한 자에게는 사악한 기질이 발동되어 한없이 잔인해진다. 그런 자의 마음을 바꿀 수 있을까? 딱 한 가지 방법이 있다면, 그가 추구하고 믿는 정의로부터 크나큰 배반을 당하도록 만드는 것이다. 하지만 그렇게 된다 한들 그를 누군가의 명령에 따르도록 만들 수는 없을 것이다. 진천 목사 진충서를 검계의 끄나풀로 만들 가능성은…… 없다!

이철경이 물었다.

"목사께서는 금주령에 대해서 어떻게 생각하십니까?"

진충서가 생각에 잠겼다가 입을 열었다.

"곡물이 술을 빚는 데 낭비되는 일을 막자는 것이 금주령의 드러난 명분이지요. 하지만 그 속에 얽혀 있는 정치적 술수(術數)를 지방관인 내가 어찌 훤히 들여다볼 수 있겠소? 이럴 때는 드러난 명분만 생각하면서 그에 따르는 것이 관리 된 자의 도리라 생각하오. 금주령으로 인한 폐단이 제도를 악용하여 자기의 배를 불리려는 자들의 핑계가 될 수는 없지 않겠소? 듣자하니 금주령으로 벌을 받는 이는 값싼 탁주를 마시는 상민들뿐이고, 값비싼 청주와 소주를 마시는 가진 자와 높은 자들은 단속의 대상이 되지 않는다 하더군. 내가 할 일은 금주령의 잘잘못을 평가하는 것이 아니라, 금주령을 기회로 삼아 백성의 고혈을 빨아먹는 작자들을 엄벌하고, 스스로를 어명과 국법의 권위 위에 있다고 여기는 교만한 자들을 혼내는 것이오. 그 이상도 이하도 없소.”

더 나눌 이야기가 없었다. 이철경의 역할은 거기까지였다. 그가 어쩔 줄 몰라 하는 그때 바깥에서 아전의 음성이 들려왔다.

“목사 나리, 객들이 찾아왔습니다.”

진충서가 대답했다.

“잠시 기다리라 하라. 곧 나가겠다.”

난처한 상황에 빠져 있던 이철경에게는 더할 나위 없는 탈출구였다.

“저는 이만 물러가겠습니다.”

이철경이 일어서자, 진충서가 앉은 채로 말했다.

“선비를 나에게 보낸 자가 준 이 돈은 도민의 긍휼(矜恤)을 위해 쓸 것이니, 그리 아시오. 내가 개인적으로 이 돈을 착복한다면 뇌물이 될 것이나 이로운 데 쓴다면 기부(寄附)가 되어 좋은 일을 하는 것 아니겠소? 고맙다는 인사는 들은 셈 치겠소.”

이철경은 쓴웃음을 짓지 않을 수 없었다. 지금 이 방에서 보인 행동이 스스로 명을 재촉하는 것임을 목사 자신도 모를 리 없었다. 하지만 이철경은 진충서의 삶이 오래지 않아 비극으로 치닫는다 해도 그리 마음이 쓰리지는 않을 것이라 생각했다. 이철경은 진충서와의 대결에서 참패했고, 그만큼 자존심이 크게 상했다.

이철경이 대청마루를 내려와 마당을 지날 때 부상 두 사람이 관사를 향해 걸어오고 있었다. 패랭이를 일부러 눌러 써 눈을 볼 수는 없었으나, 아래로 드러난 하관과 걸음걸이가 예사롭지 않았다. 두 사람과 교차할 때 이철경은 곁눈으로 그들을 살폈다. 그들 역시 곁눈으로 이철경을 훑고 지나갔다. 그 짧은 순간에 폭발할 것 같은 기운이 팽팽하게 부풀었다.

이철경이 문을 통해 사라지자, 부상 중 한 사람이 말했다.

"심상치 않은 자다."

다른 부상이 대꾸했다.

"좋은 쪽은 아닙니다."

그때 방문이 열리고 진충서가 대청마루로 나섰다.

"어떻게 찾아온 건가?"

나경환과 이학송이 목사를 향해 허리를 굽혔다.

"최근 이곳 진천에서 일어난 불미스러운 일과 보은에서 색주가가 버젓이 영업을 하더라는 소식을 접하고 도승지 앞으로 상소를 올렸으나 감감무소식이었네. 충주의 관찰사 이익수 대감이 의로운 분이기는 하나, 원래 유약한 데다 이제는 연로하여 큰 기대를 걸 수 없네. 돌아가는 꼴을 보아하니, 여기 진천 외에 음성, 증평, 괴산, 보은의 수령들은 죄다 검계 놈들 손아귀에 들어간 것 같네. 솔직히 나 혼자 이 상황을 어떻게 헤쳐 나가야 하나 고심이 많았지. 며칠 전에는 재물이 든 상자를 보내더니, 조금 전에는 나를 회유하겠다고 사람을 보내기까지 하더군. 지금 진천은 적장의 수중에 들어가기 직전에 놓인 변방의 작은 읍성에 불과하네. 그러던 차에 형조 판서 장붕익 대감의 휘하에 있는 금란방 관원들이 이 위태로운 곳에 방문했으니, 내 어찌 반갑지 않겠는가.”

진충서의 말에 나경환과 이학송이 머리를 조아렸다.

세 사람은 다과와 차가 놓인 상을 사이에 두고 마주 앉아 있었다. 진충서는 마치 술을 따르듯 나경환과 이학송의 잔에 차를 따랐다. 나경환이 단숨에 들이켜자, 진충서가 농을 던졌다.

“어허, 천천히 마시게. 그러다가 취하기라도 하면 어쩌려고?”

그 소리에 세 사람 다 웃음을 터뜨렸다. 웃음이 잦아들고 이학송이 진충서에게 물었다.

“낮에 관사의 마당에서 마주친 선비가 목사 나리를 회유하러 왔다는 그 사람입니까?”

진충서가 고개를 끄덕였다.

“검계의 수중에 들어간 관아의 관리이거나 지방 유력 가문의 자제일 테지.”

나경환이 그 말을 받았다.

“범상치 않은 작자였습니다.”

“정랑의 그 말을 기다렸네. 솔직히 나도 그렇게 보았네. 정랑의 눈썰미가 대단하군. 내가 단단히 심기가 틀리도록 만들었으니, 곧 놈들이 행동에 나설 것일세. 중과부적(衆寡不敵)이겠지. 사위가 포위당한 상태에서 내가 어찌 그들을 이기겠는가? 내가 어찌 탐욕의 사슬을 끊겠는가?"

진충서의 말에 나경환과 이학송은 답할 수 없었다. 괜스레 코를 삼키며 상대에게 답을 미루었다. 싸울 수는 있다. 하지만 이길지는 장담할 수 없다. 그저 최선을 다할 뿐!

그때였다. 장도(長刀)가 마당의 박석(薄石)을 두드리는 소리가 들려왔다. 크릉, 크릉, 크릉……. 그 굉음은 이렇게 소리치고 있었다. 내가 왔노라, 내가 왔노라, 내가 왔노라! 진충서가 놀란 눈으로 말했다.

"이게 무슨 소리인가? 벌써 놈들이 움직인 건가?"

그 소리를 알아들은 나경환이 진충서에게 말했다.

"도성에서 범이 내려왔습니다. 아주 큰 범이 왔습니다."

이학송이 몸을 일으켜 문을 열었다. 차를 술로 둔갑시키고, 정을 취기로 변화시킨 사이에 눈이 내리고 있었다. 방 안의 호롱불이 새어나가 마당에 내리꽂히는 눈발을 화사하게 비추었다. 그 흐드러진 눈발 속에 나경환이 말한 범이 서 있었다.

"진천 목사 진충서! 그대의 충정(忠情)에 나도 함께 취하고 싶어 찾아왔소이다!"

진충서는 대청마루 앞에 서 있는 거대한 존재를 보고 저도 모르게 몸을 일으켰다. 고려 왕들의 무덤가에 섰던 무인석이 저랬는가, 궁궐 초입의 해태가 저리 당당했던가…… 비척비척 창살을 돌아 방문을 나선 진충서는 대청마루에 끝내 신 뒤 휘널리는 눈발 속에 선 이에게 근절을 올렸다.

"대감, 이렇게 뵙게 되어 참으로 기쁩니다."

눈발 속에 선 범이란 바로 장붕익이었다. 그가 말했다.

"어허, 언제까지 우리를 눈발 속에 세워둘 것이오?"

진충서가 엎드린 자세에서 장붕익을 올려다보며 말했다.

"어서 안으로 드십시오. 후학(後學)은 대감을 뵈어 몸 둘 바를 모르겠습니다."

장붕익의 큰 발이 대청마루에 올랐다. 뒤를 이어 강찬룡과 이규상이 어둠 속에서 나타났다. 나경환과 이학송이 함박웃음을 지으며 그들을 맞았다. 장붕익이 말했다.

"규상아, 오늘은 저 눈발에 취해 보자꾸나."

이규상이 도도도 달려가 상 위에 놓인 매병을 들어 처마 밑으로 내밀었다. 후드득 내려오는 눈이 차를 담았던 매병 속으로 한 송이 두 송이 들어갔다.

"아침까지는 한 병이 가득 찰 것입니다."

그 소리에 다들 또 한 번 크게 웃음을 터뜨렸다.

진충서는 이게 꿈인지 생시인지 분간하지 못해 어리둥절한 표정으로 자기 곁에 있는 이들의 얼굴을 하나하나 살폈다. 장붕익이 진충서의 어깨를 감싸 상석에 앉히고 말했다.

"목사, 함께 싸워줄 우군이 있다 하여 이렇게 달려왔소. 그대라는 존재가 참으로 고맙소."

진충서는 허리를 곧게 펴지 못한 채 말했다.

"대감, 하대하십시오. 대감의 존대가 무척 거북합니다."

장붕익은 고개를 끄덕인 뒤 지긋한 눈길로 진충서를 바라보며 입을 열었다.

"경환과 학송이 파발에 띄워 보낸 소식이 어찌나 반갑던지 목사의 얼굴을 보러 말을 달렸네. 나는 육조의 모리배들이 눈치 채기 전에 도성으로 돌아갈 것이네. 곧 충청좌도의 검계를 청소하러 몸소 출정할 것이니, 그때까지 목사는 경계를 놓치지 말게나."

진충서가 머리를 조아리며 답했다.

"대감께서 오실 때 힘을 보태도록 살아 있겠습니다. 부디 대감께서도 보전하십시오."

장붕익이 고개를 끄덕이고 말했다.

"정랑과 학송은 어찌할 것이냐?"

나경환이 대답했다.

"목사의 말씀으로 보아 보은에 이미 검계가 뿌리 내린 듯합니다. 학송과 저는 진천과 보은을 오가며 색주가와 바침술집을 파악하며 기다리겠습니다."

"좋다. 허나 절대 나서지 말고 내가 군병을 이끌고 올 때까지 기다려라."

나경환과 이학송이 함께 대답했다.

"예, 대감."

장붕익이 진충서에게 말했다.

"나는 돌아가겠네. 부디 몸조심하게."

신충서가 발했나.

"아니, 대감. 이제 오셨는데, 어찌 바로 가십니까?"

강찬룡이 말했다.

"목사, 보은의 검계를 싸그리 소탕하고, 그때 다시 회포를 풉시다."

진충서가 장붕익과 강찬룡, 이규상의 얼굴을 보며 고개를 끄덕였다.

장붕익과 강찬룡, 이규상이 몸을 일으켰다. 그들은 눈발 날리는 마당
으로 내려서 뒤도 돌아보지 않고 걸음을 옮겼다. 눈의 장막 너머로 말발
굽 소리가 들려왔다. 진충서는 문설주에 기대어 선 채 소리가 멀어지는
어둠 속으로 넋을 놓았다.

"형님들께선 절대 이 동생 걱정은 마십시오."

17
전운
1734년 겨울

사방이 온통 흰색이었다. 천덕은 자꾸만 발이 미끄러졌으나, 난지는 마치 평지를 걷듯 편안해 보였다.

"어찌 이 눈 속에 사람을 궁지로 모는가?"

천덕의 말에 난지가 그를 쏘아보았다.

"좀 조용히 못하겠소?"

난지는 계곡과 능선이 파도처럼 울렁거리는 태백산맥 줄기에 시선을 놓고 있다가 한곳을 가리켰다.

"저기에 있소."

난지가 빽빽한 숲 사이로 후다닥 뛰어 내려갔다. 천덕은 더는 좇지 못하고 그 자리에 주저앉고 말았다. 잠시 뒤에 청아한 새소리가 들려왔다. 난지의 부름이었다. 짧게 두 번, 길게 한 번. 다급하니 빨리 오라는 신호였다. 천덕은 천근처럼 무거운 몸을 일으켜 난지가 새를 흉내 내는 지점을 향해 다가갔다.

"삐익, 삐익, 삐이이이익!"

천덕은 저도 모르게 불평을 쏟아냈다.

"아이고, 장인 영감, 어찌 사람을 안 낳고 다람쥐를 낳았소."

천덕이 다가가자 난지가 검지로 입술을 채운 채 그를 바라보았다. 천덕은 발끝을 세웠다.

"두 마리를 낳았소."

난지가 손가락으로 눈밭의 검은 형체를 가리켰다. 갓 태어난 새끼 고라니 두 마리가 어미의 젖을 찾으려 꼼지락거리고 있었다.

난지가 소리를 낮추어 말했다.

"어미는 죽었소."

과연 그랬다. 눈발 날리는 엄동설한에 혼자 새끼를 낳다가 산고 끝에 죽은 어미 고라니에게서는 어떠한 움직임도 감지되지 않았다. 그래도 태어난 새끼를 보고 싶었던 것인지 고개를 제 발치 쪽으로 향하고 눈을 뜨고 있었다.

죽은 고라니를 가져다가 손질해서 육포로 만들면 겨울 식량으로 거뜬했다. 하지만 난지도 천덕도 그러고 싶지 않았다. 산짐승의 먹이로 남겨 두는 쪽을 택했다.

"새끼들은 어쩔 것이여?"

천덕의 물음에 난지는 그 금도 망설이지 않고 답했다.

"어쩌긴? 당분간 우리가 거두어야제."

"고라니를 키운단 말이야?"

"그럼 어쩌겠소. 지들 목숨 챙길 만큼 자랄 때까지는 우리가 돌보아야지 않겠소?"

"어허."

천덕은 달갑지 않았으나, 어린 생명들을 차가운 눈밭에 두고 돌아설 수도 없었다. 난지가 한 마리를 안아 올렸다.

"둘 다 암컷이오. 딸이 둘이나 생겼구먼."

천덕도 다가가 나머지 한 마리를 안아 올렸다.

간밤의 일이었다. 잠을 자던 난지가 벌떡 몸을 일으켰다. 난지의 움직임에 잠을 깬 천덕이 물었다.

"왜 그래?"

난지는 어둠 속에서 침묵을 지키고 있다가 말했다.

"이 소리 들리오?"

천덕이 귀를 세웠으나 아무 소리도 들려오지 않았다. 또 난지가 천덕은 다가갈 수 없는 영역으로 들어간 듯했다.

"가만히 정신을 집중하고 귀를 기울여보소."

천덕은 난지가 시킨 대로 양반다리를 하고 앉아 정신을 모았다. 그러자 무거운 적요를 뚫고 짐승의 울음소리 같은 것이 희미하게 귀에 걸렸다가 이내 사라졌다. 난지가 말했다.

"고라니가 새끼를 낳는갑소. 그런데 아주 힘이 드는 모양이오."

그새 정신이 흐트러졌는지 천덕은 더 이상 아무 소리도 들을 수 없었다.

"날이 밝는 대로 찾아 나서야겠소."

"이 사방 천지에 어디 있는지 알고 찾아 나서?"

"소리가 들려온 곳을 알 것 같구먼."

그러고 나서 난지는 다시 몸을 뉘였다.

천덕은 잠이 달아난 탓에 정신이 말똥말똥했다. 그는 조금 전에 난지가 시킨 대로 정신을 집중하고 바깥을 떠돌고 있을 소리에 귀를 기울였다. 한참 동안 애를 쓰던 중에 온몸에 힘이 풀리면서 마음이 가라앉았다. 마당에 눈이 사뿐히 내려앉는 소리를 들은 것 같았다. 아니, 그것은 귀로 들은 것이 아니었다. 마치 몸에서 빠져나간 영혼이 마당을 거닐며 내리는 눈을 맞고 있는 것만 같았다. 영혼은 하얗게 눈꽃이 핀 나무 숲 너머에서 들려오는 고라니의 울음소리를 따라갔다. 고통스러운 울부짖음이었다. 목숨이 꺼져가는 가운데에도 기어이 자신에게 주어진 창조의 과제를 완수하려는 안타까운 몸부림이 느껴졌다. 천덕의 영혼이 소리에 점점 다가가는 동안 이윽고 어미 고라니의 울음이 멈추었다. 육신의 고통이 저물고 숲은 다시 침묵했다. 그와 동시에 영혼은 왔던 길을 되돌아 천덕의 몸속으로 쑥 빨려들어갔다.

"해가 떴소. 일어나시오."

난지가 천덕의 몸을 흔들고 있었다. 꿈을 꾼 것인가. 천덕은 몽롱한 머리를 가누며 난지를 따라 나섰다.

새끼 고라니 한 마리씩을 안고 집으로 돌아온 뒤 난지는 오들오들 떨고 있는 자은 생명들을 방에 들이고 몸을 이블로 감쌌다.

"저 핏덩이들한테 무엇을 먹일 것이여? 어디서 젖을 구하냐고?"

"우선은 쌀이랑 보리를 곱게 빻아서 먹여봐야제. 지들이 살 것 같으면 살 것이고, 그게 아니라면 어쩔 수 없는 일 아니겠소?"

졸지에 고라니 아비가 되어버린 천덕이 바랑에 작은 항아리를 담았다.

"마을에 내려가서 소젖이라도 구할 수 있는지 알아보겠네."

천덕이 집을 나섰다. 눈발이 점점 굵어졌다.

보은 전체가 검계들의 소굴이 되어 있었다. 장시에서는 버젓이 선술집과 내외술집 여러 곳이 성업 중이었고, 민가와 외떨어진 기와집 두 채에서는 색주가를 운영했다. 그리고 유생들이 기숙하는 재(齋)가 다섯이나 딸린, 규모가 꽤 큰 학당이 통째로 기방으로 변해 있었다. 특히 학당을 기방으로 개조한 곳을 사람들은 유향원(有香院)이라 불렀는데, 위로는 경기 이남부터 아래로는 전라도와 경상도의 지방관과 대상(大商)들이 며칠씩 머무르며 향락을 즐겼다.

"충청의 겨울 추위가 지독하군."

나경환은 유향원 대문에서 백이십 척 정도 떨어진 풀숲에 몸을 숨긴 채 염탐을 하러 간 이학송을 기다렸다. 달의 위치로 보아 임시(壬時, 오후 10시 반부터 11시 반 사이)로 짐작되었다. 자정이 코앞이었다. 곧 인경을 울릴 시각이었지만, 유향원의 담을 넘는 왁자한 웃음소리는 조금도 잦아들 기미를 보이지 않았다.

커다란 술독을 실은 수레 세 대가 초롱을 앞세우고 대문을 통과했다. 수레가 돌아갈 때는 빈 술독을 실어 바침술집으로 향할 것이다. 나경환은 이학송이 나오지 않을 경우 자신이 직접 미행할 각오를 했다. 덩치가 크고 몸가짐이 무거운 그에게는 위험한 일이었지만, 앞뒤 가릴 처지가 아니었다.

다행히 빈 술독을 실은 수레가 유향원을 떠나는 것과 때를 맞추어 이학송이 돌아왔다.

"나는 수레를 따라붙을 터이니, 형님은 여기 더 있든지 객주(客主)로 돌아가든지 알아서 하시오."

이학송은 대답도 듣지 않고 몸을 움직였다. 나경환이 몸을 일으킨 뒤 주위를 둘러보았으나, 이미 이학송은 보이지 않았다. 멀어지는 수레 뒤쪽을 살펴보았으나, 사람의 움직임이 전혀 감지되지 않았다.

"허허, 참으로 재주가 뛰어나다. 인재는 인재로다."

객주로 향하는 동안 인경이 울렸다. 장터 부근에는 늦은 밤까지 술을 즐기던 취객들과 그들을 부축한 하인들이 쉴 새 없이 오갔으나 번을 도는 순라군들은 그들을 보고도 단속하지 않았다. 나경환 역시 한길에서 순라군과 마주쳤으나 나경환을 힐끗 쳐다보고는 그냥 지나쳤다. 보은에서는 인경도 순라군도 형식에 불과했다. 나경환은 보은의 수령이 어떤 작자인지 그 상판이 궁금했다.

이학송은 한곳에 웅크리고 있다가 수레가 멀어지면 따라붙고 다시 멈추기를 반복하며 미행했다. 전혀 서리낄 것 없다는 듯 조통순과 수레꾼들은 큰 소리로 이야기를 나누었다. 그렇게 미행하기를 한 시진 정도 지나자 멀리 보이던 어둠 속의 속리산이 성큼 다가와 있었다. 그때부터 초롱꾼과 수레꾼들은 입을 다물었다. 아무래도 술을 나를 때 저희들끼리 지켜야 할 규칙이 있는 듯했고, 가까운 곳에 그 규칙을 따지는 인물이 있는 듯했다. 바침술집이 가까워졌다는 뜻이었다.

이윽고 산기슭이 시작되는 지형 안쪽으로 깊게 자리 잡은 민가 여러 채가 보였다. 야심한 시각에도 술 담그는 일이 이어지는 듯 횃불이 주변을 환하게 밝히고 있었다. 일부러 민가 부근의 나무를 다 베어낸 듯 몸을 숨길 만한 곳을 찾을 수가 없었다. 하는 수 없이 이학송은 오십 보 정도 떨어진 곳에서 수레가 들어가는 것을 지켜보았다. 아니나 다를까 칼을 찬 무사 두 사람이 나와 초롱꾼과 수레꾼들의 얼굴을 일일이 확인하고는 안으로 들여보냈다. 무사들은 혹시나 뒤를 잡히지 않는지 손에 든 횃불을 앞으로 내밀어 어둠 속을 휘 둘러보고는 술도가 안으로 사라졌다.

바침술집의 위치까지 파악했으니, 보은 군내의 공격 지점은 각이 섰다. 색주가가 둘, 대형 기방이 하나, 바침술집이 하나. 보은 군내에서 밀주를 유통하는 무리를 소탕하면 그와 함께 자연히 소멸될 것이기에 장시의 내외술집과 선술집 따위는 신경 쓸 필요가 없었다. 이제 진천으로 가서 도성의 장붕익에게 파발을 띄우고 느긋하게 기다리는 일만 남았다. 하필 추운 겨울에 지방을 돌아다니느라 그동안 고생이 말이 아니었다. 곧 진천 관사 행랑채의 뜨끈한 아랫목에 몸을 누일 생각을 하니, 벌써 기분이 좋아졌다.

이학송이 막 몸을 일으키려던 그때였다.

철커덩, 철커덩, 철커덩…….

둔중한 쇠망치로 바닥을 두드리는 소리가 멀리서 들려왔다. 이학송은 다시 자세를 바짝 낮추고 소리 나는 쪽으로 몸을 돌렸다. 초롱조차들지 않은 한 무리의 사내들이 어둠을 짚으며 다가오고 있었다.

'표철주다!'

철커덩, 철커덩, 철커덩…….

표철주와 무사들이 이학송을 지나쳤다. 그들이 술도가 가까이 다가가자 바침술집의 우두머리로 보이는 자들과 일단의 무사들이 뛰쳐나와 맞았다. 표철주와 동행한 무사가 여섯, 술도가에 있던 무사들이 여덟. 표철주를 포함하여 칼잡이가 모두 열다섯이었다. 유향원에서 염탐을 하며 파악한 무사의 숫자가 열둘이었다. 색주가를 비롯한 보은의 곳곳에 있을, 미처 파악하지 못한 살수들까지 합하면 족히 마흔에서 쉰은 될 것으로 짐작되었다.

이학송은 거리가 멀고 조도가 낮아서 표철주의 얼굴을 제대로 볼 수 없었으나, 다른 이들에 비해 유달리 덩치와 키가 크고, 자기 키 높이에 달하는 쇠막대를 쥐고 있는 사내가 표철주임을 확신했다.

이학송은 엎드린 자세 그대로 슬금슬금 뒤쪽으로 물러났다. 바침술집까지 미행한 이가 있다는 사실을 알게 되면 검계는 그에 맞추어 대비할 것이다. 한 치의 실수도 용납할 수 없었다. 다행히 지난 며칠 동안 눈이 내리지 않아 발자국이나 다른 흔적을 남길 염려는 덜했다. 이학송은 바침술집에서 제법 서리가 밀려난 뒤에야 비로소 몸을 일으켜 자신이 왔던 반대 방향으로 천천히 걸음을 옮겼다.

◇　◆　◇

표철주는 바침술집의 마루에 앉아 분주히 오가는 술도가의 일꾼들을 흐뭇한 표정으로 바라보았다. 그의 곁에 부회주 차상준과 삼회주 이철경이 앉아 있었다. 표철주가 이철경에게 말했다.

"진천 목사는 어떤 사람이더냐?"

이철경이 대답했다.

"만만치 않은 자입니다. 그냥 두었다가는 필시 칠선객의 앞날에 방해가 될 것입니다."

표철주는 부회주 차상준 쪽으로 고개를 돌렸다.

"지금 당장 동원할 수 있는 군사가 몇이나 되는가?"

"지금 당장 말입니까?"

"지금 당장!"

"회주의 호위 무사들을 제외하면 쓸 만한 무사가 일곱입니다."

"예서 진천 관아까지 얼마나 걸리는가?"

"말을 타면 두 시진이고, 걸어서 이동하면 꼬박 하루가 걸립니다."

표철주는 잠시 생각에 잠겼다가 곁에 선 자신의 호위 무사 한 사람에게 말했다.

"묵현아, 부회주가 내주는 무사들을 데리고 가서 진천 목사 진충서를 척살하라. 이목을 끌 수 있으니 걸어서 이동한다. 지금 당장 출발하여라."

"예, 회주."

부회주 차상준이 표철주에게 말했다.

"회주, 목사는 단순한 행정관이 아닙니다. 병마지권(兵馬之權)을 가진 지방관으로, 관아의 절반은 무관입니다."

"상관없다. 그깟 오합지졸쯤 나의 호위 군사 여섯으로도 충분하다. 부회주의 수하들은 묵현 일행의 수발을 드는 데 집중하게 하라."

그렇게 말하고 나서 표철주는 몸을 일으켰다. 그는 방 안으로 들며 말했다.

"갓 나온 술과 음식을 들이라."

이철경은 진충서와 마주했던 때를 떠올렸다. 엽전 오백 냥이 든 상자를 앉은 자세에서 들어 올리던 모습을. 그가 급히 표철주에게 말했다.

"회주, 군사 열 명 남짓으로는 위험합니다. 진충서 그자는 결코 쉽게 볼 자가 아닙니다."

방으로 들어가려던 표철주가 몸을 돌려 이철경을 노려보았다.

"붙어보았느냐?"

"은근히 괴력을 과시하는 것을 목격하였습니다."

그때 묵현이라는 살수가 끼어들었다.

"삼회주, 우리가 그깟 관리 하나 처리하지 못할까 걱정이신 게요?"

"언제나 자만이 화를 부르는 법! 상대는 관병을 동원할 수 있는 목사다. 가벼이 여기지 말라."

묵현은 자신의 무예에 자부심이 강했다. 얼자라는 신분의 제한만 아니었다면, 그리고 오로지 무예만으로 평가를 받았다면 능히 무관의 고위직에 올랐을 것이라 스스로 여기는 자였다. 어영청의 장교(將校)를 지내다가 더 이상 올라갈 곳이 없음을 깨닫고 검계에 몸을 담은 만큼 무(武)를 통해 타인을 지배하고자 하는 욕구가 강했다. 그런데 갓 약관을 벗어난 새파란 사내가 삼회주라는 서열을 믿고 자신을 무시하는 언행을 일삼자, 그는 자존심이 크게 상했다.

"서책이나 넘기던 삼회주가 병기와 무예에 대하여 무엇을 안다고 쓸데없는 충고요?"

묵현의 말투에 날이 서자, 표철주가 쇠막대를 들어 그를 제지했다.

표철주는 과거의 기억을 떠올렸다.

'벼슬을 믿고 나대는 무관 하나가 무어 그리 걱정인가?'

장붕익을 급습할 때 표철주는 그렇게 큰소리쳤다. 하지만 결과는 처참했다. 만약을 대비하여 사수를 동원하지 않았다면, 그의 두개골은 완전히 박살이 나고 말았을 것이다. 표철주는 버릇처럼 자신의 함몰된 이마를 문지르며 말했다.

"삼회주의 말이 옳다. 정면으로 치는 것만이 능사는 아니다. 부회주는 근방에서 동원할 수 있는 살수와 사수를 죄다 묵현에게 딸려 보내라. 매사에 조심해서 나쁠 것은 없다. 하지만 시간이 급박하니, 최대한 서둘러서 날이 새기 전에는 진천으로 출발하도록 하라."

표철주가 방 안으로 들어가자, 이철경이 그를 따랐다. 이철경이 말했다.

"회주, 왜 이리 서두르십니까?"

표철주는 이철경의 물음에 곧바로 대답하지 않고 뜸을 들였다. 방에 좌정하고 쇠막대를 곁에 내려놓은 뒤에야 입을 열었다.

"장붕익 때문이다."

또 장붕익이었다. 도대체 그 작자가 무엇이기에 범도 두려워하지 않는 회주가 이토록 안절부절못하는가!

"이봐, 철경이. 충청좌도에 도성에서 파견한 관군이 스며들었을 것이라는 생각은 하지 못하는가? 만약 그러한 자들이 있다면, 그들은 필시 장붕익의 수하일 것이다. 어쩌면 속리산 자락 깊숙이 파묻힌 이 술도가까지 이미 훤히 파악하고 있을지도 모른다. 도성에서 멀리 떨어진 탓에 장붕익이 관군과 군사를 움직이기는 힘들 것이다. 설령 그렇게 한다 해도 우리의 교통망으로 미리 파악하고 대비할 수 있다. 하지만 장붕익이 은밀히 진천 목사와 힘을 합친다면 이야기는 달라진다. 기껏 터를 잡았는데, 모든 것이 수포로 돌아갈 수 있다."

그제야 이철경은 진충서를 상대하고 진천 관사를 나설 때 마주쳤던 부상 차림의 사내 둘을 떠올렸다. 결코 장사꾼으로 보이지 않았다. 일부러 정체를 감추기 위해 부상으로 가장했다면, 회주의 우려가 사실일지도 몰랐다.

표철주가 또다시 함몰된 이마를 문지르며 말했다.

"내가 장붕익이라는 존재 앞에서 작아지는 꼴이 우스울 것이다. 하지만 너는 모른다. 그를 직접 상대하기 전에는 결코 알 수 없을 것이다."

표철주는 마치 자신 앞에 이철경이 없기라도 한 듯 생각에 빠져 넋두리를 늘어놓았다. 보기 드문 모습이었다. 이철경은 표철주에게 목례를 하고 들이섰다. 마침 술과 안주가 방 안으로 들어왔다.

◇ ◆ ◇

 나경환과 이학송은 객주에서 늦게까지 잠을 잤다. 검계를 좇다 보니 먹고 자는 흐름이 자연 검계의 그것과 닮아갔다. 검계의 삶은 일반 백성의 삶과는 정반대였다. 낮 동안 퍼질러 자다가 해가 기울기 시작하면 기침(起寢)하여 활동했다.

 해가 중천을 넘어간 뒤에야 나경환과 이학송은 부스스 상체를 일으켰다. 검계의 일상을 닮아가는 것이 이유였지만, 그동안 엄동설한에 바깥으로만 떠돌며 피로가 누적된 탓에 몸이 무거워진 것도 이유였다.

 "잠을 깨는 시각이 나날이 늦어지는구나."

 나경환의 말에 이학송이 고개를 끄덕였다.

 "객주의 주인이 땔감을 아끼느라 군불을 죽였는지 밤새 몸이 떨려서 편히 눈을 붙일 수 없었습니다."

 "그래, 오늘 바침술집을 훑어보고 진천으로 가면 내일은 뜨끈한 방에서 푹 쉴 수 있을 것이다."

 두 사람은 몸을 일으켰다. 그날은 속리산 자락을 타고 올라 바침술집을 내려다보면서 상황을 보다 정확히 파악하고, 곧장 진천 관아로 향할 예정이었다.

 보은 군내에서 바침술집이 있는 석곡이라는 동네까지는 빠른 걸음으로 반 시진 이상이 걸렸다. 거기에서 다시 산을 타야 하니, 일을 끝내려면 적어도 두 시진 반은 걸릴 터였다. 겨울해가 짧으니 서둘러야 했다.

 두 사람은 곧장 객주를 나서서 석곡으로 향했다. 주변에 사람이 없을 때는 뛰다시피 하다가 행인과 마주치면 걸음을 늦추었다. 속리산의 험한 산자락을 타고 올라 바침술집이 훤히 내려다보이는 곳에 자리를 잡았을 때는 이미 태양의 기운이 많이 약해져 있었다.

산에서 내려다본 석곡의 바침술집은 나란히 세워진 민가 세 채의 담을 허물어 하나로 합친 모양이었다. 왼쪽의 두 채는 밀주를 만드는 술도가로 쓰고 오른쪽의 나머지 한 채는 숙소로 사용하는 것 같았다.

"표철주라는 자가 아직도 있을까?"

나경환의 물음에 이학송이 답했다.

"덩치가 우리 대장이나 형님 못지않고 쇠막대기를 주장자처럼 들고 있으니, 아직 저기 있다면 금세 알아볼 수 있을 것이오."

나경환이 바침술집을 살펴보다가 의아하다는 듯 말했다.

"술을 공급하는 저곳이 밀주 유통의 핵심이거늘 어찌 경계가 소홀한 듯하다."

그제야 이학송도 의문이 들었다. 지난 새벽에 파악한 무사의 숫자가 열다섯이었건만 지금 바침술집을 지키는 무사는 둘에 불과했다. 표철주를 비롯한 장정 열 명 이상이 숙소로 보이는 작은 초가에서 아직도 잠을 잔다? 아무래도 이치에 닿지 않았다.

"형님, 이상하오. 무사들이 대거 빠져나간 듯합니다."

나경환과 이학송의 눈이 마주쳤다. 진천 관아다! 두 사람은 누가 먼저랄 것도 없이 산 아래로 내달리기 시작했다.

보은 관아 근처의 역참에 도착했을 때는 이미 해가 기울어 사위가 어둠에 감긴 뒤였다. 나경환과 이학송은 역참 앞을 지키는 나졸을 밀치고 다짜고짜 안으로 뛰어들었다. 그동안 관리 신분을 드러내지 않기 위해 역참과 역원(驛院)을 멀리했으나, 지금은 앞뒤 가릴 처지가 아니었다.

갑작스러운 일에 역참의 역노(驛奴)들이 놀라 뒤로 물러났다. 나경환이 마패(馬牌)를 내보이면서 소리쳤다.

"말 두 필을 내어라! 어서!"

역참의 책임자인 찰방(察訪)이 달려왔다.

"무슨 일인가?"

이학송이 말했다.

"형조의 관원들이오. 급히 말을 써야 하니, 말을 내주시오."

하지만 찰방은 고분고분하지 않았다.

"마패의 진위(眞僞)를 살펴야 하니, 이리 주시오."

나경환이 마패를 찰방 앞에 내던지고는 품에 차고 있던 칼을 뽑았다.

"한시가 급하다 하지 않았는가!"

그러고는 곧장 마구간으로 달려갔다. 이학송 역시 칼을 뽑아들고 찰방과 역노들의 접근을 막았다. 이내 나경환이 말 두 필의 고삐를 쥐고 나타났다. 두 사람은 각각 말에 올라 내달렸다. 순식간에 역참을 빠져나간 두 필의 말이 어둠 속으로 사라졌다.

어둠이 짙은 탓에 겁을 먹은 말들이 제대로 따르지 않았다. 말이 멈추어 설 때마다 초조함으로 가슴이 터질 것만 같았다. 낮이었으면 두 시진에 도착할 거리를 세 시진이나 소요했다. 나경환과 이학송은 진천 관아가 가까워지자 말에서 내려 달리기 시작했다. 진천까지 오는 동안 두 사람은 단 한마디도 나누지 않았으나, 어떻게 움직여야 할지 훤히 머릿속에 그리고 있었다.

이윽고 진천 관아에 이르렀다. 대문을 지켜야 할 나졸들이 보이지 않았다. 관아 내부는 여러 개의 횃불을 켠 듯 밝았다. 조심스럽게 대문에 접근하여 안을 살펴보았다. 관군과 아전들이 부산하게 움직이고 있었고, 기분 나쁜 악취가 코를 찔렀다. 불안함이 엄습했다. 더는 가릴 것이 없었다. 나경환과 이학송은 칼을 빼들고 관사 쪽으로 뛰어들었다. 관군들이 그들을 향해 창을 뻗었다. 두 사람을 알아본 아전이 달려왔다.

"목사께서 자객들에게 당했습니다!"

나경환과 이학송이 다가갔다. 진충서의 시신은 두 눈을 부릅뜨고 칼을 쥔 채 앉은 자세로 문설주에 기대어 있었는데, 목에 장검이 꽂혀 있었다. 게다가 시신의 아랫부분이 검게 그을려 있었다.

이학송이 관사 마당을 둘러보았다. 관군의 시신 하나가 바닥에 엎어져 있고, 검계의 자객으로 보이는 자의 시신 둘이 널브러져 있었다.

"경종(警鐘)이 울리기도 전에 이 지경이 되었습니다. 변을 당한 관군은 달아나는 자객들에게 당한 것이니, 목사께서 혼자 감당하신 듯합니다."

자객들이 동료 둘을 잃은 것에 대한 보복으로 시신에 불을 놓은 것으로 보였다. 나경환이 진충서의 눈을 감겨주었다.

이학송이 담벼락 근처에서 말했다.

"형님, 이쪽에서 핏자국이 담을 넘었소."

나경환이 말릴 새도 없이 이학송이 훌쩍 담을 넘었다.

핏자국을 따라가던 이학송은 그리 멀지 않은 곳에서 검계의 자객으로 보이는 자의 시신을 발견했다. 달아나는 데 걸림돌이 된다는 이유로 동료 자객들에게 척살당한 것으로 보였다. 이학송은 자세를 낮추고 어둠을 응시했으나, 아무런 기미를 느낄 수가 없었다.

도승지 이제겸이 형조 참의 강찬룡이 올린 상소를 읽자, 조의(朝議)에 참석한 당상관들의 표정이 일시에 굳었다. 아무도 상소에 대하여 입장을 취하지 않았으나, 강찬룡의 상소가 당상관들의 심기를 건드렸음은 그들의 표정을 통해 알 수 있었다. 상소를 올린 당사자인 강찬룡이 주위를 돌아보다가 호조 참판 최기윤과 눈이 마주쳤다. 최기윤은 알 듯 모를 듯한 미소를 지어 보였다.

임금이 말했다.

"형조 참의가 올린 상소에 아무런 의견이 없소이까?"

강찬룡이 올린 상소는 청과 무역을 하는 송상 차길현이 교역 물품을 보호한다는 명목으로 필요 이상의 사병을 거느리고 있으니 국법에 따라 수를 제한하고, 청과 무역을 하는 상인들에 대하여 관의 지배력을 강화해야 한다는 내용을 담고 있었다. 고위직 관리로서 대대로 대상(大商)의 지위를 누려온 가문의 실력자인 차길현과 연루되지 않기란 힘든 일이었다. 그 말은 지금 조의에 참석한 대부분의 이들이 어떤 식으로든 그와 관계를 맺고 있음을 의미했다. 자, 누가 먼저 발언할 것인가. 부글부글하는 동안에도 아무도 나서는 이가 없었다. 자칫 차길현을 두둔하고 나섰다가 장붕익의 수사망에 이름을 올릴 수 있었다. 아무도 나서는 이가 없자, 호조 참판 최기윤이 입을 열었다.

"신, 호조 참판 최기윤이 조의에 참석한 대작들과 형조 참의께 한 말씀 올리겠나이다."

강찬룡은 뜻밖이라는 듯 다소 놀란 표정을 지었다. 최기윤의 말이 이어졌다.

"송상 차길현은 청과의 무역을 거의 독점하다시피 하는 거상 중의 거상입니다. 오늘날 반가(班家)와 여염에서 사용하는 청의 물건 중에 차길현의 손을 거치지 않은 것이 없을 지경입니다. 하여 교역품의 수량과 종류가 헤아릴 수 없을 정도이니, 국법이 정한 상단의 규모를 초과하는 것은 피치 못할 일이라 봅니다. 또한 형조 참의는 국법으로 그들의 상행위를 제한하기를 청하나, 청과 교역하는 상인들에 대하여 관이 과도하게 개입하는 일은 자칫 민(民)의 자유로운 상업 활동에 악영향을 미칠 수 있으니, 상소를 거두어 주십사 청하는 바이옵니다."

최기윤은 분명 강찬룡에게 반대하는 입장을 취했다. 하지만 강찬룡은 어쩐지 그가 차길현을 두둔하기 위해 그런 식으로 간(諫)한다는 생각이 들지 않았다. 실제로 최기윤은 차길현이라는 거상의 중요성을 주상에게 각인시킴으로써 앞으로 교역과 관련한 의제(議題)를 다룰 때면 어쩔 수 없이 그를 화제로 삼을 수밖에 없는 장치를 해놓은 셈이었다. 고위 관료들 사이에서나 떠돌던 숨겨진 존재를 수면 위로 부각시켜버린 것이다. 강찬룡은 그렇게 생각했고, 그렇게 믿고 싶었다.

최기윤의 본래 의도가 무엇인지 알 수 없으니, 그로 인해 물고기 드이자 강찬룡의 상소를 향한 신료들의 비판이 뒤따랐다. 정이품 이상의 관료들은 여전히 침묵을 지키는 가운데 종이품 이하인 참판과 참의, 동지사 등이 저마다 한마디씩 쏟아내는 통에 조의가 꽤 소란스러워졌다. 장붕익과 강찬룡이 그들의 의견에 귀 기울였으나, 상소를 찬성하는 의견은 들리지 않고 죄다 반대하는 입장뿐이었다. 미묘한 사안이 거론될 때마다 간쟁을 한답시고 이리 중구난방으로 떠들어대서 논지를 흐려서는 유야무야 넘기는 경우가 허다했다. 이럴 때 강찬룡이라면 빽 소리를 질러 꾸짖기라도 할 텐데, 어쩐 일인지 그는 입을 다문 채 신료들이 하는 꼴을 지켜보기만 했다.

소란이 멈출 기미를 보이지 않자, 임금이 손을 들어 저지했다. 차츰 말소리가 잦아들고 임금이 말했다.

"경들의 의견이 이리 분분하니, 이 문제는 앞으로 차차 논의하도록 하겠소. 끝으로 상소를 올린 관청인 형조의 판서로부터 변을 듣는 것으로 오늘은 마무리하겠소."

장붕익이 기다렸다는 듯이 입을 열었다.

"자고로 권력이 있는 곳에 재물이 따르고, 재물이 있는 곳에 권력이 깃든다 하였습니다. 정(政)과 금(金)의 유착이 어제오늘의 일이 아니거늘 어찌 하루아침에 그 관계를 깨끗이 청산할 수 있겠습니까? 허나 이 오랜 사슬을 끊지 않고서야 어찌 정사(政事)를 바로 세울 것이고, 어찌 관리의 기강을 바로잡을 것이며, 어찌 백성의 삶을 편케 할 수 있겠습니까? 결송(決訟)을 담당하는 삼법사와 정책을 세우고 심의하는 기관뿐 아니라 모든 관청과 관리가 합심하여 상도(常道)가 올바르게 움직이는 질서를 마련한다면, 민의 생산과 상업 활동 역시 자연스럽게 원활해질 것입니다. 하여 형조는 차길현을 비롯한 거상뿐 아니라 그와 관련된 관리들을 예의주시하여 부패와 불법의 뿌리를 뽑는 일에 아량을 베풀지 않고 원칙대로 처리할 것이니, 부디 이 자리에 참석한 신료 모두 협조해줄 것을 당부하는 바입니다."

인정전이 무거운 침묵에 휩싸였다. 어느 누구도 입을 열지 않았다. 숨소리조차 함부로 내뱉지 못했다. 신료들을 둘러본 임금이 도승지 이제겸에게 눈짓을 했다.

"오늘 조의는 이만 마치겠습니다. 립(立)!"

신료들이 모두 자리에서 일어섰다. 임금이 어좌를 떠나자, 그제야 신료들은 장붕익과 강찬룡이 들으라는 듯 헛기침을 해서 불편한 기색을 드러내며 인정전을 빠져나갔다.

장붕익과 강찬룡은 일부러 가장 늦게 인정전을 나섰다. 두 사람이 인정문(仁政門)을 지났을 때, 그들보다 앞서 걸어가던 최기윤이 멈추어 서더니 몸을 돌려 장붕익을 향해 허리를 숙여 보였다. 그러고는 재빨리 진선문을 넘어 사라졌다.

"호조 참판이 참의와 입사 동기이던가?"

"그렇습니다, 대감."

"참의도 눈치 챘겠지만, 오늘 호조 참판의 도움이 컸다. 참판이 운을 떼지 않았다면 누가 참의의 상소에 찬하고 반하는지 알기 어려웠을 것이다."

강찬룡이 고개를 끄덕였다.

두 사람이 진선문을 지나 돈화문 부근에 이르렀을 때였다. 돈화문 안쪽에 이규상이 서 있는 것이 보였다. 궁궐까지 찾아온 것을 보면 다급한 상황이 벌어진 모양이었다.

장붕익이 다가가 물었다.

"무슨 일이 있느냐?"

"정랑과 종사관께서 은밀히 파발을 보내왔습니다."

"경환과 학송이?"

"예, 대감. 진천 목사 진충서가 검계 놈들에게 살해되었다 합니다."

"무엇이라? 감히 그놈들이……."

이규상이 장붕익에게 바짝 다가가며 소리를 낮추어 말했다.

"표철주가 보은의 바침술집에 나타났다 합니다. 두 형님은 지금 진천 관아에서 대기 중입니다."

장붕익의 눈빛이 이글이글 타오르기 시작했다.

"찬룡아, 이 일은 극도로 은밀하게 진행해야 한다. 나는 주상과 도승지를 만나 궁중의 무관을 지원받을 것이다. 규상은 형조에 남고 찬룡은 곧바로 떠날 수 있도록 준비하라."

"예."

강찬룡과 이규상이 돈화문을 빠져나간 뒤 장붕익은 궁내 방향으로 발길을 돌렸다.

18

반격 그리고 반격
1734년 겨울~1735년 초봄

　　도성을 출발한 뒤로 쉬지 않고 달린 탓에 말들
이 죄다 거품을 물기 시작했다. 안성의 역원에 이르러 말을 바꾸어야
했다. 역원의 하급 관리와 역노들이 말에 안장을 얹고 고삐를 조이는 동
안 장붕익과 강찬룡, 궁중 무관들은 잠시 휴식을 취했다. 일행은 열 명
이었고, 모두 사복을 입고 있었다.

　　이규상으로부터 비보를 접한 뒤 장붕익은 도승지가 배석한 가운데
임금을 만나 진천에서 일어난 일에 대하여 고했다.

　　“군영의 무관을 동원했다가는 여러 사람이 알게 될까 저어되옵니다.
하여 궁중의 뛰어난 인재를 선발하여 일을 처리할까 합니다.”

　　임금이 물었다

"이번에는 도성 검계의 우두머리 표철주를 잡을 수 있소이까?"

장붕익은 임금이 유독 표철주를 지목하는 것이 의아했으나, 의문을 삼켰다.

"휘하의 전언대로 아직 검계의 수괴가 보은에 있다면, 반드시 추포하거나 척살할 것이옵니다."

"표철주는 이 나라의 오랜 골칫거리이거니와 대감에게는 원수이지 않소? 대감이 그를 상대로 한을 푼다 해도 나는 국법을 따지지 않겠소."

임금의 그 말은 표철주를 추포하더라도 도성까지 압송할 필요 없이 그 자리에서 죽여도 문제 삼지 않겠다는 뜻이었다. 장붕익의 마음 같아서는 갈가리 찢어 죽여도 시원치 않았다. 하지만 죄인을 상대로 개인적인 원을 풀어서는 안 되었다. 그것은 국법과 어명으로 금지된 일이었다. 때문에 장붕익은 주상의 그 말을, 아끼는 신하의 가슴에 사무친 응어리를 풀어주고자 하는 위안으로 받아들였다.

그렇게 해서 얻은 궁중 무관이 여덟이었다. 윤필은을 비롯한 별군직 무관이 넷, 홍주현을 비롯한 우림위 무관이 넷이었다. 별군직은 무과를 통하지 않고 각자가 지닌 기량에 따라 특별히 선발된 무관이기에 관료 사회와의 접점이 약했다. 서얼(庶孼) 출신으로 구성된 우림위 역시 타고난 반사회적 기질로 인하여 관료 사회와 거리를 두고 있었다. 장붕익이 내금위와 겸사복을 제쳐두고 별군직과 우림위에서 군사를 지원받은 이유였다.

말이 준비되고, 모두들 말에 올랐다. 도성에서 타고 온 파발마와 달리 역원의 역마(役馬)는 걸음이 느린 편이었다. 진천까지 한 시진이 소요될 것이고, 그곳에서 나경환, 이학송과 합류한 뒤 석곡의 바침술집까지 다시 한 시진 정도가 걸릴 것이었다. 그사이 해가 질 것이니 야밤에 기습하기에는 안성맞춤이었으나, 표철주의 무리가 만전을 기하기 전에 한시라도 빨리 도착하는 것이 관건이었다.

"가자!"

장붕익이 박차를 가했다. 그와 동시에 열 필의 말이 일제히 내달리기 시작했다.

진천 관아에 당도했을 때는 경시(庚時, 오후 5시경)였다. 병시(丙時, 오전 11시경)를 기해 도성을 출발했으니, 꼬박 세 시진 만이었다. 날이 어둑어둑해져서 진천 관아 곳곳을 횃불이 밝히고 있었다. 멀리서 다가오는 말발굽 소리를 듣고 달려 나온 나경환과 이학송이 장붕익 일행을 맞았다. 제일 앞장서서 다가오는 장붕익을 발견하고 나경환이 큰소리로 말했다.

"대감께서 직접 오시리라고는 생각지 못했습니다."

장붕익이 말 위에 앉은 채 대답했다.

"휘하의 장수들이 변방에서 애를 쓰고 있는데 어찌 오지 않을 수 있겠는가?"

강찬룡이 동행한 이들을 둘러보고 말했다.

"한시를 다투는 상황이라 군사를 많이 챙기지 못했소."

그 말에 이학송이 화답했다.

"대감과 참의께서 오셨으니 일만의 군사가 부럽겠습니까?"

나경환과 이학송이 준비된 말에 올랐다. 역노로부터 초롱을 전달받은 이학송이 말했다.

"제가 길이 밝으니 앞장서겠습니다. 저만 따라오십시오."

장붕익이 말했다.

"거리낄 것도 없고 조심할 것도 없다. 그대로 바침술집까지 돌진해서 깨부순다!"

열한 명의 휘하가 일제히 대답했다.

"예!"

열두 필의 말이 흙먼지를 일으키며 내달렸다. 군내의 주민들이 그들의 뒷모습을 놀란 눈길로 좇았다.

이철경은 불안한 마음을 지울 수 없었다. 석곡은 이미 검계의 수중에 들어온 증평과 괴산, 보은이 감싸고 있어서 충주의 관찰사가 충청좌도 병영의 병사를 규합하여 쳐들어온다 해도 미리 소식을 접할 수 있으니, 바침술집을 비우고 달아날 시간적 여유를 충분히 확보할 수 있었다. 만약 소수의 관군 병력이 불시에 기습을 감행한다 해도 회주 표철주가 남기고 간 자객들만으로도 능히 상대할 수 있기에 크게 염려할 필요가 없었다. 지방관을 살해하는 일을 저질렀으니, 반드시 한 번은 대가를 치러야 했다. 하지만 살인범들을 토벌하라는 도성의 명령이 떨어져도 그때는 보은의 목사에게 술도가의 일꾼과 검계의 하급 조직원 몇 명을 넘겨주는 것으로 적당히 마무리하면 그만이었다. 자주 겪어온 일이었고, 미리 계획된 일이었다. 그런데도 이철경은 내내 불길한 예감을 떨치지 못했다.

바침술집 주변에는 증평과 괴산, 보은에서 차출한 검계 무사 서른 명이 경계를 서고 있었다. 책임자는 표철주가 '조선 제일의 자객'이라고 칭찬하는 묵현이었다. 그는 바침술집 마당을 오가며 안절부절못하는 이철경을 보고 가소롭다는 듯 비웃음을 머금었다. 저토록 간이 작은 자가 삼회주 자리를 차지하고 있다니, 회주의 사람 보는 눈이 영 별로군. 이철경을 바라보는 묵현의 눈빛이 그렇게 말하고 있었다. 이철경은 묵현의 심중을 알고도 무시했다. 부디 큰일이 일어나지 않기만을 바랐다.

부회주 차상준이 이철경에게 다가가 소리를 낮추어 말했다.

"그리 약한 모습을 보여서야 어찌 수하들을 부리겠는가?"

차상준의 책망에 이철경은 대응하지 않았다. 차상준의 말이 이어졌다.

"충청좌도에서 관군을 일으킬 관리는 이제 관찰사 이익수가 유일하네. 하지만 유약하고 연로한 문관이 이끄는 군사가 무슨 힘을 발휘하겠는가? 동원한 관군의 숫자가 많다면 움직임을 미리 파악할 수 있을 것이고, 그럴 때는 이곳을 싹 비우고 잠시 물러났다가 다시 돌아오면 될 것을 무어 그리 걱정인가?"

역시 이철경은 대꾸하지 않았다. 한강의 여의도에서 훈련도감 좌별장 박영준을 척살했을 때 어떤 일이 일어났던지 굳이 언급하지도 않았다. 이곳은 장붕익이 있는 도성에서 사백 리나 떨어져 있었다. 사실 이철경은 자신이 왜 불안에 떨고 있는지 설명할 방도가 없었다. 단지 어서 이 불길한 밤이 지나가기만을 바랄 뿐이었다.

그때였다. 멀리서 여러 필의 말이 다가오는 듯 말발굽 소리가 들려왔다. 차상준이 소리가 들려오는 쪽으로 고개를 뺐다. 검계의 무사들도 출입문 쪽으로 모여들었다. 묵현이 어둠을 응시하며 말했다.

"관군 놈들이 제법이군. 이렇게 정면으로 치고 오리라고는 생각지도 못했는데 말이야."

그러면서 묵현은 장검을 빼들었다. 그의 칼은 검계의 다른 무사들이 쓰는 것보다 훨씬 길었다.

이철경은 내내 자신을 괴롭히던 불안이 현실로 다가옴을 느꼈다. 관군이 이리 대담하게 나올 리 없었다. 말발굽 소리로 보아 다가오는 군사는 기껏해야 열 안팎이었다. 충청좌도 군영의 기병이라고 보기에는 숫자가 너무 적었다. 하지만 그러한 사실은 바침술집으로 다가오는 자들이 소수로도 이쪽을 상대할 만큼 무예가 뛰어나다는 점을 말해주었다.

검계 무사들이 일제히 칼을 빼들고 자세를 취했다. 다들 긴장한 듯 숨소리가 거칠어졌다. 멀리서 희미하게 빛나던 초롱의 불빛이 점점 선명해졌다. 이백 보 거리까지도 말이 속도를 늦추지 않자, 검계 무사들이 어어, 하며 뒤로 주춤주춤 물러났다.

"진영을 유지하라!"

그렇게 소리쳤으나, 묵현 역시 예상치 못한 공격에 적이 당황하는 눈치였다.

말들이 수십 보 앞까지 다가왔을 때 호롱을 들고 가장 앞장선 사내가 공중으로 몸을 날렸다. 그와 동시에 사복 차림의 무관들이 일제히 공중으로 뛰어올랐다. 기수(騎手)를 잃은 말들이 그대로 검계 무사들을 덮쳤다. 말을 피하지 못한 몇몇은 뒤로 나가떨어졌다. 말과 사람이 뒤엉켜 우왕좌왕하는 사이 칼을 빼든 무관들이 달려들었다.

이학송의 칼이 채 자세를 잡지 못하고 엉거주춤 서 있는 검계 무사의 목을 정확하게 관통했다. 뒤를 이어 별군직과 우림위 무관들의 칼이 하나둘 검계 무사들을 쓰러뜨렸다. 말들과 충돌하면서 크게 타격을 입은 검계 무사들은 손 한 번 제대로 써보지 못하고 무관들의 칼에 목이 달아나고 말았다.

이학송이 두 번째 검계의 목을 베고 돌아설 때였다. 바람을 가르는 소리와 함께 검이 날아들었다. 이학송은 본능적으로 몸을 옆으로 굴려 공격을 피했다. 묵현이었다. 그의 장검이 다시 한 번 이학송의 머리를 공격해 들어갔다. 이학송은 몸을 일으키는 것과 동시에 양손에 쥔 칼을 머리 위로 교차시켜 공격을 막아냈다. 무거운 힘이 느껴졌다. 검계의 다른 무사들과는 격이 다른 자였다.

이학송은 뒤로 물러나 거리를 두고 상대를 살폈다. 묵현 역시 신중을 기하려는 듯 상대의 움직임을 살폈다. 그때 별군직 윤필은이 묵현을 공격했다. 묵현은 불시의 공격을 검으로 쳐내고, 방향을 돌려 이학송에게 달려들었다. 묵현은 이학송이 바침술집을 공격한 무리의 수장이라 여기고 승부수를 띄운 것이었다. 이 자를 꺾어야만 전세를 역전시킬 수 있다!

묵현이 검을 휘두를 때마다 이학송은 쳐내고 피하면서 공격할 기회를 엿보았으나, 좀처럼 틈이 보이지 않았다. 일 대 일로 붙어서 승리를 장담할 수 없을 만큼 검술이 출중한 자였다. 스스로 소선 제일의 검객임을 자부해왔던 묵현으로서도 몇 차례 이어진 필살의 공격을 상대가 막아내자 당황하지 않을 수 없었다. 그제야 바침술집을 공격한 자들의 무예가 하나같이 일반 병영의 무관들이 도달할 만한 수준을 넘어선다는 사실을 깨달았다. 비록 말들이 돌진하면서 일차적으로 타격을 입었다고는 하나, 이리 허무하게 무너질 만큼 검계의 무사들이 허술한 것은 아니었다. 묵현은 주변을 살펴보았다. 함께 회주를 호위하던 무사들은 자신에 버금가는 실력자들이었으나, 그들은 이미 싸늘한 주검이 되어 바닥에 엎어져 있었다. 이처럼 무예가 뛰어난 관군이라면, 궁중에서 보낸 무관들이 분명했다. 묵현은 이길 수 없는 싸움임을 직감했다.

"표철주는 어디 있는가?"

뒤늦게 어둠 속에서 말을 타고 나타난 사내가 소리쳤다. 마치 사자후를 쏟아내는 듯 그의 음성이 속리산의 기암절벽에 부딪친 뒤 사방으로 메아리치며 쩌렁쩌렁 울렸다. 묵현은 말을 탄 노장(老將)을 보며 무릎에서 힘이 빠지는 것을 느꼈다.

'장붕익!'

묵현은 어영청의 장교를 지내던 때 군영을 순시하던 어영대장 장붕익을 멀리서 본 적이 있었다. 동행한 무관들이 왜소해 보일 정도로 덩치가 컸을 뿐 아니라, 마치 몸에서 열기가 뿜어져 나오는 듯 그가 걸음을 옮길 때마다 주변 사물이 일그러지는 것 같은 환영이 보일 정도로 기가 센 인물이었다. 군영의 훈련장에 적지 않은 군사가 있었으나 단연 군계일학이었고, 삵과 야생 고양이들만 있는 곳에 범 한 마리가 돌아다니는 꼴이었다. 그때 묵현은 감히 다가갈 처지가 못 되어 장붕익의 얼굴을 확인하지는 못했으나, 지금 말을 타고 나타난 이가 불세출의 명장 장붕익임을 확신했다.

장붕익이 검계에게 일말의 아량조차 베풀지 않는다는 점은 익히 알려진 사실이었다. 투항하면 목숨을 부지할 수 있을지는 모르나, 평생 불구의 몸으로 살아가야 했다. 군영의 무관에서 검계의 자객으로 변신할 때 수십 가지 꿈을 품었으나, 모두가 헛된 것이었다. 선택지는 단 하나뿐이었다.

묵현이 검을 쳐들고 장붕익에게 달려들었다. 하지만 그의 검이 장붕익에게 닿기도 전에 나경환이 막아섰다. 묵현의 검은 나경환의 검에 막혀 잠시 길을 잃었다가 묵현이 몸을 회전시키는 것과 동시에 큰 원을 그리며 다시 장붕익에게로 향했다. 장붕익은 말과 한 몸이 된 듯 말을 살짝 뒤로 물렀다가 공중으로 뛰어올랐다. 그는 공중에서 허리춤에 차고 있던 칼집에서 검을 빼서 그대로 내리쳤다. 저것이 예순을 넘긴 자의 동작인가! 묵현이 장검으로 막았으나 검은 두 동강이 나고 곧이어 묵현의 두개골이 반으로 쩍 갈라졌다.

장수를 잃은 검계의 무사들은 칼을 내던졌다. 투항하여 무릎을 꿇은 검계 무사가 열둘, 술도가의 일꾼과 수레꾼의 수가 열여섯이었다. 별군직과 우림위 무관들이 그들을 한 곳으로 몰아 둥그렇게 포위했다.

장붕익이 그들을 살폈다. 무리 가운데 솜옷을 껴입고 도포 차림을 한 이철경에게 그의 시선이 꽂혔다.

나경한이 소리쳤다.

"책임자가 누구인가?"

이철경은 곁눈으로 바닥에 널브러진 검계의 시신들을 살펴보았다. 불과 일각(一刻) 전에 관군을 우습게 여기며 여유를 부리던 부회주 차상준도 거기에 섞여 있었다.

"책임자가 누구인가?"

이철경이 고개를 들었다. 장붕익과 시선이 마주쳤다. 장붕익은 이미 모든 것을 꿰뚫은 듯 이철경에게서 시선을 거두지 않았다.

이철경이 손을 들었다. 장붕익이 말했다.

"앞으로 나오라!"

이철경이 무릎걸음으로 나아갔다. 장붕익이 물었다.

"표철주는 어디 있느냐?"

이철경은 답하지 않았다. 그는 이글거리는 눈길로 장붕익을 쏘아보았다. 장붕익이 이철경의 눈빛을 받아내다가 말했다.

"나는 너에게 감정이 없다. 그러니 표철주의 행방을 알려준다면, 그 공을 참작하여 아량을 베풀 것이다."

이철경이 답했다.

"회주의 행방을 아는 자는 회주 그 자신뿐이다."

이철경의 말투가 무례하자, 강찬룡이 그에게 다가갔다. 하지만 장붕익이 손을 들어 제지했다. 장붕익이 말했다.

"너는 내가 누군지 아느냐?"

이철경은 여전히 장붕익을 쏘아보고 있다가 대답했다.

"진어대장(鎭禦大將) 장붕익!"

장붕익의 눈이 커졌다.

'진어대장'은 무신년에 이인좌가 난을 일으켰을 때 북방에서 내려오는 평안도 관찰사 이사성의 군사를 방비할 무렵 장붕익에게 주어진 직책이었다. 파당(派黨)에 관여했다는 혐의로 파직된 그는 때마침 반란이 일어나 도성이 위험에 처하자, 진어대장에 제수되어 북한산성을 수비하는 책무를 맡았던 것이다. 궁성을 지키고 왕실을 보호하기 위해 어명을 받들었으나, 피하고 싶은 일이었다. 평안도 관찰사 이사성은 선정을 베풀어 백성의 칭송이 자자한 어진 관리였다. 그러한 사람이 어찌하여 이인좌의 반란에 가담하여 적으로 마주하게 되었는지 알 수 없는 노릇이었다. 하지만 숨겨진 사정은 장붕익에게 체포된 그가 국청(鞫廳)에서 추국을 당하는 동안 밝혀졌다.

"나는 왕실을 향하여 칼을 겨눈 것이 아니라, 국가의 권력을 장악하고 삼정(三政)을 문란케 하며 조정과 왕실을 어지럽히는 탐관들을 처단하기 위해 거병한 것이다. 변방의 백성을 돌보는 관리로서 그들의 하소연과 원성을 모른 체할 수 없었다."

이사성은 혼란을 틈타 도성을 장악한 뒤 조정의 그릇된 신료들을 문책하고 탄핵할 계획이었다고 스스로 밝혔다. 그가 이인좌와 통교(通交)하여 역모를 꾀했다는 결정적 증거는 찾아내지 못했으나, 반란의 죄목으로 끝내 참형에 처해지고 말았다. 안타까운 일은 평안도 감영의 관사에 있던 그의 처와 자식들마저 연좌의 덫에 걸려 같은 운명을 당하고 말았다는 사실이었다.

그 일로 장붕익은 한동안 마음이 괴로웠다. 반란군을 토벌한 공을 인정받아 복직되고 관직에 날개를 달았으나, 오랫동안 이사성의 비극이 머릿속에서 떠나지 않았다. 아니, 그 일은 평생 마음에 그늘을 드리우는 지워지지 않는 흔적으로 남아 있었다. 그랬는데, 검계의 소두목이 핏대를 세우며 장붕익의 아픈 기억을 되살리고 있었다.

"너는 누구냐?"

장붕익이 떨리는 음성으로 물었다. 이철경이 대답했다.

"평안 감사(監司) 이사성의 아우 이철경이다."

장붕익은 저도 모르게 신음을 내뱉었다. 그는 도성의 학당에서 공부하던 이사성의 아우가 사라진 일을 또렷이 기억하고 있었다. 장붕익의 눈동자가 흔들리는 사이 이철경이 품에서 단도를 꺼내 장붕익에게 날렸다. 얼떨떨한 중에도 장붕익은 들고 있던 검으로 날아오는 단검을 가볍게 쳐냈다. 하지만 그것이 끝이 아니었다. 이철경이 달려들어 장붕익의 가슴에 비수를 꽂으려 했다. 하지만 장붕익은 삼백 년 조선 역사에서 한 명 나올까 말까 한 불세출의 무인! 그는 이철경의 손목을 잡아채서는 달려드는 그의 힘을 역이용하여 그대로 팽개쳤다. 이철경은 저만치 나가떨어지고 말았다.

강찬룡과 나경환이 칼을 빼들고 이철경에게 다가갔으나, 장붕익이 그들을 제지했다.

"멈추어라!"

장붕익이 바닥에 쓰러진 이철경을 향해 다가갔다.

"이공(公)께서는 백성을 위하여 목숨을 걸고 칼을 들었는데, 어찌하여 그의 아우는 백성을 해치기 위해 칼을 들었느냐? 내 이공의 억울함을 모르는 바 아니나, 그것이 너의 비행(非行)을 정당화하는 구실이 될 수는 없을 것이다."

장붕익은 잠시 사이를 두고 말을 이었다.

"달아나라. 이공을 향한 어지러운 마음이 있어 아우에게 아량을 베푼다. 하지만 네가 기어이 이공과 가문의 이름에 먹칠을 한다면, 그때는 내가 직접 너를 다스릴 것이다."

이철경이 슬금슬금 뒤로 물러났다.

"대장!"

강찬룡이 소리쳤으나, 장붕익은 마음을 돌리지 않았다. 이철경은 한순간 장붕익을 쏘아보더니 이내 몸을 돌려 어둠 속으로 사라졌다.

갑신년(甲申年, 1734년) 연말에 진천을 제외한 음성, 증평, 괴산, 보은의 관아는 풍비박산이 났다. 각 관아의 목사를 비롯한 지방관들은 도성으로 압송되어 국문을 당한 끝에 검계에 가담한 정도에 따라 일부는 처형되었고, 일부는 삭직(削職)을 당하였으며, 일부는 귀양길에 올랐다. 또한 검계에 동조한 아전들과 나졸들은 관찰사 이익수가 순회하며 주관한 결송에 의하여 형벌을 받았다. 결송에 임하기 전에 달아난 자도 적지 않았다. 이렇게 충청좌도의 지방관과 아전, 나졸의 다수가 한꺼번에 형률의 처분을 받자 결원을 메우기 위한 특별 과거를 시행해야 할 정도였다.

집세의 자객들과 싸우다 죽음을 맞은 진천 목사 진충시는 증이품인 관찰사에 추증(追贈)되었고, 임금은 그에게 덕재(德載)라는 시호(諡號)를 내렸다. 짧게나마 친분을 나누었던 나경환과 이학송이 덕재의 무덤에 가서 예를 표했다.

해를 넘긴 을묘년(乙卯年, 1735년) 초까지도 충청좌도의 분위기는 어수선했으나, 봄기운이 완연해질 무렵에는 지방관이 임지에 속속 부임하고 새로운 아전들이 선발되어 조금씩 체계가 잡혔다.

한 가지 안타까운 일은 충청좌도에서 검계에 부역하다가 검거된 지방관과 중앙 관료들의 연결 고리를 밝히지 못한 점이었다. 그들을 국문하기 위해 임시로 선 국청의 책임을 맡은 사헌부의 관리들은 죄인들을 처벌하는 데 급급한 나머지 그들의 입에서 나올지도 모를 중요한 사실을 수집하는 일에는 소홀했던 것이다. 그 일을 두고 강찬룡은 사헌부가 충청좌도에서 압송된 지방관들의 입을 막기 위해 일부러 처벌을 서두른 것이 아닌가 하는 의심을 품었다. 그에 대해 장붕익은 이렇게 말했다.

"그럴지도 모른다. 하지만 그들을 혹독하게 추문(推問)한다고 해서 크게 얻은 것은 없었을 것이다. 검계가 지방관들을 회유할 때 중앙 고위직 관료의 이름을 들먹였다고 해서 그것이 결정적 증거가 되지는 못했을 것이며, 추문을 당하는 지방관의 입에서 어떤 이름이 나왔다 해도 그것을 빌미로 관료들을 체포할 수도 없었을 것이다. 그랬다가는 숙종 대왕 시절에 일어난 환국(換局)이 되풀이되어 조정과 왕실은 극도의 혼란을 겪었을 테니까."

조선 붕당(朋黨)의 역사는 세조가 단종을 폐위하고 왕위에 오른 계유정난(癸酉靖難)으로 거슬러 올라간다. 당시 세조를 도운 공신 세력을 훈

406

구(勳舊)라고 하는데, 한동안 조정은 훈구 대신들의 세상이었다. 그러다가 훈구 세력이 왕권을 위협할 정도로 커지자 세조의 손자인 성종은 권력을 멀리한 채 지방에서 성리학을 공부하던 사림(士林)을 대거 등용하면서 훈구 세력을 견제하였다. 사림은 성종을 이어 왕위에 오른 연산군 시절에 여러 번의 사화를 겪으며 위기에 처했으나, 결국 살아남아 조정을 장악하기에 이른다. 이때 조정의 실권을 거머쥔 사림을 서인(西人)이라 부르고, 서인이 중앙 정계를 장악한 이후에 조정에 진출한 사림을 동인(東人)이라 부른다. 서인은 기호 지방의 학자인 이이와 성혼의 학풍을 따랐기에 기호학파라고도 부르며, 동인은 영남 지방의 학자인 이황과 조식의 학풍을 따랐기에 영남학파라고도 부른다. 이후 동인은 각각 온건파인 남인(南人)과 강경파인 북인(北人)으로 분열되었고, 결국 조정은 서인과 남인이 대결 구도를 이룬다.

숙종 6년(1680년) 경신환국(庚申換局)이 일어나 남인은 크게 타격을 입었다. 당시 남인의 영수였던 윤휴는 사약을 받아야 했다. 경신환국으로 서인은 조정을 장악하게 되었으나, 이 과정에서 서인 역시 노론(老論)과 소론(小論)으로 분열되었다.

그로부터 구 년 뒤인 숙종 15년(1689년) 다시 환국이 일어났다. 희빈 장씨(장옥정)가 숙종의 마음을 얻어 왕후에 오르자, 희빈 장씨를 지지했던 남인이 다시 권력을 잡게 된 것이다. 이때는 노론의 영수였던 송시열이 사약을 받았다. 이 사건이 기사환국(己巳換局)이다.

하지만 남인의 권력은 오래가지 못했다. 숙종의 눈 밖에 난 희빈 장씨가 사약을 받자 남인은 완전히 몰락하고 만았다. 서인이 다시 정권을 잡았다. 이 일이 숙종 20년(1694년)에 일어난 갑술환국(甲戌換局)이다.

이번에는 서인에서 분열한 노론과 소론 사이에 숙종의 후계 문제를 놓고 대결이 벌어졌다. 소론은 희빈 장씨의 아들로 세자에 책봉된 이윤을 지지했고, 노론은 이윤이 모친인 희빈 장씨가 사약을 받고 죽은 일을 두고 복수심을 품을 수 있다는 이유를 들어 그의 이복 아우인 연잉군으로 세자를 교체할 것을 주장했다. 이런 가운데 숙종이 후계 문제를 정리하지 못한 채 갑자기 죽음을 맞자, 이윤이 그대로 왕위에 올랐다. 그가 경종이다. 상대적으로 세력이 약했던 소론은 경종을 뒷배로 권력을 잡았으나, 경종이 후사(後嗣)를 남기지 못하고 일찍 죽으면서 연잉군이 왕위에 올랐다. 소론은 탄압당했고, 노론이 실권을 장악했다.

이처럼 조정 대신의 세력이 엎치락뒤치락하면서 정치는 나날이 추락했고, 그 피해는 고스란히 백성들의 몫이 되었다. 이에 연잉군에서 왕위에 오른 현왕(現王)은 탕평(蕩平) 교서를 내리고 붕당 간의 대결이 극으로 치닫는 것을 막았으나, 노론과 소론 사이의 대립은 언제 터질지 모를 화약처럼 위태로운 지경이었다.

장붕익의 말이 이어졌다.

"사화와 환국 같은 비극이 다시 일어나는 것만은 막아야지. 충청좌도 지방관들의 일탈이 사화와 환국으로 이어지지 않은 것은 천만다행이네."

강찬룡은 장붕익의 생각이 마음에 들지 않았다. 부패한 관료의 뿌리를 뽑기 위해서라면 사화나 환국보다 더한 일이 일어나더라도 감수해야 한다는 것이 그의 생각이었다. 아니, 탐관들을 대대로 숙청하는 작업이 병행되지 않고는 썩을 대로 썩은 관료 사회를 정화시킬 수 없다고 믿고 있었다.

"대장, 지난번 석곡의 바침술집에서 이사성의 아우와 맞닥뜨린 뒤로 많이 약해지신 듯합니다."

강찬룡의 말이 심기를 건드렸으나, 장붕익은 개의치 않았다. 아닌 게 아니라 최근 들어 그는 흔들렸다. 기묘년(己卯年, 1699년) 무과에 급제하여 관리의 길을 걷고 난 뒤로 그가 옳고 그름을 판단하는 기준은 오로지 국법과 어명이었다. 국법과 어명에 따르는 것이 선(善)을 행하는 것이요, 그 반대는 악(惡)이라 믿어왔다. 하지만 그 믿음이 흔들리고 있었다. 장붕익의 믿음에 균열을 만든 최초의 사건이 바로 이사성과 그의 처자(妻子)가 참형을 당한 일이었다. 장붕익은 왕실을 보호하기 위해 반란군의 수괴인 이사성을 체포하였으나, 그가 국문을 당하고 참형을 당하는 과정에서 그토록 어진 관리를 도성으로 진군하게 만든 배경에 도사리고 있는 부조리를 목격했던 것이다. 그 일은 평생 올곧은 무관으로 살아왔다는 그의 자부심을 무너뜨리는 크나큰 사건이었다. 그리고 그로부터 육 년이 흐른 지난겨울, 검계가 운영하는 석곡의 바침술집에서 자신을 향해 이를 갈던 이사성의 아우와 조우했다. 어진 관리로 칭송받던 형의 후원을 입어 훌륭한 관리가 되었어야 할 젊은이가 검계의 간부가 되어버린 현실이 참으로 잔혹했다.

"찬룡이 자네 말대로 내가 약해진 듯하네. 하지만 검계와 소통하고 그들과 결탁한 관료들을 뿌리 뽑는 일에는 사정을 두지 않을 것이니, 너무 염려치 말게나."

장붕익의 그 말에 강찬룡이 가볍게 미소를 지었다.

◇　◆　◇

　충청좌도 각 관아의 무기고와 민가의 창고에서 청의 것으로 추정되는 다수의 병기가 발견되었다는 보고가 올라왔다. 장붕익을 비롯한 형조 금란방 관원들은 그 물건들이 송상 차길현이 청에서 비밀리에 들여온 물품이라고 추정했다. 나경환과 이학송이 현장 조사에 나섰다. 장붕익은 병기에 관한 지식이 해박한 별군직 윤필은을 동행하도록 했다.

　세 사람이 충주의 관찰사 감영에 도착했다. 관찰사 이익수가 그들을 반갑게 맞았다. 관찰사는 충청좌도의 곳곳에서 압수한 병기를 관사의 마당에 늘어놓고 군사들로 하여금 지키도록 했는데, 그 수량이 능히 전쟁을 치를 만했다.

　병기를 살펴본 윤필은이 말했다.

　"중국은 역사적으로 여러 나라가 명멸하고 여러 민족이 다투며 오늘에 이르렀기에 지방과 지역에 따라 병기의 모양새와 재료가 다릅니다. 여기 있는 병기들 중에 칼과 검은 주로 남경(南京) 주변의 장인들이 만든 것이고, 활과 화살은 연경(燕京) 북단에 거주하는 유목 민족의 장인들이 만든 것입니다."

　나경환이 물었다.

　"그것을 어찌 아는가?"

　"중국 북쪽에서 나는 철은 성질이 물러서 모양을 변형하고 주조하는 데는 이로우나, 병기와 같이 단단한 물품을 만드는 데는 적합하지 않습니다. 반면에 중국 남쪽에서 나는 철은 성질이 단단하여 병기에 적합하지요. 하여 남경 부근에 대장장이들이 밀집한 지대가 여러 곳 있는데, 그들이 만드는 칼과 검은 단련 과정에서 검은 빛을 띠는 것이 특징입니다."

이학송이 살펴보니, 윤필은의 말대로 칼과 검이 하나같이 검은색을 띠고 있었다.

나경환이 다시 물었다.

"활과 화살은 어찌 연경 북단의 것인가?"

"조선의 병사들이 쓰는 장궁(長弓)은 소의 뼈로 만든 각궁(角弓)입니다. 임란과 호란 때 우리 군사가 외적에 크게 밀렸으나, 장궁의 위력만큼은 두려움을 심어주었습니다. 이후로 일본과 중국에서도 우리의 활을 흉내 내어 장궁과 각궁을 만들기 시작했지만, 그 위력은 조선의 장인들이 만든 것에 크게 못 미칩니다. 크기만 크고 위력은 떨어지니, 거추장스럽기 짝이 없지요. 하지만 연경의 황제와 관료들은 장궁을 멘 사수를 선호하는데, 오로지 군사의 위용을 자랑하기 위한 것일 뿐 다른 이유는 없습니다. 활의 크기가 크면, 그만큼 멋있어 보이니까요. 하지만 정작 북쪽 국경 부근의 병사들은 박달나무로 만든 단궁(檀弓)을 선호합니다. 크기가 작아서 휴대하기 편하고, 비교적 재료를 대기 수월하여 망가졌을 때 고쳐서 쓰기에도 좋으니까요. 여기 있는 활들이 모두 단궁입니다."

이학송이 물었다.

"그렇다면 이 무기들을 살핀 별구직의 생각은 무엇이오?"

윤필은이 내립했다.

"이 물건을 들여온 자가 병기를 구하는 데 매우 정성을 기울였다는 점입니다. 그저 대가나 받고 물건을 대고자 했다면, 조선과 왕래하기 좋은 지역의 것을 대량으로 구입하여 들여왔을 것입니다. 그런데 칼과 활의 품질을 따져 남경과 연경 사이의 그 먼 거리를 오가며 물건을 구했다는 것은 이 병기들이 성능을 제대로 발휘하여 상대에게 치명타를 입히기를 바랐기 때문일 것입니다. 허리에 차고 어깨에 메고 다니며 으스대고 남을 협박하는 장식품이 아니라는 뜻입니다."

나경환이 물었다.

"조선의 관군이 쓰는 병기와 비교하면 어떤가?"

"군기시(軍器寺)에서 생산하는 병기에 비하면 확실히 질이 떨어집니다. 조선 장인들의 솜씨가 청과 왜에 비해 훨씬 뛰어나니까요."

"그나마 위안이 되는군."

세 사람은 곧장 상경하여 장봉익에게 보고 듣고 느낀 바를 보고했다. 곁에서 듣고 있던 강찬룡이 발끈하여 소리쳤다.

"송상이 들여온 것이 분명합니다. 차길현 그자의 싹을 잘라야 합니다. 그렇지 않으면 언젠가 크게 우환(憂患)이 될 자입니다."

장봉익이 고개를 끄덕였다.

"조의에서 주상께 이 일을 알릴 터이니, 참의는 미리 상소를 준비하게."

"예, 대감!"

닷새 뒤 조의에서 이 문제가 거론되었다. 충청좌도에서 한바탕 피바람이 분 탓에 몸을 사리는 것인지, 송상 차길현에게 무기 밀반입의 혐의가 있다는 형조의 상소에도 조의에 참석한 당상관들은 입을 다물었다. 전에 강찬룡이 차길현을 탄핵하는 상소를 올렸을 때와는 전혀 딴판이었다. 관료들이 꿀 먹은 벙어리처럼 있자, 임금이 장붕익에게 물었다.

"검계라는 작자들과 결탁한 충청좌도 관아의 무기고와 민가 여러 곳에서 대량의 병기가 발견되었다는 사실은 충청좌도 관찰사의 상소를 통해 과인도 알고 있소. 병기가 암시장에서 유통되는 것을 막기 위하여 사공장(私工匠)들이 병기 만드는 것을 국법으로 금하고 있는 때에 그처럼 많은 병기가 외국에서 반입된 일은 참으로 우려할 만하오. 형조 판서와 휘하의 관원들이 그자들을 소탕하지 않았다면, 충청좌도는 검계의 소굴이 되는 것을 넘어 반군의 영지(領地)가 되었을지도 모르는 일이오. 하여 이 일은 국가의 중대 사안으로 분류하여 철저히 조사하고 처벌해야 할 것이오. 형조 판서에게 묻겠소. 차길현이 무기 밀수의 핵심이라는 혐의는 어떻게 성립되는 것이오?"

장붕익이 대답했다.

"일전에 형조의 관원들이 차길현의 수상한 거래를 추적하던 중 제물포의 항에 잠입하여 조사를 진행한 일이 있습니다. 그때 차길현의 상선 중 일부가 공해에 머물다가 새벽에 들어오는 것을 목격하였고, 쇠붙이로 추정되는 물품이 든 상자 여러 개가 남쪽으로 향하는 것 또한 목격하였습니다. 그때 남쪽으로 향한 물품이 이번에 충청좌도에서 발견된 병기의 일부인 것으로 추정되옵니다."

임금이 고개를 끄덕이고 난 뒤에 말했다.

"형조 판서와 판의금부사는 들오시오. 송상 차길현을 소환하여 조사하시오. 소환과 추국은 의금부에서 진행하되, 형조의 관원들이 참여토록 하고 적극 협조하시오. 형조 판서와 판의금부사는 차길현과 관련한 상황을 수시로 과인에게 보고토록 하시오."

죄인을 심문하는 기관은 여러 곳이지만, 중대 죄인을 심문하는 일은 주로 사헌부와 의금부가 맡는다. 그런데 사헌부를 제치고 왕실 직속 기관인 의금부에 일임한 것은 임금이 직접 사안을 챙기겠다는 뜻이었다. 임금의 명이 떨어지자, 조의에 참석한 당상관들의 표정이 굳어졌다. 그곳에 있는 대다수의 관료들이 차길현과 연관되어 있음은 하늘이 알고 땅이 아는 사실이었다. 그것은 정가의 오랜 관행이기도 했다. 하여 케케묵은 정(政)과 상(商)의 유착에 왕실이 개입하는 일은 극히 드물었으나, 이제 그 오래고 단단한 결속에 균열이 생긴 것이다. 강찬룡은 속으로 쾌재를 불렀다.

조의를 파한 뒤 퇴궐하던 중에 내시 한 명이 장붕익에게 다가왔다.

"판서 대감 나리, 주상 전하께서 찾으십니다."

강찬룡은 형조로 향하고 장붕익은 희정당으로 향했다. 희정당의 내실에 들자 임금과 도승지가 기다리고 있었다. 임금이 말했다.

"표철주를 검거하는 일은 이제 물 건너간 것이오?"

장붕익이 머리를 조아리며 대답했다.

"워낙 신출귀몰한 자여서 검계의 수하들도 행방을 아는 자가 없습니다. 충청좌도가 와해된 뒤 한동안 검계들도 몸을 사릴 것이니, 더더욱 깊이 숨을 것으로 보입니다."

"어렵다 그 말이군."

임금의 표정에 실망하는 기색이 역력했다. 장붕익은 더욱 머리를 조아리며 말했다.

"전하의 기대에 부응하지 못해 송구하옵니다."

임금이 고개를 옆으로 돌렸다. 그만 나가보라는 뜻이었다. 장붕익은 임금에게 절을 올리고 뒷걸음으로 희정당의 내실을 빠져나갔다.

돈화문으로 향하는 길에 도승지가 동행했다. 장붕익이 물었다.

"주상께서 검계의 우두머리 표철주에게 관심이 많으시군요."

도승지가 대답했다.

"검계의 악행이 어제오늘의 일이 아니니, 수괴를 추포하는 일에 마음이 쓰이지 않으시겠습니까?"

"어서 놈을 추포하여 전하의 근심을 덜어드려야 할 텐데, 나 역시 마음이 무겁소이다."

"곧 그리 되지 않겠습니까?"

장붕익이 고개를 끄덕인 뒤에 말했다.

"이만 들어가시오."

"그럼 대감, 살펴 가십시오."

도승지 이제겸은 진선문 쪽으로 멀어지는 장붕익의 뒷모습을 어두운 표정으로 지켜보았다.

◇　◈　◇

송상 차실현은 개성의 집에 있다가 의금부 나장에게 포박되었다.

나장들이 닥쳤을 때 차길현은 마치 그들을 기다리고 있었다는 듯 순순히 일어나 따라나섰다. 개성에서 도성까지 이백여 리 길을 이동하는 동안 차길현은 한마디도 하지 않았고, 표정에도 변화가 없었다. 의금부 나장들 앞에서는 어느 누구라도 오금이 저리기 마련이건만, 그는 마치 이런 일을 여러 번 겪은 것처럼 내내 태연함을 잃지 않았다.

의금부에서는 판의금부사를 비롯한 지사와 동지사 등의 당상관은 물론 도사와 나장들이 도열하여 차길현을 기다리고 있었다. 임금이 직접 명을 내려 소환한 죄인에게 걸맞은 대접이었다. 내내 표정에 변화가 없던 차길현도 의금부 관원들의 위용 앞에서는 긴장하지 않을 수 없었다.

차길현이 추국장으로 옮겨진 뒤 판의금부사가 말했다.

"아직 혐의만 있을 뿐 물증이 확보되지 않아 죄인으로 다스리지는 않을 것이나, 국문 과정에 거짓을 고한다면 그것만으로도 죄인이 될 것이니, 차길현은 솔직하고 성실하게 추국에 임하라."

판의금부사를 비롯한 당상관들이 자리를 뜨고, 도사 연정흠이 앞으로 나섰다. 그 곁에 형조 참의 강찬룡과 형조 좌랑 이규상이 섰다. 연정흠이 말했다.

"들으라. 너에게 지워진 혐의는 크게 세 가지다. 첫째, 상단의 무사를 스물 이하로 해야 한다는 국법을 어긴 것. 둘째, 공관의 허가를 받지 않고 사사로이 상선을 운영하여 신고하지 않은 물품을 들인 것. 셋째, 외국에서 생산한 병기를 밀반입하여 검계와 왈짜들에게 공급한 것. 인정하는가?"

차길현이 자신 앞에 선 연정흠과 강찬룡, 이규상의 얼굴을 찬찬히 훑

416

어보았다. 그들 중에 제물포에서 맞닥뜨린 적이 있는 강찬룡을 기억하고 차길현이 능청스럽게 말했다.

"참의 나리, 제물포에서 뵙고 몇 달이 지났습니다. 그때 참의께서 직접 저의 상단을 검수하실 때 아무런 잘못도 발견되지 않았거늘 어찌 저를 이런 꼴로 만드십니까?"

강찬룡이 대답했다.

"형조는 네가 생각하는 것만큼 만만한 곳이 아니다. 그때 나와 사령들이 제물포를 떠났다고 해서 너는 안심하였을 테지? 허나 형조의 좌랑과 사령이 상인을 가장한 채 항에 머물며 어떤 일이 벌어지는지 살펴보았다."

"그래서 어떤 일이 있었습니까?"

이규상이 차길현의 말을 받았다.

"참의 일행이 항을 떠나고 이틀 뒤 새벽, 공해에 머물러 있던 상선 한 척이 비밀스럽게 접안하여 물품을 내렸다. 관짝 크기의 상자 아홉을 수레에 싣고 남쪽으로 이동하는 것을 이 두 눈으로 똑똑히 보았다."

"왜 밀반입하는 현장을 덮치지 못하셨습니까?"

강찬룡이 그 말을 받았다.

"너의 상단 무사들이 수레를 호위하지 않았느냐? 그때 현장을 덮쳤다면 필시 싸움이 일어났을 것이다."

"그들이 나의 상단임을 어찌 확신하십니까?"

"네놈이 겉치레를 하느라 무사든에게 똑같이 입혀놓은 옷이 증거다. 낮에 보았던 너희 부사늘이 입은 것과 똑같은 옷을 그놈들도 입고 있었다."

차길현은 조금도 흔들리지 않고 말했다.

"새벽이었다면 암흑이 짙어 사물을 분간하기 힘든데, 어찌 그들이 입은 옷이 우리 상단 무사의 옷이라 확신하시오."

강찬룡이 버럭 소리를 질렀다.

"네 이놈! 교묘한 말재주로 피해갈 셈이냐? 밀반입한 물품을 수레에 실어 옮기면서 너희 놈들은 횃불을 훤히 밝혔다. 관원의 시선과 검문 따위 아랑곳하지 않은 채로 말이다. 네놈들이 물건을 옮긴 육로가 놓인 관아의 지방관과 아전들을 모조리 끌고 와 대질을 해야 바른 말을 할 것이냐?"

"대질하시오! 밀반입한 물건이 지나간 지역의 관리들을 압송하시오. 하지만 나는 관련이 없소. 아무리 횃불을 켰다 하나 대낮만 하겠습니까? 형조 좌랑이 목격했다는 무사들의 옷이 우리 상단 무사들의 옷과 똑같다고 어찌 장담하십니까? 혹여 그것이 사실이라 한들, 그들이 우리 상단의 무사를 가장하였다고 볼 수도 있지 않겠소이까? 누군가 국법이 금하는 물건을 반입하면서 나를 모략할 계략으로 그와 같은 일을 꾸몄다고는 어찌 생각을 않으십니까?"

강찬룡과 이규상은 할 말을 잃었다. 일이 쉽게 풀릴 것이라고 기대하지는 않았으나, 차길현이 예상 외로 완강하게 나오자, 그들은 당황하지 않을 수 없었다.

"의로운 세상을 위해서라면
기꺼이 나를 제물로 바치겠다."

연정흠

19
살생부
1735년 봄

차길현을 의금부의 옥사에 구금한 지 이레가 지났으나 얻은 것이 별로 없었다. 이규상이 목격한 밀선과 밀수업자들이 차길현과 연관되었다는 결정적 증거가 없으니, 충청좌도에서 발견된 불법 병기에 대해서도 죄를 물을 수 없었다. 병기가 발견된 관아의 전직 아전과 나졸들은 그 물건들이 검계의 소유라는 사실 외에는 아는 것이 없었다. 상황이 이렇게 되자 이규상은 울상이 되었다.

"그때 제가 목숨을 걸고서라도 현장을 덮쳤다면, 차길현의 죄상을 밝힐 수 있었을 것입니다."

이규상이 스스로를 책망하자, 장붕익을 비롯한 나머지 관원들이 고개를 저었다.

"규상아, 차길현의 죄를 밝히는 것보다 네 자신을 지키는 것이 훨씬 더 중하다. 그러니 자책하지 말아라."

강찬룡이 위로했지만, 이규상의 표정은 여전히 어두웠다.

차길현을 구금한 지 열흘을 넘기자, 시중에서 청의 물건을 거래하는 상인들의 상소가 빗발쳤다. 청에서 만든 문방구와 비단을 비롯한 포목, 서책, 식기, 노리개 등을 취급하는 도성의 상인 대부분이 차길현의 상단에 의지했기에 상인들의 불만은 일견 정당해 보였다. 하지만 이규상과 강찬룡이 도성의 큰 시장을 돌아본 결과 청에서 들여온 물품이 품귀현상을 빚는 것은 아니었다. 앞으로 공급에 차질이 생길 것을 우려하여 도성의 상인들이 구명 운동을 펼치는 것이거나, 아니면 누군가의 사주를 받아 단체로 상소를 올린 것으로 보였다. 아무래도 후자일 가능성이 컸다.

차길현을 벌할 죄목은 상단 무사의 숫자가 국법이 정한 영역을 넘어섰다는 것 하나뿐이었다. 의금부에 잡혀온 지 열흘 하고 사흘이 지난 뒤 그는 상단의 무사를 스물 이내로 조정한다는 약조를 한 뒤 장 세 대를 맞고 풀려났다. 참으로 허무한 결말이었다.

충청좌도의 조직이 와해된 뒤 극도로 몸을 사린 탓에 더 이상 검계의 꼬리를 잡을 수가 없었다. 겉으로 보기에는 평화로운 나날이 이어졌다. 도성 부근에서는 큰 사건이 터지지 않았고, 관료들 사이에도 잡음이 들려오지 않았다. 마치 도성의 관료와 중인과 상민과 천민이 모두 합심하여 조용히 지내기로 작정한 듯 눈에 띄는 일이 거의 일어나지 않았다. 지방 관아에서도 밀주와 관련하여 올라오는 보고가 없었다.

"어쨌든 간만에 아주 무료하게 되었군. 태평성대가 좋은 것만은 아닐세 그려."

강찬룡이 길게 하품을 한 뒤에 말했다. 이규상은 아랑곳 않고 조금 전부터 붓을 놀리고 있었다.

"무엇에 그리 열중하는 게냐?"

강찬룡이 슬쩍 들여다보았다. 예전에 작성하다 만 문서로, 검계에 연루된 것이 거의 확실한 관리들의 이름을 적은 명단이었다. 지난해 여름에 한창 수사를 진행할 때만 해도 금세 실마리를 잡을 줄 알았건만, 당시에 형조 참판 황조일과 전임 판서 이기호가 홍화정에서 의문의 살해를 당한 뒤로 아홉 달이 지나도록 진척이 없었다.

그때 바깥에서 관노가 강찬룡을 찾았다.

"참의 나리, 전갈이 왔사옵니다."

"안으로 들게."

관노가 종이 한 장을 내밀었다.

"누가 전한 것인가?"

"모르는 사람이었습니다. 돈을 받고 심부름을 할 뿐이라고 하였습니다."

"알았네, 나가 보게."

강찬룡이 종이를 펼쳤다.

퇴청 후에 돈의문에서 영은문(迎恩門) 가는 큰 길에서 뵙기를 청하오. 내가 알은 체를 하겠소.

돈의문에서 영은문으로 가는 길은 행인이 많아서 몸을 숨기기 마땅치 않은 장소였다. 은밀히 보기를 청하면서 그런 장소를 택하다니, 이쪽 방면으로 경험이 없거나 사안이 그리 비밀스러운 것이 아닌 모양이었다.

강찬룡은 퇴청한 뒤 돈의문을 벗어나 영은문을 향해 걸었다. 영은문은 조선을 찾은 청의 사신을 맞이하는 문으로, 청의 사신을 접대하는 객사인 근처의 모화관은 금주령이 내린 시절에도 합법적으로 술을 다룰 수 있는 거의 유일한 곳이었다. 강찬룡은 무슨 일이 벌어질까 은근히 기대하면서 천천히 걸음을 옮겼다.

"참의 아니신가?"

자신을 부르는 소리에 뒤를 돌아보았다. 호조 참판 최기윤이 다가오고 있었다. 하필 이런 때에 마주치다니, 참으로 난처했다. 강찬룡은 자신을 지켜보고 있을 의문의 존재를 의식하며 최기윤에게 알은 체를 했다.

"이런 데서 만나는군. 같은 육조 거리에 있으면서도 얼굴 마주할 일이 별로 없더니, 근래 들어 자주 보는구면."

"나는 자네가 반가운데, 자네는 아닌가 보군."

"자네랑 내가 막역한 사이도 아닌데, 반가울 일이 무어 있는가?"

최기윤은 허튼 소리를 할 줄 모르는 강찬룡의 대답이 서운했으나, 곧 서운함을 지웠다.

"자네는 항상 언행이 자네답구면."

강찬룡은 괜히 무언을 준 것 같은 미안한 마음에 별로 궁금하지도 않은 것을 물었다.

"어디 갔다 오는 길인가?"

최기윤은 대답을 않고 잠시 강찬룡을 뚫어지게 쳐다보다가 입을 열었다.

"차길현이 들여온 물건의 값을 누가 치렀을까?"

예상 밖의 말에 강찬룡이 놀란 표정을 지었다. 최기윤이 빠르게 덧붙였다.

"장붕익 휘하의 관원들을 주시하는 눈이 많아서 부득이하게 이런 방법을 택했네."

그러면서 최기윤이 걸음을 옮겼다. 강찬룡은 주춤주춤 그를 따라붙었다.

"서찰을 보낸 이가 자네일 거라고는 꿈에도 생각 못했네."

"조금 전 나의 물음에 답해보게."

"그거야 물론 검계 놈들이겠지. 아니면 놈들의 뒤를 봐주는 무리이거나."

"쌀을 좇아가게."

"쌀을 좇으라니, 그게 무슨 말인가?"

강찬룡은 더 이상 재촉하지 않고 최기윤의 다음 말을 기다렸다. 별일 없다는 듯 주변을 둘러보며 천천히 걸음을 옮기던 최기윤이 입을 열었다.

"오늘은 이쯤에서 헤어짐세. 자네랑 엮였다고 의심을 샀다가는 내가 운신할 수 있는 폭이 줄어들 테니까. 오늘은 우연히 마주쳤다가 객쩍은 이야기나 주고받은 것으로 하지. 자네가 이후에 안전한 장소를 물색하여 연락을 준다면, 그때 자네를 만나러 가겠네."

그쯤에서 최기윤은 영은문 쪽으로 향하고, 강찬룡은 뒤를 돌아 돈의문으로 향했다.

강찬룡이 평가하기에 최기윤은 그리 의로운 인물이 아니었다. 부러울 것 없는 환경에서 자라나 좋은 스승 밑에서 공부하고 과거에 급제하는 수순을 밟은 지극히 평범한 양반이자 관료일 뿐이었다. 힘들게 사는 이들의 어려움을 모르고, 백성들의 곤궁한 삶에도 그리 관심이 없어 보였다. 문재(文才)로 치면 장원 급제를 한 강찬룡보다 아래였으나, 그동안 크게 튀지 않고 지낸 덕에 차곡차곡 단계를 밟아 종이품 호조 참판에 올랐다. 앞으로 별 탈이 없는 한 판서가 될 것이고, 줄을 잘 탄다면 정승은 힘들지 몰라도 찬성(贊成)까지는 바라볼 수 있었다. 한마디로 관료 사회의 질서에 순응하는, 많고 많은 관리들 중의 한 명일 뿐이었다. 그런데 뜬금없이 천기(天機)를 누설할 것처럼 은밀하게 다가온 것이다.

강찬룡은 얼마 전 호조 관아에 따지러 갔을 때 최기윤이 했던 말을 떠올렸다.

'자네에게는 사람을 부끄럽게 만드는 비상한 재주가 있어. 지금 내 마음이 그러한 걸 보니, 나도 세상에 떳떳하지만은 않은 모양일세.'

최기윤은 그때 정말로 부끄러움을 느끼는 듯한 표정을 보였다. 강찬룡은 최기윤의 그 표정을 믿어보기로 했다.

◇ ◆ ◇

지난 늦겨울 석곡의 바침술집에서 달아난 뒤 이철경은 구백 리 구불 구불한 길을 걸어 닷새 만에 울산도호부에 당도했다. 초췌한 몰골에 입 성도 형편없이 나타난 이철경을 보고 김치태는 눈살을 찌푸렸다. 도성 본가(本家)의 부름을 받은 이철경의 신변에 변화가 생길 것으로 기대했 으나, 영 실망스러웠다. 그렇다고 대놓고 이철경을 무시할 수도 없었다. 김치태에게 그는 도성의 고관들과 닿을 유일한 끈이었다.

도호부의 구실아치를 지내며 이리저리 쥐어짠 덕분에 재물은 남부럽 지 않을 만큼 모았다. 하지만 재물이 아무리 많아야 무슨 소용인가. 그 는 부사의 뒤치다꺼리나 하는 지방 관아의 아전이었고, 가문과 신분을 믿고 유지 행세를 하는 양반들 눈치나 봐야 하는 중인이었다. 도성의 권 세 있는 고관과 줄이 닿기만 하면 재물의 절반을 들여서라도 관작을 얻 어 양반이 되고 싶었다. 들려오는 풍문에 의하면 중앙 관청의 종육품 주 부(主簿)의 벼슬 값이 육만 냥에서 칠만 냥이었다. 피 같은 재물이 어찌 아깝지 않을쏘냐만, 아랫것들에게 재주를 부려 더 악착같이 뜯어 낸다면, 그깟 육칠만 냥쯤은 금세 메울 수 있을 것이었다.

그동안 부사에게 뇌물을 바친 일이 어디 한두 번이었는가. 하지만 울 산도호부로 부임한 부사들이 하나같이 도둑놈뿐이어서 뇌물만 꿀꺽하 고 도무지 일을 봐주지 않았다. 은근히 채근하면 기다리라는 질책만 돌 아왔다. 이제나저제나 도성의 고관대작과 줄이 닿기만을 기다리던 중에 이철경이 나타나자, 김치태는 드디어 자신의 오랜 숙원이 이루어지는 줄로만 알았다. 그랬는데 상경했던 이철경이 반 거지 꼴을 하고 돌아왔을 때 김치태의 실망은 이만저만이 아니었다. 무어라도 좀 알아보고 싶었으나, 우거지상을 한 이철경이 행랑에서 두문불출하여 그럴 기회조차 없었다. 그렇게 해를 넘기고 넉 달이 가까워지자, 도호부사도 그를 부담스러워하기 시작했고, 김치태 역시 이철경에게 걸었던 기대를 반쯤 내려놓았다.

이철경이 관사의 행랑을 나서서 관아의 출입문으로 향할 때 그를 발견한 김치태가 다가갔다.

"선달께서는 어디를 가시오?"

이철경의 눈매가 사나워졌다. 언제는 제멋대로 '유협'이라고 부르더니, 이제는 '선달'이었다. 선달(先達)은 문과나 무과에 급제하였으나 벼슬에 나아가지 못한 한량을 가리키는 말이었다. 하지만 이철경은 화를 낼 수 없었다. 회주와 연락이 닿지 않는 상태에서 관사의 행랑에 틀어박힌 채 밥이나 축내고 똥이나 싸는 처지에 성질을 부릴 입장이 아니었다.

물음에 대꾸하지 않고 돌아서려는데, 김치태가 이철경의 소매를 붙잡았다.

"도성에 간 일이 잘 안 되었소?"

역시 대꾸하지 않았으나, 김치태는 이철경을 쉽게 놓아주지 않았다.

"이 선달의 부친 함자가 어떻게 되는지 좀 알려주시오."

이철경은 김치태가 자신에 대해 슬슬 의심을 품기 시작한 모양이라고 생각했다. 그는 표철주로부터 주위 들은 이름 하나를 흘렸다.

"아버님은 '이'자, '중'자, '설'자를 쓰시네."

그제야 김치태는 이철경의 소매를 놓아주었다.

도호부 관아를 나선 이철경은 백선당으로 방향을 잡았다. 약사동의 너른 논에서 농부들이 모판을 옮기고 있었다. 그는 그 모습을 한참 동안 지켜보다가 걸음을 옮겼다.

백선당이 가까워지자 아이들 글 읽는 소리가 들려왔다. 이철경은 백선당에 들어서지 않고 그 앞에 자리를 잡고 앉아 약사동 너머의 태화강에 시선을 두었다. 부드러운 은결이 여전히 아름답게 반짝였다.

더 이상 회주를 믿을 수 없었다. 여의도에 있던 훈련도감의 비밀 옥사에서 관원들을 죽인 대가로 칠선객은 도성을 떠나야 했다. 진천 목사를 척살한 뒤에는 충청좌도의 조직이 완전히 와해되고 말았다. 회주 표철주의 결정은 하나같이 칠선객에게 독이 되어 돌아왔다. 그리고 그 모든 일의 중심에 장붕익이 있었다.

'장붕익!'

이철경은 형 이사성을 죽음으로 내몬 원수로부터 목숨을 구걸 받았다는 사실에 치가 떨렸다. 한편으로는 장붕익이라는 존재를 도저히 넘어설 수 없다는 현실이 눈앞으로 다가와 온몸에서 힘이 빠져나갔다. 하지만 이대로 주저앉을 수는 없었다. 힘을 길러야 했다. 그래야만 장붕익에 맞설 수 있었다. 더 이상 회주의 힘을 빌리지 않고 혼자서 일어서야 했다. 그러기 위해서 꼭 필요한 것이 백선당의 산곡주였다. 산곡주를 안정적으로 공급받을 수 있다면, 삼남은 물론 도성과 경기의 밀주 시장을 완전히 장악할 자신이 있었다. 이철경에게 산곡주는 회주 표철주의 손아귀에서 벗어나는 것은 물론 자신만의 독자적인 세력을 일으킬 수 있는 유일한 방도였다.

생각에 잠겨 있는 사이 아이들 글 읽는 소리가 그쳤다. 백선당을 빠져나온 아이들이 계곡 아래로 달음질쳤다. 아이들을 배웅하러 나온 양상규가 이철경을 발견하고는 어두운 표정을 지었다. 이철경은 너스레를 떨며 몸을 일으켰다.

"당주께서 차도가 있으신지 궁금하여 온 것뿐이니, 그리 차갑게 굴지는 마시오. 그래, 당주께서는 좀 어떠시오?"

이철경의 물음에 양상규가 답했다.

"아버님께서는 주상의 어명이 살아 있는 한 산곡주를 빚을 뜻이 없으십니다. 그러니 헛걸음 마십시오."

이철경이 양상규의 눈을 바라보며 말했다.

"글쎄, 두고 보지."

이철경은 돌아서서 계곡을 내려갔다.

이철경이 울산도호부 관아에 이르자, 김치태가 조르르 달려와 맞아주었다.

"아이고, 도성 대가(大家)의 자제께서 이런 촌구석에 머무르시니 얼마나 적적하십니까요? 부사께서 유협을 뵙자고 하십니다."

'이종설'이라는 이름 석 자로 선달에서 다시 유협이 되었다. 이철경은 쓴웃음을 짓지 않을 수 없었다. 언젠가 이철경의 본색을 알았을 때 김치태가 어떤 표정을 지을지 생각하니 한편으로는 통쾌했다.

"유협께서 이조 판서 이종설 대감의 자제이심을 아시고는 부사 나리의 얼굴이 아주 훤해지셨습니다. 왜 그긴 말씀을 않으셨습니까? 괴문한

이 아전의 무례를 용서하십시오."

"되었네. 잊은 지 오래이니 괘념치 말게."

이철경이 관사로 향하는 동안 김치태는 주인을 따르는 개처럼 출랑거렸다.

◇　◆　◇

강찬룡과 이규상은 도성의 남부 명철방에서 목멱산으로 오르는 기슭의 나무 뒤에 몸을 숨긴 채 최기윤을 기다렸다. 그곳은 연정흠의 집 가까운 곳으로, 해가 지고 나면 행인의 발길이 뚝 끊겨 비밀리에 누군가와 접선하기에 안성맞춤이었다.

"도성의 넓은 땅에 사람의 눈을 피할 곳이 이리 드물어서야……."

강찬룡의 푸념에 이규상이 대꾸했다.

"곳곳에 탐관의 눈이 있으니 어쩌겠습니까."

잠시 사이를 두고 이규상이 물었다.

"그런데 형님, 호조 참판은 믿을 만한 분이십니까?"

"나도 아직은 모른다. 하지만 함정을 파서 우리를 궁지에 몰아넣을 정도로 사악하거나 치밀한 인물은 아닌 것으로 안다."

목멱산을 오르는 초입에 검은 그림자가 나타나 두리번거렸다. 최기윤이었다. 제 나름 조심한다고 하는 행동이 오히려 주변의 시선을 끌 정도로 어색했다. 만약 행인이 있었다면, 의심을 사기 딱 좋을 몸짓이었다.

어기적거리며 산을 오르는 검은 그림자를 지켜보던 강찬룡이 나섰다. 갑작스러운 강찬룡의 출현에 최기윤은 화들짝 놀란 채 얼어붙었다.

"죽을 때까지 밀정 노릇은 절대로 하지 말게나. 내가 밀정이오, 하고 알리며 다니는 꼴이라니."

강찬룡의 목소리를 접하고서야 최기윤은 안도의 숨을 내쉬었다.

"자네의 전갈을 받고 나서부터 어찌나 가슴이 뛰던지 하루 종일 좌불안석이었네."

이규상이 두 사람에게 다가갔다.

"참판 나리, 인사 올립니다. 형조 좌랑 이규상입니다."

최기윤이 어정쩡한 자세로 이규상의 인사를 받고 나자, 강찬룡이 어둠 속을 향해 말했다.

"학송이, 그만 나오게."

그러자 어둠 속에서 불쑥 이학송이 모습을 드러냈다.

"참판 나리를 따라붙은 자는 없습니다."

최기윤이 놀라서 말했다.

"아니, 이 사람이 나를 뒤따라왔는가?"

강찬룡이 대답했다.

"혹시 자네를 미행하는 이가 없는지, 호조 관아에서부터 예까지 뒤를 지켰네. 종사관인 이학송일세."

이학송이 최기윤에게 고개를 숙여 보였다. 최기윤은 여전히 얼떨떨한 표정으로 그의 인사를 받았다

"소금 너 위쪽으로 움직임세."

강찬룡이 앞장섰다. 나머지가 그를 따라 목멱산 깊은 곳으로 걸음을 옮겼다.

자리를 잡은 뒤 강찬룡이 말했다.

"전에 자네가 한 말의 뜻이 무엇인가? 송상 차길현이 들여온 물건의 값을 누가 치렀는지 물음을 던지고는 난데없이 쌀을 쫓으라 하지 않았는가?"

최기윤이 숨을 고른 뒤 말했다.

"삼남의 평야 지대에서는 이모작(二毛作)이 거의 자리를 잡았네. 봄과 여름에 벼농사를 짓고, 가을걷이가 끝난 뒤에 같은 논에 보리나 밀을 심으면서 곡식의 수확량이 크게 늘어났지. 세종 대왕께서 장려한 농법이 전국으로 확산되던 중에 임란을 겪으며 농지가 황폐해진 탓에 더디게 진행되다가 숙종 임금에 이르러 다시 전국으로 확산되었고, 기후가 좋은 삼남 지방에서는 이제 농부라면 누구나 이모작을 하네."

"그런가? 자네 말대로라면 곡식의 수확량이 늘어난 만큼 민초들의 삶이 펴져야 하는데, 현실은 그러하지 않지 않은가?"

강찬룡의 물음에 최기윤이 답했다.

"가을걷이가 끝나면 할 일이 없어져 그나마 몸이라도 쉬던 농부들은 이모작으로 인해 겨울에도 쉴 수 없는 처지가 되었어. 하지만 고생한 만큼 보답이 있으면 다행이지. 소작농이 대부분인 민초들은 봄여름가을겨울 쉬지 않고 논과 밭에 매달리면서도 봄과 여름에 지은 쌀은 모조리 지주에게 소작료로 지불하고 가을과 겨울에 지은 보리나 밀의 일부만을 취할 뿐이네. 자, 여기서 질문을 하나 하겠네. 삼남의 소작농들에게서 거두어들인 그 많은 쌀이 어디로 가겠는가? 땅을 가진 자들이 하루 세 끼 쌀밥으로 배를 채운다 해도 분명 남아도는 쌀이 있지 않겠는가? 도 대체 그 남아도는 쌀은 어디로 갈까?"

잠시 침묵이 흐른 뒤에 이규상이 무언가를 깨달은 듯 소리쳤다.

"술!"

이규상의 대답이 흡족하여 최기윤은 무릎을 쳤다.

"그렇지. 지주들은 남아도는 쌀을 술도가에 공급하여 쌀을 빚게 하고, 그렇게 빨아들인 재물로 다시 금고를 채우네. 쌀이라는 원재료에 약간의 노동력과 기술을 더하면 몇 곱절 비싼 값에 팔 수 있으니까. 하지만 지주라고 해서 마음대로 주류 사업에 뛰어들 수 있는 것은 아니네. 주류의 생산과 유통은 엄격하게 국가의 관리를 받으니까. 여기서 지주와 관리의 유착이 발생하네. 술을 유통하면서 생긴 이익의 일부분을 관리가 챙기고, 관리는 지주의 이익을 보장해주는 것이지. 여기서 말한 관리란 어떤 자들이겠나? 전국에서 만들어지고 유통되는 술을 통해 얻게 되는 이익을 소수의 관리가 통제할 수 있겠는가? 이리하여 지방 관아의 아전과 나졸로부터 중앙의 관료까지 줄줄이 엮이게 되는 것이네."

강찬룡이 끌끌 혀를 찬 뒤에 말했다.

"관리로서 그 사슬에 엮이지 않기란 참으로 힘들겠군. 그러한 사슬의 유혹이 들어왔을 때 그것을 거부한다는 것은 곧 관료로서 매장당하는 일이나 마찬가지일 테니. 진천 목사 진충서 같은 관리가 있었다는 사실이 기적이었어."

"덜 믹느냐, 더 믹느냐, 구도직으로 산어했느냐, 소극석이었느냐의 차이만 있을 뿐 관리의 구 할 이상이 그 사슬에 엮여 있을 것이네. 대부분의 관리들은 자신들의 손에 손쉽게 들어오는 재물이나 향응을 관행으로만 여기고, 그게 잘못임을 인식하지도 못하는 처지일세. 관리란, 원래 그처럼 부당한 이익을 챙겨도 되는 존재라 여기는 것이지.”

이규상이 물었다.

“혹시 주상께서 금주령을 내린 일이 술과 관련한 관리들의 이권 구조를 타파하기 위한 것일까요?”

최기윤이 답했다.

“주상의 마음속을 내가 어찌 알겠는가마는 관련이 없지는 않을 것이네. 권력의 힘이 어디에서 나오는가? 완력을 가진 자들이 연로한 권력자에게 굴복하는 이유가 무엇일까? 권력자의 성품이나 신념을 따르기 때문일까? 그럴 리 없지 않은가. 근본적인 이유는 재물이네. 권력자가 가진 유형(有形)의 재물과 그 재물이 만든 힘. 언젠가 자신에게 재물이 주어지게 만들어줄 것이라는 권력을 향한 믿음이 권력에 굴복하게 만드는 것이네.”

잠시 침묵이 흐른 뒤 강찬룡이 말했다.

“아무튼 금주령으로 인해 탐관들의 타격이 크겠군. 주류 유통에 관여하여 챙기던 이권이 크게 줄었으니. 검계 놈들이 밀주를 유통하는 사실을 빤히 알고도 눈감아주면서 뒷돈을 챙기는 것으로 그나마 보전(補塡)을 했을 테지.”

“자네는 하나만 알고 둘은 모르는군. 문재가 높아 장원으로 급제한 자의 머리가 어찌 그리 둔한가?”

최기윤의 핀잔에 강찬룡이 의아한 표정을 지었다. 강찬룡의 눈이 그게 무슨 말이냐고 물었지만, 그 말에 답한 이는 이규상이었다.

"아닙니다, 형님. 검계가 유통한 밀주를 무엇으로 만들겠습니까? 쌀입니다. 검계가 직접 농사를 지어 밀주의 재료를 대지는 않았을 것입니다. 결국 밀주의 재료인 쌀은 지주에게서 나온 것입니다."

강찬룡의 눈이 커졌다. 그는 침묵 속에 생각에 잠겼다가 혼잣말을 하듯 내뱉었다.

"지주들이 관리를 무시한 채 검계와 짬짜미가 되어 밀주의 재료를 대지는 않았을 것이다. 그랬다가는 주류 유통에 관여한 관리들에게 찍힐 테니까. 그렇다면 결국 밀주의 생산과 유통의 배경에는 여전히…… 관리가 있다."

"이제야 좀 머리가 돌아가는군."

강찬룡은 최기윤의 조롱이 귀에 들어오지 않았다. 그동안 그 자신뿐 아니라 장붕익을 비롯한 형조 금란방의 동지들은 잘못 짚어도 크게 잘못 짚고 있었다. 탐관들을 검계의 뒷돈을 받고 단속을 무마해주는 정도의 존재로만 축소해서 판단했던 것이다. 최기윤의 이야기를 들으면서 강찬룡은 눈이 크게 열리는 느낌을 받은 동시에 아찔했다. 탐관과 지주, 검계 사이에 엮여 있는 촘촘한 결속이 커다란 그물이 되어 몸을 덮치는 듯한 두려움을 느꼈다.

내내 침묵을 지키고 있던 이학송이 말했다.

"그러면 충청좌도에서 발견된 청의 병기들은 어떻게 설명할 수 있습니까?"

최기윤이 답했다.

"작년 여름에 장붕익 대감이 거병한 뒤로 도성과 경기에서는 검계가 자취를 감추었네. 밀주를 유통하는 자들로서는 가장 큰 시장을 잃은 셈이지. 삼남의 밀주 시장도 크게 위축될 수밖에 없었으니, 이래저래 타격이 엄청났을 것이네. 하지만 조선의 범, 장붕익 대감이 두 눈 부릅뜨고 있는데, 어찌겠는가? 오래지 않아 가을걷이가 시작되고 지주들의 곡간에는 쌀이 쌓이기 시작했지만, 술을 만들 수 없으니 그 쌀들이 어디로 가겠는가? 이것은 순전히 나의 추측이네만, 그때 길을 잃은 엄청난 양의 쌀이 차길현을 통해 청으로 건너간 것으로 생각되네."

강찬룡이 최기윤의 말을 받았다.

"그 쌀이 병기로 둔갑하여 조선으로 돌아온 것이고."

"어떤가? 나의 추측이 딱딱 들어맞지 않는가? 놈들은 밀주를 만드는 데 쓸 수 없게 된 쌀을 무력을 비축하는 데 사용한 것이네. 그걸 장붕익 대감과 자네들이 보기 좋게 무산시켜버린 것이야."

그렇게 말하고 나서 최기윤은 소매에서 종이를 꺼내 강찬룡에게 내밀었다.

"경기와 충청, 전라, 경상의 내로라하는 악덕 대지주들 이름을 적은 명단일세. 이들이 소작농들로부터 쥐어짠 곡식이 어디로 향했는지 파악한다면, 조금이나마 그림이 보일 것이네."

명단을 받아든 강찬룡이 말했다.

"자네, 왜 우리를 돕는 것인가?"

"자네들을 돕는 것이 아니라, 백성을 돕고 나를 돕는 것이네. 나 역시 받아 처먹는 일을 당연하게 여기는 관리의 한 명일세. 오랜 세월 그게 잘못인 줄 모르고 살았으나, 조금씩 그 대가가 내 목을 조르더군. 그래서 장붕익 대감과 자네들의 손을 빌려 그 원흉을 제거하고자 하네."

"자네의 목을 조르는 이가 누구인지 말해주게."

"그럴 수는 없네. 용서하게. 내가 도울 수 있는 것은 여기까지네. 부디 대업을 이루고 몸조심하게나. 행여 자네의 손에 내가 포박당하는 일이 있다 하더라도 나는 원망치 않을 것이네."

최기윤과 헤어져 형조의 관아로 돌아간 이규상은 비위 관료의 이름을 적어 넣은 명단에 '호조 참판 최기윤'이라는 새로운 이름을 추가했다.

장붕익의 건의를 받아들인 임금은 어명을 내려 강찬룡을 충청우도에 암행어사로 파견했다. 당하관인 나경환은 감진어사(監賑御史)가 되어 충청좌도로 향했다. 강찬룡과 나경환은 최기윤이 건네준 지주의 명단을 바탕으로 각지를 돌며 지주들의 소작 실태를 파악하고, 지주들이 소작료로 거두어들인 곡식의 사용처를 파악하는 임무를 수행했다. 강찬룡과는 이학송이 동행했고, 나경환에게는 이규상뿐 아니라 별군직 윤필은이 특별히 임금의 재가를 얻어 수행원으로 따라붙었다.

얼마 전 지방 관아의 관리들과 아전, 나졸들이 일탈을 일삼은 것이 발각되어 쑥대밭이 되었던 충청좌도는 새로 부임한 수령과 아전들이 적극적으로 협조한 덕분에 일이 순조로웠다. 국가가 작성한 토지 대장과 대조하여 쌀의 산출량을 산정하고 곡간에 비축된 미곡(米穀)을 헤아리며 사용처를 밝히는 과정에서 몇몇 지주들은 자기네 식솔들이 밥을 많이 먹어 계산이 맞지 않는 것이라고 둘러대기도 했다. 그들 말대로라면 매 끼니마다 한 사람이 쌀 한 되를 먹어야 했다. 소작농을 대상으로 횡포를 일삼은 악덕 지주들은 관청으로 압송되어 심문을 당했다. 그들 중 일부는 검계와 결탁한 사실을 털어놓았고, 재물의 일부를 상납한 관료의 이름도 불었다. 이규상은 중앙 관청의 관리 이름이 나올 때마다 명단에 적어 넣었다.

반면에 아직 된맛을 본 적 없는 충청우도는 지주들과 지방관들의 저항이 거셌다. 기근의 실태를 파악하고 지방관들의 구제 활동을 감독하는 감진어사에 비해 암행어사의 권한이 막강했음에도 지방관들은 순순히 따르지 않았다. 몇몇 지방관들은 파직을 당할지언정 어사의 공무에 협조할 수 없다는 뜻을 공공연히 내비치기도 했다. 자신들의 뒷배가 되어주는 중앙 관료들을 믿고 그처럼 대담하게 나오는 것이었다. 하지만 강찬룡이 누구인가. 비위 관료의 씨를 말리기 위해서라면 사화와 환국을 넘어서는 숙청 작업이 따라야 한다고 믿는 앞뒤 꽉 막힌 관리였다. 강찬룡은 수영과 병영의 군사를 동원하여 예산 관아를 접수하고 군수와 목사를 포박한 뒤 그들을 직접 심문했다. 이처럼 본보기를 보이자, 충청우도의 몇몇 지방관과 지주들은 국세를 초과하는 미곡을 거두어 모처에 보냈다는 사실을 실토하며 선처를 구했다.

장붕익의 휘하 관리들이 어명에 따라 어사에 봉해져 충청도를 헤집고 다닌다는 소식이 퍼지자 조정 대신들은 아연실색했다. 형조를 제외한 육조의 관청들은 문을 닫아걸고 대책을 마련하느라 부산했다. 조의와 경연(經筵)에 참석한 당상관의 숫자가 현저히 줄어들었고, 참석하더라도 그들은 입을 다문 채 최대한 말을 아꼈다.

한편 조정 대신들 사이에는 형조 판서 장붕익이 비위 관리의 이름을 적은 살생부(殺生簿)를 작성하고 있다는 소문이 돌았다. 최기윤의 말대로라면 비위의 사슬에서 자유로운 중앙의 관리는 손에 꼽을 정도였다. 궁궐의 궐내각사, 육조 거리, 견평방 할 것 없이 관청이 소재한 지역은 을씨년스러운 기운이 감돌았다.

스무 날 가까이 충청도를 돌며 지방 관아와 지주들을 단속하고 정보를 얻은 강찬룡과 나경환 일행이 상경했다. 조회 때 이규상이 정리한 명단을 본 장붕익의 눈썹이 꿈틀거렸다. 강찬룡이 말했다.

"지방관과 지주의 비행에 관련된 것이 확실한 중앙의 관리만 이백삼십육 명입니다. 충청도에서 이만 한 숫자를 확보했으니, 전라도와 경상도까지 파헤친다면 그 수가 능히 천에 달할 것입니다. 지금으로서는 대부분이 육조의 종삼품 이하 관리들 이름뿐이지만, 명단에 이름을 올린 작자들을 추문하면 보다 깊이 들어갈 수 있을 것입니다."

참담한 심정으로 명단을 훑어보던 중에 유독 한 사람의 이름이 장붕익의 눈에 걸렸다.

"이조 판서 이종설의 비위는 어떻게 확보한 것이냐?"

나경환이 대답했다.

"보은 목사를 지내다가 지난번 검계와 결탁한 사실이 드러나 참형을 당한 흰헌이 관시의 대들보에 숨겨둔 장부를 이번에 발견했습니다. 그가 상납을 한 중앙 관료들의 이름과 뇌물의 종류, 수량 등이 적혀 있사온데, 거기에 이조 판서의 이름이 있습니다. 먹의 마른 정도를 살핀 바 비리가 발각된 한현이 도성으로 압송되기 얼마 전까지도 이조 판서에게 상납을 했던 것으로 보입니다."

홍화정에서 살해당한 전임 형조 참판 황조일과 판서 이기호는 우찬성 김익희의 오른팔 격이었다. 이조 판서 이종설 역시 김익희와 같은 파벌로 엮여 있을 뿐 아니라 유대가 깊은 인물이었다. 일련의 사건들을 종합해볼 때 김익희는 혐의에서 자유로울 수 없었다. 우찬성이 이 일에 엮여 있다면 그의 정치적 후견자를 자처해온 좌의정 신용원 역시 한 배를 탔다고 보아야 했다.

장붕익은 긴 한숨을 내쉬었다. 관료가 주도하고 지주와 검계가 편승하는 비위의 사슬에 판서와 우찬성, 좌의정이 엮여 있다고 해서 이상할 것이 없었다. 그들에게도 벼슬을 막 시작했던 정팔품과 종칠품 시절이 있었고, 신임 관료였던 그들은 선임들이 갔던 길을 그대로 답습했을 것이다. 어쩌면 전도유망한 관리일수록 더욱 깊이 빠져들었을지도 모른다. 따지고 보면 관료 사회가 갖가지 부당한 이권과 연결되어 백성의 피를 빨아먹는 작태는 어제오늘의 일이 아니었다. 이 땅에 들어섰던 나라들이 스러져간 근본 원인에는 항상 타락한 관료들이 있었고 그들로부터 핍박받던 백성들이 있었던 것이다.

장붕익은 지금 자기 앞에 앉아 있는 나경환과 강찬룡, 이학송, 이규상의 얼굴을 찬찬히 들여다보았다. 그리고 먼저 세상을 떠난 박영준의 얼굴을 떠올렸다. 장붕익의 가슴에 회의감과 서글픔이 밀려왔다. 충실한 관원들과 함께 비위 관료의 뿌리를 뽑고 검계를 타파한다 한들 이 땅의 백성들이 근심 없이 살아가는 세상이 찾아올 것인가. 권력에 기생하는 탐욕은 뽑아도 뽑아도 다시 자라나는 잡초가 옥토(沃土)의 미곡을 야금야금 갉아먹듯이 결코 사라지지 않고 다시금 웃자라 백성의 피를 빨 것이다. 이 끝없는 싸움에서 마지막에 웃는 자는 누구일까. 이규상이 작성한 명단에 오른 비위 관료들을 척결한 뒤에 형조 금란방의 관원들은 과연 온전히 삶을 영위할 수 있을 것인가. 장붕익은 자신할 수 없었다.

"대장, 안색이 안 좋으십니다. 목적지가 얼마 남지 않았는데, 힘을 내셔야지요."

강찬룡의 말에 장붕익이 고개를 끄덕였다. 지금까지 함께해온 이들을 생각해서라도 약해져서는 안 되었다. 장붕익은 의지를 다지려는 듯 입술을 깨문 뒤 말했다.

"명단이 완성되면 주상께 올릴 것이다. 그러고 나서 아래부터 위로 하나하나 의금부로 압송하여 죄상을 물을 것이다. 규상은 만약의 사태에 대비하여 명단을 하나 더 작성하여라."

"예, 대감."

"그리고 지금 도성의 각 관아와 아문(衙門)에는 형조가 관원들의 살생부를 만들고 있다는 소문이 돌고 있다. 진위의 여부와 상관없이 이런 때에는 그 같은 풍문이 퍼지기 마련이나, 그런 풍문을 믿고 도발하는 자들도 나타나기 마련이다. 그러니 모두들 각별히 유념하여 신변을 보호하는 일을 철저히 하라."

"예, 대감."

그날 저녁 장붕익이 퇴청할 때였다. 나경환과 강찬룡, 이학송, 이규상이 출입문 앞에서 기다리고 있었다. 장붕익이 물었다.

"무슨 일이 있느냐?"

강찬룡이 대답했다.

"대장께서 신변을 보호하는 일을 철저히 하라고 하셨잖습니까?"

"그래서?"

"한동안 대장의 무사 귀가를 저희가 책임지기로 했습니다."

조선 제일의 무장(武將)을 집까지 호위한다? 어불성설이었다. 이미 예순을 넘겼지만, 그래도 장붕익은 장붕익이었다. 지난겨울 석곡의 바침술집을 공격했을 때, 말에서 공중으로 뛰어올라 검계 자객의 검을 두 동강 내고 두개골을 반으로 갈랐던 그였다. 강찬룡의 말이 이어졌다.

"대장을 모셔다 드리고 나서 규상이 기숙(寄宿)하는 처소까지 함께 갔다가 거기서 헤어질 겁니다."

그제야 장붕익이 고개를 끄덕였다. 무예를 익힌 적 없는 막내를 보호하려는 형들의 마음이 갸륵했다.

장붕익의 집은 경복궁과 창덕궁 사이의 북악산 아래로, 도성 사람들이 '북촌(北村)'이라고 부르는 지역의 끝자락에 있었다. 그곳에는 주로 노론에 속한 관리들이 자리를 잡았으나, 장붕익은 노론 대신들과 어울리는 것을 저어하여 일부러 북악산 자락 깊숙한 곳에 터를 잡은 것이었다.

장붕익의 집까지 이른 김에 그냥 돌아갈 수 없었다. 안으로 들어서자 장붕익의 며느리 창해가 손자 기룡을 안고서 그들을 맞았다. 장붕익은 늘 그랬던 것처럼 창해에게서 기륭을 넘겨받아 품에 안았다. 강찬룡이 말했다.

"기륭이가 자라는 걸 보니 세월이 무섭습니다. 벌써 두 돌이지요?"

장붕익이 얼굴 가득 미소를 짓고서 말했다.

"이 녀석 걷는 것 보시겠는가?"

그러고는 기륭을 바닥에 내려놓았다. 기륭은 고사리 같은 손으로 장붕익의 두툼한 손가락을 잡고 아장아장 걸음을 옮겼다. 그 모습을 보고 관원들은 모두 탄복했다.

"학송과 규상도 어서 장가를 들어 기륭이 같은 아들을 보아야 할 터인데."

강찬룡의 말에 학송과 규상이 뒷머리를 긁적였다.

기륭을 다시 안아 올린 장붕익이 창해에게 물었다.

"치경은 오늘도 퇴청이 늦구나."

"요사이 주상께서 하명한 업무가 많다고 합니다. 그래도 술시(戌時, 오후 7시 반부터 8시 반 사이) 전에는 퇴청할 것입니다."

"저녁은 그때 같이 먹도록 하고, 우선 허기나 감추게 주전부리 좀 내오너라."

"예, 아버님."

관원들은 해시(亥時, 오후 9시 반부터 10시 반 사이)가 지나서야 장붕익의 집을 나섰다. 그러고는 곧장 이규상의 처소로 향했다. 이규상의 처소는 청계천 너머의 장악원(掌樂院) 부근으로, 민가의 방을 얻어 기숙하고 있었다. 처소에 이르렀을 때, 이규상은 품에서 두툼한 종이를 꺼내 상찬롱에게 내밀었다.

"대감께서 하나 더 작성하라 하신 명단입니다. 저보다는 형님들께서 보관하는 것이 나을 듯합니다."

강찬롱이 명단을 건네받았다.

"나머지 하나는 형조에 두었느냐?"

"아닙니다. 대감께서 살펴보신다며 가져가셨습니다."

강찬롱이 명단을 이학송에게 내밀었다.

"나보다는 몸이 날랜 자네가 제격일세. 자네가 맡게."

이학송이 명단을 건네받았다.

이규상이 안으로 들어가고 세 사람은 돌아섰다.

이학송이 나경환에게 말했다.

"둘째 형님도 댁까지 모셔다 드려야 하는 것 아닙니까?"

강찬롱이 자신을 두고 하는 말인 것을 알아차리고 손을 저었다.

"어허, 나의 무예가 두 사람만은 못하나 내 몸 하나 지킬 만큼은 되니 걱정 말게."

나경환이 말했다.

"어차피 돈의문 부근까지는 방향이 같으니, 참의의 댁 근처에서 헤어집시다."

세 사람은 걸음을 옮겼다. 청계천의 졸졸거리는 물소리가 동행했다.

20

큰 별이 지니 어둠이 더욱 깊다

1735년 봄

양상규는 천남성을 찔 때 사용하는 나무통의 손잡이를 부뚜막 위에 설치한 지지대에 걸고, 나무통의 아랫부분이 물이 끓고 있는 솥의 수면(水面)에 닿을락 말락 하도록 높이를 조절했다. 그때부터 양상규는 나무 조각 여러 개를 이어 붙여 만든 나무통의 이음새에서 수증기가 새어나오지 않는지 꼼꼼히 살폈다. 나무통 안에는 천남성 대신 솔잎을 넣었다. 꽤 시간이 지나 나무통이 뜨겁게 달아올랐건만 수증기가 새어나오지는 않았다. 하지만 실패였다. 수증기는 보이지 않았으나 미세한 솔향기가 코에 걸렸다.

광의 한쪽 구석에서 지켜보던 양일엽이 말했다.

"그래도 많이 발전했다. 증기를 가두었으니, 냄새만 잡으면 되겠구나."

양상규가 대답했다.

"갈 길이 멉니다, 아버님."

"천 리 길도 출발점이 있어야 도달하는 법이다. 이제 팔구백 리를 왔으니, 멀지 않았다. 상규 네가 나보다 성취가 빨라 이 아비는 기쁘다."

산곡주를 만들 수는 없으나, 수련을 멈출 수는 없었다. 양상규는 양일엽의 지도 아래 산곡주 주조의 핵심 기구인 나무 찜통 만드는 훈련을 이어왔다. 다행히 수증기를 가두는 데는 성공했다. 하지만 냄새를 잡는 과정이 남아 있었다. 산곡주의 주정(酒精)에 독성이 강한 천남성이 재료로 쓰인다는 사실을 감추기 위해서는 반드시 이루어야 하는 일이었다.

양상규가 실험에 쓴 나무통을 부수어 아궁이에 넣었다. 축축한 나무가 들어가자 아궁이에서 검은 연기가 피어올랐다. 나무 조각의 형태가 완전히 사라진 것을 확인하고서야 양일엽이 지팡이를 짚고 몸을 일으켰다. 양상규가 걸어놓았던 광의 문을 열었다.

마침 서생댁이 마당을 지나다가 광에서 두 사람이 나오는 것을 발견하고 다가갔다. 양일엽이 물었다.

"며늘아기는 아직도 그런가?"

"네, 당주 어른. 입덧이 하도 심하여 미음이나 겨우 넘깁니다. 산달이 가까워지면 입덧을 하다가도 잔잔해지는 법인데, 우리 아씨는 참 유별 납니다요."

"어허, 큰일이군."

"그러게요. 아이를 쑥쑥 낳으려면 몸이 튼실해야 하는데 저리 약해서야……. 어릴 때 밥투정 부릴 때 따끔하게 혼을 내서라도 버릇을 고쳤어야 하는데, 다 제 잘못이구먼요."

상규가 말했다.

"그게 어찌 유모의 잘못입니까? 처가 몸은 약하나 강단이 있는 사람이니, 별일 없을 겁니다."

서생댁이 고개를 끄덕였다.

"아무려문요."

서생댁이 멀어지자, 양일엽이 대청마루에 걸터앉으며 말했다.

"이름은 생각해봤느냐?"

"아닙니다. 손주 이름은 아버님께서 지어주셔야지요."

양일엽이 미소를 지었다.

"그렇지 않아도 생각해보았다. 손자라면 청령이라 하고, 손녀라면 숙영이 어떻겠느냐? 맑을 청(淸), 맑을 숙(淑), 비칠 영(映)이다."

"아버님의 뜻에 따르겠습니다."

잠시 사이를 두고 양일엽이 물었다.

"너는 청령이가 태어나기를 바라느냐, 숙영이가 태어나기를 바라느냐?"

양상규는 생각에 잠겨 있다가 못할 소리라도 하는 듯 겸연쩍어하며 대답했다.

"대(代)를 위해서는 아들이어야 하나, 저는 사실 딸이 좋습니다. 송구합니다, 아버님."

양일엽이 웃음을 지었다.

"아들이면 어떻고, 딸이면 어떠하냐? 그저 건강히 태어나기만을 바랄 뿐이다."

아이들의 재잘거리는 소리가 대문을 넘어왔다. 글공부하러 오는 동리의 아이들이었다. 양상규가 마당 구석에 말아서 세워놓은 멍석을 옮겼다.

"마당에서 할 터이냐?"

상규가 미소를 짓고 답했다.

"오늘은 그동안 공부한 성취를 알아보는 날입니다. 선비들이 과거를 치르는 것과 같은 경험을 갖게 해주려고 멍석을 준비했습니다."

"잘했다. 그렇다면 오늘은 나도 시험관이 되어 함께하겠다."

"뿐만 아니라 시제(試題)에 대한 답을 가려 장원도 뽑아주십시오."

양상규가 고개를 끄덕이고 물었다.

"그래, 시제가 무엇이냐?"

"대동(大同)입니다. 함께 더불어 살아가는 세상살이에 대하여 물을 것입니다."

"좋다!"

아이들이 마당으로 들어섰다. 양상규가 멍석을 옮기는 것을 보고 아이들이 붙어 그를 도왔다. 양일엽이 흐뭇한 눈으로 그들을 바라보았다.

"꽉! 이리 안 오냐?"

난지가 빽 소리를 지르자 멀리 달아나려던 새끼 고라니 두 마리가 우뚝 멈추었다. 지난달까지만 해도 난지와 천덕 주변을 떠날 줄 모르던 고라니들은 제법 다리가 튼실해지자 호기심을 좇아 이리저리 헤집고 다니기 시작했다.

난지와 천덕이 사는 움막이 고라니들의 집이 되어서는 안 되었다. 둥치 큰 나무들이 쭉쭉 뻗은 숲과 시원하게 물줄기가 내달리는 계곡이 그들의 집이어야 했다. 하지만 어미가 없어 아직 야생의 이치를 터득하지 못한 어린 생명을 무작정 자연으로 돌려보낼 수는 없었다.

천덕과 난지는 반찬으로 쓸 봄나물을 캐는 중이었다. 장시에 내놓을 약초나 삼을 찾으려면 산세가 험한 동쪽의 가지산이나 북쪽의 면봉산까지 가야 했으나, 졸지에 고라니 두 마리를 집에 들인 뒤로는 그러지도 못했다.

바랑이 제법 차자 천덕은 호미를 내려놓고 돌 위에 엉덩이를 걸쳤다. 난지가 다가와서 바로 옆에 앉았다. 고라니들은 이곳저곳을 탐색하고 다니다가 겁도 없이 풀숲 깊은 곳으로 달아나고는 했다. 그때마다 난지는 쯧쯧 혀를 찼고, 그 소리에 고라니들은 재빨리 곁으로 돌아왔다.

"내가 내는 소리에도 돌아오지 않으면 그때는 다 자란 것이오."

"그래도 찾아오면 어쩔 거여?"

"그라믄 굳이 쫓아낼 필요야 있겠소? 오면 오는 것이고, 가면 가는 것이제."

잠시 사이를 두고 난지가 천덕에게 말했다.

"생각해봤소?"

천덕이 고개를 끄덕였다. 하지만 그럴 뿐 천덕은 굳게 나눈 입을 열지 않았다.

"어쩔 것이오?"

여전히 천덕이 말이 없자, 난지가 말을 이었다.

"한번 가봐야 하지 않겠소? 아직까지 함경도에 있을지 어떨지는 모르지만, 그래도 노력은 해봐야지요."

그제야 천덕이 입을 열었다.

"찾는다고 뭐 별 수 있겠어? 자기 자식이 있는지도 모르는데, 내가 당신 자식이오, 하면 놀라자빠질 텐데."

"살아 있으면 지금 몇이오?"

"어머니랑 헤어질 때 사십 줄에 가까웠다니까 지금은 일흔을 넘겼겠지."

"그러믄 더 늦기 전에 얼른 찾아봐야지 않겠소? 저것들 지 앞가림할 만큼 자라면 그때 다녀오시오."

천덕은 어머니 평안댁으로부터 친부에 대해서 들은 것이 별로 없었다. 관가(官街)에 떠도는 이야기에 의하면 대도(大盜) 장길산이 종적을 감춘 때는 정축년(丁丑年, 1697년)이었으나, 이후로도 몇 해 동안 평안도와 황해도, 함경도에 수시로 출몰하여 관리들의 간담을 서늘케 했다고한다.

평안도의 몰락한 양반가에서 태어난 천덕의 모친 옥윤은 어릴 때부터 평안도 감영에서 허드렛일을 하며 자랐다. 꼴에 양반이랍시고 방에 틀어박혀 책만 읽던 아비가 며칠 동안 각혈을 하다가 약도 써보지 못하고 죽자, 병든 어미를 수발하고 살림을 챙기는 일은 오롯이 어린 옥윤의

450

몫이었다. 비록 가세는 기울었으나 몸가짐이 단정하고 성실한 그녀를 집안에 들이려는 이가 많았다. 나이 열일곱으로 혼기가 찬 뒤 중매를 놓으려는 이가 자주 성가시게 했으나, 옥윤은 아픈 어머니를 두고 집을 떠날 마음이 추호도 없었다. 일 년 뒤 어머니가 세상을 떠난 뒤에도 그녀는 집을 떠나지 않았다. 정도 붙이지 못한 채 단지 먹고살기 위해 한 남자의 처가 되기는 싫었다.

스물이 된 여름, 감영의 아전을 따라 재 너머 지주(地主)의 집에 물건을 가지러 가는 길이었다. 힘 좋은 남정네를 두고 연약한 옥윤을 대동할 때부터 알아봤어야 했다. 재를 넘는 도중에 아전이 돌변하여 옥윤을 덮쳤다. 옥윤이 기겁하여 산으로 달아났으나, 곧 붙잡히고 말았다. 적삼과 치마가 달아나고, 아전의 더러운 혀가 옥윤의 얼굴을 핥을 때였다. 갑자기 아전의 몸이 공중으로 떠올랐다. 우악스럽게 생긴 사내가 아전의 뒷덜미를 낚아채서는 내동댕이쳤다. 거기서 그치지 않고 사내는 아전을 흠씬 두들겨 팼다.

사내는 피떡이 된 아전을 길가에 옮겨놓고는 여기저기 흩어져 있는 옥윤의 옷가지를 챙겼다. 수치심과 두려움에 떨고 있는 옥윤에게 사내가 말했다.

"더 험한 꼴은 피했지 않소? 잊어버리시오. 그나저나 관아의 아전을 저리 만들었으니, 반드시 보복을 당할 거요. 내가 반주검을 만들지 않았어도 댁의 입막음을 하려고 어떻게든 수를 부렸을 것이고."

달리 선택할 길이 없었다. 그날 옥윤은 짐을 챙겨 사내를 따라나섰다. 이틀 동안 산을 세 개나 넘어 바닷가 어촌에 이르렀다. 수민이 채 스물이 안 되는 작은 마을이었다. 고기잡이에 쓰는 배도 달랑 두 척뿐이었다.

옥윤을 데리고 온 다음 날 아침 사내는 집을 떠났다가 나흘 뒤에 나타났다.

"서경(西京, 평양)이 난리가 났소. 장길산이라는 도적이 나타나 감영의 아전을 공격하고, 아전과 동행하던 하녀를 보쌈해서 달아났다고 말이오. 관군을 편성하여 사방 백 리를 뒤진다 하는데, 이곳도 안전하지 못하오. 댁은 말 그대로 장길산이라는 놈에게 붙잡혀온 것이니 관군과 맞닥뜨려도 괜찮을 것이오."

옥윤은 조금도 고민하지 않고 말했다.

"나도 따라가겠어요."

사내가 놀란 표정을 지었다.

"길이 험할 텐데, 괜찮겠소?"

옥윤이 고개를 끄덕였다.

"장길산이라는 자를 아시오?"

옥윤이 또 고개를 끄덕였다. 평안도에서 나고 자란 사람이 장길산을 모를 수 없었다.

"우연하게도 그 장길산이 바로 나요. 그래도 괜찮소?"

이번에는 옥윤의 눈이 커졌다. 장길산이라는 인물은 관리들로서는 반드시 잡아야 할 도적 중의 도적이자 반란의 수괴였으나, 여염의 민초들에게 그는 백성의 울분을 대신해주는 의적(義賊)이었다. 옥윤도 그렇게 알고 자랐다.

옥윤이 다시 고개를 끄덕이자, 장길산이 말했다.

"그럼 얼른 떠납시다."

북녘의 험하고 척박한 산을 넘고 넘어 함경도 북쪽 끄트머리에 이르렀고, 그곳 산속의 산막을 거처로 삼았다. 그곳에 이르기까지 장길산은 옥윤의 털끝 하나 건드리지 않았다. 산막에 도착한 날, 오히려 옥윤이 몸을 열었다.

"친지나 피붙이는 없어요?"

옥윤이 물었을 때 장길산은 쓸쓸한 표정을 지으며 답했다.

"나 홀로 세상에 떨어졌어. 아비도 모르고 어미도 몰라. 사당패 무리의 여자들이 돌아가며 젖을 물려서 키웠어. 그래도 딱 한 사람 보고 싶은 이가 있지. 양일엽이라는 아우야. 내가 무리를 형성하여 한창 관아와 지주들을 쳐부수러 다닐 때 어디서 소문을 듣고 찾아온 녀석이야. 십 년 전에 관군에 쫓기던 중에 이러다가는 다 죽겠다 싶어서 돌려보냈어. 지금은 울산의 백선당이라는 술도가에서 술을 빚고 있을 거구먼. 도적질을 하면서 여러 사람을 알았지만 이상하게 일엽이 자주 눈에 밟혀."

가끔씩 멀지 않은 산촌의 주민들이 산막으로 찾아오고는 했다. 장길산은 그들과 구운 고기를 나누어 먹으며 술을 즐겼다. 주고받는 내용으로 보아 산촌 주민들은 장길산에 대해서 알고 있는 듯했다. 때때로 장길산은 관아를 습격하면서 쌓은 무용담을 늘어놓았다. 옥윤이 산막에 들기 전 이미 수십 번은 되풀이되었을 이야기를 산촌 주민들은 아주 재미있어했다.

산촌 움막에서의 평화로운 날은 오래가지 못했다. 그때까지도 관(官)

을 상대로 싸움을 그치지 않았던 장길산은 학정(虐政)을 일삼는 보산의 현령을 혼내주러 갔다가 매복하고 있던 관군의 공격을 당했다. 산촌에 살던 아이가 급히 산막으로 옥윤을 찾아왔다.

"아저씨가 크게 부상을 당했대요. 지금 관군들이 이곳으로 쳐들어오고 있구면요. 어서 깊은 산속으로 몸을 피하세요."

그렇게 말하고 아이는 왔던 길을 되돌아갔다.

옥윤은 몇 날 며칠 동안 산속의 바위틈에 숨어 지냈다. 사흘이 지나서 돌아갔을 때 산막은 완전히 망가져 있었다. 산촌 사람들이 걱정되어 마을로 갔다. 주검이 곳곳에 널브러져 있었다. 옥윤에게 위험을 알리러 왔던 아이도 싸늘하게 식어 있었다.

무너진 산막에서 옥윤은 풀을 뜯으며 장길산을 기다렸다. 적막강산에서 홀로 스무 날을 기다렸다. 스무하루가 되던 날, 옥윤은 산막을 떠나 평안도로 향했다. 장길산과 함께 처음 터를 잡았던 평안도의 어촌에서 다시 기다렸다. 한 달이 지나도 장길산이 돌아오지 않으면 목을 매죽으리라 마음먹었다. 이윽고 한 달이 지났다. 들보에 밧줄을 걸었다. 올가미에 목을 들이밀려는 순간, 뱃속에서 무언가가 꿈틀거렸다. 어미의 죽음을 막으려 했던 것인지, 아니면 제가 살고 싶어 그랬던 것인지 장길산의 아이가 나 여기 있다며 발길질을 한 것이다. 살아야 했다.

천덕의 어머니 평안댁은 이후의 사연에 대해서는 자세하게 이야기하지 않았다. 관가에서도 더 이상은 장길산의 이야기가 오르내리지 않았다. 장길산은 고사(古事)에 등장하는 이름으로만 남았다.

"함께 갈 것인가?"

천덕이 난지에게 물었다.

"실 가는 데 바늘 가야 하지 않소. 내가 당신의 처인데, 같이 인사드려야 하지 않겠소?"

"살아나 있으려나?"

"나는 꼭 살아 있을 것 같소. 당신을 보믄 한눈에 알아볼 것이구먼."

"그러자고. 백선당 아씨가 출산하고 저것들 조금 더 자라면 먼 길 다녀오자고."

난지가 생긋 웃어 보이고는 일어섰다.

"야들아, 가자."

그렇게 말하고 걸음을 옮기자, 새끼 고라니들이 난지를 따라붙었다. 천덕도 몸을 일으켰다. 난지를 따라가는 동안 고라니들이 자주 뒤를 돌아보았다. 마치 천덕이 잘 따라오는지 살피는 것만 같았다.

장붕익이 집무실을 나섰다. 형조의 관원들이 출입문 앞에 서 있었다. 오늘은 따로 볼 일이 있다고 일렀건만 도통 말을 듣지 않는 자들이었다.

"어허, 오늘은 긴한 약속이 있다고 하지 않았는가?"

강찬룡이 말했다.

"어디로 간다 말씀을 않으시니, 더욱 걱정이 되지 않습니까?"

"알리기 힘드나 좋은 일이 있어 함께하지 못하는 것일세. 걱정들 말고 그만들 들어가게."

이학송이 장붕익에게 바짝 다가섰다.

"그럼 이거라도 챙기십시오."

이학송이 팔뚝 길이의 짧은 검 하나를 내밀었다.

"그러면 저희 마음이 좀 놓일 것입니다."

장붕익은 그것이라도 받지 않으면 관원들이 좀처럼 떨어지지 않을 것 같아 어쩔 수 없이 받아들었다.

"내일 봄세."

형조 관아를 나와 육조 거리를 걷다가 뒤를 돌아보았을 때, 여전히 관원들이 자리를 지키고 있었다. 장붕익은 손짓으로 어서 들어가라는 시늉을 해 보이고 돌아섰다.

장붕익은 육조 거리에서 의금부 쪽으로 방향을 틀었다가 의금부 앞에서 남쪽으로 향했다. 곧 청계천을 건너 곧장 앞으로 나아갔다. 오래지 않아 남별궁(南別宮)이 나타났다. 대문 앞에 이르자 예빈시(禮賓寺)의 관원으로 보이는 사내가 대문을 열었다.

"어서 오십시오, 대감. 도승지께서는 이미 와 계십니다."

장붕익이 안으로 들어서자 뒤에서 대문이 닫혔다.

관원들에게 굳이 못 알릴 것이 없었으나, 괜히 알렸다가 남별궁 주위를 경계하겠다고 나설 것 같아 사실을 감춘 것이었다. 낮에 받은 도승지의 전갈에는 주위에 알리지 말라는 글귀가 있었으나, 장붕익은 휘하의 관원들에게 숨길 것이 없었다.

예빈시 관원의 안내에 따라 내실로 들어서자 도승지 이제겸이 자리에서 일어섰다.

"도승지 덕분에 무관이 남별궁엘 다 와보는구려."

남별궁은 태종 대왕의 둘째 딸 경정공주(慶貞公主)가 머물던 저택이다. 출가하는 딸을 위해 태종 임금은 이 집을 짓고 소공주댁(小公主宅)이라고 이름 붙였다. 이후 왕가의 친지들이 거처로 삼다가 지금은 주로 청의 사신을 접대하는 곳으로 활용되었다. 국빈(國賓)이 아니면 머물기 어려워 웬만한 고위 관료들에게도 접근이 허락되지 않는 곳이었다.

"형판 대감처럼 공이 많은 신료 덕분에 저도 호사를 누립니다."

두 사람이 주거니 받거니 하는 사이에 음식이 들어왔다.

"술이 없어 아쉬우나, 이것으로 대신하시지요."

그렇게 말하고 나서 이제겸이 장붕익의 잔에 차를 따랐다. 장붕익이 이제겸의 잔에 차를 따르려 하자, 이제겸이 찻잔을 뒤로 뺐다.

"주상께서 대감께 내리는 상입니다. 저는 입을 댈 수 없으니, 편히 즐기십시오."

"주상께서요?"

장붕익이 찻잔을 입에 댔다. 순간 장붕익이 미간을 찌푸렸다. 그 모습을 보고 이제겸이 웃음을 지었다.

"씁니까? 하하, 저도 쓰다고 들었습니다. 사실 그 차는 약이기도 하지요. 좋은 약이 입에 쓰다고 하지 않습니까. 청에서 들여온 것인데, 사람의 원기를 회복하는 데 기가 막힌 효험이 있다고 합니다."

"글쎄올시다. 나는 청에서 들여온 물건이 그리 탐탁지 않아 곁에 두지 않소."

이제겸이 난처한 표정을 지으며 말했다.

"그래도 주상께서 내리신 상이온데……."

장붕익은 자신의 실수를 깨닫고 얼굴을 붉혔다.

"주상께서 내리신 상을 신하 된 자로서 어찌 물리겠소이까?"

그러고는 스스로 자신의 잔에 차를 따라 한잔 더 들이켰다.

"그런데 도승지께서 어쩐 일로 나를 이곳으로 부르셨소?"

"주상께서 돌아가는 상황을 알고 싶어 하십니다. 판서께서 아직 이렇다 저렇다 말씀이 없으시니 말입니다. 관가의 관리들이 하나같이 형조의 눈치만 살피며 바짝 엎드려 지내고 있더군요."

"죄가 없으면 당당할 것이요, 그렇지 않다면 몸을 사릴 수밖에요."

"그래, 어떻습니까?"

장붕익의 표정이 굳어졌다.

"참담한 지경이오. 검계를 좇는 과정에서 관료들의 이름이 많이 나왔소. 처음에는 종삼품 아래의 이름만 거론되었으나, 지금은 대상의 품계가 점점 위로 향하는 중입니다."

"명단이 있습니까?"

장붕익이 고개를 끄덕인 뒤에 대답했다.

"보다 명확해지면 주상 전하를 알현하여 명단을 전해드릴 생각이오. 중앙 관청의 관료들 이름이 수두룩하여 전하의 고민이 깊어지실 겁니다."

"형조에서 살생부를 작성하고 있다는 풍문이 헛소문만은 아니었군요."

"그것이 어찌 살생부이겠소? 주상 전하와 백성의 입장에서는 활생부(活生簿)이지요."

458

도승지가 고개를 끄덕였다.

"지당하신 말씀입니다. 대감의 공이 참으로 높으나, 또한 참으로 참담한 일입니다."

형조의 관원 외에 말이 통하는 관리는 이제겸이 거의 유일했다. 장붕익은 그동안 속에 담아두었던 많은 이야기를 풀어놓았다. 국정(國政)에 관한 소신을 밝히는 데 거리낌이 없었다. 장붕익과 이제겸의 대화는 해시(亥時, 오후 9시 반부터 10시 반 사이)까지 이어졌다. 이윽고 분위기가 저물고, 두 사람은 남별궁을 나섰다.

"술을 마신 것도 아닌데, 머리가 조금 어지럽구려."

장붕익의 말에 도승지가 답했다.

"오늘 드신 차에 주정 성분이 섞여 있어 그럴지도 모릅니다. 그래도 몸에 이로운 것이니, 염려 마십시오."

도승지가 남별궁을 관리하는 예빈시의 사령을 불렀다.

"대감의 댁이 여기서 머니 대가(臺駕)를 대령하라."

하지만 장붕익이 손을 내저었다.

"국빈에게 쓸 대가를 어찌 허비하려 하시오. 나는 봄밤을 즐기면서 천천히 걸어갈 터이니, 대가는 거두시오."

그러고 나서 장붕익이 돌아섰다. 조금 전부터 시작된 두통이 점점 심해졌다. 그는 머리를 세차게 흔들고 걸음을 옮겼다.

"살펴 가십시오, 대감."

도승지가 장붕익의 뒷모습을 향하여 깊이 허리를 숙였다.

장붕익이 집에 도착했을 때는 이미 입시(壬時, 오후 10시 반부터 11시

반까지)가 무르익어 있었다. 걱정이 되었던지 아들 치경이 대문 앞에 나와 있었다.

"많이 늦으셨습니다, 아버님."

장붕익은 대꾸도 없이 손만 앞으로 휘저었다. 평소와 다른 모습에 장치경이 바짝 다가갔다.

"어디 편찮으십니까?"

"아니다, 아니야. 좀 피로한 것뿐이니 염려 말거라. 기륭이는 자느냐?"

"예, 아버님."

"나는 이만 쉴 터이니, 너도 들어가거라."

장붕익은 대청마루에 올라 곧장 안방으로 향했다. 치경이 따라 들어가 탈의(脫衣)를 도왔다. 치경은 부친이 등잔불이 놓인 서궤(書几) 앞에 앉는 것을 보고 방을 나섰다.

대청마루 아래에서 기다리고 있는 청지기에게 장치경이 말했다.

"아버님 몸이 안 좋으신 것 같으니, 좀 지켜봐주시게. 조금이라도 이상한 기미가 있거든 지체 말고 나에게 알리게."

청지기가 대답했다.

"예, 아랫것들과 함께 불침번을 서겠습니다."

장치경이 걱정스러운 눈빛으로 안방을 바라보았다. 등잔불에 비친 부친의 커다란 그림자가 창호에 비쳤다.

아들이 방을 나간 뒤 장붕익은 얼마 전 별군직 윤필은이 자신에게 전한 문서를 서궤 위에 올렸다. 그것은 '전선개조책(戰船改造策)'이라는 문서로, 조선 수군 전선(戰線)의 방어력과 공격력을 높일 만한 방책에 관한 의견을 적은 것이었다. 문서를 들여다보는 그의 눈앞이 점점 흐려졌다. 눈을 깜빡여보았으나 시력이 돌아오지 않았다. 남별궁에서 집으로 향하는 내내 머리를 어지럽히던 의심이 점점 굳어졌다. 아들 치경을 불러 자초지종을 들려주고 싶었으나, 마음을 거두었다. 어차피 엎질러진 물이었다. 식솔들을 위험에 빠뜨려서는 안 되었다. 남은 일은 금란방 관원들에게 맡길 수밖에 없었다.

"이것은 주상 전하의 뜻인가, 도승지의 계략인가……."

혼잣말을 내뱉은 그의 입에서 긴 한숨이 새어나왔다.

잠결에 대문을 두드리는 소리를 얼핏 들은 것 같았다. 강찬룡은 상체를 일으켜 곁에 놓은 검을 쥐었다. 옆에 누워 있던 그의 부인이 잠에서 깨어 낮은 소리로 물었다.

"무슨 일입니까?"

"쉿."

곧이어 누군가 다가오는 소리가 들렸다. 그는 재빨리 이불에서 벗어나 검을 자신의 가슴 쪽으로 바짝 끌어당기고 칼자루를 쥐었다.

"나리, 장붕익 대감 댁에서 사람이 왔습니다."

불길한 기운이 몸을 훑고 지나갔다. 문을 열고 대청으로 나섰다. 청지기가 대청마루 앞에 서 있었고, 어둠 속에서 호롱의 불빛 쪽으로 한 사람이 다가왔다. 장붕익의 집에 갔을 때 몇 번 얼굴을 마주친 적이 있는 하인이었다.

"무슨 일인가?"

"대감께서 승하하셨습니다."

"무엇이라? 어떻게?"

"그것이…… 말씀드리기 어렵습니다. 직접 보셔야 할 것입니다."

머릿속이 하얗게 지워졌다. 장붕익 대감이 죽었다……. 일어날 수 없는 일이 일어났다. 일어나서는 안 되는 일이 일어났다…….

"치경은?"

"대감 곁을 지키고 계십니다."

"포도청에는 알렸는가?"

"작은 마님께서 대감의 죽음이 새어나가지 않도록 단속하셨습니다. 아직은 아는 사람이 극히 적습니다."

강찬룡이 자신의 청지기에게 말했다.

"하인 둘을 시켜 곧장 정랑과 종사관의 집으로 보내게. 은밀하게 전해야 하니, 순라군의 눈에 띄지 않도록 해야 하네."

"예, 나리."

이어서 장붕익의 집 하인에게 말했다.

"나는 잠깐 들를 곳이 있으니, 자네 먼저 집으로 돌아가게."

강찬룡은 재빠르게 의관을 챙기고 검을 들었다. 부인이 걱정스러운 표정으로 물었다.

"무슨 일이십니까?"

강찬룡은 부인의 얼굴을 들여다보았다. 공무에 쫓겨 그동안 살뜰히 챙겨주지 못한 것이 못내 미안할 따름이었다.

"별일 아니니, 편히 주무시오."

그대로 돌아섰다. 서글픔이 밀려왔다.

강찬룡은 먼저 가까이 있는 이규상의 거처로 향했다. 그는 도둑처럼 담을 넘은 뒤 이규상이 잠들어 있는 방으로 다가가 낮게 말했다.

"규상아, 일어나라."

잠귀가 밝은 이규상이 안에서 대답했다.

"형님, 이 시간에 웬일이십니까?"

"방문을 열지 말고 그대로 들어라. 대감께서 승하하셨다. 지금 당장 달아나라. 대감을 죽음에 이르게 한 자들이 우리를 노릴 것이다. 아니, 정확히는 비위 관료의 이름을 적은 명단을 노릴 것이다. 그러니 너는 새벽이 밝기 전에 도성을 떠나 돌아오지 마라. 본가에 가서는 안 되고 친지의 집에 머물러서도 안 된다. 당분간 완전히 사라져라."

"형님······."

"행여 우리에게 무슨 일이 있더라도 너는 끝까지 살아남아라."

이후로 아무 소리도 들려오지 않았다. 이규상은 조심스럽게 방문을 열고 바깥을 내다보았다. 짙은 어둠만이 도사리고 있을 뿐이었다.

장붕익의 집 부근에 이르러 강찬룡은 몸을 바짝 낮추고 주변을 살폈다. 사방에 깊은 어둠이 깔려 있어 인재 쪽에서 흘러나오는 불빛이 노드라졌다. 그는 집 뒤쪽으로 돌아가 담을 넘었다. 안채로 다가가자 청지기와 하인이 갑자기 나타난 강찬룡을 발견하고 깜짝 놀란 표정을 지었다. 강찬룡은 검지로 입술에 빗장을 채운 채 안방으로 다가가 문을 열었다.

놀랍게도 장붕익의 주검은 서궤 앞에 앉아 있었다. 부릅뜬 두 눈은 방문 쪽으로 향하고 있었다. 그 곁에서 장치경이 울음을 삼키고 있었다.

장치경이 낮은 음성으로 말했다.

"아직 식솔들은 모릅니다. 아버님의 뜻인 듯하여 아무에게도 알리지 않았습니다."

퇴청할 때 끝까지 따라붙어야 했거늘, 후회막급이었다.

"어디에 다녀왔다는 말씀은 없으셨는가?"

"안색이 좋지 않으셨고, 몸이 피로하다 하셨습니다. 그 외에는 남기신 말씀이 없습니다."

강찬룡이 장붕익의 시신을 살핀 뒤에 읊조렸다.

"전방급신물언아사(戰方急愼勿言我死)."

충무공 이순신이 노량해전에서 적의 흉탄에 맞아 쓰러진 뒤에 남긴 유언이었다. 장치경이 뜻풀이를 했다.

"전투가 급하고 신중해야 하니 나의 죽음을 아무에게도 알리지 말라."

강찬룡이 받았다.

"지금 바깥에 자객들이 있다. 하지만 놈들은 대감이 살아 있다고 믿는 한 함부로 덤비지 못한다. 대감께서 죽음을 직감하고 등잔불을 켜놓은 서궤 앞에 앉으신 것은 그런 뜻이다. 치경이 네가 아주 잘 처리했다."

"누가 이런 짓을?"

"누군가 밝혀내겠지. 반드시 밝혀낼 것이다."

강찬룡이 치경을 돌아보며 말을 이었다.

"형조의 관원들이 도착하면 너는 이곳을 떠나야 한다. 너는 내당으로 건너가 처자(妻子)를 준비시켜라. 숨어 지낼 곳이 있느냐?"

장치경이 고개를 저었다.

"없습니다. 없습니다."

"생각해내라. 처자를 위해서라도 생각해내야 한다."

장치경이 내당으로 건너가고 오래지 않아 나경환과 이학송이 도착했다. 나경환은 장붕익의 시신을 확인하고 표정이 일그러졌다.

이학송이 강찬룡에게 물었다.

"규상은 오지 않았습니까?"

강찬룡이 대답했다.

"규상은 살아남아야 하지 않느냐?"

"잘하셨습니다."

나경환이 물었다.

"참의, 이제 어떻게 해야 하오?"

"대감의 아들 내외와 손자를 피신시켜야지요. 그 일은 학송이 네가 맡아라."

"두 분 형님이 하십시오. 제가 대감 곁을 지키겠습니다."

나경환이 이학송의 말을 받았다.

"네가 제격이다. 우리는 몸이 둔하여 따라잡힐 것이다. 그리고 비워 관료의 명단도 네가 가지고 있지 않느냐?"

"두 분 형님은 어쩌시렵니까?"

강찬룡이 대답했다.

"시간을 벌어야지. 최소한 너와 치경 내외가 북악산을 넘을 동안은 놈들을 붙잡아두겠다. 그만 떠나라."

나경환과 강찬룡을 바라보는 이학송의 눈시울이 붉어졌다. 좀처럼 감정을 드러내지 않는 이학송이었건만 차오르는 슬픔을 막을 수 없었다. 이학송은 두 사람에게 큰절을 올리고 돌아섰다.

나경환이 대청마루로 나섰다.

"오늘은 어찌 달도 보이지 않는군."

강찬룡이 따라 나왔다.

"큰 별이 졌으니, 당분간 어둠이 짙지 않겠습니까?"

나경환이 청지기에게 말했다.

"횃불 두 개만 준비해주시게."

오래지 않아 청지기와 강찬룡을 데리러 왔던 하인이 횃불을 들고 왔다. 나경환이 횃불을 건네받은 뒤 말했다.

"곧 집 주변에서 싸움이 있을 것이네. 지금부터 두 사람은 집 안에 있는 이들을 조용히 깨우게. 싸움이 벌어지는 동안 집 안에 있는 이들을 피신시켜야 하네. 포도청이나 의금부로 찾아가 비보를 알리고 의탁하면 될 것이네."

청지기와 하인이 어둠 속으로 사라졌다.

나경환과 강찬룡이 마당으로 나섰다. 두 사람은 장붕익의 시신이 있는 쪽을 향하여 깊이 허리를 숙였다. 등잔불을 켠 서궤 앞에 앉아 어둠을 응시하고 있는 시신의 눈빛이 마치 살아 있는 사람의 것인 양 이글거렸다. 강찬룡이 말했다.

"대장, 곧 봅시다."

두 사람은 횃불을 든 채 대문 밖으로 나섰다. 나경환이 소리쳤다.

"이제 그만 나오라!"

하지만 아무런 움직임이 없었다. 나경환이 횃불을 땅바닥에 꽂고는 다시 소리쳤다.

"무사라는 자들이 예순을 넘긴 무장 한 사람이 두려워 비루먹은 개처럼 잔뜩 졸아 있느냐? 네놈들은 검을 잡을 자격이 없다!"

그때 대문 오른쪽으로 삼십 보 정도 떨어진 수풀 속에서 미세한 움직임이 감지되었다. 나경환이 칼을 뽑아들고 그쪽으로 달려갔다. 그와 동시에 어둠 속에 웅크리고 있던 인영들이 횃불의 조명 안으로 모습을 드러냈다. 나경환은 아랑곳 않고 수풀에 숨은 자객의 숨통을 끊었다. 이어 몸을 돌려서 날아드는 칼날을 막아냈다. 쇠와 쇠가 부딪치면서 섬광이 일었다. 칼에 와닿는 날카로운 느낌으로 보아 예사 놈들이 아니었다.

강찬룡은 오른손에는 횃불을, 왼손에는 검을 든 채 달려드는 자객에 맞섰다. 면상을 향해 날아오는 칼끝을 살짝 피하는 것과 동시에 자객의 옷에 불을 붙였다. 자객이 당황하는 사이 강찬룡은 횃불로 그의 면상을 후려쳤다. 몸에 불이 붙은 자객은 움직이는 횃불이 되어 요동쳤다. 쉬익! 강찬룡은 날아드는 칼날을 피했다. 그는 그대로 한쪽 무릎을 굽혀 몸을 회전시키면서 검으로 원을 그렸다. 달려들었던 자객의 두 다리가 잘려나갔다. 강찬룡은 바닥에서 버둥거리는 자객의 목젖에 검을 꽂았다가 뺐다. 치솟는 핏줄기가 어둠 속에서도 선명했다.

강찬룡은 자객 무리에 둘러싸인 나경환 쪽으로 달려갔다. 뒷모습을 보인 자객의 옆구리를 베고 나경환 쪽으로 바짝 붙었다. 두 사람은 등을 맞댄 채 자신들을 둘러싼 자객들을 노려보았다. 자객의 숫자가 아홉이었다. 하지만 그들은 나경환과 강찬룡에게 섣불리 달려들지 못했다.

그때였다. 둔중한 쇠망치로 바닥을 두드리는 소리가 들려왔다. 나경환과 강찬룡은 소리가 나는 쪽으로 고개를 돌렸다. 몸에 불이 붙은 채 바닥을 구르고 있는 자객 곁으로 커다란 인영이 다가왔다. 그는 자기 키만큼이나 큰 쇠 지팡이를 짚고 있었다. 그 뒤로 나경환과 강찬룡에게 화살을 겨눈 사수들이 나타났다. 사수 중 하나가 불덩이가 된 몸으로 버둥거리는 자객의 목젖을 정확히 맞추어 절명시켰다.

나경환이 소리쳤다.

"장 대장의 주먹질에 골이 빠개진 표철주가 아니더냐? 대가아암! 검계의 우두머리 표철주가 문안 인사 왔나이다!"

그 소리에 표철주는 물론 자객과 사수들이 일제히 흠칫했다. 그 틈에 나경환이 표철주에게 달려들어 검을 휘둘렀다. 표철주가 쇠 지팡이로 검을 쳐냈다. 나경환의 검이 두 동강 났다. 나경환은 멈추지 않고 칼자루 끝으로 표철주의 면상을 후려쳤다. 표철주가 뒤로 물러나는 사이 나경환이 동강 난 칼로 그의 목젖을 노렸다. 표철주가 쇠 지팡이로 나경환의 팔을 위로 쳐냈다. 하지만 나경환의 발길질이 표철주의 복부를 강타했다. 표철주가 쓰러지자 강찬룡이 자객들을 밀치고 다가갔다. 검을 세워 표철주의 몸통을 노렸다.

푹, 푹, 푹!

사수들이 날린 화살이 강찬룡의 몸에 박혔다. 그럼에도 강찬룡은 몸을 날려 쓰러져 있는 표철주의 옆구리를 검으로 찔렀다.

"으아아악!"

표철주가 비명을 내지르며 몸을 옆으로 굴렀다. 나경환이 공중으로 떠올랐다가 무릎으로 표철주의 등을 찧었다. 그는 표철주의 뒷머리를 잡고 그대로 그의 머리를 바닥에 처박았다. 두 번째 화살을 활에 메긴 사수들이 나경환을 향해 일제히 화살을 날렸다. 나경환의 몸과 목에 화살이 박혔다.

나경환은 강찬룡을 돌아보았다. 강찬룡이 무릎을 꿇은 채 나경환을 보고 있었다. 눈이 마주치자 강찬룡이 씨익 웃어 보였다. 그러고는 앞으로 고꾸라졌다. 나경환 역시 무릎을 꿇은 자세로 피거품을 토하다가 이내 앞으로 꼬꾸라졌다.

표철주가 몸을 일으켰다. 옆구리의 상처는 깊지 않았다. 그는 얼굴의 흙을 털어낸 뒤 자객과 사수들에게 손짓을 했다. 화살을 메긴 사수들이 앞장섰다. 그들은 발소리가 나지 않도록 조심스럽게 천천히 장붕익의 집 쪽으로 다가갔다. 등잔불이 새어나오는 안채로 다가갔을 때 사수들이 화들짝 놀라더니, 엉겁결에 화살을 날렸다. 표철주가 말했다.

"맞추었느냐? 장붕익이 맞았느냐?"

사수들은 이렇다 저렇다 말이 없이 급하게 두 번째 화살을 날렸다. 여섯 명의 사수가 화살을 두 번이나 날렸으니, 빗나간 것이 있다 히더리도 몇 개는 명중했을 것이다. 그럼에도 표철주는 안채 쪽으로 섣불리 다가서지 못했다.

"맞추었느냐? 죽었느냐?"

사수들은 여전히 아무런 말이 없이 세 번째 화살을 겨눈 채 표철주와 안방 쪽을 번갈아 바라보았다. 안방의 방문이 열려 있었다. 표철주는 멀찍이 떨어진 채 고개만 빼서 안방을 들여다보았다. 그러다가 그는 화들짝 놀라 뒤로 나자빠졌다. 장붕익의 부릅뜬 눈이 그를 노려보고 있었던 것이다.

"쏘아라! 쏘아라!"

그의 말대로 사수들이 다시 화살을 날렸다. 잠시 시간이 흐르고 사수 중 한 명이 말했다.

"회주, 아무래도 이상합니다. 우리가 화살을 날리기 전부터 죽어 있었던 것 같습니다."

표철주가 조심스럽게 다가갔다. 십수 발의 화살이 몸에 박혀 고슴도치가 된 중에도 장붕익의 눈빛은 여전히 살아 있었다. 화살을 맞은 자리에서 그다지 피가 배어나오지 않는 것으로 보아 사수의 말이 맞았다. 표철주가 허탈한 표정으로 말했다.

"죽은 장붕익이 산 표철주를 이겼구나."

잠시 사이를 두고 표철주가 자객과 사수들에게 말했다.

"사수들은 관료의 이름이 적힌 명단을 찾고 살수들은 집 안의 식솔들을 처리하라."

사수들과 자객들이 움직였다. 표철주는 대청마루에 걸터앉은 채 장붕익의 시신을 바라보았다. 그러다가 몸을 돌렸다. 죽은 장붕익의 눈길조차 두려웠다.

북악산 등성이에서 장붕익의 집이 훤히 내려다보였다. 이학송은 나경환과 강찬룡이 쓰러지는 것을 보았다. 그는 눈물을 훔친 뒤 돌아섰다.

이학송은 품에 안은 아기의 볼을 쓰다듬었다.

'반드시 살릴 것이다!'

그는 이를 악물었다. 장치경과 창해, 이학송의 그림자가 북악산의 어둠 속에 묻혔다.

"대장, 곧 뒤따라가겠소."

나경환

21
서늘한 봄
1735년 봄

간밤에 의금부 관아에서 입직(入直)을 선 나장이 동이 트기도 전에 도사 연정흠의 집 대문을 두드렸다.

"북촌의 대옥(大屋)에 화재가 발생했습니다. 형조 판서 장붕익 대감의 집입니다."

"장붕익 대감!"

연정흠은 한순간 말을 잊었다. 두려운 기운이 정수리부터 뒤꿈치까지 훑고 지나갔다. 그는 가까스로 말을 이었다.

"화재 진압을 위한 관원들은 출동했는가?"

"예. 그리고 대감의 식솔들이 의금부를 찾아왔습니다. 간밤에 자객들이 침입한 모양입니다."

"장붕익 대감은 어찌되었느냐? 무사하시냐?"

"식솔들의 말에 의하면 이미 운명하신 것 같습니다."

연정흠은 관복을 차려입고 의금부로 향했다. 의금부에 닿기도 전에 북악산 자락에서 치솟고 있는 불길이 보였다. 그는 관청에도 들르지 않고 곧장 장붕익의 집으로 향했다. 육조 거리를 지나는데, 주변이 소란스러웠다. 동행한 나장에게 무슨 일이냐고 물었다.

"형조 관아에도 자객들이 들이닥쳤습니다. 입직을 서던 군졸 둘이 목숨을 잃었고 형조 아문은 아수라장이 되었습니다."

장붕익의 집과 형조 관아에 동시에 자객이 들이닥쳤다? 결코 우연일 수 없었다. 무언가 중요한 것을 노린 자들이 일시에 움직인 것이었다. 연정흠의 발걸음이 빨라졌다.

연정흠이 도착했을 때 화재는 거의 진압된 상태였다. 대청마루 앞 마당에 불에 타다가 만 시신 다섯 구가 있었고, 장붕익의 시신은 마치 등신불(等身佛)처럼 검게 그을린 채 가부좌를 틀고 방에 앉아 있었다. 연정흠이 나장에게 물었다.

"판사께는 알렸느냐?"

"나장들을 보냈으니, 지금쯤 관아에 도착하셨을 겁니다."

"화재는 장붕익 대감을 참살(慘殺)한 자객들이 흔적을 지울 요량으로 일으킨 것이다. 대감의 집에 식솔이 꽤 있었는데, 그들은 어찌 되었는가?"

"자객들이 닥치기 전 형조 관원들이 판서 대감의 시신을 지켰다고 합니다. 덕분에 식솔들이 피신할 수 있었습니다. 지금 이 댁 식솔들은 포도청과 의금부에서 조사에 응하고 있습니다."

'형조 관원?'

연정흠은 마당에 널브러진 시신을 살폈다. 전소(全燒)하지 않아 얼굴을 알아보지 못할 정도는 아니었다. 여섯 구의 시체 중 둘은 참의 강찬룡과 정랑 나경환이었다. 늘 함께 움직이던 좌랑 이규상과 종사관 이학송은 보이지 않았다.

"대감에게는 혼인한 자제가 있다. 그들은?"

"행방이 묘연합니다."

그림이 훤히 그려졌다. 참의와 정랑이 자객들을 맞아 싸우다가 죽음을 맞았을 것이다. 둘을 제외한 네 구의 시체는 자객들일 터. 남은 자객들은 시체들을 안채 앞의 마당에 모으고 불을 질렀을 것이다. 장봉익 자제의 행방이 묘연하다는 것은 일을 당하기 전에 피신했다는 뜻이었다. 그리고 그들을 이학송과 이규상이 호위하고 있을 것이다. 한 가지 풀리지 않는 의문이 있었다. 조선 최고의 무장 장봉익이 조금의 저항도 하지 않고 어찌 자리에 앉은 채로 화살을 맞았느냐는 점이었다.

"도사 나리, 검계 놈들 소행이겠지요?"

나장의 물음에 연정흠은 딱 잘라 대답할 수 없었다. 지난 몇 달 사이에 형조에서 중앙 관청의 관료를 대상으로 살생부를 작성하고 있다는 풍문이 파다하지 않았던가. 살생부가 공개되는 것을 두려워한 자들이 뒷배에 있음이 분명했으나, 그것은 섣불리 입 밖에 낼 수 없는 사실이었다.

"삼법사의 요직인 형조 판서가 참살당한 사건이다. 함부로 단정 짓지 말고 철저하게 조사해야 할 것이다. 날이 밝는 대로 도사와 나장은 한 사람도 빠짐없이 관아에 집결하라."

"예."

나장이 곁을 떠나자, 그제야 연정흠은 강찬룡과 나경환의 시신에 손을 얹었다. 눈가가 뜨거워지고 목이 메었다. 그는 오랜 친구를 잃은 것만 같은 비통함이 차올라 주체하기 힘들었다.

달이 보이지 않아 시간을 정확하게 가늠하기 힘들었으나, 갑시(甲時, 오전 4시 반부터 5시 반 사이) 언저리일 것으로 추정되었다. 북악산의 오른쪽 등성이를 타고 이동한 지 두 시진. 벌써 정릉에 도착했어야 했지만, 어둠이 짙고 길이 험하며 아녀자와 아기까지 있는 탓에 아직도 북악산을 벗어나지 못하고 있었다. 몸이 날랜 자객들이 사방으로 흩어져 추적하고 있다면 곧 따라잡힐 것이 분명했다.

장치경의 처 창해는 연신 거친 숨을 몰아쉬면서도 뒤처지지 않으려 무던히 애를 썼다. 하지만 여자의 몸으로 두 시진 넘게 산길을 탄다는 것은 아무래도 무리였다. 탈진이라도 한다면 그야말로 큰일이었다.

이학송이 말했다.

"잠시 쉬어 가겠습니다."

창해가 자리를 잡자, 이학송이 안고 있던 기륭을 그녀에게 넘겼다.

"젖을 좀 먹이겠어요."

이학송은 창해로부터 떨어져 오던 길 쪽으로 시선을 두고 경계를

섰다. 장치경이 다가왔다.

"어제 아버님의 귀가가 늦었습니다. 어디 다녀오셨는지 종사관은 아십니까?"

"긴한 약속이 있다 하시며 우리를 내치셨습니다. 고집을 부려서라도 따라붙을 걸 그랬습니다."

"아버님은 가까이하는 이가 극히 적습니다. 도대체 누가 아버님을 불러냈을까요? 아버님의 죽음에 분명 그자가 영향을 미쳤을 것입니다."

"반드시 알아낼 것입니다. 하지만 지금 당장은 몸을 피하는 것이 우선입니다. 대감의 입을 막고자 한 자들은 교리의 입 역시 두려워할 것입니다."

장치경이 깊은 한숨을 내쉬었다. 부친의 죽음이 비통하기 그지없었으나 앞으로 살아갈 일을 생각하면 앞이 캄캄했다.

이학송이 물었다.

"몸을 숨길 만한 곳이 있습니까?"

"참의께서도 같은 물음을 주셨습니다. 하지만 아무리 생각해도 떠오르는 곳이 없습니다. 친지의 집에 의탁할 수는 없지 않습니까?"

이학송도 막막하기는 마찬가지였다. 시문(詩文)밖에 모르는 백면서생(白面書生)과 두 살배기 아기와 반가(班家)의 아녀자가 어떻게 이 험한 세상을 살아갈 것인가. 언제까지나 이렇게 눈을 피하며 이리저리 옮겨 다닐 수도 없지 않은가.

그때 창해가 말했다.

"서방님, 혼례에 참석의 염불을 해주신 스님은 어떠합니까?"

장치경은 빛 하나 없는 어둠 속을 헤매다가 밤하늘에서 길잡이가 되어줄 작은 별 하나를 발견한 것만 같았다.

"맞소. 일여 스님이 있소."

"일여 스님이 누구입니까?"

이학송의 물음에 장치경이 답했다.

"아버님께서 경상우도 병마절도사를 지내실 때 휘하의 비장(裨將)이셨습니다. 그러다가 아버님이 어영대장에 제수되어 상경한 뒤 새로 부임한 병사와 뜻이 맞지 않아 무관의 관직을 버리고 스스로 승려가 되셨습니다. 아버님과는 사이가 각별하십니다. 제가 어릴 때 탁발을 가장하여 집에 몇 번 찾아오기도 했지요. 저 역시 일여 스님이 계신 절에 아버님과 함께 찾아간 적이 있습니다. 내가 처와 혼례를 올릴 때도 와주셨습니다."

"절이 어디 있습니까?"

"양주입니다. 산으로 둘러싸인 깊은 계곡 상류에 자리 잡아 인적이 드문 곳입니다."

양주라면 아녀자의 걸음으로도 넉넉잡아 이틀이면 당도할 거리였다. 사람들의 눈을 피하기 위해 산을 탄다고 해도 사흘이면 족했다.

"절의 이름이 무엇입니까?"

이학송의 물음에 장치경이 답했다.

"묘적사입니다. 묘할 묘(妙)에 평온할 적(寂). 신라 문무왕 시절에 원효 대사가 창건했으니, 천년이 넘은 고찰입니다."

이학송은 '묘적'이라는 글자를 입 안에 굴렸다. 절에는 어울리지 않는 이름이었다. 계곡 깊숙이 인적이 드문 곳에 위치해 있다고 하니, 은신처로 그보다 더한 곳이 없었다.

"갑시다. 동쪽으로 방향을 잡으면 못해도 사흘이면 도착할 것입니다."

그 순간, 새들이 날개를 퍼덕이는 소리가 들려왔다. 무언가에 놀라 밤하늘로 날아오른 것이 분명했다. 이학송이 몸을 낮추었다. 그는 장치경에게 뒤로 물러나라는 손짓을 했다. 어둠을 주시하는 이학송의 눈이 야생 동물의 그것마냥 빛났다.

이학송이 낮게 말했다.

"부인과 아이를 데리고 계속 가시오. 곧 따라붙겠습니다."

장치경이 슬금슬금 뒤로 물러나 창해에게 다가갔다. 두 사람은 발끝을 세우고 조심스럽게 걸음을 옮겨 어둠 속으로 사라졌다.

이학송은 새의 날갯짓 소리가 들려온 쪽으로 다가갔다. 풀을 헤치며 걷는 발걸음 소리가 미세하게 들려왔다. 이학송은 근처의 나무 위로 올라갔다. 그는 나뭇가지에 다리를 걸어 거꾸로 매달린 채 소리 나지 않게 칼집에서 칼을 뽑았다. 이윽고 두 개의 검은 인영이 나타났다. 그들도 이상한 낌새를 차렸는지 칼을 뽑아든 채 조심스럽게 움직이고 있었다. 두 개의 그림자가 나무 아래에 다다랐을 때 이학송은 그대로 검을 휘둘러 한 놈의 머리를 갈랐다. 그러고 나서 뛰어내려 착지하는 것과 동시에 칼을 뒤로 뻗어 나머지 한 사람의 복부에 찔러 넣었다. 눈 깜짝할 사이였다.

자객이 여기까지 따라붙었으니, 계획을 바꾸어야 했다. 곧장 동쪽의 양주로 향했다가는 뒤를 잡힐 수 있었다. 고생스럽더라도 정릉에서 칼바위능선을 타고 북쪽으로 방향을 잡아서 북한산 만경대를 돌아 도봉산, 수락산, 천경산, 철마산에 이르렀다가 남하하는 쪽을 택해야 했다. 사흘 걸릴 거리를 보름은 돌아가야 했다. 하지만 그게 최선이었다. 양주의 묘적사는 장치경과 그의 처자가 남은 생을 기대고 살아가야 할 유일한 곳이었다. 안전이 최고였다.

이학송은 앞서 달아난 장치경과 창해를 따라잡기 위해 발걸음을 서둘렀다.

세 필의 말이 달려와 울산도호부 관아 앞에서 먼지를 일으키며 멈추었다. 나졸들은 어리둥절한 눈으로 그들을 쳐다보았다. 말에서 내린 자들은 관복도 착용하지 않았는데, 허리에 칼을 차고 있었다. 병기를 소지한 죄로 당장 포박하는 것이 마땅했지만, 나졸들은 기에 눌려 그저 지켜보기만 했다. 무사들은 나졸 따위는 안중에도 없다는 듯 그들을 지나쳐 관아의 문을 넘었다. 그러고는 크게 소리를 질렀다.

"삼회주, 있으시오?"

관아의 아전과 나졸, 관노들이 눈이 둥그레져 그들을 쳐다보았다.

놀라기는 이철경도 마찬가지였다. 고을의 관아에서 함부로 '삼회주'라는 명칭을 부르다니! 검계가 여기 있으니 잡아가시오, 하는 꼴이었다. 이철경은 관사의 행랑채를 나섰다. 관아의 출입문 안쪽에 눈빛이 살벌

한 무사 세 명이 서 있었다.

"나를 찾아왔는가?"

무사들은 이철경을 향해 허리를 숙여 보였다. 표철주의 오른팔 역할을 하던 검객들이 장붕익 일당에게 모두 죽음을 맞은 뒤 새로 충원한 자들인 듯했다. 아직 위계를 따지고 절도를 갖추는 것으로 보아 무관으로 있다가 검계에 포섭된 지 얼마 되지 않은 것으로 짐작되었다.

"회주의 부름입니다. 속히 상경하시라 하십니다."

이철경이 의문 가득한 표정을 지었다.

"도성으로? 어찌……?"

무사들 중에 제법 반듯하게 생긴 이가 말했다.

"장붕익 대장이 죽었습니다."

이철경은 귀를 의심했다. 불세출의 무장, 살아 있는 관우가 죽음을 맞았다? 그런 자에게도 죽음이 찾아올 수 있는 것인가?

"어떻게……?"

이철경은 어안이 벙벙하여 말을 제대로 끝맺을 수 없었다.

"저도 자세한 것은 모릅니다. 다만 장붕익 대장과 휘하의 관원들은 제거되었고, 도성은 다시 칠선객이 접수할 것입니다."

기뻐야 하건만 이철경은 그럴 수 없었다. 자신의 손으로 원수를 처단하지 못한 아쉬움일까? 그것만은 아니었다. 절경을 이루는 산세에 신묘함을 더하던 기암괴석이 어느 날 갑자기 무너져 내린 탓에 풍광이 밋밋해져버린 그런 느낌이었다. 범 한 마리쯤은 있어야 영산(靈山)이지 않은가,

이철경이 말했다.

"둘은 돌아가고, 한 사람은 남게. 울산도호부에서 반드시 취해야 할 것이 있어서 이삼 일 지체될 것이라고 회주에게 전하라."

세 사람이 서로 눈치를 보던 중에 장붕익의 죽음을 알린 무사가 말했다.

"내가 남지. 자네 둘은 상경하게."

무사 둘이 말에 올랐다. 그들은 먼지를 일으키며 멀어졌다.

이철경이 말했다.

"말은 여기에 묶어두고 같이 좀 가세."

이철경의 발길이 백선당으로 향했다. 길을 가던 중에 이철경이 물었다.

"이름이 무엇인가?"

"계형이라 합니다."

"이름이 외자인가? 아니면 노비의 자식인가?"

"아비의 성을 받았으나, 지워버렸습니다."

서자(庶子)이거나 얼자(孼子)였다. 서얼이라는 한계에 막혀 더 이상 올라갈 수 없는 울분을 이기지 못하고 칼을 거꾸로 잡았을 것이었다. 그런 자일수록 능력이 뛰어났다. 태생의 굴레에 가두어 웅지를 꺾는다면, 앞으로도 수많은 인재가 왕실에 등을 돌릴 것이었다.

백선당에 이르렀다. 이철경이 말했다.

"자네는 여기에 있게."

이철경은 혼자 안으로 들어섰다. 마당이 텅 비어 있었다.

"이리 오너라."

이철경의 부름에 병술이 달려왔다.

"당주는 어디 갔는가?"

병술은 얼른 대답하지 못하고 우물쭈물했다.

"당주의 몸이 꽤 좋아진 모양일세."

"그게 아니옵고……."

이상함을 느낀 이철경이 주변을 둘러보았다. 마당 안쪽으로 깊이 들어간 곳에 있는 광의 굴뚝에서 연기가 피어오르는 것이 눈에 띄었다. 이철경이 꾸짖는 눈빛으로 공중으로 피어오르는 연기와 병술을 번갈아 보았다. 그러자 병술이 사실을 털어놓았다.

"당주 어른은 작은 당주와 함께 광에서 주조와 관련한 수련을 하고 계십니다."

이철경의 얼굴에 화색이 돌았다.

"드디어 산곡주를 만드는 것인가?"

"그게 아니옵고…… 술을 빚지는 못하나 주조법을 놓을 수 없기에 틈틈이 수련하시는 겁니다요."

"내가 직접 확인해보겠다."

이철경은 다짜고짜 광으로 다가가 문을 열려고 했다. 안에서 잠근 것을 알고는 두들기기 시작했다.

"이보시오, 당주. 산곡주 만드는 일 좀 구경합시다."

"이러시면 안 됩니다."

병술이 몸으로 막자 이철경이 대뜸 소리쳤다,

"무엄하다, 이놈!"

그 소리에 바깥에 있던 계형이 안으로 들어서서 다가왔다. 칼을 찬 무사를 보고 병술은 질겁했다.

광 안에서 낮은 음성이 흘러나왔다. 병술이 문에 바짝 귀를 대었다.

"곧 나갈 터이니 손님께 잠시만 기다리라 이르시게."

병술이 이철경의 얼굴을 살폈다. 이철경은 그대로 돌아서서 대청마루에 걸터앉았다.

오래지 않아 광의 문이 열리고, 지팡이를 짚은 양일엽이 모습을 드러냈다. 그는 힘겹게 걸음을 옮겨 이철경 옆에 앉았다.

"산곡주의 주조법이 까다로워 외부에는 알리지 않고 있으니, 이해해 주십시오."

이철경이 고개를 끄덕였다.

"이해합니다. 대대로 내려온 가문의 비기(祕技)를 지키는 것이 장인의 도리지요."

잠시 사이를 두고 이철경이 말을 이었다.

"임금이 금주령을 내린 뒤에도 색주가는 성업을 하고 장시에서도 공공연히 선술집과 내외술집이 장사를 합니다. 이곳 울산도호부에서도 아전 김치태가 술도가를 닦달하여 만든 밀주가 버젓이 돌아다니지요. 그런데 그게 말이오. 밀주업자들이 강매를 하는 것이 아니거든. 다들 제 스스로 술을 찾아온단 말이오. 그게 무엇을 뜻하겠소? 이치를 어긴 쪽은 술을 만들고 마시는 이가 아니라, 임금이란 말입니다. 당주도 생각해 보시오. 금주령으로 민초들의 살림살이가 나아졌소이까? 잡곡 따위만 오르는 밥상에 쌀이 올라옵니까? 술값만 오르지 않았습니까. 도대체 누구를 위한 금주령이오? 문제는 그것만이 아닙니다. 값비싼 청주를 마시는 양반과 관료들은 처벌을 피하고, 값싼 탁주를 마시는 애꿎은 이들만 벌을 받지 않소. 그뿐입니까? 아무렇게나 만든 질 낮은 술을 마시고 탈이 나는 이는 또 얼마나 많습니까? 하여 산곡주처럼 귀한 술을 감추는 것은 도리가 아닙니다. 내가 당주의 충절을 이해하지 못하는 것은 아니나, 산곡주를 세상에 내놓지 않는 것은 세상이 누려야 할 즐거움을 빼앗는 것이요, 백선당에 딸린 식솔들에게도 폐를 끼치는 일입니다."

거기서 이철경은 잠시 말을 끊고 양일엽을 살폈다. 곤혹스러워하면서도 간간이 고개를 끄덕이는 모양새가 전혀 말이 먹히지 않는 것은 아닌 듯했다.

"당주, 부귀영화를 누리는 것이 잘못되었습니까? 당주께서 나에게 산곡주를 공급해주기만 한다면, 이전보다 훨씬 비싼 값에 유통하여 당장 부자로 만들어드리겠소이다. 도호부의 부사나 아전이 끼어들지 못하게 단단히 단속할 터이니, 당주는 편안하게 남의 눈치 보지 말고 산곡주만 만드시오. 내가 여기 약사동을 부촌(富村)으로 만들어드리겠소."

이야기를 듣고 있던 병술이 간절한 눈빛으로 양일엽의 얼굴을 쳐다보았다. 내내 입 밖에 내지 못했을 뿐 병술 역시 이철경과 같은 생각이었다.

생각에 잠겨 있던 양일엽이 이철경과 계형을 번갈아 보고는 이윽고 입을 열었다.

"지당한 말씀입니다. 가문의 비기를 이대로 썩힐 수는 없는 노릇이지요. 선비께서 그리 보살펴주신다면 따르겠습니다."

이철경보다 병술이 더 기뻐했다. 산곡주가 나올 때는 형편도 제법 괜찮았고 백선당 청지기 노릇을 하며 상인들에게 대접을 받기도 했는데, 산곡주가 끊긴 뒤로는 그런 일이 딱 끊겼던 것이다. 살림도 예전만 못했다.

"아이고, 당주 어르신. 잘하셨습니다요. 잘하셨습니다요."

이철경의 입가에도 웃음이 걸렸다.

"내가 정성을 기울인 보람이 있구려. 당주께서 내 마음을 받아주시니 참으로 기쁘오."

"하지만……."

양일엽이 말했다.

"그동안 손을 놓았거니와 재료를 준비하는 데에도 시간이 필요하니, 사흘의 말미를 주십시오. 산곡주를 빚는 재료는 아무 곳에서나 구할 수 있는 것이 아닙니다."

이철경이 흔쾌히 받아들였다.

"일 년 가까이 기다렸는데, 그깟 사흘이 대수입니까? 그럼 좋은 소식 기다리고 있겠습니다."

이철경과 계형이 자리를 떴다. 병술은 들뜬 표정으로 백선당을 떠나는 두 사람을 향해 넙죽넙죽 절을 했다. 따뜻한 햇볕이 쏟아지는 마당을 보며 양일엽은 생각에 잠겼다.

그날 저녁이었다. 밥상을 들고 온 서생댁에게 양일엽이 말했다.

"서생댁, 상규와 견정을 데리고 같이 이쪽으로 건너오시오."

곧 서생댁과 상규, 견정이 안방에 들었다. 양일엽은 밥상을 옆으로 밀고 상자에서 엽전 꾸러미를 꺼내 바닥에 내려놓았다.

"지금 내가 가진 것은 이게 전부다."

양상규가 의아한 표정으로 양일엽을 보았다.

"지금 당장 백선당을 떠나거라."

서생댁과 견정이 화들짝 놀랐다. 양상규가 놀란 표정으로 물었다.

"아버님, 그게 무슨 말씀이옵니까?"

"낮에 다녀간 관아의 객이 기어코 산곡주를 만들라고 협박할 것이다. 결코 포기할 이가 아니야. 동행한 무사를 보아하니, 아무래도 검계와 끈이 닿은 것 같구나. 오늘 그이의 말에 순응하는 척하며 약간의 시간을 벌었다. 지금 당장 나선다면 추적을 따돌릴 수 있을 것이다."

"아버님, 안 됩니다!"

양일엽이 고개를 저었다.

"며늘아기와 곧 태어날 아이를 생각하여라."

"안 됩니다, 아버님. 안 됩니다."

서생댁이 끼어들었다.

"당주 어르신, 떠나려면 같이 떠나야지, 어찌 우리만 떠난다요? 잔악한 놈들이라 고초를 당하실 겁니다요."

"나는 거동이 불편하여 멀리 갈 수가 없네. 그리고 내 걱정은 말게. 산곡주에 애가 달아 나를 어쩌지는 못할 것이네."

양상규가 엎드리며 울부짖었다.

"그냥 산곡주를 만들면 되지 않습니까? 백성의 고통 따위 안중에도 없는 임금의 이명에 왜 목숨을 걸어야 합니까?"

양일엽이 엎어진 아들의 뒤통수를 쓰다듬었다.

"상규야, 나는 금주령 때문에 산곡주를 만들지 않은 것이 아니다."

양상규가 고개를 들어 아비의 얼굴을 보았다.

"우리가 만든 산곡주가 부도덕한 자들의 배를 불리는 도구가 되지 않기를 바랐기 때문이다. 산곡주는 우리 가문의 영혼이고, 나의 영혼이다. 내 영혼을 더럽힐 수는 없었다."

"아버님……."

상규와 견정이 흐느꼈다.

"토함산의 천덕와 난지를 찾아가거라. 불국사가 내려다보이는 곳에서 지낸다고 들었다. 불국사에 도착하기만 하면 어렵지 않게 찾을 수 있을 것이다. 나의 부탁이니, 꼭 들어다오."

양일엽이 견정의 손을 잡았다.

"나중에 보자꾸나. 손주가 크거든 천덕 내외와 함께 오너라."

해가 지고 밤이 깊어진 뒤 양상규와 견정, 서생댁이 황방산에 올랐다. 백선당 대문 앞에 등을 내건 양일엽이 그들을 배웅했다. 양상규는 자꾸만 뒤를 돌아보았다. 눈물이 앞을 가리고 발이 떨어지지 않았다. 어쩐지 이것이 마지막일지도 모른다는 불길한 예감이 들었다. 양상규는 더 이상 아버지가 보이지 않자, 그제야 꺼이꺼이 울음을 토했다.

황방산을 벗어나 시례천을 건너고 야트막한 산지를 걷다가 성안천에 이르렀다. 양상규의 눈에 익은 지형은 거기까지였다. 어릴 적 아버지, 천덕과 함께 천남성을 찾으러 다닐 때 더러 오간 길이었다. 성안천을 건너면 양상규로서는 가본 적 없는 새로운 영역으로 들어서는 것이었다.

성안천에서 물을 건널 수 있는 얕은 곳을 찾느라 시간을 꽤 허비했다. 성안천을 건넌 뒤 기진맥진한 견정이 주저앉았다. 원래 몸이 약한 데다 곧 출산을 앞둔 견정으로서는 원로(遠路)가 힘겨울 수밖에 없었다.

서생댁이 양상규에게 물었다.

"토함산이 예서 머요?"

"글쎄요. 걸음이 빠른 천덕 형님이 토함산에서 백선당까지 한나절이 걸린다 했습니다. 낮에 출발해서 새벽에 도착했으니까요. 그러니 우리는 꼬박 이틀은 더 가야 하지 않겠습니까?"

"우리 아씨 때문에 걱정이오."

그 말에 견정이 대꾸했다.

"내 걱정은 말아요. 좀 쉬면 괜찮아질 거니까."

한 식경 정도 쉬었다가 다시 움직였다. 한 곳에 뿌리박고 살 때는 이 땅에 산이 많고 강과 천(川)이 발달한 것을 축복이라고 여겼는데, 집을 나서니 장해(障害)로 다가왔다. 평지에서 조금 몸이 편해진다 싶으면 어김없이 오르막이 나타나고 하천이 앞을 가로막았다. 그래도 세 사람은 꿋꿋하게 나아갔다. 별로 말이 없는 가운데 숨소리만 점점 거칠어졌다.

백선당을 떠난 지 세 시진 정도 지났을 때였다. 견정을 부축하며 산을 타던 서생댁이 우뚝 멈추었다.

"아무래도 인 되갰구먼."

앞서가던 양상규가 몸을 돌렸다.

"어디 편찮으십니까? 온 만큼만 가면 얼추 가까워질 겁니다."

"우리 당주 어른이 자꾸 눈에 밟혀서 나는 안 되겠소."

양상규는 할 말을 잃었다. 서생댁이 말을 이었다.

"서방님, 우리 아씨 잘 좀 부탁하오."

견정이 놀라서 말했다.

"유모……."

"당주 어르신 밥은 누가 해주고, 빨래는 또 누가 해준다요? 평생 아씨 곁을 지키겠다 다짐했지만, 당주 어른 혼자 계실 것을 생각하니 더는 못 가겠소. 서방님이 우리 아씨 잘 챙겨주소."

또 한 번의 이별이었다. 양상규는 서생댁을 말릴 수 없었다. 견정도 그녀의 마음을 돌이킬 수 없다는 사실을 잘 알았다.

"아씨, 나중에 봅시다. 우리 아기 잘 키워서 모두 건강하게 다시 봅시다."

견정이 울음을 터뜨렸다. 어릴 때부터 어머니 이상으로 자신을 보살펴준 사람이었다. 어머니, 이모, 언니 역할을 모두 해주었기에 견정에게는 서생댁이 세상의 절반 이상이었다. 헤어지려는 순간, 견정은 자신의 신체 일부가 떨어져 나가는 고통을 느꼈다.

"아씨, 울지 마소. 영영 헤어지는 것도 아닌데, 어찌 그리 서럽게 울어쌌소. 어여 가시오, 어여."

자신이 돌아서지 않으면 양상규와 견정이 발길을 떼지 못할 것을 알기에 서생댁은 매몰차게 돌아섰다. 하지만 터지는 울음을 참을 수는 없었다. 왔던 길을 되돌아가는 서생댁이 목 놓아 통곡했다. 견정의 울음과 서생댁의 통곡이 캄캄한 어둠 속에서 길게 이어졌다.

◇　◆　◇

날이 밝았다. 백선당으로 향하는 계곡을 오르는 병술의 발걸음이 가벼웠다. 전날 동리에 내려가 당주 어른이 산곡주를 다시 만들게 되었노라고 알렸을 때 환호하던 주민들의 얼굴을 떠올리자 절로 흥이 나왔다.

백선당으로 들어섰다. 양일엽은 아직 기침 전인 듯 안방 문이 굳게 닫혀 있었다. 병술은 마당 한 구석에 세워놓은 비를 들고 비질을 시작했다. 꽃잎이 몇 개 떨어져 있을 뿐이지만, 뭐라도 해야 들뜬 마음을 가눌 수 있을 것 같았다.

그런데 문득 이상한 느낌이 들었다. 응당 밥 짓는 냄새가 나야 하는데, 그렇지 않았다.

"이 아줌씨가 늦잠을 자나?"

병술은 정주간으로 다가갔다. 서생댁이 보이지 않았다. 그는 정주간에 딸린 방에다 대고 조심스럽게 목소리를 들이밀었다.

"서생댁, 아직 자요? 아, 해가 동천에 걸린 지가 언젠데……."

그러고 보니 신이 보이지 않았다. 병술은 이상한 생각이 들어 양상규 내외가 거하는 내당으로 향했다. 간밤 동안 비어 있었던 듯 기운이 서늘했다.

병술은 안채로 향했다. 다행히 양일엽의 신은 댓돌 위에 가지런히 놓여 있었다. 그는 양일엽을 부르지는 못하고 일부러 헛기침을 했다. 안에서는 별 반응이 없었다. 조바심이 나서 견딜 수가 없었다.

"당주 어른, 아직 기침 전이십니까요?"

이윽고 방문이 열렸다. 힘겨운 밤을 보낸 듯 한층 더 초췌해진 양일엽이 고개를 내밀었다. 병술이 물었다.

"작은 당주님과 서생댁이 보이지 않습니다. 어디 갔습니까요?"

양일엽은 병술을 지그시 바라볼 뿐 대답하지 않았다. 그러고는 고개를 돌렸다.

"안 됩니다요! 안 됩니다요!"

병술이 소리치고는 밖으로 나섰다. 그는 애타는 마음에 황방산을 바라보았다. 어째 고집 센 당주가 순순히 마음을 바꾼다 싶었다. 요망한 늙은이가 수를 부린 것이다!

병술은 도호부 관아로 달렸다. 빨리 관사의 객에게 이 사실을 알려야 했다. 반쯤 정신이 나간 사람처럼 다급하게 달려가는 병술을 약사동 주민들이 바라보았다. 병술이 그들에게 소리쳤다.

"작은 당주가 도망을 갔구먼! 당주는 산곡주를 만들 마음이 없었던 것이여!"

이철경과 계형이 병술을 앞세우고 백선당에 도착했을 때, 동리 주민들이 출입문 부근에 몰려 있었다. 마당으로 들어서자 대청마루에 앉아 있는 양일엽이 보였다. 이철경이 다짜고짜 물었다.

"아들을 빼돌린 것인가?"

양일엽은 대답하지 않았다.

"애초에 산곡주를 만들 마음이 없었던 것이냐?"

양일엽은 초점 잃은 눈으로 이철경을 바라보다가 보일 듯 말 듯 고개를 끄덕였다. 그러자 출입문 부근에 몰려 있던 주민들이 아우성을 치기 시작했다.

"이보시오, 당주 어른. 왜 그리 고집을 부립니까? 그깟 술이 뭐 대수라고 그러십니까요?"

"눈 딱 감고 만들기만 하면 다들 잘살 것인데, 마음 좀 고치십이오."

"아, 산곡주를 당주 혼자 만들었소? 우리가 힘을 합쳐서 만든 것 아니오."

그때였다. 밤새 길을 되짚어온 서생댁이 백선당으로 들어섰다. 그녀는 눈앞에 벌어진 광경이 믿기지 않는다는 듯 입을 쩍 벌렸다. 이어서 주민들을 향해 악다구니를 쏟았다.

"이 버러지 같은 것들아, 너희들이 붙어먹는 논이 누구 것이여? 당주 어른께서 쥐꼬리만큼 소작료를 받으면서 너희한테 베풀어준 것은 기억도 못하는 것이여? 이런 은혜도 모르는 짐승 같은 것들아, 니들이 어디 가서 이런 호강을 누린다고 이 지랄이여! 물에서 건져주었더니 보따리 내놓으라는 것이 아니고 무엇이여?"

이철경이 서생댁의 뺨을 후려쳤다. 서생댁은 그대로 바닥에 나동그라지고 말았다. 분노에 찬 이철경이 양일엽의 멱살을 잡아챘다.

"이 늙은이가 아주 사람을 갖고 노는구나."

양일엽이 평온한 표정으로 말했다

"영혼을 어찌 무력으로 빼앗을 수 있겠소? 하시만 그내의 영혼은 그대의 것이 아닌가 보오."

화가 치민 이철경이 양일엽을 패대기쳤다. 양일엽은 댓돌에 머리를 부딪치고 마당에 나가떨어졌다. 주민들 틈에서 동희가 뛰쳐나왔다.

"당주 어르신!"

동희가 양일엽의 몸을 품에 안았다. 양일엽은 미동조차 없었다. 반쯤 감긴 그의 눈은 아무것도 보지 않았다.

"당주 어르신! 당주 어르신!"

동희가 주민들을 향해 소리쳤다.

"당주 어르신이 숨을 안 쉽니다. 어서 의원을 불러주시오!"

일이 이렇게 되기를 바란 사람은 아무도 없었다. 하지만 비극은 이미 벌어졌고 모두가 공범(共犯)이었다. 뒤늦게 장정 하나가 달려들어 양일엽의 몸을 들쳐 업고는 계곡 아래로 내달리기 시작했다. 그 뒤를 몇 사람이 따랐다. 마당에 남은 동희가 서럽게 울음을 터뜨렸다. 동희의 아버지 갑술이 얼른 달려와 동희를 끌고 사라졌다.

주민들을 향해 눈을 부라리던 이철경이 병술을 발견하고 손짓을 했다. 병술이 주춤주춤 다가갔다.

"당주의 아들놈도 산곡주를 만들 줄 아느냐?"

겁에 질린 병술이 입술을 떨며 대답했다.

"당주 어른만큼은 아니어도 만들 줄 알 것입니다요."

"이놈이 어디로 달아났는지 아느냐?"

병술은 잠시 생각에 잠겨 있다가 말했다.

"여기에 재료를 대는 심마니 천덕을 찾아갔을 것입니다요. 그곳 말고는 갈 데가 딱히 없습니다요."

"그놈은 어디 사느냐?"

병술은 아는 것이 없었다.

"때가 되면 새벽에 홀쩍 나타났다가 날이 밝기도 전에 횡하니 떠납니다요. 어디서, 무엇을 캐오는지는 당주 부자(父子)만 알고 있습니다."

이철경은 이마를 짚었다. 바닥에 정신을 잃고 쓰러져 있는 서생댁을 가리켰다.

"저년도 모르느냐?"

병술은 자신할 수 없었다.

"모를 것입니다요. 워낙 단속이 철저해서⋯⋯."

이철경은 문설주를 주먹으로 쳤다. 그러고는 계형에게 일렀다.

"관군을 동원하여 추적할 것이다. 반드시 잡아야 한다. 너도 함께 움직여라."

그렇게 말하고 이철경은 출입문으로 향했다. 주민들이 옆으로 바짝 붙어 길을 열었다. 이철경이 밖으로 사라지자 그제야 여인들 몇이 서생댁에게 달려가 몸을 일으켰다.

서생댁과 헤어진 지 이틀 만에 불국사에 이르렀다. 양상규는 견정을 안은 채 일주문 앞에 서서 토함산 쪽을 올려다보았다. 저기 어딘가에 천딕과 닌지의 기치기 있을 꼿이었디.

백선당을 떠난 이후로 아무것도 먹지 못했다. 양일엽이 쥐어준 엽전은 아무런 쓸모가 없어서 무게를 줄이느라 길가에 아무렇게나 버렸다. 양상규는 기진맥진했으나, 마지막 힘을 쥐어짜내어 불국사까지 이르렀다. 견정은 정신이 가물가물한 채 신음을 내뱉었다.

일주문 옆쪽으로 비교적 완만해 보이는 길을 통해 토함산에 올랐다. 한 걸음 한 걸음 내디딜 때마다 젖 먹던 힘을 다해야 했다. 돌부리에 걸려 앞으로 고꾸라졌다. 그는 견정만큼은 다치지 않게 하려고 무릎으로 충격을 이겨냈다. 바지에 피가 묻어났다.

불국사 경내가 내려다보이는 지점까지 올랐다. 더는 움직일 힘이 없었다. 양상규는 견정을 내려 나무에 기대어 앉히고 그 옆에 누웠다. 이대로 잠이 들어 영원히 깨어나고 싶지 않았다.

미간을 간질이는 느낌에 눈을 떴다. 까만 눈동자가 내려다보고 있었다. 고라니였다. 양상규는 있는 힘을 다해 상체를 일으켰다. 또 다른 고라니 한 마리가 견정의 얼굴을 핥고 있었다.

"어딜 간 것이여!"

낯익은 음성이었다. 제대로 찾아왔구나. 안도감을 느끼며 양상규는 다시 뒤로 뻗었다. 아는 체를 해야 했지만, 그럴 힘이 없었다.

고라니를 찾아 나섰던 난지가 축 처져 있는 두 사람을 발견하고는 소스라치듯 놀랐다. 난지는 조심스럽게 다가가 얼굴을 살폈다. 그러다가 처음보다 더욱 놀란 나머지 소리를 질렀다.

"에구머니나!"

천덕이 어디쯤 있는지 알 수 없었다. 난지는 손가락 두 개를 입 안에 넣고는 매 소리를 내었다.

"삐이익! 삐익! 삐이익!"

날카로운 소리가 사방으로 퍼져 나갔다. 오래지 않아 천덕이 달려 왔다.

"무슨 일이여?"

다가온 천덕 역시 쓰러져 있는 두 사람을 발견하고는 깜짝 놀랐다.

"동생 내외요."

천덕의 눈이 커졌다. 아니, 어찌 도련님 내외가 이곳에 초죽음이 되어 있는가. 의문을 푸는 것은 나중의 일이었다.

"도련님 마님을 업을 수 있겠어?"

난지가 고개를 끄덕였다.

"산달이 가까웠으니 조심혀."

견정을 업은 난지가 내달리기 시작했다. 고라니들이 뒤를 따라갔다. 천덕은 양상규를 업었다. 몸이 축 처져서 무게가 더했다.

양상규가 정신을 차렸을 때는 해가 진 뒤였다. 상체를 일으켰다. 신열이 나고 속이 메스꺼웠다. 바로 옆에 견정이 누워 있었다. 마침 난지가 방으로 들어섰다.

"정신이 드셨소?"

기억을 더듬었다. 불국사, 고라니, 형수…….

양상규가 물었다.

"형님은 어디 가셨습니까?"

난지가 팁했다.

"백선당에 갔소. 동생이 이 꼴을 하고 나타났는데, 어찌 안 가보겠소."

양상규가 맥없이 고개를 떨어뜨렸다.

"이야기는 천천히 하고 더 쉬소."

난지가 양상규의 몸을 받쳐주었다. 아내와 함께 무사히 도착했다는 안도감과 함께 두고 온 아버지를 향한 걱정이 뒤섞였다. 양상규는 저도 모르게 눈물을 흘렸다.

다음 날 새벽 천덕이 돌아왔다. 터벅터벅 마당으로 들어선 그가 철퍼덕 바닥에 주저앉았다. 난지가 다가가 천덕의 어깨를 감쌌다.

"의롭게 산 분이라 좋은 데 갔으니 너무 슬퍼 마소."

천덕은 한마디도 하지 않았는데, 난지는 이미 알고 있었던 듯했다.

"그렇지. 그럴 것이구먼. 아주 좋은 데 가셨을 것이구먼."

천덕은 난지의 품에 안겨 아이처럼 울었다.

도성을 떠난 지 딱 보름 만이었다. 이제 계곡만 올라가면 묘적사였다. 보름 동안 이슬을 맞은 채 잠을 청하고 나물만 캐서 먹으며 갖은 고생을 다했다. 하지만 다행히도 아기도 엄마도 건강했다.

이학송이 말했다.

"나는 예서 돌아가겠습니다."

장치경이 물었다.

"어디로 가십니까?"

"일을 마무리해야지요. 대감과 함께 만든 비위 관료의 명단이 제 품에 있습니다. 대감과 각별했던 도승지에게 전할 것입니다."

"그러고 나면 무엇을 하실 겁니까?"

"모르겠습니다. 그것은 그때 가서 생각하겠습니다."

"송구합니다만, 도성이 어찌 돌아가는지 가끔 소식 전해주십시오."

이학송이 허리를 숙여 보였다. 장치경과 창해도 이학송에게 허리를 깊이 숙였다.

이학송은 무엇이 그리 급한지 뒤도 돌아보지 않고 빠른 걸음으로 멀어졌다. 장치경은 그의 모습이 보이지 않을 때까지 자리를 지키다가 계곡을 오르기 시작했다.

일여는 법당에서 혼자 목탁을 두드리며 영가(靈駕)의 극락왕생을 위해 염불을 외웠다. 오롯이 부처에 의지하기 위해 정신을 집중하려 했으나, 잡념이 스며들어 염불의 자락을 자주 놓쳤다. 경상도 해안을 통해 내륙까지 침범한 왜구들과 일전을 치르던 기억이 머릿속에서 떠나지 않았다. 그때 자신의 칼에 목숨을 잃은 자들은 원귀(寃鬼)가 되었는가. 장대장의 검에 몸통이 잘려나간 영혼들은 구천(九泉)을 헤매는가. 일여는 장봉익의 영혼뿐 아니라 그에게 목숨을 잃은 수많은 영가를 위해 기도하고 또 기도했다.

도성 부근으로 탁발을 나갔던 승려들이 형조 판서 장봉익의 부음을 전한 것이 이레 전이었다. 피로 점철된 생애에 어울리는 참으로 극적인 죽음이었다. 생이 다하면 육시의 옷을 벗는 것이 순리이건만, 대장은 무엇을 붙삽으려 앉은 새로 죽음을 맞았소? 의문은 곧 풀렸다. 자객들이 침입했을 때 치경과 그의 처자가 사라진 것이다. 죽음을 목전에 두고 장붕익이 붙잡으려 한 것은 그들의 생명이었을 것이다.

생각이 치경에 이르자 다시 염불이 끊어졌다. 그의 무사안일을 불법(佛法)에 기댈 수 있을까? 혹여 자객들에게 뒤를 밟혀 목숨을 잃지나 않았을까? 일여의 이마에 땀이 맺혔다. 잠시 염불이 끊어진 사이 법당 안으로 목소리가 스며들었다.

"주지 스님, 객이 있습니다."

깊은 산중의 절에 손님이 찾아오는 일은 극히 드물었다. 오래된 절일수록 영험하다고 믿는 지방관이 조상의 은덕을 빌기 위해 시주를 하며 아전을 심부름 보내는 일이 드문드문 있었고, 사하촌(寺下村)이랄 것도 없는 부근의 여염에서 간혹 초파일을 맞아 찾아올 뿐이었다.

일여는 목탁을 내려놓고 법당을 나섰다. 그는 자신을 찾아온 객을 보고 그만 와락 덤벼들 뻔했다. 일여는 가까스로 마음을 추스르고 위엄을 가장하여 딱딱하게 내뱉었다.

"부귀를 누리다가 몰락한 잔반(殘班)이로구나. 마침 공양을 바치고 땔감을 해다 나를 일손이 필요하던 차에 잘되었다. 공양간에 딸린 방을 내주어라."

일여는 그렇게 말하고 돌아섰다. 불상 앞에 앉은 그는 차오르는 희열과 안도감에 몸을 떨었다. 장 대장, 치경이가 왔소. 예까지 잘도 왔소. 일여는 다시 목탁을 잡고 염불을 외기 시작했다.

장치경과 창해는 승려가 안내하는 대로 따라갔다. 아버지의 오랜 지기인 일여가 그렇게 나오는 것을 치경은 충분히 이해했다. 이제 그는 형조 판서의 자제이자 홍문관 교리가 아닌 묘적사의 불목하니로 새로운 삶을 시작해야 했다. 낯선 환경이 어색한 듯 창해가 주위를 두리번거렸다. 아내를 보고 있자니 울컥 설움이 북받쳤다.

"이곳에서 지내십시오."

세 식구가 누우면 가득 차는 좁은 방이었다.

"주지 스님께서는 길 잃은 아이들 말고는 외부 사람을 들이지 않으시는데, 참 별일입니다."

방 안을 둘러보는 장치경을 지켜보다가 승려가 말했다.

"저는 현각이라 합니다. 이따가 그동안 공양을 맡았던 현오 스님께서 오셔서 몇 가지를 일러주실 것입니다."

현각이 합장을 했다. 장치경과 창해도 합장을 했다. 일여가 두드리는 목탁 소리가 경내에 가득했다.

묘적사 아래의 계곡에서 장치경의 가족과 헤어진 지 딱 하루 만에 이학송은 도성에 도착했다. 도성에서 묘적사까지 하루면 충분한 거리를 자객의 추적을 피하느라 돌고 돌아 보름이나 걸렸던 것이다.

이학송은 어둑어둑해질 무렵 장붕익의 집으로 향했다. 장붕익의 집은 화재를 입어 흉물스러운 모습으로 변해 있었다. 장치경 가족과 이학송이 떠나고, 나경환과 강찬룡이 죽음을 맞은 뒤 자객들이 불을 지른 것으로 추정되었다.

집 안을 살펴보던 이학송은 검게 그을린 대청마루의 문설주에 누군가 일부러 위에서 아래로 새겨놓은 斡(규), 眞(진), 川(천)이라는 작은 글자 세 개를 발견했다. 세 글자를 조합하면 진천(鎭川)이 있다. 충청좌도가 검계의 손아귀에 넘어갔을 때에 목사 진충서가 유일하게 지켜냈던 청정 지역, 진천. 그 표식은 이규상이 자신의 행선지를 밝혀놓은 것임에 틀림없었다. 살아남은 아우를 만날 생각을 하니, 비통한 가운데에도 실낱같은 기쁨이 찾아들었다.

밤이 깊은 뒤에는 도승지 이제겸의 집 담을 넘었다. 사랑채로 추정되는 곳에 불이 밝혀져 있고 주변을 무사로 보이는 자들이 지키고 있었다. 차림새나 자세가 무관은 아니었다. 문득 진천 목사 진충서가 했던 말이 떠올랐다.

'최근 이곳 진천에서 일어난 불미스러운 일과 보은에서 색주가가 버젓이 영업을 하더라는 소식을 접하고 도승지 앞으로 상소를 올렸으나 감감무소식이었네.'

당시에는 대수롭지 않게 여겼던 그 말이 불길하게 다가왔다. 머릿속이 복잡했다. 상황을 조금 더 지켜보아야 했다. 문관의 목덜미에 칼끝을 들이대고 자백을 받아내는 것쯤 일도 아니었지만, 그렇게 해서는 개인적인 원한을 갚는 것일 뿐 장붕익과 나경환, 강찬룡, 박영준이 이루고자 했던 일에 다가갈 수 없었다. 이학송은 담을 넘어 도승지의 집을 빠져나왔다. 우선은 진천에 가서 이규상을 만나야 했다.

2권에서 계속

금주령 1

1판 1쇄 발행   2022년 8월 12일

지은이   전형진
발행   김성룡

편집   이양훈, 유현규, 백승기
교정   김은희, 장미경
삽화   김완진
디자인   은디자인

펴낸곳   비욘드오리진
주소   서울시 마포구 월드컵북로 4길 77, 3층 (동교동, ANT 빌딩)
전화   02-858-2217
팩스   02-858-2219
이메일   2001nov@naver.com

ISBN   978-89-6897-109-9 04810
       978-89-6897-108-2 (전2권 세트)